Michael Biebrach

Piroggen und Pistolen

Wie es war, als der Kaiser ging
und der polnische Adler
das Fliegen versuchte

Erb Verlag

© Erb Verlag, Düsseldorf 1983
Umschlagentwurf: Bernd Schneider
Gesamtherstellung: Ebner Ulm
Printed in Germany 1983
ISBN 3-88458-061-2

CIP-Kurztitelaufnahme der Deutschen Bibliothek

Biebrach, Michael:
Piroggen und Pistolen: wie es war, als d. Kaiser
ging u. d. poln. Adler d. Fliegen versuchte /
Michael Biebrach. – Düsseldorf: Erb, 1983.
ISBN 3-88458-061-2

*Für meine Frau Marlene,
die mir Mut gemacht hat
zu schreiben,
was sie schon immer einmal
lesen wollte.*

*Und für Renate und Brigitte,
meine Töchter,
die mich so oft fragten,
wie es damals war.*

Die Prozession

Mutter wollte also doch! Sie wollte sich mit mir die Prozession ansehen. Ich ahnte das schon, weil ich den mir so verhaßten Matrosenanzug anziehen mußte. »Orginal Kiel«, hatte die Verkäuferin gesagt, die diese weiß-blau gestreiften Blusen und die dazugehörigen Hosen für Fünf- bis Sechsjährige brachte. Meine Spielkameraden trugen als Feiertagsanzug und zum Kirchgang die roten Westen mit der Verschnürung und die viereckigen Mützen, die wir Konföderatka nannten. Dazu hatten sie an den Mützen die weiß-roten Bänder. Es war Fronleichnam 1917.

Heute mußte ich auch noch den schwarzen Strohhut aufsetzen, einen italienischen Gondoliere-Strohhut, der meiner Mutter so gut gefiel und der mich in meiner Würde als Junge aufs tiefste verletzte! Ich sah darin ein albernes Klein-Mädchen-Requisit, aber keine Kopfbedeckung für einen Jungen. Und dazu nun zur katholischen Fronleichnamsprozession in Posen, die weniger eine kirchliche Veranstaltung als eine nationale Demonstration gegen Preußen-Deutschland und für einen freien polnischen Staat war. Gerade in diesem Jahr mußten wir dahin, einige Monate vor der polnischen Revolution, wie sich herausstellen sollte.

Mutter hatte sich fein gemacht. Sie hatte wieder ihre dolle Dohle von Hut aufgesetzt. Was Hut? Eine duftige Kreation ihrer Putzmacherin. Eine Angelegenheit wie ein mittleres Wagenrad, aber aus nichts! Mit ein wenig Schleier, etwas Stroh, etwas buntem Band, viel Luft! Vater hatte geschimpft. Denn dieses Luftloch mit was Drumrum hatte auch noch ein Sündengeld gekostet, wie ich Vater mit erhobener Stimme sagen hörte. Dazu noch dieses Kleid. Auch das mit ganz zarten Blumen, sozusagen eine Frühlingswiese rundherum um die Mutter. Dann hatte sie so eine Art, unter dem Hut hervorzuschielen, die ich ganz und gar nicht leiden konnte.

Aber wir gingen zur Prozession, wir evangelischen Deutschen! Mir war nicht gut zumute, aber ich mußte mit, denn Mutter sprach kein Polnisch, während mir das, durchs kindliche Spielen gelernt, gut gelang.

Die Posadowskistraße, in der wir wohnten, war wie ausgestorben. Je näher wir dem Stadtzentrum kamen, je reger wurde das Leben. Aber es hatte eine besondere Note. Die Jungen und Mädchen trugen die Konföderatka. Eine runde Tellermütze, die in ihrem beweglichen oberen Teil in einem Viereck endete, ähnlich den Doktorhüten englisch-amerikanischer Universitäten. In Polen verband sich mit dieser viereckigen Kopfbedeckung die Erinnerung an die einstmals vorhandene staatliche Selbständigkeit, an die Freischärler und Unabhängigkeitshelden der verschiedensten Revolutionen. Denen war das viereckige Holzbrettchen unter dem Mützentuch ein Stück Schutz gegen die Säbelhiebe berittener Soldaten, seien es preußische Dragoner, russische Kosaken oder österreichische Husaren.

Heute waren die Konföderatkas mit Seidenbändern in den Nationalfarben geschmückt. Weißrot flatterten sie im Wind. Weißrot waren auch die Papierfähnchen, die man überall sehen konnte. Die Prozession zu Fronleichnam war so eine Demonstration gegen die deutsche staatliche Gewalt, zugleich gegen den Protestantismus, der mit der deutschen Staatlichkeit gleichgesetzt wurde, gegen den Krieg und gegen das verhaßte Verwaltungssystem, das auch die Lebensmittelkontrolle gebracht hatte. Die weißroten Fahnen waren verboten, nicht aber die weißroten Bänder an den Mützen, nicht die weißrote Nationaltracht oder was sie dafür hielten.

Für Mutter war dieser Stadtgang ein nicht unerhebliches Risiko. Es war in der letzten Zeit mehrfach vorgekommen, daß Passanten, die deutsch sprachen, in der Stadt angepöbelt wurden. Wenn sie sich zur Wehr setzten, gab es wohl auch einmal eine Prügelei. Bei meiner Mutter siegte offensichtlich die Neugier. Trotz der Warnungen unserer deutschen Freunde, die schon länger in Posen lebten, gingen wir zur Prozession. Von weitem drangen schon die Klänge der Posaunenchöre zu uns. Als wir näher kamen, hörten wir auch die Kirchenlieder, die von der Menge gesungen wurden. Und dann das, was mich elektrisierte, Schüsse, knallende Schüsse, aber nicht einzelne, sondern Salven. Von einer Seitenstraße aus sahen wir den Zug zum erstenmal. Ein Wald von Fahnen in den herrlichsten Farben! Der Wind blähte sie und zeigte bald die bunten Heiligenbilder auf lila oder goldbraunem Untergrund. Das wogte vorbei und sang und murmelte die Gebete. Dann kamen von hinten wieder die Klänge einer neuen Kapelle. Dazwischen die bunten Nationaltrachten der Kinder, die ihre weißroten Fähnchen schwenkten.

Wir waren nun auf die Hauptstraße gekommen und befanden uns in der Nähe eines der großen Altäre. Diese waren, verschwenderisch mit goldenen Altarbildern, mit umfangreichen Drapierungen aus roter und lila Seide versehen, auf einem Podest errichtet worden. Nun kamen Männer in Nationaltracht, dann Polizei, wieder eine Gruppe von flatternden, seidenen Fahnen, eine neue, noch größere Musikkapelle. Diese mit Kesselpauken, die von buckligen kleinen Männern getragen wurden. Es war ein Aufzug, wie ich ihn in dieser Pracht noch nie gesehen hatte. Meine Mutter hielt mich fest an der Hand, als fürchtete sie, ich würde von dem großartigen Schauspiel weggerissen.

Nun wurden aber nicht nur kirchliche Lieder angestimmt, sondern auch weltliche, nationale Gesänge. Ich flüsterte meiner Mutter das zu. Sie beruhigte mich und zog mich etwas zurück vom Straßenrand. Jetzt kamen, dem Höhepunkt vorauseilend, Reiter! Ich hatte in meinem Leben noch nicht so viele Pferde gesehen, und dazu jetzt im Krieg, wo doch jedes Pferd an der Front gebraucht wurde. Hier waren sie! Neue Marschblöcke kamen. Ich fragte meine Mutter, was das für eine Gruppe wäre. Sie trugen eine von den anderen stark abweichende Tracht. Sie war nicht weißrot, sondern über dem verschnürten dunklen Mieder trugen die Frauen bunte Tücher. Die Röcke, die an den Miedern ansetzten, waren schwarz und dunkelblau, bauschig und nach den Füßen zu endend in Säumen, unter denen eine Menge Unterröcke hervorsahen. Meine Mutter sagte, daß dies Bamberkas seien. Deutsche Siedler aus der Gegend von Bamberg in Franken wären vor etwa drei Generationen aus der Bamberger Gegend und Bayern hier angesiedelt worden. Sie wären aber schon in der zweiten Generation polonisiert worden, was um so leichter vonstatten ging, weil sie ebenfalls katholisch waren. Nur noch ihre Festtagstracht erinnerte heute an ihre Herkunft aus Bamberg. Noch vor ein paar Tagen war eine solche Bamberka an unserer Wohnungstür gewesen, um Gemüse zu verkaufen. Mutter hatte den Versuch gemacht, mit ihr deutsch zu sprechen, das sei ihr aber nicht gelungen. Die Frau sprach kein Wort Deutsch mehr. Hier bei der Prozession waren die Bamberkas in ihren deutschen Trachten und mit den polnischen Gebeten und Gesängen geradezu ein Triumph der polnischen Sprache. Auch vor den Bamberkas wurden bunte Fahnen einhergetragen. Fahnen, in denen der Wind die Heiligen tanzen ließ. An der Seite der Bamberkas gingen zur Verstärkung noch Männer in kirchlichen Gewändern. Mutter sagte, es seien Vorbeter, die aber bei den Bamberkas noch eine zusätzliche Schutzfunktion hätten, da die Bamberkas ohne ihre Männer eine Gruppe bildeten und die Prozessionsleitung die Bamberkas weniger vor nationalistischen Exzessen als vielmehr vor den immer in genügender Anzahl vorhandenen Männern schützen wollte, die auch die Prozession als Anlaß nahmen, sich einen Rausch anzutrinken.

Aber da kam schon wieder etwas Neues! Ein von sechs Männern getragenes großes Heiligenbildwerk in goldenen, roten und blauen Farben. Männer mit Spießen bildeten das Spalier um den großen Heiligen. Und dann wieder Pferde! Edles arabisches Blut, Pferde, die, wie mir später klar wurde, zum Kriegsdienst 1917 nicht im geringsten tauglich waren. Wie das tänzelte, in die Trensen biß und mit den Ohren spielte. Aber die Reiter erst! Wo kamen denn diese vielen gutgewachsenen Reiter her? Und dann wieder Fahnen, noch farbiger, noch blähender, noch flatternder. Dann Stille! So still, daß man die kleinen Silberglöckchen läuten hörte, die leise, aber unüberhörbar, fein, doch dringend anzeigten, daß jetzt der Höhepunkt kam: der goldene Baldachin, begleitet von Hatschieren mit ihren verzierten Spießen, darunter ganz in Gold der Priester mit der Monstranz, dem Allerheiligsten.

Von den Häusern, die alle festlich geschmückt waren in den polnischen Farben Weiß-Rot, aber ohne Fahnen zu zeigen, regnete es jetzt Papierschlangen und Papierrosetten. Die Reiter nahmen ihre Pferde kürzer, die Menge jauchzte den Menschen zu, die die Schlangen und Rosetten geworfen hatten, und wer eine aufgefangen hatte, in der Luft gefaßt, der jubelte und jauchzte nach oben. Die Menge rief den Reitern Losungen zu, die diese erwiderten. Mit einem Male aber wurde alles still, ganz still. Nur noch die silbernen Glöckchen der Ministranten waren zu hören. Und da, als der Priester das Allerheiligste hochhob, da ging es wie ein Rauschen die breite Straße hinauf und hinunter, und das ganze Volk ging in die Knie.

Mutter konnte mich nur im letzten Moment auf die Knie bringen, denn ich war fasziniert und wollte doch sehen, was die Reiter machten, ob die Pferde auch in die Knie gingen, aber die blieben ruhig stehen, nur die Reiter zogen die Mützen und blickten nach unten.

Als die Menge sich wieder erhob, fing eine Frau in der Reihe hinter uns an, die Mutter polnisch auszuschimpfen! Sie wisse wohl nicht, was sich gehöre. Oder sie sei gar eine deutsche Ketzerin! Mutter verstand kein Wort Polnisch. Sie war völlig fassungslos. Ihr blieben nur die Tränen. Bei mir war das anders. Jetzt kamen mir die polnisch geführten kleinen Rededuelle zugute, die ich mit Schemko und Staschu, mit Jadwiga und Maria im täglichen Spiel mitbekommen hatte. Ich schimpfte polnisch. Ich weiß heute nicht mehr, was ich im einzelnen sagte, aber sicher soviel, daß wir fromme Leute seien. Das hieß nach dem Sprachgebrauch meiner Freunde ganz selbstverständlich, daß wir polnisch und gut katholisch seien. Das letztere war nicht so ganz falsch, weil mir damals und auch noch später der Unterschied der Konfessionen nicht so ganz klar war.

Meine Mutter zog mich während meiner Schimpfkanonade weg, und als einige ältere Männer die Tränen meiner Mutter sahen, nahmen sie sogleich Stellung gegen die keifende Alte, denn meine Mutter war eine gutaussehende, junge, elegante Frau, und dafür haben Polen, auch wenn es sich um Landesfeinde handelte, immer noch Partei genommen. Mutter drängte aus der Menge, mich hinter sich herschleifend. Bloß raus aus der sich immer mehr in nationalistische Emotionen steigernden Volksmenge. Wir hasteten nach Hause. Hedwig empfing uns erleichtert.

Als Vater nach Hause kam und Mutter ihm unser Abenteuer berichtete, fügte sie hinzu, daß es das erste Mal sei, daß sie der Junge beschützt hätte. Mein Vater war sehr ungehalten. Er brachte von der Direktion die Nachricht mit, daß die Lage im Lande sehr unruhig sei, daß man mit polnischen Aufstandsbewegungen rechnen müsse und Mutter nicht mehr allein auf den Markt zum Einkaufen gehen dürfe, sondern immer mit Hedwig und mit mir. Ich hatte innerhalb der Familie einen neuen Status erhalten. Als dazu noch Frau Kubiak, die den Krämerladen drei Häuser weiter innehatte, meiner Mutter gegenüber betonte, wie gut ich schon polnisch spräche, da stand es fest, der Junge geht mit einkaufen. Und daß auch Hedwig anfinge, Fortschritte in der Landessprache zu machen, erwähnte Frau Kubiak, und daß das nur zu natürlich sei, wo man doch nun einmal in Polen lebe, was meiner Mutter einen ungehaltenen Protest abnötigte, der still, aber gefaßt entgegengenommen wurde. Für meine Mutter bedeutete es die erste wirkliche Einschränkung.

Die Tage nach der Fronleichnamsprozession standen auch in den Gesprächen mit meinen Freunden ganz unter dem Zeichen des großen Ereignisses. Ich konnte mitreden, aber ich wurde dabei nicht recht beachtet. Was ich sagte, wurde übergangen. Zwar durfte ich mitjubeln, wenn von den Fahnen gesprochen wurde, von den Pferden, von den Soldaten, von den großen Musikkapellen. Ich erfuhr, daß die Buckligen, die die Kesselpauken schleppten, sich um dieses Amt rissen und eine Verweigerung ihren sicheren Tod bedeutet hätte. Man war sich einig darüber, daß sie diese Zurücksetzung nicht überlebt hätten. Aber meine Beipflichtungen wurden nicht so recht aufgenommen. Bis Schemko herausplatzte, daß ich ja doch ein Ketzer sei und ein Deutscher noch dazu! Und daß es auf der Welt eigentlich nichts Schlimmeres gäbe, als deutscher Ketzer zu sein. Ob wir das Glück hätten, ins Fegefeuer zu kommen, wisse er nicht, aber die Hölle sei uns auf alle Fälle sicher! Wir hätten nur insofern noch etwas Glück, als wir nicht zur kaiserlichen Familie zu rechnen seien, denn der Kaiser sei der allerschlimmste, und das wüßten schließlich alle. Als Schemko meine offensichtliche Betroffenheit und

Trauer bemerkte, tröstete er mich damit, daß morgen schon seine Hochwürden, der Herr Kaplan, kommen würde, um seiner Tante Brautunterricht zu erteilen, denn sobald der Krieg zu Ende sei, und der könne nicht mehr lange dauern, würde seine Tante ihren Bräutigam heiraten. Warum sie dafür einen besonderen Unterricht nötig hatte, konnte er mir nicht sagen, daß aber die Hochzeit etwas ungemein Wichtiges und Schwieriges sei, könne man schon daraus ersehen, daß Musik in der Kirche sei und daß die Kameraden des Bräutigams mit gezogenen Säbeln dabei sein würden. Das gab für uns den Ausschlag.

Mit Spannung sah ich dem nächsten Tag entgegen und konnte kaum erwarten, was mir Schemko als Resultat der Unterredung mit dem kirchlichen Würdenträger mitteilen würde. Natürlich hatte ich Schemkos Bedenken meiner Mutter und Hedwig erzählt. Beide hatten mir versichert, daß es keine Sünde sei, Deutscher zu sein, und das Wort Ketzer sei gar kein Schimpfwort, sondern mehr eine Zustandsbeschreibung. Trotzdem sah ich der Botschaft mit Spannung entgegen.

Lotta und Franzek

Der katholische Geistliche war sicher ein kluger Mann; denn was mir Schemko zu berichten hatte, war ganz auf Verschulden abgestellt. Mich auf alle Fälle treffe keine direkte Schuld, daß ich Deutscher sei und eben auch nicht katholisch. Er vermied offensichtlich das Wort Ketzer. Bei meinen Eltern sei das schon zweifelhafter. Vor allem hätte ich aber die einmalige Chance, alles wiedergutzumachen, und das hätte Hochwürden extra versichert, wenn ich groß geworden sei und katholisch werden würde, gebe es im Himmel eine ganz große Freude, fast wie eine Prozession, nur daß alles von den Engeln gemacht würde, die Musik, die Fahnen; bei den Pferden waren wir uns nicht ganz einig und auch darüber nicht, ob es einen katholischen und einen protestantischen Himmel gäbe. Aber wir waren ja noch nicht erwachsen, ich brauchte mich also in dieser Richtung noch nicht sofort entscheiden, und was das Deutschsein anbelangte, so würde ich ja allein dadurch schon meinen guten Willen, ja ein gutes Werk tun, daß ich polnisch spräche. Also da bestanden für mich noch Aussichten. Wie wenig das mit der Glaubensgemeinschaft und Staatsbürgerschaft ausgestanden war, sollte ich schon in den nächsten Tagen erfahren.

Unser Hauswirt, der im Hinterhausgebäude eine große Möbeltischlerei betrieb, von allen ›die Fabrik‹ genannt, hatte aus alten Brettern, Balken und Holzabfällen einen Schuppen an die Hofmauer gebaut. Er diente einem Pferd als Unterkunft. Es war ein altes knochiges Tier, ein Rotschimmel, dessen Farbe wie schmutzig gewordenes rosa Papier aussah, so zerknittert, daß die Knochen wie hölzerne Stöcke wirkten. Dieses Tier, das auf den Namen Lotta hörte, wenn es überhaupt hörte, diente Drigas, so der Name unseres Hauswirtes, zum Ziehen eines Planwagens, mit dem die Möbel in die einzelnen Geschäfte der Stadt oder auch zu privaten Kunden gefahren wurden. Schemko, der Enkelsohn unseres Wirtes, rühmte an Lotta vor allem ihre Genügsamkeit, und er verstieg sich zu der Behauptung, daß Lotta sogar Hobelspäne fräße.

Aber Lotta stand nicht allein. Zu Lotta gehörte wie das Amen in der Kirche Franzek, der Kutscher. Ein gutmütiger Schnauzbart, der bis zum Vesperläuten ein verläßlicher, kräftiger Arbeiter war, ein Freund von uns Kindern, der Intimus von Schemko, dem Drigas-Enkel. Von ihm hatten wir es auch übernommen, von unserem Hauswirt nicht anders als etwas ehrerbietig von Pan, das polnische Wort für ›Herr‹, aber mit einem Anflug an ›gnädiger Herr‹, also von ›Pan Drigas‹ zu sprechen. Pan Drigas hielt große Stücke auf ihn. Meinen Eltern gegenüber betonte er, daß Franzek ein ›gedienter Mann‹, ein erstklassiger Pferdepfleger von den ›Reitenden Jägern‹ sei, was ihn aber nicht hinderte, Franzek, wie alle wußten, außerordentlich schlecht zu bezahlen, so daß es eigentlich nur für den täglichen Schnaps reichte, den aber trank er ausgiebig. Von der Vesper an war Franzek weder ein guter Arbeiter noch zuverlässig noch kräftig, sondern meist besoffen. Er schlief im Stall bei Lotta, und Drigas sagte, er sei das schon als alter Soldat von der Stallwache her gewöhnt, er erspare sich dadurch eine Wohnung. Aus seiner eigenen Wohnung, die er in besseren Tagen mit seiner Frau bewohnt hatte, war er von dieser längst herausgeprügelt worden. Das sagte man sich aber hinter der vorgehaltenen Hand, damit wir Kinder es nicht hörten, doch wir waren längst dahintergekommen. Pan Drigas behauptete, daß Franzek sozusagen ein Opfer seines Berufes geworden sei, denn bei der Gediegenheit der Möbel, ihrer Eleganz, der soliden handwerklichen Arbeit, trotz des großen Betriebes, war es zwangsläufig, daß Franzek bei jeder Lieferung von den Kunden einen Schnaps, und wenn man nicht vorhatte zu zahlen, auch zwei und einen dritten mitbekam. Pan Drigas fühlte sich also etwas mitschuldig an Franzeks unglücklicher Leidenschaft zu den scharfen, tröstenden Getränken. Die Erwähnung der ›Reitenden Jäger‹, des Leibregiments des Kaisers, von ihm als besondere Aufmerksamkeit für Posen gedacht, war von Pan Drigas als Ausweis seiner kaisertreuen Gesinnung gemeint. Für mich waren Franzek und Lotta eine wunderbare Sache, wenn ich mitfahren durfte, in der sicheren Hut von Franzek.

Dieses schöne Verhältnis fand ein jähes Ende. Mein Kinderzimmer lag zum Hof hinaus. Ich erwachte eines Nachts durch ein ungewohntes Getöse auf dem Hof. Als ich die Augen öffnete, war der Hof rot von Feuerschein. Da kam auch schon Hedwig in mein Zimmer mit dem Ruf »Die Fabrik brennt«. Hinter ihr meine Mutter: »Helf ihm, der Brand kann übergreifen!«

Ich wollte sehen, was brannte, wollte die Ursachen der ungewohnten Geräusche sehen. Da hörte ich auch schon die Stimme meines Vaters auf dem Flur: »Es ist der Schuppen, nicht die Fabrik.« Nun wollte ich erst recht raus. »Was ist mit Franzek, mit Lotta?« Inzwischen war ich angezogen und konnte hinausstürmen. Da stand Schemko neben Pan Drigas, ich merkte, wie er zitterte, sah, wie ihm die Tränen über die Wangen liefen. Er hatte die Hand seines Großvaters genommen und sah wortlos in die Flammen. Der Schuppen, den Pan Drigas immer »Stall« genannt hatte, brannte lichterloh. Die stärkeren Hölzer knallten und prasselten. Die Späne, die die Streu in Lottas Stall bildeten, stoben mit starkem

Funkenflug, was die eigentliche Gefahr für die Umgebung war.

Inzwischen war die Feuerwehr eingetroffen. Aber nicht die Polizei, nicht Lotta, nicht Franzek, von dem niemand wußte, wo er war, bildeten den Mittelpunkt, sondern Pan Drigas. Er sprach mit meinem Vater, aber nicht nur zu ihm, sondern eigentlich zu der immer größer werdenden Menge der Nachbarn und der Neugierigen. »Wissen Sie, Herr Inscheneer«, er redete meinen Vater mit der Dienstbezeichnung an, was in der Mode der Zeit lag, besonders in Polen. »Wissen Sie, das ist das Ende meines scheensten Traumes. Das Ende meines Rennstalles, meines Gestütes, das ich in Olschowska hatte, ehe der Krieg alles kaputtgemacht hat. Meine Pferde, meine herrlichen Pferde. Sie kennen nicht wissen, was mir das für ein Schmerz ist.«

Inzwischen hatten die Feuerwehrleute eine Wasserwand oder besser einen Wasserriegel zur Fabrik gelegt und mit langen Feuerhaken begonnen, die Balken und Bretter auseinanderzuziehen.

Ungerührt vom Schicksal seines letzten Pferdes, unbeteiligt an dem brennenden Stall und dem vielleicht toten Franzek schwadronierte Pan Drigas weiter. »Wissen Sie, Herr Inscheneer, mein Freund, der Fürst Czartoryjski, ein Kavalier, sage ich Ihnen, der verstand etwas von Pferden, der sah es den Einjährigen an, was sie bringen würden auf der Rennbahn. Viele sagen jetzt, er hätte es mit den Russen gehalten, das stimmt nicht. Die sollten nur einmal rübergehen nach Kongreßpolen zu den Russen. Da würden sie schon sehen, was wir an unserer Monarchie haben, wie das alles ordentlich ist. Und der Wohlstand bei uns. Die würden Augen machen. Und wie der Adel bei uns gehalten ist. Wir haben Abgeordnete im preußischen Herrenhaus. Die Fürsten Radziwill stehen dem Herrscherhaus nahe. Und drüben bei den Russen, wo ist da der Adel? In Sibirien verbannt. Und wie bei uns die Industrie gefördert wird.

Sehen Sie mich an. Wo hätte da einer wie ich einen Rennstall haben können? Verkehr mit den edelsten Familien des Landes! Als Freunde!«

Erst viel später sollte ich diese merkwürdige Vorliebe für den Adel begreifen lernen. Die Adelsrepublik des 18. Jahrhunderts war noch immer das Ideal des nur in Ansätzen vorhandenen polnischen Bürgertums. Handwerk und Mittelbetriebe, die Voraussetzung für eine gewachsene Industrie, waren meist deutschen oder jüdischen Ursprungs. Die Polen dagegen gingen gerne, wenn eine Begabung da war, in Berufe, die dem Feudalen nahestanden. Sie wurden Künstler, nahmen als Offiziere auch Dienst in fremden Armeen, wenn sie es nicht mit ihrem Gewissen vereinbaren konnten, in den Heeren der Unterdrücker Dienst zu nehmen. Wenn man nur einen Säbel an der Seite hatte, ein Pferd und etwas Geld zum Feiern, denn das gehörte dazu. Am ehesten noch hatte man sich mit der österreichischen Verwaltung arrangiert. In dem in Auflösung befindlichen Habsburgerstaat hatten die Polen in ihrer Katholizität einen Förderer, der in mehr als einer Hinsicht den polnischen Wünschen entgegenkam. Die polnischen Truppenteile oder die mit Mehrheit aus Polen rekrutierten Verbände galten als zuverlässiger als zum Beispiel die aus Tschechen bestehenden Kontingente. In der österreichischen Armee bestanden auch Aufstiegschancen. Es ist kein Zufall, daß die Stabsoffiziere um Pilsudski ihre Ausbildung und ihren Weg in der österreichischen Armee gefunden hatten.

Anders als in den anderen Teilbereichen der auseinanderstrebenden k. u. k. Armee war man im damaligen Polen durchaus militärfromm, aber immer mit dem Hintergedanken, das ist ja unsere zukünftige national-polnische Armee. Man lebte, was das Politische anbelangte, im Übermorgen. Und dieses Übermorgen würde nach der Auffassung der schmalen Schicht der Bürgerlichen eine

Weiterentwicklung der alten feudalen Adelsrepublik des 18. Jahrhunderts sein. Sollten doch die Deutschen und die Juden die Wirtschaft machen. Dazu waren die gerade gut genug. Wenn man genug gelernt hatte, würde man auch diese wenig geliebten wirtschaftlichen Dinge in die Hand nehmen, sobald man erst den eigenen Staat hatte. Diesem eigenen Staat stand aber Preußen-Deutschland, auch wenn es den Krieg verlieren sollte, ja verlieren mußte, sehr viel hinderlicher im Wege als die k. u. k. Monarchie. Selbst wenn die deutsche Idee, die wohl im kaiserlichen Hauptquartier diskutiert wurde, ein Königreich Polen mit einem deutschen Prinzen an der Spitze, mit einer Fürstin Radziwill als Königin bringen sollte. Deutschland mit dem preußischen Kern war ihnen immer noch zu stark für den jungen polnischen Staat, den sie sich schon aus diesem Grunde nur als Republik mit einer so liberalen Komponente vorstellen konnten, daß das Freiheitsbedürfnis des einzelnen erst kurz vor dem Kollaps, dem Umkippen in die Diktatur haltmachte. Das war so in etwa die Bewußtseinslage der Umgebung, in der ich mich mit meinen Eltern befand.

Jedesmal, wenn sie wieder hinlangten, fiel ein Stück Schuppen zusammen. Und dann, ich schrie auf! Ein Stück Hinterhand von Lotta. Ich wollte hin, zu Hilfe eilen. Aber der Vater hielt mich fest. Er sagte: »Du kannst nichts mehr helfen, da kommt jede Hilfe zu spät.« Die Feuerwehrleute wurden nun aufmerksamer und legten Teil für Teil des Pferdes bloß. Der Geruch angekohlten Fleisches machte sich bemerkbar. Vater sagte: »Wie an der Front.« Einige Männer nickten. Die Feuerwehr hatte sich jetzt mehr nach der Vorderhausseite vorgearbeitet, dahin, wo in der Regel Franzek schlief. Der eine gab ein Zeichen. Zwei Wehrmänner wollten zu Hilfe eilen, wurden aber mit einer Handbewegung gebremst. Pan Drigas rief: »Ein Arzt her, es muß ein Arzt kommen!« Einer seiner Fabrikarbeiter rannte davon. Pan Drigas hatte das in polnischer Sprache gesagt, und das nun einsetzende Gespräch wurde polnisch weitergeführt. Es mischten sich weibliche Stimmen in das erregter werdende Gespräch. Ich hörte: »Man muß seine Frau verständigen.« – »Hat er eine?« – »Die wird sich freuen, wenn sie den los wird.« – »Wie können Sie so etwas sagen. Vielleicht stirbt er wirklich. Er war immer gut zu den Kindern.«

Jetzt kam der Arzt, es war Dr. Schimanski, der auch uns besuchte, wenn in unserer kleinen Familie etwas zu kurieren war. Die Feuerwehr hatte mehr und mehr den Teil zum Vorderhaus hin freigelegt. Und nun zogen sie unter einem Gewirr von Balken und Brettern und Stroh und Bettgestell und Kleidern und alten Lumpen eine Gestalt hervor, die nur Franzek sein konnte. Es war ganz still in diesem Augenblick. Der Arzt drängte sich nach vorn. Die Männer trugen die leblose Gestalt auf den freien Raum. Dr. Schimanski beugte sich über Franzek. »Er lebt noch«, rief er nach einer kleinen Weile, während der ich nicht sehen konnte, was passierte. Ein Aufatmen ging durch die Menge. Und gleich setzte das Gespräch der Frauen wieder ein. »Was wird er haben? Wird er wieder gesund werden?« Alles das polnisch. Dr. Schimanski, nun auch polnisch: »Er muß sofort ins Krankenhaus.« Nun riefen die Frauen durcheinander: »Ein Priester muß her. Er muß versehen werden. Er muß zu den Schwestern. Nicht ins Lazarett zu den Deutschen.« Und dann hörte ich es: »Ob das nicht vielleicht die Deutschen waren?« Es kam noch ganz vorsichtig, zaghaft, eine Frage, von der man sogleich wieder zurücktreten konnte. Aber es wurde von den Frauen aufgenommen. »Die Deutschen? Ach, Quatsch, besoffen war er.«

Ich war noch immer an der Hand meines Vaters. Ich zog ihn jetzt zu mir herunter und flüsterte ihm ins Ohr: »Die sagen, das könnten die Deutschen gewesen sein.« Dabei sah ich ihn fragend an. Mein Vater richtete sich mit einem Ruck auf: »So ein Unsinn«, sagte er, und zu Pan Drigas gewandt fragte er: »Versichert?« Pan Drigas zuckte die Schultern und sagte: »Nu, so ein bißchen. Ist ja mehr ein Anbau ans Vorderhaus gewesen. Hat mit der Fabrik eigentlich nichts zu tun. Man wird sehen. Es sind, wissen Sie, eigentlich zwei Unternehmen. Die Möbelfabrik ist das eine; Franzek aber gehörte zum Transportgeschäft.« Die Frauen, die Deutsch verstanden, übersetzten es den anderen, und diese setzten das Gespräch polnisch fort: »Ihr werdet sehen, der Drigas wird mit den Deutschen machen, und dann wird er bekommen viel und viel. Aber der arme Franzek, ob er überhaupt am Leben bleibt. Wenn der Drigas mit den Deutschen . . .« Und sie zuckten vielsagend die Schultern.

Als der Wagen des Abdeckers kam, wurden wir Kinder nach oben in die Wohnungen geschickt. Wir sollten den gruseligen Abtransport unseres Spielkameraden nicht miterleben. Schemko und ich weinten. Wir waren uns einig darüber, daß Franzek sicher wieder zuviel getrunken hatte. Vater nahm mich noch einmal vor: »Was hattest du mir da zugeflüstert? Die Leute hätten gesagt, daß es die Deutschen gewesen wären?« – »Das haben sie nicht direkt gesagt. Nur so vermutet, mehr so gefragt.« Vater meinte: »Wer konnte denn schon Interesse an der alten Lotta oder gar dem Franzek haben.« Aber ich merkte mir: Es sind jetzt immer die Deutschen, wenn was passiert.

Bolschoi prasnik

Der tragische Tod von Lotta war Schemko und mir sehr nahe gegangen. Von Franzek erfuhren wir noch am nächsten Tag, daß er vor allem an einer Rauchvergiftung Schaden genommen hatte, und natürlich war alles schlimmer geworden durch seinen Mordsrausch. Die Polizei hatte Pan Drigas gefragt, ob er Anzeige zu erstatten wünsche. Er hatte das hinausgezögert, um erst einmal mit seinem Versicherungsmann die Sache sehr gründlich zu besprechen und vorsichtshalber auch noch seinen Rechtsanwalt hinzuzuziehen.

Unsere Mütter überboten sich, Schemko und mich, die einzigen Leidtragenden um Lotta, nach Kräften zu trösten. Das bedeutete Kekse oder diese Kriegsbonbons, die die Erwachsenen nicht mochten, oder es war auch mal, daß wir einen Klaps, den wir verdient hatten, eben nicht bekamen. Gegenüber den anderen Kindern im Haus bezogen wir eine Vorzugsstellung.

Die Zeit verging. Inzwischen schrieb man das Jahr 1918. An einem besonders schönen Tag waren wir Kinder gerade dabei, eines unserer Lieblingsspiele zu beginnen, ›Häuschen bauen‹ oder, wie wir es nannten, ›Bude machen‹, als meine Mutter uns zum Essen rief. Als sich Schemko davontrollen wollte, wurde er von meiner Mutter aufgehalten und ihm bedeutet, daß er heute bei uns esse. Sie habe das mit seiner Mutter abgesprochen, weil oben bei den Großeltern zuviel vorzubereiten sei. Der Verlobte seiner Tante, der jüngeren Schwester seiner Mutter, sei mit einem Offizierskommando von Krakau nach Posen gekommen, gewissermaßen auf Durchreise, und habe seinen Burschen oder Offiziersdiener schon mit vielen guten Sachen vorausgeschickt und komme mit den anderen Offizieren zum Nachtmahl.

Natürlich war meine Mutter dazugebeten worden, aber sie hatte abgesagt. Ohne meinen Vater hätte sie an einem solchen Abend nicht teilnehmen wollen, und für meinen Vater war eine solche Abendeinladung unmöglich, als preußischer Offizier. Von diesen Dingen ahnten wir wenig, erfaßten das Wenige mehr mit dem Gemüt, erahnten vieles, was wir nicht wußten, und handelten danach, was die Erwachsenen oft in nicht geringes Erstaunen versetzte.

Schemkos Mutter hatte von meiner Mutter erwirkt, daß ich gegen Abend mit Schemko raufkommen sollte, um an den guten Dingen teilzuhaben. Meine Mutter konnte das nicht abschlagen, denn es war Krieg, und gute Dinge waren rar. So aßen wir das kleine Mittagessen, irgendein Saucengericht, Schnittlauch oder Petersilie oder Majoransauce mit viel Kartoffeln. Anstelle des Fleisches gab es einen Ersatz in Form von Bratlingen. Plazeks nannten wir sie. Sie waren die wunderbaren Produkte der Phantasie der jeweiligen Hausfrau. Aus der Grundmasse, bestehend aus Kartoffeln mit Zusätzen von Haferflocken, Graupen, Kohlrüben und einer ganzen Menge von Gewürzen, auch die zum Teil schon Ersatz, wurden handtellergroße Laibchen – die Plazeks – geformt und diese dann mit einem Minimum an Fett goldbraun gebacken. Meine Mutter hatte es bei dieser Art von Zauberbuletten, wie sie mein Vater nannte, zu einer gewissen Meisterschaft gebracht. Auch Schemko fand, daß die unseren besonders gut schmeckten, da das Fleisch nicht so vorschmeckte. Als wir lachten, meinte er, die Plazeks bei ihnen seien immer gleich, aber die unseren, er habe nun schon mehrere bei uns gegessen, hätten jedesmal völlig anders geschmeckt. Und wie anders! Hedwig, unser Mädchen, das bei den kleinen Mahlzeiten mit mir und Mutter aß, lachte. Meiner Mutter war es etwas peinlich, aber dann kam der Nachtisch. Es war jetzt im Kriege der Höhepunkt jeder Mahlzeit, weil wir genügend Zucker bekamen in Posen und weil wir zu dieser Zeit auch genügend Milch hatten. Meine Mutter bereitete die feinsten Karamelpuddings. Aus gehacktem Backobst von der Großmutter, aus passierten Graupen entstand ein ›Reis Trautmannsdorf‹, der zumindest geschmacklich eine wunderbare Süßspeise abgab. Und aus altem Brot, in Milch eingeweicht, gehackten Backpflaumen – wieder aus Großmutters Garten – und einer süßen Mehlsauce mit Vanillegeschmack entstanden ebenfalls als Nachspeise ›Scheiterhaufen‹ genannte Köstlichkeiten.

Ganz anders sah das aus, was uns wenige Stunden später, die wir mit ›Bude machen‹ verbracht hatten, bei Drigas erwartete. Wir hatten unser Spiel schon unterbrochen, als wir die schweren Stiefel der Offiziere und vorher der Offiziersburschen die Treppen hochgehen hörten. Wir wurden gerufen. Meine Mutter sagte mir noch schnell ins Ohr, ich solle polnisch sprechen, was ganz und gar überflüssig war, denn bei Drigas hatte ein polnisches Fest seinen Anfang genommen. Als wir eintraten, war Pan Drigas gerade dabei, Schnaps, den berühmten Zubrowka, einzuschenken. Die Damen und die Herren hatten jeder ein Glas in der Hand, und die Mutter von Schemko ging von einem zum anderen und bot kleine feine Häppchen an, ›Kanapki‹ nannte man sie. Es war immer ein Bissen, dann wurde ein Zubrowka, der gute Büffelgras-Schnaps getrunken, damit der Geschmack wieder ganz rein wurde, wie Pan Drigas sagte. Er kam kaum nach mit dem Einschenken, wogegen sich auch niemand wehren konnte. In der einen Hand hielten sie den Teller, worauf Schemkos

Mutter die ›Kanapki‹ legte, immer von neuem und immer andere. Waren es erst kleine Scheiben Weißbrot gewesen, mit Hering belegt, kamen nach einer Runde Schnaps gesäuerte Pilze, eine Reizgerart, die man mit halbierten Eiern, auf die Schinkenstückchen gelegt wurden, zusammen aß.

Das alles fand im Musikzimmer statt, so genannt nach einem alten Klavier, das an der Wand stand und zunächst fürs kalte Buffet diente. Es waren mehrere Offiziere anwesend, die unterschiedliche Uniformen trugen, die einen das Hechtblaugrau der k. u. k. Armee, die anderen das Feldgrau der deutschen Soldaten. Ich wurde gleich zu Anfang dem Ranghöchsten als kleiner Deutscher vorgestellt, wahrscheinlich eine Schutzmaßnahme. Es wurde betont, man solle sich nur anhören, wie gut ich Polnisch spräche. Tatsächlich sprach mich der Offizier an, fragte, was mein Vater mache und warum er nicht an der Front sei.

Inzwischen lief Pan Drigas von einem zum anderen und goß immer wieder neuen Schnaps ein. Auch wir Kinder hatten einen kleinen Teller mit ›Kanapkis‹ bekommen, und der österreichische, polnisch sprechende Offizier sagte: »In Polen sind die Kinder immer dabei. Heißt es doch in unserer Nationalhymne: ›Noch ist Polen nicht verloren, solange wir noch leben.‹ Und dazu gehören auch die Kinder.«

Nachdem der Offizier und die Umstehenden erfahren hatten, daß mein Vater Offizier und verwundet gewesen sei, war ich sozusagen akkreditiert. Und einer sagte: »Vielleicht bleibt er dabei. Ingenieure kann man nicht genug haben, wenn sie nur ihre Sache gut machen, da ist die Gesinnung nicht so wichtig.« Er wurde von Schemkos Mutter unterbrochen, die die Schiebetür zum Eßzimmer öffnete und zum Essen bat. Die allgemeine Unterhaltung war schon sehr angeregt durch die zahlreichen Schnäpse, die Pan Drigas den einzelnen verpaßt hatte, besonders den

Offizieren. Im Eßzimmer erwarteten die Eintretenden zwei junge Damen, die Freundinnen von Schemkos Tante. Im folgenden zeigte sich, daß tatsächlich in Krakau unter der österreichischen Verwaltung alles besser, reichlicher und die Kontrollen bei weitem nicht so streng waren wie in Polen. Das fing schon bei der Suppe an, die Schemko, ich und die kleine Stefani, die eine der Damen mitgebracht hatte, an einem angestellten Tischchen, dem Katzentisch, einnahmen. Schemko versicherte, es sei eine Barszcz-Suppe ›á la Polonaise‹, weil mit gehackten Eiern und Dill bestreut. Die Erwachsenen bekamen wieder Schnaps dazu, den Pan Drigas als den sehr wichtigen ›Suppenschnaps‹ anpries, ohne den das ganze Essen in Gefahr gerate, nicht bekömmlich genug zu sein, was von den Offizieren mit zustimmenden Worten bedacht wurde.

Was ich von dem Erwachsenentisch an Reden aufschnappte, ging um die Revolution, die man laut verkündete. Pan Drigas hielt nach der Suppe eine Rede. Dazwischen goß einer der Offiziersdiener einen Rotwein in die Gläser, von dem die Herren aus Österreich sagten, daß es Bestände aus Südtirol seien, die schier unerschöpflich schienen, und daß Italien einer der ganz wichtigen Freunde Polens sein werde. Und zu Pan Drigas gewandt meinte er, daß da auch noch sein Weizen blühen werde, denn die Italiener brauchten Holz, so wie Polen Wein. Wie soll man einen Anfang machen ohne Wein? »Meßwein natürlich«, warf einer ein, und alle lachten, während ich mich bei Schemko erkundigte, was es mit dem Meßwein denn für eine Bewandtnis hätte.

Nun setzte der österreichische Pole zu einer Rede an. Ich hörte nur heraus, daß er schon im Herbst wieder zu Hause sein wollte und daß bis dahin der neue Polenstaat stünde. Inzwischen hatte die Mutter von Schemko eine große Platte mit Piroggen hereingebracht. Sie wurden zur Suppe gegessen und, wie Pan Drigas sagte, mit Wodka begossen.

Die Piroggen bestanden aus gekochtem Sauerkraut, das mit geräuchertem Speck aufgebraten war, mit kaltem Braten vermischt, in kleine Portionen geteilt, dann in dünnen Teig eingeschlagen und in heißem Fett ausgebakken war. Meine Mutter brachte so etwas auch auf den Tisch. Bei uns war das aber ein ganzes Essen und wurde nicht nur so nebenher zur Suppe gegessen.

Der österreichische Pole hatte indessen immer weiter geredet, die anderen unterbrachen ihn mit Zurufen, hieben mit den Fäusten Zustimmung auf den Tisch und waren ganz einig mit ihrem Redner. Der kam jetzt zum Schluß, steigerte sich, und dann sangen alle: »Hundert Jahre soll er leben!« Der Österreicher trank sein Glas aus, erst den Wodka und dann den Wein, was die Offiziersdiener wieder in behende Tätigkeit versetzte, und auch Pan Drigas goß so eifrig Wodka nach, wie der Diener den Wein. Nach dem Lied, das eine Hochachtung für den Österreicher bedeutete, schrien alle. Ehe sie aber die gefüllten Gläser wieder leeren konnten, kam Schemkos Mutter mit einer großen Silberplatte mit braun gebackenen Karpfenstücken. Alle sagten: »Ah!« Ihre jüngere Schwester, die auf einen Wink die Tafel verlassen hatte, kam mit Sauciéren und Schüsseln zurück. Auch uns Kindern wurde ein kleines gebratenes Stück Fisch vorgesetzt. Schemkos Tante gab einen Klacks Sauce auf den Fisch. Ich verstand nicht, wie sie die Sauce nannten. Der Österreicher sagte herüber: »Die Deutschen nennen es Kren.« Dieses Wort kannte ich aber auch nicht. Schemko forderte mich auf zu kosten. Ich nahm einen großen Happen. Hörte noch die Worte Schemkos: »Kren mit Schlagobers!« Dann hörte ich nichts mehr, denn ich dachte, mein Mund wäre ein glühender Ofen. Er brannte wie Feuer. »Runterschlucken«, feixte Schemko, der Teufel. Alle lachten jetzt. Schemkos Tante, die hübsche junge, sagte: »Ein Stück Fisch oder Brot, und dann ein Schluck

Schnaps.« Das brannte zuerst noch mehr, aber ließ dann nach.

Alle waren jetzt mit dem Fisch beschäftigt, machten der Mutter von Schemko Komplimente, sagten ihr, wie köstlich alles sei, daß aber das Allerköstlichste die Hausfrau sei. Ein Jammer, daß ihr Mann noch im Felde sei, aber das werde nicht mehr lange dauern, worauf alle wieder in Begeisterung ausbrachen. Die Männer lachten wieder und tranken ihren Wodka. Ich sah von meinem Fisch auf und fand, daß beileibe nicht alle die Hände auf dem Tisch hatten. Bei meinen Eltern gehörte das zum guten Ton, während des Essens die Hände, beide, auf dem Tisch zu haben. Nicht hier. Der Bräutigam von Schemkos Tante hatte nur eine Hand auf dem Tisch und spielte mit dem Schnapsglas, die andere hatte er auf dem Oberschenkel seiner Braut. Ich konnte gut von der Seite des Katzentischchens sehen, wie er da sehr eifrig den Stoff befühlte und über den Schenkel von Schemkos Tante strich. Ob er den Stoff prüfen wollte? Von Mutter wußte ich, daß man im Kriege vorsichtig mit den Stoffqualitäten sein mußte und erst kaufen konnte, wenn man ihn sehr intensiv untersucht hatte. Und ich sah ja, wie intensiv der Bräutigam beschäftigt war. Aber nein, es konnte nicht der Stoff sein. Ich sah jetzt, wie ein anderer der Offiziere Schenkel und Taille von einer der Freundinnen von Schemkos Tante bearbeitete. Vielleicht, dachte ich, ist das überhaupt so Sitte. Jetzt kam aber eine neue Variante. Ich sah, wie auch Schemkos Tante ihrem Bräutigam über den Schenkel und weiter nach oben strich, aber mit einer schnellen, etwas hastigen Bewegung. Es lag auch etwas Beschwichtigendes darin. Der andere Offizier hatte die Hand von der Dame genommen und sah den Österreicher fragend an. Der nickte, worauf er an die Mutter von Schemko gewandt sagte, er müsse jetzt unbedingt eine Damenrede halten. Alle jubelten. Der junge Offizier hielt nun eine Rede, in der er die

Frauen überaus lobte und behauptete, solche Frauen wie die Polinnen gäbe es nicht mehr auf der Welt. Schemkos Tante und ihr Bräutigam sahen sich wieder lange an, strichen sich gegenseitig über die Schenkel, wobei er noch etwas ihre Brust drückte, und dann war es soweit, daß alle wieder Wodka und Wein tranken.

Es stand jetzt wohl etwas Besonderes bevor, denn die Diener räumten eilig das Geschirr ab, deckten neue Teller, wenn auch sehr verschiedene, sie waren nicht alle gleich groß und von demselben Muster wie bei uns, aber dafür war sehr viel mehr drauf. Und dann kam ein richtiger großer polnischer Kalbsschinken, ein Szynka Cielęca, braun und warm mit einer Brotkruste darum. Sie brachen in Schreie voll Bewunderung und Begeisterung aus. Ich dachte zuerst, es wäre wieder Polen und der Sieg des Vaterlandes, aber es war der Kalbsschinken in Brotteig.

Pan Drigas hatte ein riesiges Messer und eine ebenso große Gabel in der Hand und begann jetzt unter großem Gerede, den Kalbsschinken anzuschneiden. Mitten drin meinte er, was die anderen offenbar sehr witzig fanden, daß das Geschäft so schwierig sei, daß er sich unbedingt stärken müsse. Alle anderen waren schon vom Zusehen schwach geworden und tranken einen doppelten Wodka. Während des Aufschneidens befaßten sich die jüngeren Herren wieder sehr intensiv mit ihren Damen. Wieder mußte ich feststellen, daß das Streicheln nicht das einzige blieb. Es wurden nun schon kleine Küßchen verteilt, die Brust gedrückt und die Taille umschlungen und immer liebevollere Blicke getauscht. Ich nahm mir vor, das alles bei uns zu erzählen, das Essen Mutter sehr genau zu beschreiben, aber die Sache mit dem Streicheln, Drücken und Küßchengeben mit Hedwig, meiner Hedwig, zu besprechen, ihr alles zu zeigen und dann erst mit Mutter zu besprechen, wenn überhaupt. Das sollte Hedwig entscheiden.

Inzwischen ging das ›Bolschoi prasnik‹ weiter. Pan Drigas verteilte große Scheiben des Kalbsschinkens im Brotteig und vergaß nicht anzumerken, daß es auch hier üble Folgen haben könnte, wenn man dieses köstliche Fleischgericht, das man in dieser Art nur in Polen bekommen könnte, nicht mit dem richtigen Maß an Wodka zu sich nehmen würde. Auch die Damen nahmen ein Gläschen davon, und selbst Schemko und ich aßen die uns verabreichten Portionen, die seine Mutter uns brachte, mit einem Schlückchen Wodka. Ich konnte mich nicht erinnern, jemals so gut und so viel gegessen zu haben. Schemko meinte, daß das auch bei ihnen nicht immer auf den Tisch käme, aber die Offizierskommission, der sein zukünftiger Onkel angehöre, sei schon eine große Sache. Auf meine Frage, warum das eine große Sache sei, setzte er mir auseinander, so gut er es konnte, daß das die erste offizielle Kommission, aus beiden Armeen zusammengesetzt, sei, die ganz offiziell von Lemberg nach Polen gekommen sei mit Unterstützung der Österreicher. Nun wollten sie ausprobieren, ob die Preußen das auch mitmachen würden, daß unter ihren Augen schon die polnische Armee zusammenträte, gewissermaßen unter Duldung der Staaten, aus deren Teilen der neue polnische Staat gebildet werden sollte. Die Österreicher hatten schon die nötigen Papiere ausgestellt, um nach Polen zu kommen, und es war eben die Frage, ob die Preußen, wie man in diesem Fall die Deutschen nannte, dies auch mitmachen würden.

Ich dachte mir, daß das alles meinen Vater sehr interessieren würde, dem ich das, eben diesen Teil des Bolschoi prasnik, erzählen würde. Auch was die so alles berichtet hatten von gemeinsamen Oberkommandos, von bereits bestehenden rein polnischen Truppenkontingenten, die sofort eingesetzt werden könnten, daß aber nicht die Österreicher, die die ganze Sache befürworteten, sondern die Preußen die eigentlichen Feinde seien.

Die Damen sagten »Wir können nicht mehr« und lehnten sich auf ihren Stühlen zurück, und die Herren knöpften sich ihre Uniformkragen auf, nachdem sie vorher die Damen um Erlaubnis gefragt hatten, was aber nicht ernst gemeint war, denn gerade sah ich, daß nicht nur die Braut dem Bräutigam in die Hosentasche gefahren war, sondern daß das auch die andere junge Dame tat, obwohl sie den Offizier doch gerade erst kennengelernt hatte, aber das mochte eben der Wodka ausmachen, den man ja nach Pan Drigas brauchte, um den Schinken überhaupt verdauen zu können. Pan Drigas hatte gerade wieder ein gewaltiges Stück Schinken in den Mund geschoben, als er das Stichwort einer der Damen aufnahm, daß es sehr warm sei. Das war das Signal, daß nun das Bolschoi prasnik in eine neue Phase getreten war. Wer noch nicht seinen Schinken und die köstliche Brotrinde und den nötigen Wodka zu sich genommen hatte, beeilte sich, das jetzt zu tun. Die Gläser wurden geleert, und Schemkos Mutter bat in den Nebenraum, der sich bei Drigas immer der Salon nannte mit dem Zusatz Musiksalon, weil dort das Klavier an der Wand stand. Pan Drigas zeigte sich nun in seiner ganz Vielseitigkeit. Er setzte sich an das Klavier und spielte einen Krakoviak, sehr laut, wie mir schien, und auch sehr falsch, aber das konnte auch das Klavier sein. Offensichtlich störte das niemanden. Die vier Paare tanzten. Schemko, von seiner Mutter dazu aufgefordert, hopste mit Stefania herum. Es sah aus wie Lämmerspringen. Stefania hatte sich als nicht sehr spielfähig erwiesen. Als Freundin eignete sie sich offensichtlich nicht.

Der Krakoviak war ein sehr lauter Tanz, weil außer der Musik, oder was als solche gedacht war, noch das Aufstampfen mit den Füßen hinzukam. Wir hatten das schon des öfteren, wenn die Freundinnen von Schemkos Tante einfielen, erlebt. Mein Vater konnte dann nicht schlafen, weil unser Elternschlafzimmer unter dem Musiksalon von

Drigas lag. Jetzt ging das mit verstärkter Wucht, mit Offiziersstiefeln, weiter.

Schemko war das Herumspringen mit Stefania leid. Er kam zu mir mit dem Nachtisch. Früchte, die in einer Art Schnapssauce schwammen. Er erzählte, daß er noch nicht Krakoviak tanzen könne. Es sei mit der schönste polnische Tanz. Die anderen polnischen Tänze seien auch schön, wie Mazurka und Polka und Polonaise, überhaupt hätten die Polen das Tanzen erfunden, oder hätte ich schon mal Deutsche tanzen sehen? Deswegen werde auf allen polnischen Festen getanzt, das sei man dem polnischen Vaterland schuldig, genauso wie das gute Essen. Nach seiner Theorie, wenn man von einer solchen sprechen konnte und wie ich sie verstanden habe, war auch das Essen, und zwar das gute Essen eine vaterländische Tat, die Polen nützte, weil sie den Feinden Polens, den Mittelmächten, schadete. Was wir gegessen haben, das können die kaiserlichen Truppen eben nicht mehr essen.

Die Vernehmung

Mir war dieses Essen, besonders die Schnapsfrüchte, nicht so recht bekommen. Während die Erwachsenen immer stürmischer Krakoviak und andere wilde, verwegene Tänze absolvierten, das Klavier behämmert wurde, daß man denken konnte, die Saiten sprangen jeden Moment, hatte ich das dringende Bedürfnis, raus aus dem Trubel zu kommen. Schemkos Mutter schien mir das anzusehen. Sie nahm mich still und ohne ein Wort zu sagen bei der Hand und führte mich bis an die Treppe. Sie überzeugte sich noch einmal, daß ich auch allein die Treppe hinuntergehen könnte, dann eilte sie wieder zurück zu ihren aufregenden und aufgeregten Gästen.

Meine Mutter schien auch zu wissen, was mit mir los war. Sie führte mich still ins Badezimmer und überließ mich meinem Schicksal. In einer Viertelstunde war alles vorbei. Meine Mutter fragte nicht, kochte mir einen Kamillentee, der mein aufrührerisches Innenleben beruhigte, und brachte mich nach gründlicher Wäsche ins Bett. Am nächsten Morgen kam ich beim Frühstück allein aufs Erzählen, wie alles gewesen war und daß es wohl die Schnapsfrüchte gewesen wären. Als ich einiges von den Offizieren zu berichten anfing, meinte sie, ich solle mir das für Vater aufheben, den das sicherlich interessieren würde. Auch von den Dingen, die ich bei Tisch und danach bei der jungen Tante von Schemko beobachtet hatte und die ich unbedingt mit Hedwig besprechen wollte, sagte ich Mutter nichts. Mutter hatte genug zu hören von dem guten Essen und Trinken, ja sogar über die Kleider der Damen konnte ich etwas sagen, denn dazu hatte sie mich erzogen, darauf zu achten und es auch wiedergeben zu können. Bei der Beschreibung des Kleides der Freundin von Schemkos Tante hätte ich mich dann doch beinahe verplappert, als ich beschrieb, wie nur ein schmaler Träger das Kleid über der Schulter hielt, den dann der Offizier auch noch heruntergezogen hätte, um die Dame auf die Schulter zu küssen. Mutter wurde ganz wißbegierig, was denn sonst noch gewesen wäre, aber ich hütete mich, meine Geheimnisse, die doch Hedwig vorbehalten waren, preiszugeben.

Vater war von Mutter schon, als er am Nachmittag aus dem Dienst kam, über meine Erlebnisse informiert worden. Als ich jetzt ins Herrenzimmer gerufen wurde, war mir direkt etwas feierlich zumute. Schon ins Herrenzimmer gerufen zu werden, war ungewöhnlich. Meistens mußte ich dahin, wenn ich etwas Dummes gemacht hatte und Vater mit mir ins ›kleine Gericht‹ gehen wollte. Diesmal war das ganz anders. Vater wollte etwas von mir. Mutter hielt das, was ich gesehen oder gehört hatte, für so wichtig, daß es Vater unterbreitet werden sollte. Ich war damit eine Stufe höher geklettert. Ich hatte Nachrichten zu bieten. Und die hatte nur ich.

Vater begann ganz langsam und ruhig: »Nun erzähl mal.« Er wollte aber gar nicht das wissen, was mir so wichtig schien, nämlich über den Krieg, über Gefechte, die der eine oder der andere mitgemacht hatte. Das überging er, vielmehr fragte er, was denn die Herren für Ränge gehabt hätten. Was das mit dem oder den Österreichern auf sich gehabt hätte. »Aber der Reihe nach«, unterbrach er sich dann. »War der Österreicher der älteste? Was hatte er denn für einen Rang? Wie redeten die anderen ihn an?« Bald hatte er herausgefunden, daß der Österreicher der älteste war, daß er mit Major angeredet wurde und daß der

Jüngere ihn duzte, wenn er deutsch sprach, was ab und zu vorkam. Daß der Major auch den Oberleutnant duzte, daß diese aber die anderen beiden mit »Sie« und »Herr Kamerad« anredeten. »Klar«, sagte mein Vater, »das sind Österreicher. In der österreichischen Armee ist das eine alte Sitte.«

Dann interessierten meinen Vater die Uniformen, vor allem aber die Abzeichen. Er wollte herausfinden, um welche Truppenteile es sich wohl gehandelt haben könnte. Er fand heraus, daß die Österreicher Kavalleristen waren, und die aus der deutschen Armee kamen, waren Infanteristen. Von Schemkos Tante wußten wir, daß ihr Bräutigam Hauptmann war, sein Kamerad Oberleutnant. Beide waren, was meinem Vater besonders wichtig schien, zu einer Quartiermeisterabteilung kommandiert, also nicht bei einer Fronttruppe. Dasselbe schien auch bei den Österreichern der Fall zu sein. Ich hatte gehört, wie sie sich immer wieder über ›Lagerbestände‹ unterhalten hatten. Die Worte wie ›Lagerbestände‹ oder ›Tagesrationen‹ gebrauchten sie immer in deutscher Sprache, was mir das deutliche Hinhören sehr erleichtert hatte. Eine ganz wichtige Sache schien dem Vater das, was über Eisenbahnverbindungen gesagt worden war. Dabei wurde der Vater ganz dringlich, ob ich mich auch genau darauf besinnen könnte. Ich dachte, klar Eisenbahn, das ist eben Vaters Fach. Aber warum wollte er so Sachen wie die Verbindung von Birnbaum-Samter nach Schrimm-Jarodschin wissen? Ich fragte ihn direkt, warum er gerade das wissen wollte. Er machte jetzt ein sehr sorgenvolles Gesicht und seufzte: »Ach, warum? Weil wir ja kaum noch wissen, welche Strecken überhaupt noch in unserer Hand sind. Welche Strecken sind fest in ihrer Hand, welche Strecken gebrauchen sie gegen uns, indem sie sie blockieren oder wichtige Brücken sprengen oder zur Sprengung vorbereiten? Wer sind wir denn noch in unserem Lande? Aber das kannst du ja nicht wissen oder verstehen.«

Er nahm mich jetzt fest an seine Hand und sah mich eindringlich an. »Darüber darfst du aber mit keinem sprechen außer mit Mutter oder mit mir. Auf keinen Fall mit deinen polnischen Freunden.« Ich entgegnete ihm, daß wir über so etwas gar nicht sprechen und daß Schemko immer sage, daß wir Deutschen den Krieg verlieren würden, ja schon verloren haben. Daß wir alle in ganz kurzer Zeit nach Brandenburg gehen müßten. Dort müßten wir Marmelade fressen, weil wir ja den Krieg verloren hätten. Das leise, schmerzliche, halbe Lächeln meines Vaters verhieß nichts Gutes. Er sagte jetzt, daß wir sehr vorsichtig sein müßten, und zu Mutter gewandt: »Du siehst es, sie treiben es ganz öffentlich. Was ich bei uns über mögliche Feindbewegungen und mögliche Feindabsichten als ganz geheim über den Schreibtisch bekomme, das erzählen die sich als Abendunterhaltung mit Damen beim Abendessen. Soweit ist es gekommen.« – »Du siehst zu schwarz«, sagte die Mutter, die hereingetreten war. Herr Drigas, bei dem sie sich bedankt hatte, daß sie mich gestern abend so großartig bewirtet hätten, habe so eine Andeutung gemacht, daß sein künftiger Schwiegersohn jetzt wahrscheinlich für längere Zeit hier bleiben werde. »Auch das ist wichtig für uns«, sagte mein Vater. Und zu mir gewandt: »Es kann sein, daß ich dich morgen oder in den nächsten Tagen mit zur Direktion nehme. Dann mußt du alles dem Kollegen noch einmal berichten.«

Dazu kam es aber gar nicht, denn schon am nächsten Tage fing mich Schemko an der Treppe ab. »Verräter«, schrie er mich an und nahm eine drohende Haltung ein, als wolle er mich angreifen. »Was denn, Verräter«, entgegnete ich. »Du hast alles, was du bei uns gehört hast, weitererzählt«, sagte er. »Wem denn?« fragte ich und tat ganz aufgebracht, denn im Grunde wußte ich genau, was er meinte. Aber wie war das, was ich bei Vaters Vernehmung gesagt hatte, so schnell zu Drigas zurückgekommen? Schemko ließ mich, ohne noch ein Wort zu sagen, stehen.

Ich ging sofort zur Mutter und fragte sie: »Wer kann das den Drigasleuten gesagt haben? Wem hat der Vater das erzählt?« Vater wurde sogleich bei seinem Eintreten in die Wohnung hochnotpeinlich befragt. Die Vernehmung drehte sich jetzt. Ich fragte, immer wieder von Mutter unterbrochen und ergänzt, mit wem Vater gesprochen hätte, wer davon gewußt haben konnte. Vater begriff sogleich den Tatbestand. »Das ist ja viel schlimmer, als ich mir das vorgestellt habe«, sagte er, schüttelte den Kopf, als ob er das eigentlich nicht glauben könne.

Am nächsten Vormittag machte Mutter sich fertig, als ob wir einkaufen gehen wollten. Sie sagte, Vater und sie hätten es sich überlegt, daß es viel zu auffällig wäre, wenn Vater mich zur Direktion mitnehmen würde. Da sei es besser, wir würden uns wie zufällig mit Vaters Kollegen treffen. Außerdem könnten wir nicht viel machen, denn der Aufenthalt der Offiziere in Drigas Wohnung werde sicher einen plausiblen Grund haben. Wir gingen in die Anlagen und setzten uns auf eine etwas abgelegene Bank. Nicht lange danach kam mein Vater mit einem Kollegen. Nach der Begrüßung meiner Mutter ging der sogleich zu Fragen über. Ob ich wisse, wo die Offiziere, von denen ich berichtet hätte, wohnten. Das wußte ich zum Teil, erinnerte mich jetzt, daß der Major gesagt hatte, er müsse sich erst von der Leistungsfähigkeit der Küche in den ›Drei Husaren‹ überzeugen, ehe er die Damen und Herren zu einem Essen ins Hotel einladen könne. Und ob das so ein Bolschoi prasnik würde wie hier, das sei die Frage. »Also ›Drei Husaren‹«, sagte der Kollege Vaters. »Und kannst du dich noch an ähnliche Dinge erinnern?« fuhr er zu mir gewandt fort. So was nicht, aber weil er doch von Kleinigkeiten gesprochen hatte, fiel mir jetzt ein, daß der Bräutigam von

Schemkos Tante den Major zum Fenster gezogen hatte, ihm das gegenüberliegende Lazarett gezeigt hatte und dabei gesagt:»Das war einmal das Gymnasium, das jetzt jenseits des Platzes in den roten Gebäuden untergebracht ist.« Der uns gegenüberliegende Komplex sei zum Lazarett für Leichtverwundete umfunktioniert worden, weil er ja gewissenmaßen an zwei Straßenzügen liege. Der Major habe geguckt und versucht, um die Ecke zu sehen und habe immer gemurmelt:»Das ist ja sehr interessant, ist ja sehr interessant.«

»Da hatte der Major aber recht«, sagte dazu der Kollege meines Vaters,»das ist mehr als interessant, aber in einer anderen Weise«, wobei sich sein Gesicht zu einem Grinsen verzog, daß sein Schnurrbart bebte.

Die Frage, wie denn die Drigas so schnell gewußt haben können, was ich meinem Vater erzählt hatte, konnte er auch nicht beantworten. Er sagte:»Das wollen wir ja gerade herausfinden.« Und weiter:»Das beste wäre jetzt, wenn wir eine richtige Observation durchführen könnten.« Ich erkundigte mich sogleich, was das denn wäre, und verhedderte mich bei dem schwierigen Wort Observation. Daß es im Deutschen auch so schwierige Worte gäbe, nicht nur im Polnischen, wollte mir gar nicht in den Sinn. Vater sagte, daß es eigentlich nur Beobachtung bedeuten würde, aber in einem besonderen Sinn, nämlich dem, daß der Beobachtete nichts von der Beobachtung merken und den Beobachtenden weder kennen noch erkennen dürfte.»Fast wie Verstecken, aber ohne Anschlag«, sagte der Kollege meines Vaters lachend.

Ginge denn das überhaupt, wandte er sich an meine Mutter, daß wir einen Beamten bei uns oder in dem Haus überhaupt unterbringen könnten, ohne daß es Drigas merken würde? Denn er sei ja der Hauswirt, der einen Anspruch darauf habe zu wissen, was in seinem Haus vorgehe. Bei der Lösung der Frage, ob und wie wir einen

Observanten im Haus unterbringen könnten, kam uns der Zufall zu Hilfe. Seit dem Krach mit Schemko benutzte ich nicht mehr die Vordertreppe, die zu unserer und zur Drigasschen Wohnung führte, sondern benutzte häufiger den hinteren Aufgang, der vom Hof aus über die Küche in die Wohnungen führte. Es war für die Lieferanten gedacht, die mit großen Gebinden in die Wohnungen wollten. Auf der Hinterstiege traf ich Irenka. Irenka war in meinem, Staschus und Schemkos Alter. Sie wohnte in den Mansarden unter dem Dach, wo auch die Dienstmädchenzimmer lagen und die der Offiziersdiener, wenn welche dagewesen wären. Sie sagte: »Daß du aber die Hintertreppe benutzt.« Deutsch. Sie sprach das in korrektem Deutsch, ohne jenen Beiklang, wie die Polen ihn haben, wenn sie deutsch sprechen. Ich antwortete noch immer erstaunt: »Wie, du sprichst deutsch?« – »Wir sind Deutsche!« sagte sie. »Mein Vater ist gefallen, und wir haben jetzt kein Geld, um zu meinen Großeltern zu ziehen. Und hier hat uns Herr Drigas die beiden Mansarden gegeben, weil meine Mutter in seiner Fabrik arbeitet. Als mein Vater fiel, da hatten wir gar nichts, und Männer für die Arbeit in der Möbelfabrik gab es auch nicht, da war meine Mutter froh, daß wir hierher kommen konnten, denn die Wohnung in der Kaserne, da mußten wir raus, weil ja ein Neuer rein mußte.« Das war mir alles ganz neu. Ich hatte Irenka nie sehr beachtet, wie Jungen in meinem Alter kleine Mädchen eben nicht beachteten. Aufgefallen war sie mir aber beim Tode von Lotta. Da hatte sie mit uns geweint.

Wir waren unter diesen Worten immer höher gegangen, ohne es zu merken. Jetzt waren wir oben. Ein langer, dürftig heller Gang tat sich auf, von dem aus einfach gestrichene Türen in die einzelnen Zimmer führten. Schlosseks, so war der Nachname von Irenkas Eltern, hatten zwei solche Zimmer, die aber nicht miteinander verbunden waren, sondern die man nur über den Gang erreichen konnte. Der eine Raum diente als Küche und Wohnraum mit einem kleinen eisernen Herd, Tisch und vier Stühlen und einfachen Holzregalen, wie ich gleich sah. Abfall aus Drigas Möbelfabrik. Das Fenster führte hinaus auf die Straße. Man hatte von hier aus einen guten Überblick über den Platz, weil das Fenster in einem Steilgiebel lag. Man konnte die ganzen Lazarettgebäude überblicken, den großen Platz, wo sonst immer der Zirkus sein Zelt aufschlug und die größeren Jungen aus dem Gymnasium ihre Turnspiele abhielten. Hier, durchzuckte es mich, könnte der Mann sitzen, der Beobachtungen machen sollte. Von hier aus könnte er alles sehen, was in dem Lazarett aus und ein ging, und könnte gleichzeitig auch unseren Hauseingang überwachen. Aber sonst? Auf den Holzregalen standen und lagen auf ungehobelten Brettern die Tüten mit Lebensmitteln, ein Fach weiter ein Stück weißes Papier und etwas Eingepacktes, das wie Brot aussah, einige Tontassen, angeschlagen, in den unterschiedlichsten Farben und Größen. Ein Kochtopf aus Eisen und mehrere Tiegel und Töpfe aus Ton. ›Bunzel-Tippel‹ nannten wir diese Art von Töpferwaren nach der schlesischen Stadt Bunzlau, wo sie hergestellt wurden. Man bekam sie billig, wenn man spät am Markttag ging, wenn die Händler keine Aussicht mehr sahen, die ›Teppe und Tippel, die Kriege und Nippel‹ zu regulären Preisen an den Mann zu bringen.

Dann gingen wir in das andere Zimmer, das als Schlafzimmer diente. Zwei Betten, aus angerosteten und wieder glattgeschmirgelten und dann gestrichenen Eisengestellen, auf denen Strohsäcke lagen und Decken. Pferdedecken oder Woilache, wie sie die Pferdepfleger nannten. An die Holzbalken der Dachkonstruktion, die hier durch den Raum liefen, hatten sie große Nägel geschlagen, an denen die Kleidungsstücke hingen. Mir verschlug es die Sprache. So wenig in einer menschlichen Behausung hatte ich noch nie gesehen. Die Bekannten meiner Eltern, meist deutsche Beamte wie mein Vater, waren dagegen fürstlich eingerichtet. Irenka sagte, sie wäre ganz froh gewesen, hier ein Unterkommen zu finden. Ihr großer Bruder hätte es von hier aus nicht weit in die Schule, und die Mutter, die hinten in der Fabrik arbeite, könne immer mal nach dem Rechten sehen. »Willst du einen Bonbon?« Und schon hatte sie mir einen der guten polnischen Bonbons gegeben. »Die Mutter bringt mir immer etwas mit, wenn sie einkaufen geht.« Jetzt mußte ich zu Mutter und Hedwig, denen das erzählen.

Mutter hörte sich meine aufgeregt vorgebrachte Schilderung der Behausung der Kriegerwitwe Schlossek an. Sie wandte sich an Hedwig und fragte sie, ob sie denn die Frau Schlossek kennen würde. Hedwig wies darauf hin, daß sie ja den ganzen Tag bei uns sei und nur zum Schlafen hinaufginge. Man hätte sich gesehen und sich zugenickt, aber geredet hätte sie nicht mit Frau Schlossek, weil sie angenommen hatte, daß diese Polin wäre, und soweit her seien ihre polnischen Sprachkenntnisse nicht. »Er«, indem sie auf mich deutete, »spricht viel besser polnisch als ich.« Als ich dann begann, von der guten Aussicht zu sprechen, machte meine Mutter mir ein Zeichen. Es war ein ganz kurzes, kaum wahrnehmbares Kopfschütteln. Ich wechselte daraufhin das Thema und kam darauf, ob man da nicht was tun könnte. Mutter wollte das sofort mit Vater besprechen, aber zunächst einmal sich selbst überzeugen.

Was Mutter dann Vater berichtete, war, daß Frau Schlossek hier in Polen ihren Mann mit den Kindern besucht hatte. Die Möbel standen bei ihren Eltern in Norddeutschland. Ihr Mann war nach einer Verwundung hier nach Polen ins Lazarett gekommen, dann hatte er eine Sepsis, die sich aus der Verwundung entwickelt hatte, bekommen und war binnen weniger Tage gestorben. Bei den Behörden, an die sie sich gewandt hatte, war sie auf taube Ohren gestoßen. Entweder waren es Polen, die nicht mehr Deutsch verstehen wollten, oder man sagte ihr, daß dafür die zivile Verwaltung der Wehrersatzinspektion zuständig sei. Als sie dort vorstellig wurde, stieß sie wiederum nur auf Polen, die ihre Revolution im Kopf hatten und die Wünsche der deutschen Kriegerwitwe als unzumutbare Belästigung empfanden. Einer hatte gesagt, daß da eine Möbelfabrik wäre, die weibliche Hilfsarbeiter suchte, weil es ja schon keine Männer mehr gäbe. So kam sie zu Pan Drigas. Für Pan Drigas war sie die richtige Kraft, die für einen Hungerlohn arbeitete, und davon sparte sie noch für die Fahrt zu ihren Eltern. »Wenn ich doch nur Polnisch könnte oder wenigstens katholisch wäre«, hatte Frau Schlossek gesagt, wußte Mutter noch zu berichten. Die Armseligkeit der Mansardenzimmer sei erbarmungswürdig. Das Zimmer unserer Hedwig sei dagegen großartig eingerichtet.

   Am Abend waren Mutter und Vater zu Metz gegangen, um mit den deutschen Freunden zu sprechen, was man für Frau Schlossek tun könnte. Hedwig und ich hatten in der Küche zu Abend gegessen. Auf dem Plan stand eigentlich Halmaspielen, aber Mutter hatte Hedwig ein Modemagazin zum Ansehen gegeben. Ich hatte meinen Stuhl neben den ihren gestellt, um mit hineinsehen zu können. Waren nun die Abbildungen der modisch gekleideten Damen in dem Heft oder das nahe Beieinandersitzen der Grund? Mir fiel wieder das Bolschoi prasnik bei Drigas ein und was ich Hedwig noch berichten wollte, ohne daß es Mutter sofort erfahren sollte, wie sich nämlich die jüngere Schwester von Schemkos Mutter mit ihrem Bräutigam benommen hätten. Zur Illustration und zur Begleitung meiner Worte begann ich leise und erst ganz sanft den Oberschenkel von Hedwig zu streicheln. Dabei hatte ich, so weit das ging, ihre Taille umschlungen. Hedwig war ein hübsches Mädchen von siebzehn Jahren, blond, schlank, mit großen blauen Augen. »Siehst du«, sagte ich, »dann hat der Hauptmann immer so das obere Bein gestreichelt und dabei erzählt, wie sie sich das Schlafzimmer einrichten würden. Und auch das hat er gemacht«, wobei ich ihr ganz unbeholfen und zaghaft den jungen Busen betastete, den ich durch das Leibchen spürte. Sie wehrte sanft ab und fragte: »Was hat sie denn getan? Hat sie sich nicht dagegen gewehrt?« »Warum denn?« entgegnete ich. »Warum sollte sie das tun? Das war doch alles ganz gut und sehr freundlich. Und was sie tat? Ja, eigentlich gar nichts, denn das tat ja auch er, sieh mal«, und ich führte ihre Hand, ganz wie ich es beim Hauptmann gesehen hatte, auf meinen Schenkel in die Nähe des Schrittes. »Aber«, sagte sie, »du bist doch noch zu klein für solche Sachen«, dabei zog sie ganz langsam ihre Hand zurück, während ich um so energischer ihren Oberschenkel und nun schon ihren Schoß bearbeitete. »Nicht doch«, sagte sie, »nicht doch!« Sie nahm ihre Hand langsam von meinem Schenkel und versuchte, meine krabbelnde, streichelnde Hand aus der Nähe ihres Schoßes zu bringen. Ich protestierte sofort: »Das hat sie aber nicht gemacht, was du jetzt tust. Sie hat weiter bei dem Hauptmann gestreichelt. Und er bei ihr auch.«

Hedwig muß sich in dieser Situation nicht ganz wohl gefühlt haben, denn sie sagte, wobei ich merkte, daß ihr Atem schneller ging: »Du bist doch noch zu klein.« Und sie umschlang mich auf einmal ganz mütterlich. Nun protestierte ich: »Das hat er aber nicht getan. Sie hatten beide die Hände unter dem Tisch, siehst du, so.« Und wieder begann ich, ihren Oberschenkel und ihren Schoß energisch zu bearbeiten. Sie seufzte und sagte: »Das geht aber doch nicht, nein, hör auf.« Das nahm ich aber schon nicht mehr als vollen Protest. Ich fühlte, daß ihr dieses Spiel gefiel, wenn sie auch nicht mit mir einig war, weil ich noch zu klein war. Es war eine neue Zweisamkeit zwischen uns aufgebrochen, von der ich nicht wußte, wohin sie führen könnte. Hedwig hatte sich jetzt einen Ruck gegeben. Sie sagte: »Das war sehr ungehörig von dem Hauptmann und seiner Braut.« – »Warum denn?« fraqte ich, bestrebt, meine alte Position, die ich bei Hedwigs Abwehraktion verloren hatte, wieder zu gewinnen. Aber Hedwig wollte jetzt nicht mehr so recht. Sie wußte offenbar nicht, wie das weitergehen sollte. Als ich nun ganz energisch den Oberschenkel entlangstrich, auf den Schoß zu, und dabei das dünne Sommerkleid mit nach oben zog, sagte sie: »Laß das, wenn du nicht aufhörst, sag ich das der Mutti.« Das war es. Das war die Grenze des Erlaubten, die Barriere, die nicht übersprungen werden durfte. Das Kleid. Das Kleid durfte nicht gedrückt werden. Das mußte immer schön glatt bleiben. Das mit Mutter, ihr das sagen wollen, das erkannte ich sofort als Ausrede, als kleine Flucht, als Beginn eines Waffenstillstandes, nach dem das Gefecht wieder aufgenommen werden konnte.

Mein Verhältnis zu Hedwig hatte sich seit diesem Abend verändert. Sie war nicht mehr nur ›unsere Hedwig‹, sie war jetzt ›meine Hedwig‹, mit der mich ein Geheimnis verband, von dem die Mutter nichts wissen durfte. Das war Hedwig wohl auch klar. Jedenfalls rückte sie an diesem Abend meinen Stuhl ein wenig zur Seite und sagte: »Jetzt wollen wir aber endlich Halma spielen.« Sie meinte wohl, daß das Modemagazin mich zu sehr angeregt hätte. »Aber«, protestierte ich, »ich hab' dir ja noch nicht gezeigt, was die anderen mit ihren Damen gemacht haben.« Nun hätte sie ja sagen können »Das will ich gar nicht wissen.« Das aber sagte sie nicht, sondern: »Das kommt ein anderes Mal dran.« Zur guten Nacht gab sie mir einen Kuß, der von ganz anderer Art war als der Kuß, den mir Mutter gab oder den mir Hedwig auch sonst schon mal gegeben hatte.

Als ich sie gestreichelt hatte, war mir ein ganz wunderbares Ahnen aufgegangen. Jetzt schon hatte ich gespürt, daß es Hedwig war, die dieses Gefühl einer starken Zärtlichkeit in mir wachgerufen hatte. Ich wußte nicht, ob es die Gegenwart des Mädchens oder die Erinnerung an die so sehr viel kraftvolleren, viel drängenderen Bewegungen der Erwachsenen an jenem Bolschoi-prasnik-Abend war. Ich wußte auch nicht, was mit Hedwig geschehen war. Sie hatte so schwer geatmet, sie war leicht, aber spürbar zu mir hingerückt. In mir blieb ein ungewisses Sehnen nach Wiederholung dieses Zusammenseins in dieser ganz bestimmten Art. Ich wußte nicht, wohin das führen konnte, aber ich wußte, daß ich am ersten untersten Beginn war, daß das sicher immer schöner werden würde, und ganz sicher war ich mir, daß ich Hedwig heiraten würde. Ja, sie sollte meine Frau werden, und wir könnten dann soviel spielen, wie wir wollten, keiner hätte uns das verbieten können. Ich wollte sie immer wieder streicheln, und nicht nur an den Schenkeln. Ich wollte alles streicheln, die Arme und den Rücken und den Busen, einfach alles.

Hedwig war ja auch ein Teil von uns. Sie war von meiner Großmutter extra für uns ausgesucht worden. Damit verhielt es sich nämlich so: Wenn die Eltern eines Mädchens ihre Tochter gut versorgt wissen wollten, dann kamen sie zu meiner Großmutter. Manchmal redeten sie auch Großmutter an, wenn sie im Laden war und Fleisch und Wurst verkaufte. Großmutter hatte da schon von frühester Jugend Übung, denn ihr Vater war ein Bäckermeister gewesen, der in einem der Ausflugsorte um Breslau eine Bäckerei mit Kaffeegarten betrieb. Da mußte Großmutter schon als junges Mädchen helfen und lernte so mit der Kundschaft umgehen, konnte verkaufen und brachte dem Großvater eine verhältnismäßig große Aussteuer mit in die Ehe, mit der Großvater seine Geschwister auszahlen konnte. Damit hatte er für das eigene Geschäft den Rücken frei. Dieses scheint nach den Berichten meiner Tanten bald einen ungeahnten Aufschwung genommen zu haben, worüber noch zu berichten sein wird.

Wenn also eine Familie ihre konfirmierte Tochter gut unterzubringen hatte, wandten sie sich an meine Großmutter. Die besprach sich zunächst mit dem Herrn Pastor, der immer durch unseren Hof und unser Haus gehen mußte, wenn er den Weg zur Kirche verkürzen wollte. Kannte der Pastor die Familie als ordentlich, kein Säufer in der Familie, keine Schulden, gut evangelisch, dann gab sie der Mutter des Mädchens Bescheid, daß sie ihre Tochter am Sonntag nach der Kirche vorstellen sollte. Wenn die Tochter die Vorstellung mit langem Frage-und-Antwort-Spiel bestand, war sie in unsere Großfamilie aufgenommen. Nach der Probezeit als Stubenmädchen und als Küchenhilfe entschieden dann Großmutter und Tante Martha und Tante Caroline, die unverheirateten Schwestern meiner Großmutter, die im Hause ihres Schwagers lebten und auch ihr Vermögen im Geschäft des Großvaters stehen hatten, wo das Mädchen eingesetzt wurde. War sie sehr ungeschickt, kam sie als Magd auf einen der beiden Höfe, die dem Großvater gehörten und die in seinem Geschäft eine wichtige Rolle spielten. Zeigte sie sich anstellig und geschickt, dann konnte sie im Haus Verwendung finden oder einen Platz als Verkäuferin einnehmen oder, und das war zu jener Zeit die Krönung der Laufbahn, nach einer Zeit der Vorbereitung unter der Anleitung von Tante Martha an den Haushalt meiner Mutter abgegeben werden. Denn mein Vater saß immer in einer größeren Stadt, in der auch Militär stationiert war. Es dauerte dann gar nicht so lange, daß die Mädchen einen Unteroffizier fanden, der sie heiratete. Einen Unteroffizier der Armee zu heiraten war aber der Traum aller jener Mädchen. Einen Unteroffizier, der seine zwölf Jahre bald abgedient hatte und dann mit dem Zivilversorgungsschein eine ehrenvolle Beamtenlaufbahn einschlagen konnte. So war Else von uns gegangen, deren Mann von der Landgendarmerie übernommen wurde. Das war für die Töchter aus den sehr kinderreichen Familien der Tischlergesellen eine gute Partie. Versorgt, pensionsberechtigt und der Mann in einer Stellung, die öffentliches Ansehen genoß.

Daß so etwas nicht sofort erfolgte, wenn ein Mädchen zu uns kam, dafür sorgte Mutter. Denn die Mädchen lebten in unserer Familie. Sie machten zwar die Feste mit, aber Mutter paßte auf, daß sie den gehörigen Umgang hatten. Da war zunächst die Dienstmädchen-Tanzstunde, in die die Mädchen geschickt wurden. Die Kosten übernahm die Herrschaft. Die Übung nach Abschluß der Tanzstunden gab es dann bei den sonntäglichen Spaziergängen, die in einem der großen Kaffeegärten endete, wo nach dem Kaffeetrinken, bei dem der selbstgebackene Kuchen gegessen wurde, das Tanzen anfing. Mit Hedwig hatte das noch Zeit, wie Mutter gelegentlich meinte. Es waren da auch nicht mehr die vielen deutschen Soldaten, die hier in Polen dienten. Die Unteroffiziere waren, wie Mutter festgestellt hatte, schon im letzten Sommer immer mehr Polen gewesen. Früher hatte die preußischen Wehrersatzinspektionen das immer so eingerichtet, daß die Polen zur Ableistung ihrer Wehrpflicht in deutsche Garnisonen kamen, während hier mit zu einem großen Teil polnischer Bevölkerung deutsche Wehrpflichtige ihren Dienst taten. Das war alles etwas anders geworden. Man hörte viel mehr polnisch sprechen in der Öffentlichkeit. Wenn Polen merkten, daß wir deutsch sprachen, so sprachen sie laut und oftmals provokant polnisch. Es wimmelte von Soldaten, aber für Hedwig war keiner dabei. Eisern wachte Mutter über unsere Hedwig und tat alles, um es dem Mädchen bei uns zu Haus angenehm zu machen. Bei ihrer Familie daheim hätte sie ihrer Mutter sehr viel mehr zu Hilfe sein müssen, denn sie war die älteste von acht Geschwistern. Das war keine Seltenheit. Hatte meine Mutter doch selbst sechs Geschwister.

Um Hedwig mehr an das Polnische zu gewöhnen, hatte

Frau Kubiak, die Inhaberin des Lebensmittelgeschäftes, drei Häuser von uns entfernt, angeregt, Hedwig und mich zusammen einkaufen zu schicken. Sie ließ die sprachlichen Fehler Hedwigs erst von mir korrigieren und griff dann ein, wenn meine Kenntnisse nicht ausreichten. Mit diesen gemeinsamen Einkäufen war ein neues Band zwischen Hedwig und mir geknüpft worden. Ob ich ein guter Lehrmeister war, weiß ich nicht; aber sicher war ich ein sehr liebevoller. Hedwig war souverän, stand völlig über der Situation und ließ sich willig von mir korrigieren, wenn es auch dabei oftmals zu Streitfragen kam. Wie oft mußte ich sagen: »Du, das sagen die nicht so. Da sagen die –« und dann kam die entsprechende polnische Vokabel oder Redewendung. Manchmal gingen wir nicht sogleich nach Hause. Wir machten einen Umweg in die Anlagen, die in Posen reichlich und gepflegt waren. Uns amüsierten dann Bemerkungen, die von Passanten in Deutsch gemacht wurden, wie: »Von denen hätte ich nun geglaubt, es seien Deutsche, sprechen aber auch polnisch.« Es war dies eines von vielen Zeichen, daß Unruhe in die Stadt gekommen war. Die Deutschen reagierten auf das mehr und mehr zu Tage tretende übersetzte Nationalbewußtsein der Polen mit einem immer enger werdenden Zusammenrücken. War man sich vorher seiner deutschen Staats- und Volkszugehörigkeit gar nicht so recht bewußt, jetzt merkten auch die im Hinblick auf ihr Deutschtum sehr Lauen, daß sie von der fremden Volksgemeinschaft ausgeschlossen, ja zurückgewiesen wurden.

Flagge zeigen

Schemko hatte eingelenkt. Ich stand im Hausflur und sah hinüber auf den großen Platz, wo Soldaten mit Pfählen und Trasse etwas ausmaßen und abgrenzten. Schemko sagte: »Kannste ja wieder deinen Deutschen erzählen, was hier los ist.« – »Da siehst du, wie ungerecht du bist«, entgegnete ich. »Genau wie bei euch oben neulich. Was die da mit den Meterbändern und den Pfählen machen, siehst du und ich und viele andere. Aber ich soll es den Deutschen erzählen. Bei euch neulich waren ja auch die Offiziersburschen dabei. Und das Mädchen von der Freundin von deiner Tante und auch die Damen, die ich gar nicht kannte, alle waren dabei, aber ich soll es dann gewesen sein.«

Schemko erwiderte darauf nichts, vielmehr zog er mich am Arm in den Hof und ging auf den Trümmerhaufen von Lottas Stall los. Die Balken, die Bretter lagen immer noch da, schwarz, verkohlt, grau von Asche. Der Regen hatte hier und da Asche und Holzkohle zusammen mit den angebrannten Hobelspänen zu einer unansehnlich grau-schwarzen, schmutzigen Masse werden lassen. Schemko sagte: »Das gibt eine feine Bude.« – »Meinst du denn, daß dein Großvater das erlauben wird?« – »Ich werde ihn gleich fragen«, erwiderte Schemko und lief in die Fabrik. Ich ging nochmals vor das Tor, um nach dem Fortschritt der Arbeiten auf dem großen Platz zu sehen. Ich ging hinüber und fragte die Soldaten. Ich hatte schon von weitem gehört, daß es Polen waren. Als ich sie deshalb polnisch ansprach, was das werden soll, meinten sie, genau wüßten sie das auch nicht. Sie seien aber auf jeden Fall von der Eisenbahn hier. Das kam mir komisch vor. Da hätte doch mein Vater längst darüber etwas gesagt. Ich ging wieder zurück, wo mir Schemko schon von weitem winkte. Als ich näher kam, rief er mir entgegen: »Der Großvater hat es sofort erlaubt. Er hat gesagt, übe dich schon für den Aufbau. Wenn einmal die Deutschen weg sind, dann wirst du den größten Aufbau miterleben. Ein Aufbau, wie es ihn seit Kasimir dem Großen nicht gegeben hat.« – »Kasimir, wer ist denn das?« – »Das ist ein ganz großer ponischer König. Da ist euer Kaiser ein Dreck gegen«, sagte Schemko. »Ja, wo ist er denn, der König?« fragte ich. »Der ist schon lange tot«, erwiderte Schemko, was mich beruhigte. Ich wußte, wenn Schemko mit solchen Sachen kam, die schon lange her waren, dann hatten sie bei Drigas wieder über Deutschland und Polen gesprochen, da mußte ich aufpassen, da war Schemko ganz schnell außer sich, wenn ich ein falsches Wort sagte.

Wir waren vor der ausgekohlten Brandstätte gelandet und uns darüber einig, daß wir unsere Bude ganz nahe an die Fabrikmauer bauen mußten. So konnten wir die längeren Dachbalken an die Fabrikmauer anlehnen. Damit hatten wir die nötige Schrägstellung. Wir mußten auch Nägel haben, um wenigstens einige Bretter festzumachen, damit die Dachpappe Halt hatte. Wir hatten große Stücke davon. Ob die noch sehr den Regen abhalten würden, schien mir fraglich. Wer weiß, wie oft sie schon zum Eindecken benutzt worden waren. Da lag nun dieser Haufen da, rechts davon die Möbelfabrik mit den großen Fenstern, die gerade noch vor dem Krieg fertig geworden war, wie mir Franzek erzählt hatte. Links ragte die Hinterfront des Wohngebäudes, in dem wir und auch Drigas wohnten, hoch auf. Hinter den Brandresten die Hofmauer zum Nachbargrundstück. In unserem Rücken das Seitengebäude, in dem die Küchen und Wirtschaftsräume der Wohnungen, die mit ihren Fronten nach der Straße zu lagen, untergebracht waren. In ihm war auch der Aufgang für die Lieferanten, der zu den Küchen führte.

Schemko war immer noch bei König Kasimir, den ich nicht kannte. Er kam ins Schwärmen: »Was denkst du, wie groß Polen damals war. Viel größer als Deutschland. Da gehörte auch ein Teil von Rußland mit zu uns. Die Russen haben wir ja damals besiegt.« – »Wie wir jetzt bei Tannenberg«, konnte ich einschieben. »Ja«, sagte Schemko, »da haben wir euch auch schon mal besiegt.« – »Warum eigentlich gerade da?« warf ich ein. Schemko meinte: »Das wird wohl so sein wie mit dem großen Platz draußen, da kommen ja auch alle Zirkusse hin, wenn sie nach Polen kommen. Und wenn die Krieg machen, da gehen sie eben nach Tannenberg. Da kloppen die sich. Einmal wir mit euch, das andere Mal ihr mit den Russen. Daran kannst du eben sehen, wie groß Polen war. Aber es wird wieder so groß.« In Gedanken sah er wohl schon die Reiterarmeen mit Fahnen und Standarten über die Ebenen Polens dahingaloppieren, die Offiziere mit den blitzenden Säbeln und ein Meer von Lanzen mit den weißroten Fähnchen daran, schöner noch als die Prozessionen, nicht feierlich, nicht ernst getragen die Melodien, nicht der achtsame, gemessene Schritt der Priester, nein, wild und feurig im rasenden Galopp der trommelnden Pferdehufe, mit schmetternden Fanfaren und dem Dröhnen der Kesselpauken, die die polnische Armee früher als die anderen Armeen Europas von den Türken übernommen hatten. Aber jetzt? Das Grau eines verhangenen, verregneten Sommerhimmels, grau die Hinterhoffassaden, wo sie nicht das verschmutzte Rotgrau ungeputzter Hinterhofziegel zeigten. Auch die dürftigen Wäschestücke baumelten im verwaschenen Grau der Kriegsseife und der vielen, allzu vielen Wäschen, die sie bis zum Verschleiß mitgemacht hatten, an der Leine. Immer wieder geflickt, bestanden sie fast nur noch aus Flicken, unter denen die ursprünglichen Stoffe kaum mehr zu finden waren.

Früher hatte die Ankunft Lottas und Franzeks ein wenig Leben in dieses Grau gebracht. Ich wußte nun wenigstens, warum Franzek gesoffen hatte. Dem war immer so zumute wie mir nach dem Bolschoi prasnik, und deshalb mußte er immer mehr trinken, bis er von nichts mehr wußte. Dort drüben hatte er gelegen, dort drüben hatten sie ihn herausgezerrt aus den Brettern und Sparren, aus dem Stroh und den Hobelspänen, die so schön schnell brannten und es im Nu warm machten. Wie mochte es ihm gehen? Daß er am Leben geblieben war, wußten wir. War er bei den grauen Schwestern? Da gab es nichts zu trinken, keinen Tropfen Alkohol. Bei den barmherzigen Brüdern war es schon besser. Die waren barmherziger mit einem alten Säufer. Da konnte er sich mit kleinen Diensten wohl mal einen Schnaps erbetteln. Ob er je wieder hierher kam?

Schemko fing wieder an: »Ich werde Ulanenoffizier. Eine eigene Eskadron werde ich haben, und die Leute sollen zu mir sagen Pan Rotmischt, Herr Rittmeister. Diesen blöden Matrosenanzug werde ich niemals tragen.« Dabei wies er auf die blau-weiß gestreifte Bluse, die ich gerade anhatte. Die war mir sowieso schon verhaßt, jetzt mußte Schemko mir das noch an den Kopf werfen. Es war ein ungeschriebenes Gesetz unter uns Kindern, daß keiner den anderen wegen seiner Kleidung beschimpfte, hänselte oder sich über ihn lustig machte. Und wenn das dünne abgetragene Kleidchen von Irenka noch so schäbig aussah, wir übersahen das. Und nun kam mir Schemko so. Unter Mißachtung unseres Gesetzes. Da schoß es mir durch den Sinn, der meint gar nicht die Bluse als Kleidungsstück. Er meint die Deutschen, die deutsche Geltung zur See, die jahrelang durch die Zeitungen gegeistert war. Den deutschen Kaiser in Admiralsuniform, den wollte Schemko treffen. In der Hosentasche ballte sich meine Faust. Ich warf ihm ein hartes Schimpfwort an den Kopf und ging sofort zum Angriff über. Ich war schneller, weil ich wütender war. Er spürte meine Faust, ehe er Position bezogen hatte. »Przeklęte! – Hundeblut verfluchtes.« Und da hatte ich schon das ganze Gesicht voll von Schemkos Fäusten. Wir hatten es ungezählte Male ausprobiert, daß wir ungefähr gleich stark waren. So konnte ich den Angriff parieren, aber Schemko trat jetzt einen Schritt vor, um mich in den Schwitzkasten zu bekommen. In dem Augenblick, als Schemko zupacken wollte, stolperte ich über einen der angekohlten Balken und lag der Länge nach in den Brandabfällen, in dem schwarzgrauen, schmierigen Unrat. Einen Augenblick stutzte Schemko, dann lief er, was er konnte, auf das Haus zu. Er wußte, wie ihn mein Zorn treffen würde, denn er würde ja auch noch den Vorschuß für die Keile, die mir von meiner Mutter bevorstand, mitbekommen.

Es war an einem kühlen Tag. Zum sonntäglichen Spaziergang mußte ich deshalb zu dem mir so verhaßten Matrosenanzug den Original-Matrosenmantel anziehen. Die Mutter hatte mir gesagt, daß das dieselben Anzüge wären, im Schnitt und im Stoff, wie sie die kaiserlichen Prinzen trügen. Ich dachte mir dabei, daß das also auch so arme Jungs waren wie ich. Aber vielleicht gingen da alle Jungs so blöd angezogen und nicht wie hier, wo die Polenjungs die roten verschnürten Westen anhatten und die Konföderatka auf dem Kopf mit den weißroten Bändern. Der einzige Ausgleich bestand darin, daß die Westen genauso schnell dreckig wurden und daß die Polenjungs von ihren Müttern genauso Hiebe bezogen, wenn die Festtracht schmutzig war. Diese Matrosenmäntel hatten ihr Gutes. Sie waren nämlich kurz. Und kurz war für uns Jungs schick. Auf dem rechten Arm zeigte der Matrosenmantel das Emblem der kaiserlichen Marine. Ein Rettungsring in den Farben Schwarz-Weiß-Rot auf einem goldenen Anker im blauen Feld.

Pan Drigas kam die Treppe herunter mit seiner sonntäglich geputzten Familie, die beiden Töchter mit Schemko in Nationaltracht. Die beiden Töchter sahen sehr gut aus, wenigstens fand das Mutter. Pan Drigas und mein Vater begrüßten sich. Die Damen nickten sich zu, wir beiden Jungs machten unsere Diener, und dann kam das für mich damals noch Schreckliche, ich war gehalten, der Mutter von Schemko die Hand zu küssen, so wie er das ganz selbstverständlich bei meiner Mutter tat. Ich tat das nicht so gern, weil es von den polnischen Jungens als etwas ganz typisch Polnisches herausgestellt wurde, womit die polnischen Sitten als die vorbildlichen hingestellt wurden.

Schemko war ganz verdutzt, als ich das auch bei seiner Mutter tat. Er sagte das auch. Er hielt das für eine Sitte, die es nur in Frankreich und in Polen gab. Die Franzosen hätten das vor ihrem Feldzug nach Rußland, als die französische Armeeführung in Warschau gewesen wäre, eingeführt. Napoleon hätte auch eine Polin beinahe geheiratet, aber eben nur beinahe, wie auch Napoleon nur beinahe Polen befreit hätte. Aber seither gebe es eine große Freundschaft mit Frankreich. Und in Paris lebten noch heute viele Polen. Er sah meinen Handkuß deshalb als eine Art Okkupation an. Das stand mir als dem deutschen Jungen nicht zu. »Ihr habt uns alles weggenommen. Aber daß ihr den Damen die Hand küßt, das dürft ihr nicht. Das dürfen nur Polen und Franzosen.« – »So ein Quatsch«, protestierte ich. »Das kann jeder. Mein Vater sagt, das tut in Polen jeder Schweinehirt.« Damit war die Keilerei fällig. »Und wenn du nochmal den Matrosenmantel mit der schwarz-weiß-roten Flagge anziehst, dann kannst du was erleben. Mein Großvater hat auch gesagt, daß ihr euch mehr zurückhalten solltet.«

Die handgreiflichen Auseinandersetzungen häuften

sich, vor allem mit Schemko, während Staschu zurückhaltender war. Er war auch ein Jahr älter und versuchte, sich mit Rudi Metz besserzustellen, der uns Kleinere etwas gönnerhaft duldete. Wenn wir uns prügelten und er merkte, daß es dabei um Auseinandersetzungen ging, die das Nationalproblem streiften, griff Rudi, der wie seine Eltern Deutscher war, sehr tatkräftig ein. Er hatte im Schlichten Erfahrung, denn er ging schon ins Gymnasium, wo es auch deutsche und polnische Schüler gab.

Wie seine Mutter meinen Eltern berichtete, muß es erhebliche Auseinandersetzungen, die bis in das Lehrerkollegium reichten, gegeben haben. Die Gymnasiallehrer waren klug genug, die nationalen Differenzen und Streitigkeiten in den sportlichen Bereich abzulenken. Es gab eine deutsche und eine polnische Fußballmannschaft, deutsche und polnische Schülerorchester, Wandervereine, nicht zu vergessen den mächtigen Sokol, den national-polnischen Turnverein. Was auch immer es war, ob Wandertag oder Liederabend, der Sokol bestimmte, was gesungen wurde, wohin gewandert werden sollte. Und wenn es um das Ziel einer Wanderung ging, immer war damit ein national-polnischer Zweck verbunden. Die deutschen Lehrer waren zu arglos, zu sehr von der Loyalität der polnischen Schüler überzeugt, als sie dieses immer wiederkehrende, auch beim geringsten Anlaß gespielte ›Flaggenzeigen‹ bemerkt hätten.

Das Volksfest

Es war schönes Wetter, ein Sonntag. Vater hatte uns für diesen Tag etwas Besonders versprochen. Irgendein Graf hatte der Eisenbahn ein großes Stück Land verkauft und wollte nach den so gut verlaufenen Verkaufsverhandlungen ein Volksfest geben. Das Klima für solche freundlichen Gesten war zu dieser Zeit noch gut, man hoffte noch immer auf eine für Deutschland und Österreich günstige Lösung der polnischen Frage. Gedacht war jetzt an einen österreichischen Erzherzog auf dem polnischen Königsthron und an eine enge Anlehnung des neu entstandenen polnischen Staates an die noch immer im Krieg stehenden sogenannten Mittelmächte.

Vater, Mutter, Hedwig und ich waren auf dem Wege zum Volksfest. Der Zug, mit dem wir einige Stationen von Posen weg ins Land fuhren, war gut besetzt, und alles strebte dem Festplatz zu. Aber ich sah schon Konföderatkas, weißrote Blusen und Hemden, Kokarden in denselben Farben und die Abzeichen der polnischen Falken des Sokol. Die Falken traten sehr häufig als Ausrichter von Feierlichkeiten, Umzügen und anderen Anlässen auf. War doch jeder Anlaß eine willkommene Gelegenheit, Flagge zu zeigen. Schon auf dem Bahnsteig der kleinen Eisenbahnhaltestelle scharten sich die einzelnen Gruppen um die verschiedenen Fahnen, Wimpel oder einzelne Führer und Ordner. Musikinstrumente kamen hervor, Klampfen, Geigen, Zithern. Die Musikanten begannen, an Ort und Stelle aufzuspielen, aber nicht deutsche Wanderlieder oder geistliche Lieder, wie sie bei Prozessionen Brauch sind, sondern ausgesprochen vaterländische Gesänge, Kampflieder und Hymnen. Das Ganze kam mir nicht recht geheuer vor. Ich dachte an Schemko, wie er war, wenn er die Sokoltracht anzog. Da hatte er gleich einen ganz anderen Menschen mit angezogen. Rabiat, wütig, uneinsichtig. Es war immer, als wenn er sich, sobald er in der Sokoltracht auftrat, zusammengezogen hätte, um in der Tracht mit ihr und wegen ihr dann zu wachsen, sich aufzublähen wie ein Luftballon. Selten, daß das ohne großen Wortstreit und eine gehörige Tracht Prügel abging. Daran mußte ich jetzt denken, als ich die vielen farbenfroh gekleideten Menschen sah, die Musik hörte und sah, wie sie sich zum Marsch formierten, welche Lieder angestimmt wurden. Meine Eltern waren durch das fröhliche Treiben angeregt, aber sie verstanden nicht die Liedertexte.

Während die Menge der großen Straße zustrebte, die nach dem umfangreichen Gehölz führte, kannte mein Vater einen kleinen Nebenweg, der in einer großen Allee endete, die sich auf einem Umweg dem Gehölz näherte. Vater sagte, es sei die Allee, die unmittelbar zum Schloß führte, auf der wir aber auch die Festwiese, sogar im Schatten, erreichen würden. Mir war das ganz recht, wenn wir nicht so unmittelbar und direkt mit den weißroten Menschenrudeln zusammenkamen, denn die Eltern verstanden kein Polnisch.

Die Allee mit den großen, ausladenden Ahornbäumen nahm uns auf. Vater hatte nicht zuviel versprochen. Schatten, staubfreies Laufen. Mutter und Hedwig waren auch angenehm berührt. Hier unter den Bäumen hatten sie nicht so sehr unter den Fliegen zu leiden. Sie waren mit ihren mit Zuckerwasser gestärkten Kleidern, andere normale Stärke gab es nicht im Krieg, eine rechte Anziehung für die kleinen, summenden Quälgeister, die in Mutter und

Hedwig nicht so sehr die Augenweide als vielmehr das Zuckerfestmahl suchten.

Je näher wir dem Schloß kamen, je deutlicher war die Blasmusik zu hören. Das ganze Gehölz schien ein einziger Paukenschlag zu sein. Als wir es vollends erreichten, sahen wir das Schloß und rechts davon die große Festwiese unter alten Bäumen. Es war aber nicht so sehr die Blasmusik, die mich lockte, sondern der würzige Duft der polnischen Kiolbassa, einer besonderen Wurst, von der auch mein Vater meinte, dergleichen gäbe es nirgends. Sie wurde an Ort und Stelle warm gemacht, aber nicht gekocht. Sie mußte ziehen. Solche Kiolbassa zog mich mehr an als Kuchen, auf den wieder Mutter und Hedwig nicht verzichten wollten. Gerade auf Volksfesten gab es die herrlichsten Sorten, dünner Teig, oben drauf mit gehackten Nüssen, Honig und zerlassener Butter. Alles warm, auf daß der Wodka besser mundete. Das einzige, was zu wünschen übrig ließ, war der Kaffee. Die Polen waren eben Teetrinker. Auch ihn mit viel Zucker. Da zogen meine Damen den Kaffee, den die Großmutter immer noch für uns hatte, allen anderen Getränken vor.

Jetzt bogen wir um ein Gesträuch und vernahmen jubelndes Kinderschreien. Ganz nahe bei uns begann gerade ein Sackhüpfen. Ach wie gern hätte ich mitgespielt. So wie der erste große Dunkle, so mußte man es machen. Den Sack ganz fest an den Körper heranziehen und mit dem Körper Schlußsprünge machen, nicht kleine Schritte versuchen. Aber da setzte die Blasmusik wieder ein. Sie war am Rande der Wiese auf einem Podium placiert, das ganz in Weiß-Rot mit Drapierungen und Fahnen geschmückt war. Nicht in Schwarz-Weiß-Rot, den deutschen Nationalfarben, nein, alles in Weiß-Rot, den polnischen Farben. Dabei spielten sie einen Walzer.

Hedwig stand vorgebeugt, ganz Ohr, die großen, aufgerissenen Augen auf die Tanzfläche gerichtet. Meine Mutter sagte nur: »Hedwig!« Da sackte sie zusammen wie ein gefrorenes Handtuch, wenn es auftaut. Sie verkroch sich sozusagen hinter sich selbst. Nebenan wurden nun die Sieger ausgerufen. Eine mächtige Stimme verteilte die Preise: weißrote Papierrosetten. Auf das Musikpodium war nun ein Mann geklettert. Die Kapelle spielte eine Polka. Als die Musik aussetzte, begann der Mann zu singen. Den Kehrreim sang die ganze Festversammlung mit. Gut, daß die Eltern den Liedtext nicht verstanden. Ich fühlte, wie ich rot wurde, weil das, was der Mann sang, eine Lächerlichmachung unseres Kaisers war. Meine Eltern fragten gottlob nicht nach dem Text, denn nebenan auf der Kinderwiese waren die Vorbereitungen zu einem Tauziehen beendet, und es wurden Mannschaften gebildet. Das wäre was für mich gewesen. Als Schlußmann, der die Kommandos gibt, als Anfeuerer. Ich sah Mutter an, fragend, darf ich? Aber der Vater hatte es anders im Sinn. »Später«, sagte er, »wenn wir Kaffee getrunken haben.« Wir sahen links von der Musik Tische aus groben Brettern und Bänke. Da saßen Leute dran. Vater sagte: »Ach, die werden türkischen Kaffee trinken oder ihren geliebten ›Herbata‹, wie sie den Tee nennen.« Mutter sagte, daß sie neulich auf der Pariser Straße in einer Konditorei – die Polen waren berühmt für ihre Konditorwaren – türkischen Kaffee, also mit Zucker gekochten Kaffee mit Schlagsahne, getrunken habe.

Vom Podium lärmte die Musik. Nur wenn man direkt hinhörte, konnte man die Melodien unterscheiden. Nun kam der erste fliegende Schnapshändler auf uns zu. Er bot aus dem Bauchladen den berühmten Büffelgras-Wodka an, und für die Damen einen Potpipienta, den noch berühmteren Reiterlikör. Aber Vater winkte ab. Er sagte ein paar deutsche Worte, die den Händler sogleich verschwinden ließen. Beim Abwenden hörte ich ihn etwas von Hundeblut murmeln. Er verschwand in der Menge der

Festteilnehmer. Vater sagte, daß diese Händler oftmals den Inhalt der Flaschen, auf deren Etiketten berühmteste Namen ständen, aus billigem Fusel nachahmten. Außerdem, ob wir nicht gesehen hätten, wie er die Gläschen immer in dasselbe Wassergefäß getaucht hätte. Von gründlicher Reinigung konnte da wohl nicht die Rede sein. Sogar Hedwig meldete sich zu Wort und meinte: »Wer da alles schon draus getrunken hat.« Bei den richtig scharfen Schnäpsen, sagte Vater, passiert eigentlich wenig. Aber die Liköre, die seien schon schlimmer wegen des hohen Zuckeranteils.

An dem Podium drängten jetzt die Menschen mehr nach der Mitte zu. Es schien etwas in Gang zu kommen. Die Kapelle setzte sich zurecht, nahm die Instrumente auf. Da kamen aus der dichten Gebüschgruppe im Hintergrund paarweise Tänzer und Tänzerinnen in Goralentracht. Die Goralen sind ein Bergvolk, das in der Hohen Tatra lebt. Die Männer trugen ihre weißen Filzmäntel, bunt gestickt mit weiten Ärmeln, die aber nicht angezogen, sondern nur umgehängt wurden. Von weitem hätte man sie für Ungarn in Hirtentracht halten können, aber wenn man näher hinsah, gewahrte man, daß sie unter den mantelartigen Umhängen wohl die weißen, rotgestickten, eng anliegenden Wollhosen trugen, aber nicht Stiefel, sondern wie bei der rumänischen Volkstracht Bundschuhe, die die Hosen einschnürten bis zu den Knien. Die Stickerei auf den Mänteln war rot und blau. Die Mädchen trugen dazu Stiefel mit hochhackigen Absätzen, schwingende, kurze rote Röcke mit vielen weißen Unterröcken und wunderschön gestickten, weiten weißen Blusen.

Die Paare gingen nun aufs Podium und begannen nach den Weisen der Kapelle zu tanzen. Diese hatte ihre Blasinstrumente zum Teil mit Streichinstrumenten vertauscht. Den Hauptpart hatten die Klarinetten und Geigen, und statt der großen Tuba taten es nun eine oder gar zwei große Baßgeigen. Was sie da spielten, war kein Walzer, eher eine Polka, jedenfalls war anstelle der eher schleifenden Musik des Walzers ein Stampfen getreten, das in seinem rhythmischen Takt gar wohl die Pauke ersetzte. Mutter und Hedwig waren hingerissen.

Das Tanzen wurde immer lebhafter, die Kapelle von den Umstehenden angefeuert. Rufe gingen zu den Tanzenden, die die Scherze aufnahmen und antworteten. Dazu dröhnten die Bässe und jauchzten die Geigen. Wir waren, ohne es zu merken, näher an das Podium gekommen, von den Augen und Ohren hingezogen worden. Zum Teil waren die Leute so begeistert, daß sie zu den Tanzpaaren auf das Podium sprangen, wie man auf einen fahrenden Zug springt, um mitzufahren, waren von den Tanzpaaren freudig aufgenommen worden und nun eins mit der Musik und den Tänzern.

»Meinst du«, fragte meine Mutter den Vater, »ob das wirklich Goralen aus den Bergen sind?« – »Wie sollten sie denn hergekommen sein?« – »Nein, nein, das sind Berufstänzer vom Theater in der Stadt, die der Graf für das Volksfest gemietet hat.« Hedwig war sichtlich enttäuscht. Ich war es auch, denn ich hatte mir schon diese hochgewachsenen, durchtrainierten Männer als Helden von irgendwelchen romantischen Verwicklungen vorgestellt.

Nun war der Höhepunkt erreicht. Auf dem Podium war ein solches Gedränge entstanden, daß die Musiker aufstanden. Ich dachte, die würden eine Pause machen, damit sich die Menschen verschnaufen könnten, aber nein, sie spielten weiter im Stehen, die polnische Nationalhymne. »Noch ist Polen nicht verloren, so lange wir das Leben haben.« Tänzer und Tänzerinnen waren wie die dazugekommenen Tanzwütigen stehengeblieben. Auch mein Vater hatte den Hut gezogen, ich hatte meinen blödsinnigen Gondoliere-Hut zu Haus lassen können. Ich sang die Nationalhymne mit, schon um Vater und Mutter zu zeigen, was ich schon alles konnte. Auf dem Podium fielen sich die Menschen nach den letzten Klägen begeistert in die Arme, und mein Vater sagte: »So, jetzt wollen wir Kaffee trinken gehen.«

Wir traten aus dem Kreis der Schaulustigen heraus und wandten uns nach links, um zu den Kaffeebuden zu gelangen. Es ging nur langsam voran, der vielen Menschen wegen, die sich aber mehr und mehr zerstreuten, als ein großer, eleganter Herr auf uns zutrat. Er sah aus, wie man sich einen Engländer vorstellt, groß, schlank, schmales Gesicht mit einem Schnauz- oder Schnurrbart, nicht in der Kaiser-Wilhelm-Manier, nach oben gezwirbelt, sondern eher wie eine Bürste auf der Oberlippe. Vater schien ihn zu kennen. Das entnahm ich Vaters freudig erstauntem Gesichtsausdruck. Doch ehe Vater etwas sagen konnte, hob der Herr abwehrend die Hand und sagte in korrektem Deutsch mit polnischer Klangfarbe: »Ich muß Sie ersuchen, diesen Park unverzüglich zu verlassen.« Mein Vater machte schon den Mund auf, aber der Herr schnitt ihm mit einer herrischen Handbewegung das Wort ab und fuhr sehr energisch, ja fast erregt, fort: »Ich bin Graf Matuschka-Stapinski. Das ist mein Grund und Boden, und ich will bei diesem Volksfest keine Zwischenfälle. Also bitte, gehen Sie sofort. Auf der Stelle.« Zu meiner Mutter machte er eine sehr knappe, fast beleidigende Kopfbewegung, und noch einmal zu meinem Vater eine nicht mißzuverstehende Kopfbewegung. Und dann wie zu einem Hund: »Los, ab!« Mein Vater wandte sich wortlos ab. Ich sah, wie er blaß geworden war. Die Mutter hatte Tränen in den Augen. Hedwig, deren Hand ich hielt, zitterte. Wir gingen wieder der Allee zu, die wir gekommen waren, aber aufs tiefste beleidigt, gedemütigt. Vater schüttelte den Kopf, wie wenn er sich den Vorfall nicht erklären könnte. Dabei war es so einfach. Wir waren eben Deutsche. Mein Vater sah noch im Nachthemd wie ein deutscher Offizier oder Beamter aus, und er war beides zusammen.

Vater unterbrach das Schweigen. »Er muß mich doch erkannt haben. Wir waren doch noch vor ein paar Tagen bei der Vertragsunterzeichnung zusammen. Ich verstehe das nicht.« Aber ich verstand. Mir ging ein Licht auf. Das war gar kein Rausschmiß, das war eine für den Grafen, aber auch für uns notwendige Schutzmaßnahme. Natürlich mochte auch er die Deutschen nicht, wer liebte uns schon? Was wäre passiert, wenn die Menge uns angegriffen hätte? Hatte Vater nicht den Schnapshändler abgewiesen?

Schneewittchen

Schemko und ich saßen in unserer Bude. Sie war aus den Trümmern von Lottas Stall und Franzeks Unterkunft entstanden. Sie war so niedrig, daß wir hoffen konnten, Erwachsene würden wohl kaum unsere Hütte betreten. Ein Unterschlupf, eine Art Höhle, die uns ganz allein gehörte. Nur wir konnten bestimmen, wer mit hinein durfte. Wir genossen diese Machtstellung, waren stolz, wenn unsere größeren Freunde, wie Rudi Metz zum Beispiel, auch mal herein wollten. Wir hatten ein Guckloch, durch das wir sowohl die Toreinfahrt in den Hof und zur Fabrik beobachten als auch den Lieferantenaufgang überblicken konnten.

Gerade kam Irenka Schlossek, dahinter der kleine Herr Baumann, der von Schlosseks Mansardenwohnung aus das gegenüberliegende Lazarett und den großen Platz überwachen sollte. Allen Hausbewohnern war erzählt worden, daß Herr Baumann ein Kamerad des verstorbenen Herrn Schlossek sei, der sich jetzt um die Witwe und die Kinder kümmere. Das war nicht einmal ganz falsch, denn tatsächlich brachte er den Schlosseks immer etwas mit. Frau Schlossek bekam von uns und Frau Metz auch etwas, damit ging es ihr schon etwas besser, es war aber immer noch nicht ausreichend, um mit den Kindern zu ihren Eltern fahren zu können.

Irenka kam in unsere Hütte und hockte sich still neben mich, der ich Schemko gerade von den Zwergen berichtete. Schneewittchen und die sieben Zwerge waren das Dauererzähltheema meiner Mutter. Die große Tröstung, wenn ich müde oder traurig war. Meine Mutter hatte längst den Märchenstoff ausgeweitet und nur die Grundform beibehalten. Schemko kannte das Märchen nicht und noch viel weniger die Weiterführungen. Auch Irenka hörte andächtig zu.

»Draußen am Kernwerk, wo die alten Festungsmauern sind«, so begann ich, »da gibt es eine Stelle, wo es runter zu den Zwergen geht, denn sie wohnen tief in der Erde, in den großen Höhlen.« – »Wie groß sind denn die?« fragte Schemko. Und ich, meiner Mutter folgend: »Die sind so groß wie die größten Kirchen im Inneren. Wie ein ganz hoher Wald, in dem zwar die einzelnen Bäume nicht so nahe beieinander stehen, wo man aber vor lauter dichten Baumkronen den Himmel nicht mehr sieht, es ist dunkel und schummerig.« – »Ja, aber wie sehen denn die Zwerge unter der Erde?« fragte Schemko. »Du mußt wissen, daß da die vielen Edelsteine sind, und die Zwerge haben Laternen. Von den vielen Edelsteinen wird das Licht in wunderbarem Glanz zurückgestrahlt.«

Irenka bestätigte, daß sie Abbildungen von Schneewittchen und den sieben Zwergen gesehen hätte, und da wären auch Laternen gewesen, die die Zwerge in den Händen gehalten hätten. Schemko gab sich damit aber keineswegs zufrieden. »War denn deine Mutter einmal unten bei den Zwergen? Die ist doch viel zu groß.« – »Ja«, sagte ich, auf solche Frage gefaßt, »die Zwerge haben unter ihren Werkzeugen« – wieder bestätigte Irenka das Vorhandensein von Werkzeugen in den Händen der Zwerge – »auch eine Meßlatte oder besser wie die Fotografen einen Ständer, wo die ihren Apparat drauf festmachen, so etwas zum Ausziehen. An diesen Ausziehständer mit den verstellbaren Gliedern hat sich meine Mutter angelehnt, und dann ist der Oberzwerg gekommen, hat sie mit einem Zauberstab berührt, und Mutter ist so klein wie die Zwerge geworden. Sie ist dann mit den Zwergen durch das Mauerloch getreten und ein paar Schritte gegangen, bis sie an einer kleinen Station angekommen sind, von der man mit kleinen Loren, so nennt man die Wagen im Bergwerk, flugs hinunter in die Tiefe fährt, in eine große Höhle. Da ist ein Funkeln und ein Leuchten, ein Glitzern, das könnt ihr euch nicht vorstellen. Die Edelsteine wachsen aus den Felsen heraus wie die Äste aus den Bäumen oder wie die Blüten aus den Stengeln, andere wieder hängen von den Felsenpfeilern herab wie Lampen oder liegen auf der Wegstrecke wie verstreute Blumen. Da gibt es rote Edelsteine und rosa und blaue und lila und gelbe und grüne. Je nachdem, wie das Licht der Laternen auf sie fällt, strahlen sie ihr eigenes Licht, und das bleibt eine Weile und vermischt sich mit dem Leuchten von anderen Steinen. So entsteht ein wunderbares vielfarbiges Licht. Dazu das Gold. Es gehen Goldadern durch das Gestein, aus denen holen die Gelbmützen mit ihren Wichteln das Gold.« Schemko unterbrach mich: »Wer sind die Gelbmützen, und was sind die Wichtel?« Er tat sich schwer mit dem Wort Wichtel, ich hatte es nämlich deutsch gesprochen, weil mir das polnische Wort dafür nicht einfiel.

Schon die ganze Zeit, in der ich von den Erzählungen meiner Mutter berichtete, hatte mich Irenka unverwandt angesehen. Sie drängte Schemko jetzt: »Laß ihn doch weitererzählen, das weiß ich alles noch gar nicht.« – »Ich auch nicht«, sagte Schemko. »Meine Mutter hat mir das noch nie erzählt, von diesem Schneewittchen und den sieben Zwergen, aber das waren ja viel mehr, wie du da erzählst.« – »Die sieben Zwerge, das sind nur die Oberzwerge.« – »Ah«, meinte Schemko, »wie die Woiwoden.« – »Ja, so ähnlich«, gab ich zu. Schon meine Mutter hatte in den Erzählungen von den Zwergen eine komplette Hierarchie entwickelt, von der sie nicht mehr herunterkam, weil ich solche Abweichungen bei kleinen Verstößen als Mogelei anmahnte, die sofort korrigiert werden mußten, bei größeren als eine Art Staatsverrat am Zwergenstaat brandmarkte, die meiner Mutter die Auflage einer neuen, längeren Geschichte eintrugen. »Na, was ist denn mit den Gelbmützen, was machen die?« – »Die sind für das Gold zuständig«, fuhr ich fort. »Die Gelbmützen müssen sehr viel arbeiten mit ihren Wichteln, denn man braucht ja viel mehr Gold als Edelsteine. Wenn das Gold auch manchmal in sehr dicken ›Armen‹ in den Felsen steckt – starken Adern – sagt man. Das sind aber Glückszufälle. Meistens sind es nur dünne Adern und manchmal nur kleine Blättchen und Staub, die mühsam zusammengekratzt werden müssen. Und dann müssen die Gelbmützen entscheiden, ob eine dünne Ader weiterverfolgt werden soll oder nicht. In der ersten großen Höhle war das gerade der Fall, als meine Mutter mit den Zwergen in der Lore ankam. ›Wir halten uns hier gar nicht auf‹, meinte dort der Oberzwerg mit der roten Mütze. ›Wir fahren gleich weiter in eine unserer schönsten Edelsteinbrüche, in die Smaragdhöhle.‹«

»Nun sag doch endlich, was mit den Rotmützen los ist, und was ist mit diesen Wichteln?« Irenka unterstützte das Begehren von Schemko nachdrücklich durch energisches Kopfnicken. »Die Oberzwerge unterscheiden sich durch die Mützen«, nahm ich den Faden wieder auf. »Die Gelbmützen haben eben die gelben Mützen, was eigentlich Gold ist, davon gibt es nur drei, sie haben sehr viel zu tun mit ihren Wichteln.« – »Und die«, fragte Irenka, »was machen die?« – »Ja, das ist so, sagt meine Mutter, wie mit ihr und Hedwig. Meine Mutter macht nicht die Treppe sauber, das macht Hedwig, und bei euch, Schemko, macht das eure Maria. Die Wichteln sind auch kleiner als die Zwerge.« – »Und die müssen die ganze Arbeit machen«, entsetzte sich Irenka. »Das ist ja gerade so wie hier. Ich dachte, im Zwergenland gibt es so etwas nicht. Da wäre alles viel gerechter, und es ginge auch den Armen viel besser als bei uns.« – »Nein«, sagte ich, »das ist ganz anders. Du hörst ja, daß die in Gold und Edelsteinen waten. Da gibt's doch kein arm und reich, und das, was wir hier Arbeit nennen, das ist ihre Lieblingsbeschäftigung. Die möchten überhaupt nichts anderes tun, als mit Gold und Edelsteinen umgehen.«

Nun kam aber Schemko mächtig heraus: »Ja, was machen die denn mit dem vielen Gold und den Edelsteinen?« Die Frage hatte ich schon längst erwartet. Ich hatte sie auch schon vor langer Zeit meiner Mutter gestellt. So konnte ich jetzt mit einem gewissen Stolz auf das Umfassende meiner Kenntnisse vom Zwergenwesen berichten: »Ja, wißt ihr das nicht? Die leisten doch die ganzen Gold- und Edelsteinarbeiten für die Kirche. Ihr wißt von der Prozession, aber auch von den Altären, wieviel Gold und Edelsteine da verbraucht werden. Die Monstranzen, wo die heiligen Hostien drin aufbewahrt werden, sind aus Gold und reichlich mit Edelsteinen besetzt. Ihr habt doch bei der Fronleichnams-Prozession gesehen, wie das funkelt und blitzt, wenn der Priester die Monstranz hochhält und alle Leute niederknien. Für so was Heiliges ist nur das Beste und Schönste gerade gut genug.« Es waren fast dieselben Worte, wie sie Mutter gefunden hatte – nur ins Polnische übertragen für Schemko, der jetzt ergänzte: »Und die heiligen Schreine, wo die Reliquien der Heiligen aufbewahrt werden, und die Reliquienkästchen überhaupt, und die Kelche für den Meßwein. Und die Teller für die Hostien.« Jetzt nahm Irenka den Faden auf: »Und das alles machen die kleinen Zwerge?« – »Und die Wichtel«, ergänzte ich und fuhr fort: »Ja, denkt ihr denn, daß das auch noch die Priester machen sollen. Die haben so schon reichlich zu tun mit der Messe und den Prozessionen und den ganz anderen Sachen.«

»Ja aber, nun fuhren doch deine Mutter und der Oberzwerg weiter«, erinnerte Irenka an den Fortgang der

Handlung. »Die fuhren jetzt auf ebenem Wege durch einen langen dunklen Gang, der nur erhellt war vom Licht der Lampen der Zwerge. Die Lore fuhr am Ende der großen Eingangshalle auf einen Teppich. Die Zwerge hatten schon vor langer, langer Zeit als Transportmittel die fliegenden Teppiche eingeführt. Der Oberzwerg, meine Mutter und die Lore rollten nun nicht mehr, sondern schwebten auf dem fliegenden Teppich dicht über dem Boden, ohne diesen zu berühren, der großen Smaragdhöhle entgegen.

Die ganze riesige Höhle war in dämmriges grünes Licht getaucht. Meine Mutter hatte erzählt, daß Grün auf der Erde eigentlich immer recht blaß mache, daß Grün keine so gute Farbe für den Teint, für das Aussehen einer Frau sei. Nicht hier in der Smaragdhöhle. In einer kaum zu beschreibenden Weise war der grüne Lichtschein mit Rot vermischt, so daß das Grün weder einen fahlen noch einen giftigen Stich hatte. An den hohen Wänden sah Mutter jetzt in Abständen fliegende Teppiche, mit Wichteln besetzt, die entweder mit dem Suchen nach Smaragdnestern oder mit dem Herauslösen der einzelnen Steine aus der nicht allzu festen Felsumgebung beschäftigt waren. ›Wir müssen weiter‹, sagte der Oberzwerg, ›in die Rubinbrüche. Da werden wir auch Schneewittchen treffen.‹

Sie schwebten wieder einen dunklen, womöglich noch längeren Gang entlang. Wieder erweiterte sich der Gang, und schon aus der Entfernung sah man, wie alles mit einem rosa Schimmer übergossen war. Auch die Lore meiner Mutter tauchte nun in das rosa Licht, das von unendlich vielen Rubinen ausging, die nicht nur an den Höhlenwänden zu bewundern waren, sondern auch auf langen Steinbänken ausgelegt waren. Der Teppich schwebte jetzt auf eine Gruppe von Zwergen zu, über diese hinwegragend sah man Schneewittchen. Sie trug ein Kleid ganz mit Edelsteinen besetzt und mit Goldfäden durchwirkt. Auf dem Kopf trug sie ein Diadem aus leuchtenden Steinen, die ihr Licht über Schneewittchens ganze Erscheinung ausgossen. Sonst war sie ganz, wie es geschrieben steht: schwarzes Haar, blaue, leuchtende Augen, rote Lippen, die Wangen mit einem Hauch von Rosa überzogen. Meine Mutter fand sie wunderschön. Sie begrüßte meine Mutter und sagte ihr, daß sie nur in ganz großen Ausnahmefällen Gäste von der Erde in ihr unterirdisches Reich aufnähme und willkommen heiße. Daß man dies so selten tue, liege vor allem daran, daß man keine Zeit habe wegen der vielen Arbeiten. Gerade sei sie dabei, eine Kollektion für eine kostbare Monstranz zusammenzustellen. Man könne doch nur das Schönste nehmen, schon weil man es ja der Gottesmutter vorführen müsse, ehe man es der Kirche für die Gläubigen zum Gebrauch gebe.« Das mit der Madonna war eine Zutat von mir. Mutter hatte in ihren Erzählungen nie die Gottesmutter auch nur erwähnt. Ich hatte dies getan, um auch Schemko mit in diese Märchenwelt einzubeziehen, ihm einen Weg zu zeigen, wie er aus seinem Vorstellungskreis heraus mithalten könnte. Denn ich hatte gemerkt, wie fremd ihm der Ausflug in die Unterwelt war. Nun, als er hörte, daß alle diese Zwerge zum höheren Ruhm der Gottesmutter schafften, war er wieder auf festem Boden. Für ihn waren damit die Zwerge mit in den christlichen Gottesdienst seines Herkommens einbezogen, hatten eine Legalisierung erfahren.

Schemko machte sofort Gebrauch von seiner neuen Kenntnis: »Dann ist wohl das Schneewittchen so eine Art Hilfsheilige von der Gottesmutter«, fragte er, »und die Zwerge sind so etwas wie Meßdiener?« Das wußte ich auch nicht genau. Ich riet ihm, die Sache mal mit seinem Seelsorger, der immer zum Brautunterricht zu seiner Tante kam, zu besprechen. Ich sagte ihm, daß es auch sehr darauf ankomme, was einem die Mutter erzählt. »Meine Mutter hat mir eben von den Zwergen und ihrem Leben da unten tief in den Klüften und Bergen erzählt, und die deinige von der heiligen Mutter Gottes.« – »Und besonders von der von Tschenstochan«, wußte er zu berichten, weil die auch die Himmelskönigin von Polen wäre. Dabei ergab sich die Frage, welche Nationalität denn wohl die Zwerge hätten. Schemko meinte, es könnten nur polnische Zwerge sein, denn nur die könnten ja wissen, was in den Kirchen gebraucht werde. Dem hielt ich dagegen, daß auch in Deutschland sehr viele Kirchen vorhanden seien, auch katholische, was Schemko mir schon sehr häufig bestritten hatte. Auch das wurde auf die lange Bank geschoben, auf deren äußerstem Ende seine Hochwürden, der Herr Brautbeichtiger saß.

Nun waren wir aber immer noch nicht ganz klar mit der Rolle von Schneewittchen. War sie Angehörige des Hofstaates der Himmelskönigin, so eine Art himmlische Hofdame? Oder war sie eher eine Beauftragte für ganz bestimmte Obliegenheiten? Wir waren darauf gekommen, weil es doch so viele Heilige gab, die ganz besondere Aufgaben wahrnahmen. Zum Beispiel Sankt Florian, der bei Feuer angerufen wurde. Oder der für die Brücken zuständige heilige Nepomuk. Es zeigte sich, daß Schemko mit den Aufgaben der sieben heiligen Nothelfer sehr viel besser vertraut war als ich. Die Sache mit Schneewittchen dagegen war schwieriger, als es den Anschein hatte. Wir plagten uns mit der Doppelfunktion der heiligen Mutter Gottes von Tschenstochau gar sehr ab. Einmal war sie Königin von Polen und gleichzeitig Himmelskönigin. Ich verspürte dauernd den Drang, ein hierarchisches System in die heiligen Heerscharen zu bringen. Aber mit der Erziehung meiner Mutter in dem vom schlesischen Pietismus geprägten evangelischen Elternhaus und dem, was ich davon mitbekommen hatte, ging das nicht so recht, und Schemko war dabei keine Hilfe. Er war in allen Fragen der Organisation chaotisch. Wenn ich nur an den Bau der Bude aus den Restbeständen des Stalles von Lotta dachte.

Immer wollte er mit den vorhandenen Sachen etwas anderes machen. Wir holten gerade die verkohlten Balken aus dem Trümmerhaufen, da wollte er einen Turm bauen und dafür die Balken zurücklegen. Und als ich alle Teerpappe zusammenlegte, um eine Bedachung zu erhalten, wollte er damit nicht anfangen, ehe wir nicht die Raumeinteilung unserer Bude besprochen hätten, dabei war schon der Pferdestall von Lotta ein fürchterlich unordentlich zusammengeschlagener Holzhaufen, aber kein Stall gewesen, wenn man davon absah, wie Pan Drigas ihn sah. Der sah ihn als Marstall seines Fürstentums ›Möbelfabrik‹.

In diesem Grundsatzstreit um die Funktion der Gottesmutter und die Tätigkeit von Schneewittchen brachte Irenka eine Frage, die bisher übergangen worden war, obwohl sie bei meiner Mutter eine wichtige Rolle gespielt hatte. Irenka kam zurück auf die Andeutung, daß sich die Rotmützen und die Gelbmützen nicht so gut vertragen würden. Ich berichtete nun, was ich in den Erzählungen meiner Mutter nicht so ganz ernst genommen hatte, daß nämlich zum Beispiel Uneinigkeit bei der Auswahl der Edelsteine immer wieder vorkäme. Da hatten die Rotmützen diesen und jenen Vorschlag, aber die Gelbmützen kamen dann mit ihren Ansichten, was bei den Edelsteinen alles zueinander paßte und was nicht. Wenn die Gelbmützen nicht nachgaben, versicherten die Rotmützen spitz, daß man es ja auch mal mit Platin versuchen könne, was besonders zu Smaragden ausgezeichnet passe. Allein die Nennung des Namens Platin, dieses noch viel, viel selteneren Materials als Gold, brachte die Gelbmützen auf, die sich in ihrem Stolz und in ihrer Ehre gekränkt fühlten. Ich als Junge nahm das nicht so ernst. Aber Irenka flog darauf und meinte, das sei doch das Wichtigste. Und was Schneewittchen dazu gesagt hätte? Schneewittchen hatte sich nach Mutters Erzählungen aus diesem Streit herausgehalten und nur eingegriffen, wenn die Rotmützen allzu genau und kleinlich mit den Splittern umgingen und den Frauen, den Oberirdischen, gar nichts gönnen wollten. »Was ist denn das wieder? Was sind das für Splitter?« fragte Irenka. »Ihr müßt wissen, daß die Zwerge nur die schönsten und edelsten Edelsteine verarbeiten. Die nicht ganz so guten geben sie den Menschen, die daraus Schmuck herstellen. Meine Mutter hat mir ihre Edelsteine gezeigt, wenn eben auch nur kleine und manchmal nur Splitter.« – »Die möchte ich mal sehen«, seufzte Irenka, und ich versprach ihr, daß ich meine Mutter fragen würde.

So kam der erste Kinderkaffee zustande. Irenka kam sehr schüchtern und ängstlich. Von Anfang an merkte ich, daß Hedwig etwas gegen Irenka hatte. Sie wollte, daß Irenka ihr beim Tischdecken helfen sollte. Sie behandelte sie so wie zu Haus ihre jüngeren Geschwister, etwas barsch mit aufforderungsvollem Befehlston, was Irenka noch ängstlicher machte. Meine Mutter hatte extra Kinderkuchen gebacken. Käsekuchen mit Streuseln, mit hohem Hefeteig und alles sehr süß. Es schmeckte wunderbar. Nach dem Kaffee und dem Kuchenessen holte sie ihre Schmuckkassette. Sie hatte recht hübsche Stücke aus böhmischen Granaten, die in Schlesien wohlfeil und häufig waren. Dazu kamen Saphire, in Broschen gefaßt, zusammen mit kleinen Amethysten, aber auch ein alter Ring mit Diamanten, goldene Armbänder mit und ohne Steine und Perlen. Von den Perlen wußte sie zu berichten, daß diese von den Zwergen nicht verarbeitet wurden, sondern erst später von Goldschmieden eingesetzt wurden, weil sich seit alters her der Glaube im Zwergenreich erhalten hatte, daß die Perlen die Tränen der Meerjungfrauen oder Nixen seien, zu denen eine Art Verwandtschaft bestehe. Die Zwerge hatten Perlen nicht gern.

Schon vorher hatte Mutter ein großes Paket mit dem Kuchen für Irenkas Mutter und den Bruder zurechtgemacht, und als Mutters Schmuck von Irenka und Hedwig genügsam bewundert war, wurde Irenka mit vielen Grüßen und dem Paket in die Mansarde entlassen. Als Mutter weggegangen war, um noch eine Besorgung zu machen, fragte ich Hedwig direkt, was sie gegen Irenka hätte. Sie hätte überhaupt nichts gegen das Mädchen, sagte sie, aber warum dem armen Ding ausgerechnet Mutters Schmuck gezeigt werden müsse, das verstünde sie nicht.

Unsere Zwergengeschichte hatte ein Nachspiel. Der Beicht- und Brautunterricht gebende Herr Kaplan hatte sich die Verquickung des Märchens von Schneewittchen und den sieben Zwergen mit der Gottesmutter auf das Allerenergischste verbeten und die Geschichte mit den Zwergen unter der Erde als ein dummes Kindermärchen abgetan, das außerdem, und das war schon etwas ganz Schlimmes, heidnischen und dazu noch deutschen Ursprungs sei. Schemkos Mutter hatte geraten, wenn ich wieder mal von den Zwergen anfing, sollte er einfach weggehen und zu ihr kommen, sie würde ihm dann aus dem Buch mit den Heiligenlegenden vorlesen. Das war aber nicht nach Schemkos Sinn. Das sagte er mir am nächsten Tag, als wir wieder in der Bude saßen. Nicht lange, da kam Irenka angesprungen. Sie hatte von Herrn Baumann gehört, daß bald Soldaten kommen würden.

Wir waren wie der Blitz aus unserer Hütte. Als wir an die Toreinfahrt kamen, sahen wir nur die Wachsoldaten auf dem großen Platz, die immer noch die mit weißem, inzwischen schmuddeligen Band abgesteckten länglichen großen Vierecke bewachten. Wir wiederholten, was wir schon so oft gemutmaßt hatten, was wohl in die Vierecke kommen sollte. Wir sollten es noch gewahr werden mit all der Aufregung, die damit verbunden sein würde. Wir kamen aber zunächst enttäuscht von der Toreinfahrt zurück. Schemko ging rauf in die Drigassche Wohnung, was bei ihm etwas Seltenes war, so lange er uns noch zum Spielen im Freien hatte. Irenka sprach auf einmal deutsch:

»Komm mal in die Hütte«, und sie fuhr in unserer Bude auf deutsch fort: »Der Herr Baumann soll ja wohl Obacht geben, was sich hier so tut mit dem Lazarett und auf dem großen Platz. Aber das kann er ja nicht immer machen. Er hat noch andere Aufgaben, und da hat er mir gesagt, wenn mir was auffällt, soll ich zu Frau Kubiak gehen und der nur sagen, daß ich was für ihn, den Herrn Baumann, hätte. Frau Kubiak würde ihm das dann schon ausrichten.« Ich konnte mich kaum fassen vor Staunen. Mir wollte das nicht in den Sinn, denn Frau Kubiak war eine Polin. »Die spricht doch polnisch«, sagte ich zu Irenka. Die aber fuhr fort: »Das mit Baumann können nur wir beide besprechen, und wenn wir so was haben, denn nicht vor Schemko. Und immer deutsch sprechen dabei.« Sie fuhr fort, daß meine Eltern und ihre Mutter das schon wüßten und wir Deutsche jetzt mehr als sonst zusammenhalten müßten, weil man nicht wüßte, mit wem es die Polen halten würden.

Frau Kubiak

Frau Kubiak stammte aus einer polnischen Familie, aber ihr Mann, der gleich in den ersten Kriegstagen gefallen war, war Deutscher, und sie fühlte sich auch als Deutsche, nicht zuletzt, weil sie vom deutschen Staat eine kleine Pension bekam, von der sie allerdings nur sehr schwer leben konnte. Ohne den Laden ging es überhaupt nicht. Im Laden bei ihr sollten wir aber immer polnisch sprechen. Wenn wir was für Herrn Baumann hätten, es nur polnisch sagen und dabei nicht den Namen von Herrn Baumann erwähnen. Seit dem Bolschoi-prasnik-Abend bei Drigas war ich schon halb eingeweiht, was da so alles los war und sich anspann. Daß es aber Irenka und auch noch Frau Kubiak umfassen sollte, war mir völlig neu. Was mir die Sache auf alle Fälle brachte, war eine neue Freundin besonderer Art. Ich stand schon immer gut mit Irenka und den Schlosseks. Noch vor wenigen Tagen hatte ich den Gedanken erwogen, ob Irenka wohl meine Braut werden könnte, hatte aber diese Möglichkeit ganz energisch unterdrückt, da ich ja meine Hedwig hatte.

Nun kam Irenka auf eine ganz andere, völlig neue Weise in meine unmittelbare Nähe. Auch mit ihr hatte ich jetzt ein Geheimnis. Es war allerdings auch Eifersucht dabei. Warum hatte Herr Baumann das nicht zu mir gesagt? Wieso wandte er sich überhaupt an ein Mädchen? Denn, das war für alle Jungen meines Alters, ganz gleich ob polnisch oder deutsch, klar, gewisse Dinge waren

Jungensache. Aber hier ging es wohl nicht um eine Jungensache.

Und da war noch etwas. Frau Schlossek arbeitete in der Fabrik von Pan Drigas. Irenka konnte ihre Mutter sooft besuchen, wie sie wollte, nachdem Pan Drigas gesehen hatte, daß Irenka ihrer Mutter half beim Zusammentragen der Hobelspäne und beim Nachfeuern der Öfen, wo der Leim ewig blubberte und vor sich hinstank. Irenka war ein so schüchternes, unauffälliges Ding, als ob sie gar nicht da wäre. Meine Mutter sagte immer, sie sei der reine Irrwisch, fast wesenlos und unwirklich, ein mageres kleines Kriegskind, auf der Schwelle der Unterernährung, aber Irenka konnte sehr gut hören. Wenn sie da so in der Fabrik hin und her wischte, hörte sie mehr als die Tischlergesellen und die Lehrjungen, die Ungelernten und Angelernten dachten, daß man auf ihre Gespräche achten würde. Es wäre auch so leicht niemand auf Irenkas Hören und Lauschen gekommen, denn Pan Drigas Möbelfabrik galt weithin als national-polnische Gesinnungsfestung, ein Bollwerk der Polen. Die Schwiegersöhne von Pan Drigas waren Offiziere in der polnischen Legion unter Pilsudski. »Das Königreich Polen ist da, existiert«, sagte mein Vater erst neulich. »Wir sind in Polen, nicht mehr in einem Teil von Deutschland, wir sind im Ausland, wir wissen nicht, was wird.«

Diese Ungewißheit kam auch zum Ausdruck, als wir, meine Mutter und ich, zu Frau Kubiak einkaufen gingen. Es war die frühe Nachmittagszeit, in der man im allgemeinen nicht zu Frau Kubiak ging. So konnten wir auch deutsch sprechen, als wir in den Laden traten. Frau Kubiak bat uns in das Hinterzimmer, das halb Wohnraum und halb Lager war. Während die Regale im Laden weitgehend leer waren, barst das Hinterzimmer vor Waren. Da standen die Zuckersäcke und die Säcke mit Erbsen, Bohnen, Graupen, Fäßchen mit Essig, große Blocks mit Schweinefett in Pergamentpapier, Berge von Butter, Türme von Kernseife, nicht die Kriegsseife aus Ton mit Beimischung von Soda, über die sich die Hausfrauen so sehr beschwerten, weil sie weniger säuberte, dafür aber die Hände rissig und schrundig machte. Frau Kubiak sah sich entschuldigend um: »Ja, sehen Sie nur, Madam.« Wenn sie deutsch sprach, nannte sie meine Mutter immer Madam. »Man muß ja seit dem Krieg so viele Sachen auf Vorrat nehmen, die wir früher, als mein Mann noch lebte, gar nicht geführt haben. Früher hatten wir im Keller die feinsten Weine, ganze Regale der herrlichsten Sachen, aus Ungarn den feinen Tokaier, die guten süßen griechischen Weine, aber auch Rheinweine und die Liköre, und den Wodka. Das nahm Platz weg. Heute sind meine Keller auch voll, aber Kartoffel müssen wir haben. Was glauben Sie, es gibt Familien, die in dieser Zeit noch nicht einmal die Kartoffeln bis zur nächsten Ernte im Keller haben. Die kommen wegen fünf Pfund Kartoffeln zu mir. Glauben Sie mir, so schlecht ist es vielen noch nie gegangen. Und vor allem den Deutschen, die keine Verbindung zum Land haben, die keine Verwandten in den Dörfern haben, und das sind viele tausend, gerade hier in Posen, was ja eine Beamtenstadt ist. Haben Sie denn eine Kartoffelquelle, Madam?« Meine Mutter war etwas verwirrt, denn die Vorratswirtschaft in unserer kleinen Familie besorgte meine Großmutter im fernen Festenburg. Daher kamen unsere Pakete und Kartoffeln immer mit der Bahnfracht. Aber wie würde sich das alles noch entwickeln? War es doch möglich, jetzt, da die Polen ihren eigenen Staat bekommen sollten, daß die Bahnverbindungen unterbrochen wurden, außerdem war es sicher kein Fehler, sich mit Frau Kubiak so gut wie nur irgend möglich zu stellen. Dabei war Mutter so klug, das Angebot von Frau Kubiak als ganz besonderes Entgegenkommen aufzunehmen. »Ja, wenn Sie uns da helfen könnten, das wäre schon sehr schön.« – »Die Radschiowski, Ihre Nachbarn«, fuhr Frau Kubiak fort,

»die lassen sich die Kartoffeln auch durch mich besorgen. Das ist eine alte Verbindung noch von meinem Manne her.«

Von den Nachbarn Radschiowski, die auf der anderen Seite der Toreinfahrt im Hochparterre wohnten, wußte ich nur, daß es schon ältere Leute waren und daß die Frau die besten Bonbons der ganzen Umgebung hatte. Von Vater hatte ich so im Vorübergehen gehört, daß Herr Radschiowski auch Beamter sei und daß sie Juden seien. Deswegen wohl hörte ich jetzt besser hin, als Frau Kubiak berichtete, daß ihr gefallener Mann auch Jude gewesen sei, wenn sie auch kirchlich getraut gewesen seien, anders hätten ihre Eltern die Ehe mit einem Juden nicht erlaubt. Danach wollte ich, wenn wir wieder zu Hause waren, aber gründlich fragen. Frau Kubiak versicherte uns, daß, wenn irgendwie schwierige Zeiten kämen, würden wir immer auf sie zählen können, das sei sie ihrem gefallenen Mann schuldig. Ach ihr Mann, das war ein Patriot. Und den Kaiser hat er verehrt, und ein Soldat sei er gewesen, so etwas von Begeisterung, das könne man sich überhaupt kaum vorstellen. Immer hätte er gesagt, daß es den Juden in Preußen am besten ginge. Sonst wäre ein Mann wie Herr Radschiowski niemals Beamter geworden. Und auch nicht Herr Baumann. Der kleine emsige, halb unsichtbare, graue Herr Baumann war also auch Jude. Frau Kubiak sagte nun, daß er überhaupt nicht Baumann hieße, aber für seine jetzige Aufgabe wäre das schon ganz richtig.

Die Damen gingen nun zu Kochrezepten über. Meine Mutter erfuhr wieder etwas Neues über die polnische Küche, während ich mich nochmals in der Warenfülle umschaute. Sie kam mir vor wie die Schatzhöhle in dem Märchen von Ali Baba und den vierzig Räubern, wo sich der Berg Sesam öffnete, wenn man das richtige Schlüsselwort wußte. Auch bei Frau Kubiak mußte man eine gewisse Einführung haben. Das war nicht nur, wie ich es immer früher vermutet hatte, das gute Polnisch, das einer sprach, sondern mehr ein Dazugehören, ein Wissender mußte man sein. Mutter schien die Aufnahmebedingungen bestanden zu haben. Sie gehörte mit dazu, während ich durch Irenka und Baumann schon eingeführt war. Noch einen bewundernden und, leider muß ich es eingestehen, auch einen etwas gierigen Blick, ein besonders leckeres Bonbon von Frau Kubiak, und wir waren wieder auf der Straße, heraus aus der Verzauberung des Warenüberangebotes.

Zu Hause fragte ich meine Mutter, wie das nun mit den Juden sei. Mutter erzählte mir, daß sie mit Juden aufgewachsen sei. In dem kleinen Städtchen Festenburg, wo sie herstammte, waren die Gewerbetreibenden, bis auf einige Handwerksmeister wie mein Großvater, alles Juden. Ja, was mit denen nun los sei, wollte ich wissen. Es kam heraus, daß die Juden keine Christen seien. Daß aber der Herr Jesus selbst Jude war, daß er aus dem jüdischen Volk hervorgegangen sei, daß jedoch die meisten Juden nicht seiner Lehre gefolgt, sondern weiter in ihrer alten Lehre verblieben seien. Aber das fügte sie ausdrücklich hinzu: »Der liebe Gott ist derselbe.« – »Ja, sind die Juden, die hier leben, nun Polen oder Deutsche«, wollte ich wissen. »Sie sind deutsche Juden, wenn sie sich zu Deutschland bekennen. Es wird aber auch viele geben, die es mit den Polen halten werden. Bei ihnen spielt, bei den meisten, ihre Religion die Hauptrolle. Man sagt, daß sie dem ›mosaischen Glauben‹ angehören.« Was war das nun wieder? »So hieß der Religionsstifter«, belehrte mich meine Mutter. Aber das alles und noch viel mehr würde ich in der Schule lernen. Deshalb sei die Schule so sehr interessant. Und bald wäre es ja soweit, daß ich in die Schule müßte. Dabei sah ich die sehr sorgenvollen Züge meiner Mutter, denn tatsächlich war das ein großes Problem meiner Eltern, wo ich zur Schule gehen sollte.

Polnische Küche

Meine Mutter schrieb einen besonderen Brief – außerhalb der wöchentlichen Briefpflichtübungen – an meine Großmutter oder besser an »Meine Lieben«, wie sie ihre Briefe begann, über die Vorratssituation in Polen im allgemeinen und in Posen im besonderen. Von diesem Brief habe ich auch deshalb erfahren, weil sie mich fragten, was es mit den Sokoln auf sich hätte, denn Frau Kubiak hätte ihr gesagt, wir sollten von den Sokoln lernen. Diese hätten den Polen beigebracht, immer darauf zu achten, daß sich genug Vorräte im Haus befänden, vor allem solche Vorräte, die sich länger hielten, und die, die schon eine gewisse Lagerzeit hätten, rechtzeitig aufzuessen, ehe sie schlecht würden. Vorratswirtschaft zu betreiben, hätten die Sokoln den Polen beigebracht, sei erforderlich, denn die polnische Geschichte sei gerade in den letzten zweihundert Jahren so wechselvoll gewesen, daß man nicht sagen könne, was der nächste Tag brächte. Es dürfe keinen polnischen Haushalt geben, der nicht um diese Jahreszeit schon die getrockneten Pilze im Haus habe, die getrockneten Waldbeeren, die Blaubeeren wie die Preiselbeeren, und, so lange es noch Zucker gäbe, müsse der Himbeersaft in den Flaschen sein. Die Sokoln sagten, daß wir es hier im preußischen Teil noch gut hätten, wenn es auch mit jedem Tag schlechter würde. Drüben in Kongreßpolen, im russischen Teil, sei es noch viel schlechter, da gäbe es schon lange keinen Zucker mehr. Aber hier brauche man nur in den Wald zu gehen, das koste nichts. Man solle sich an die guten alten polnischen Sitten erinnern. Die Vorfahren hätten auch Kriege und Truppenbelegungen über sich ergehen lassen müssen, aber überlebt hätten sie allemal. Das wäre nie möglich gewesen, wenn man nicht Vorräte gehabt hätte. So erzählte ich der Mutter.

Wieweit das an die »Lieben« nach Festenburg gelangte, weiß ich nicht, aber die Mutter war auch von sich aus bestrebt, den guten alten Rezepten Geltung zu verschaffen. Frau Kubiak aber geriet, wenn sie von Vorräten für den Winter zu sprechen begann, direkt ins Schwärmen: »No, die polnische Küche, müssen Sie wissen, Madam«, hatte sie zu meiner Mutter gesagt, »die ist geradezu für eine richtige Vorratswirtschaft wie geschaffen. Wenn Sie einen Vorrat von Kartoffeln haben und ein Faß mit Sauerkraut mit dazwischen gelegten Krautblättern oder gar angestochenen Krautköpfen, da können Sie schon gar nicht verhungern. Da kommen Sie über die schlimmste Zeit hinweg. Wenn Sie weiter haben ein Fäßchen mit sauren Gurken, ein wenig Speck, ein Säckchen mit Mehl und eines mit Zucker, da können Sie schon die erlesensten Schlemmereien auf den Tisch bringen ...

Da können Sie so ein urpolnisches Gericht zubereiten wie Piroggen. Ein bißchen Mehl und Salz und ein bißchen gekochtes Sauerkraut, das Sie in ein wenig Speck anbraten, den Piroggenteig mit dem Glas ausstechen, gleiche Häufchen von dem Sauerkraut in die ausgestochenen Plazeks geben, zukneifen und in Salzwasser kochen. Ein wunderbares Essen! Können Sie mit ausgelassenem Speck übergießen, Sie können es backen ohne Speck, Sie können es mit Fleischresten füllen, mit Pilzen, und Sie können es auf die süße Tour geben mit den verschiedensten Obst- und Beerenfüllungen.

Ja, und wenn Sie noch etwas Honig haben! Honig ist ganz etwas Wichtiges. Er ist Medizin. Und Sie können mit

Honig so viele wunderbare Süßspeisen richten. Mit Honig und Backobst, mit Backpflaumen, getrockneten Birnen und Apfelscheiben, da sind Sie eine Küchenkönigin, können Sie jede Art von Torten backen, jede Art von Kuchen und die feinsten Mehlspeisen der polnischen Küche. Wenn Sie Honig haben, können Sie Warzonka, Honigschnaps machen, was meinen Sie, wie Ihr Mann das Ihnen danken wird. Mein Seliger war immer ganz weg, wenn es nach einem guten Essen ein Gläschen warmen Warzonka gab oder auch zwei.« Dabei lächelte sie ein wenig. »Man braucht gar nicht soviel Honig auf einen halben Liter Wasser und einen Viertelliter Weingeist aus der Apotheke, zwei Eßlöffel Zucker, einen Eßlöffel Honig, Nelken, Zimt, schon fertig. Ich werde wieder welchen ansetzen, und dann können Sie kosten. Wenn es im Winter kalt sein wird, machen Sie den Warzonka. Ihr Mann wird's Ihnen danken. Aber Sie brauchen sich nicht abplagen mit dem Sauerkraut und Salzgurken einlegen, die halte ich für Sie.«

Herr Baumann war in den Laden gekommen. Hätte nicht zuvor die Ladenglocke dünn gebimmelt, wir hätten das Erscheinen von Herrn Baumann kaum bemerkt. Er beteiligte sich nun an dem Gespräch, indem er von den Kochkünsten der Frau Kubiak zu schwärmen begann. »Ganz gleich, ob das eine einfache Barszcz-Suppe ist, ein Gänsebraten oder Mazureks – die kleinen Kuchelchen –, es ist alles einmalig gut. Meine verstorbene Frau – sie war eine exzellente Köchin, aber ich muß sagen, das, was Frau Kubiak kann, das konnte sie nicht.« Frau Kubiak war ganz verlegen geworden ob dieser Lobsprüche von Herrn Baumann, sie nestelte an der Schürze herum und gab mir, als Herr Baumann sich von einer Suppe zur anderen bewegte, von einem Braten zum nächsten, und einer immer besser als der andere, aus lauter Verlegenheit einen Bonbon. Meiner Mutter schien das auch langsam peinlich zu sein, denn nach dem, was Herr Baumann hier berichtet hatte, mußte er mehr als nur einige Male bei Frau Kubiak gegessen haben.

Er stellte sich nun in Positur und sagte, daß er es für an der Zeit halte, daß wir seinen richtigen Hausnamen erfahren, zumal meine Mutter gerade dabei sei. Was solle die Madam davon halten, wenn er andauernd mit seinem falschen Namen herumlaufe. Er heiße eigentlich Cronblum. Meine Mutter sagte, daß das doch ein sehr schöner Name sei. »Ja«, meinte er, »was denken Sie, Madam, was dieser Name meinen Großvater gekostet hat? Sie müssen wissen, Madam, in Galizien, wo meine Familie herkommt, dem österreichischen Teil von Polen, haben die Gebiete den einzelnen österreichischen Regimentern in der Verwaltung unterstanden. Als das Gebot kam, daß alle Familienväter Hausnamen, nicht nur Vornamen und Vatersnamen, sondern Geschlechternamen, eine große Auszeichnung damals, haben müßten, da war die Not groß, was für einen Namen wählen. Bedenken Sie, ein Geschlechternamen, der sollte halten nicht zehn, nein fünfzig, was sag ich fünfzig, hundert Jahre und mehr. Die Offiziere, die österreichischen, hatten in ihren Offizierskasinos Namenslisten auslegen, die Namen hatten sich die Herren, es waren ja große Herren gegen die kleinen Juden, ausgedacht. Für die Namen mußte man eine gewisse Geldsumme zahlen in die Regimentskasse, aus der die Witwen und Waisen des Regiments unterhalten wurden. Es war, man muß es sagen, für einen guten Zweck. Was denken Sie, was da so ein Jude zahlen mußte. Wer sich sträubte, wem das gleichgültig war, wer gar nichts tun wollte für seine Kinder und Kindeskinder, der hieß dann eben Hundschwanz oder Aftergeruch. Sie werden entschuldigen, Madam, aber es ist wahr. Wer einen schönen Namen wollte wie meinen Namen Cronblum, no, der mußte schon sehr tief in die Tasche langen. Glauben Sie mir, die Leute haben sich ruiniert. Für einen Namen wie

Karfinkelstein, da mußte schon einiges an Gold rollen. Aber was sollen die alten Sachen!

Haben Sie schon gehört, wie es im Osten vorangeht? Sie werden es gehört haben, denn der werte Herr Gemahl ist ja mitten drin in der großen Eisenbahnoffensive der deutschen Armee. Großartig, dieses Organisationswerk, diese Präzision, über Hunderte von Kilometern hinweg vorzudringen mitten ins Herz Rußlands. Aber dafür sind die Nachrichten aus dem Westen um so schlimmer. Man weiß nicht, wie das noch werden soll. Polen ist ja praktisch schon wieder da, wenn auch noch ohne König. Meinen Sie, die werden den Pilsudski zum König ausrufen? Es wäre nicht mehr wie recht und billig, wenn sich die Polen für die Unterstützung, die sie von Österreich hatten, jetzt revanchieren würden. Schon zu Lebzeiten meines Großvaters, als die Russen die Polen nach den Revolutionen zu Tausenden nach Sibirien schickten, und die Revolutionen im vorigen Jahrhundert nahmen ja kein Ende in Kongreßpolen, da haben die Habsburger den Polen schon Selbstverwaltung gegeben. Krakau haben sie zur freien Stadt gemacht mit einem Stadtparlament, ganz selbständig. Und wo hat der Pilsudski die erste polnische Legion gegründet? In Österreich. Wenn die polnischen Legionäre auch nicht die Russen geschlagen haben, dafür waren sie noch zu neu in dem Geschäft, aber sie waren dabei. Da wäre es nur recht und billig, wenn der Erzherzog Stefan König von Polen würde. Aber die Preußen, die Preußen, die werden keinen Habsburger auf dem polnischen Thron dulden. Und die Polen selber, die sind sich doch nicht einig. Die waren sich noch nie einig. Die großen Adelsfamilien, die Adelskonföderationen, die haben sich doch bekämpft bis aufs Blut, bis aus dem ganzen Polen nichts mehr übrigblieb. Aber jetzt ist der Herr Gemahl am Zuge. Je mehr wir im Osten in der Hand haben, wird der Ludendorff denken, um so mehr können wir im Westen aushalten und draufgeben.

Nein, wer hätte das jetzt gedacht! Odessa schon in deutscher Hand, die ganze Krim, die ganze Ukraine. Das müßten die Deutschen den Polen anbieten. Da wären sie klug beraten. Man muß denen schmeicheln. Den nationalen Ehrgeiz anstacheln. Aber nicht unterdrücken wie die Russen. Was die Russen jetzt noch machen wollen, das ist alles nichts. Sie werden sehen, meine Damen, bis zum Hochsommer, bis zur Schwelle des Herbstes, da sieht alles noch freundlich aus. Aber lassen Sie den Winter kommen. Der Winter ist lang. Wir werden es erleben. Für einen solchen Winter muß man gerüstet sein. Hier die Frau Kubiak, die macht es richtig. Man muß auf den Vorräten sitzen. Und ein paar Goldstücke muß man sich auch halten. Nicht alles in Kriegsanleihen stecken und nur die schönen Erinnerungsmünzen für die Goldmünzen nehmen. Sie werden denken, Madam, ich sei ein Roter? Aber nein, ganz und gar nicht.«

Hier mischte sich Frau Kubiak wieder ein: »Cronblum ist genausowenig ein Roter, wie mein seliger Mann einer war. Als Kaufmann kann man das doch gar nicht sein. Und man hört es ja jetzt aus Rußland: Mord und Totschlag. Raub und Zerstörung. Ja, wenn das die Erfüllung der Versprechen ist, die die Roten immer gemacht haben, dann, wenn schon nicht alles beim alten bleiben kann, besser ein österreichischer Prinz als die Roten. Und um Sie, Madam, da brauchen Sie sich keine Sorgen zu machen. Die Eisenbahner, die machen jetzt diese große, wie sagt man schon auf so was . . .« – »Offensive«, half Cronblum aus, »Eisenbahnoffensive.« – »Richtig. Hat's noch nie gegeben in der Welt. Die Engländer sollen so was mal in Indien gemacht haben, aber in Europa hat es dergleichen nie gegeben. Mit Maschinen und Lokomotiven, gab's ja noch nie! Mit Panzerzügen erobern unsere Truppen jetzt die ganze Ukraine, stoßen bis zum Kaukasus vor, haben dieses Riesenreich, dieses Rußland in die Knie gezwungen. Und haben es mit der Technik ihrer Panzerzüge geschafft, auf denen sie Kanonen und Maschinengewehre hinter der Panzerung versteckt aufgebaut haben. Wenn die nur in der Heimat durchhalten. Die Roten würden lieber den Krieg verlieren, als daß sie wünschten, der Kaiser bliebe. Das ist eine ganz unheilige Mischung, die Sokoln und die Roten.«

Eisenbahnvormarsch

Zu Hause fragte ich meine Mutter, warum Cronblum uns diese Sachen erzählte. Meine Mutter meinte, Cronblum meine es gut mit uns und der deutschen Sache. Er sei ein deutscher Jude. Aber er erhofft sich auch etwas. Er hat im Frühjahr bei der Eisenbahnoffensive gemerkt, daß da Vater mit beteiligt war und auch irgend etwas zu sagen gehabt hat. Nun meint er, wenn er vor uns seine Gedanken und Überlegungen darlegt, daß wir das mit Vater besprechen würden und so seine Ansichten von der Lage eine Entscheidungshilfe für Vater seien. In dieser Hinsicht waren die Monate vom zeitigen Frühjahr an ein einziger Rausch gewesen. Der Vater kam aufgeräumt aus dem Dienst zurück. Meine Mutter brauchte ihn nur anzusehen, da wußte sie Bescheid und warf mir auf meinen fragenden Blick nur ein »Es geht vorwärts« zu.

Der am 18. Februar 1918 eingeleitete Eisenbahnvormarsch zeigte, daß erstmals eine Armee, nur auf schnelle Transportmöglichkeiten gestützt, etwas erreichte, was seit Hannibal mit seinen Kriegselefanten nicht mehr versucht und erreicht worden war. Der heute noch, nach mehr als zweitausend Jahren, bewunderte Zug des Puniers von Afrika über Spanien nach Italien begeisterte die Gymnasiasten in aller Welt, die darüber ihre Klassenaufsätze schrieben. Wir aber bewunderten damals im Frühjahr 1918 meinen Vater und die Panzerzüge, die, den kühnen Operationsplänen des Generals Groener zufolge riesige Landstrecken auf den Rädern erobernd, Schlachten mit Hilfe der Lokomotivführer und ihrer Heizer schlugen. Der Erfolg der Eisenbahnvormärsche, die ohne besondere Verluste über Hunderte von Kilometern nach Osten und Südosten führten und bald den Don und Donez erreichten, war für uns atemberaubend. Wenn mein Vater nach so mancher Nacht am Morgen grau, übermüdet, unrasiert, aber glücklich über die Erfolge seiner Waffe, der Lokomotiven, der gepanzerten Eisenbahnwaggons, der von ihm mitorganisierten immer wieder überraschenden neuen Möglichkeiten eines ungestörten Nachschubes nach Hause kam, waren das glückliche Stunden für die ganze Familie. Meine Mutter improvisierte schnell ein Festfrühstück, und mir schwirrten Namen an den Kopf wie Achtirka oder Blitsch Melnitschni, die wie Zauberworte wirkten, wie jenes ›Sesam öffne dich‹ im orientalischen Märchen.

Kiew war eine Etappe auf den Schienen des Eisenbahnvormarsches. Charkow wurde genommen. Das Geniale an dieser Operation kann man erst nach den Erfahrungen des Zweiten Weltkrieges ganz ermessen. Für diese Offensive 1918 gab es keine Schlammstraßen im Frühjahr und keinen Stopp im Winter. Wenn es Kohle gab und Munition für die eisenbahnverlasteten Geschütze und schweren Waffen, gab es kein Halten. Die deutsche Heeresleitung knüpfte an alte ukrainische Tradition an und fand in General Skoropadskij den Politiker, der, diese Tradition nutzend, die Ukraine als neues Staatswesen schaffen sollte. Der Eisenbahnvormarsch war so erfolgreich, daß man sogar daran gehen konnte, auf der Krim eine tatarische Republik zu gründen. Der Oberst Kress von Kressenstein erhielt den Auftrag, Baku zu erobern und die Erdölquellen den Mittelmächten zugänglich zu machen. Auch das mit Hilfe der Eisenbahnen, auch an diesem Bravourstück hatte mein Vater mit seinen Organisationsaufgaben seinen Anteil. Allerdings kamen dem Obersten die Türken zuvor. Aber es war aufgezeigt, welche Möglichkeiten mit der damals modernsten Waffe, der Eisenbahn, gegeben waren, mit ihren artilleriebestückten Panzerzügen, ihren gepanzerten Mannschaftstransportwaggons und allen Einrichtungen, die zum Kriegführen über große Entfernungen notwendig sind. Da gab es Eisenbahnregimenter und Eisenbahnpionierbataillone, die alles notwendige Gerät mit sich führten, um reparaturbedürftige Wagen oder Lokomotiven wieder in Gang zu setzen. Kohle war mit der Eroberung des Donezbeckens auch kein Problem mehr, und im Hintergrund stand die oberschlesische Kohle. Das alles waren noch im Sommer 1918 Nachrichten und Fakten, die die Stimmung in unserer kleinen Familie hochhielten. Auch die Versorgung der Bevölkerung war durch die fruchtbare Ukraine, im Unterschied zum Reich, in Posen schon um vieles besser geworden. Es fiel was ab von den vielen Zügen, die das Militär nach Osten gebracht hatten und die nicht leer nach Westen zurückfuhren.

Oft nahm sich mein Vater eine Landkarte vor. Es mußte wohl mit dem Krieg zusammenhängen, daß in den deutschen Familien immer eine Fülle von Kartenmaterial vorhanden war. Ich konnte das bei Metz beobachten und fand manches Mal meinen großen Freund Rudi vor Karten sitzen. Auch darum war es ein von mir schon lange gehegter Wunsch, einmal von berufener Seite, von meinem Vater, zu erfahren, wie so eine Landkarte funktionierte. Wenn er berichtete, wie Poltawa, der große Eisenbahnknotenpunkt, in deutsche Hand gefallen war, wenn er mit dem Zeigefinger die Bewegungen der Panzerzüge auf der Karte nachvollzog, das waren für mich begeisternde Stunden.

Und bald kam der Höhepunkt, mein Vater mußte in einer besonderen Mission nach Kiew fahren. Da er als Verwundeter aus dem Krieg an der Westfront nach Hause zurückgekehrt war, hatte ich meinen Vater noch nie in Uniform gesehen. Wohl auf Fotos, auch seinen Extrahelm und den langen blitzenden Säbel kannte ich genau, aber der Vater in feldgrauer Uniform, das war ein Erlebnis eigener Art. Der Helm wurde hervorgeholt und bekam seinen grauen Überzug. Der lange Säbel blieb zu Hause, doch die Pistole in der braunen Tasche und das Offizierskoppel, und eben Grau in Grau, aber er sah gut aus. Auch die Mutter war stolz auf ihn. Sie wollte, daß wir ihn zur Bahn begleiteten, aber das ging nicht, weil er des Nachts mit der Droschke abgeholt wurde, in der schon ein anderer Offizier auf ihn wartete. Mutter hatte stundenlang an dem Lederzeug geputzt, die Ledergamaschen gewienert. Als die Mutter an das Eiserne Kreuz erster Klasse mit einem Silberputzmittel herangehen wollte, protestierte allerdings mein Vater. Mutter sagte als einzige Entschuldigung: »Ich wollte doch nur, daß es hübsch aussieht.« Meine Mutter verglich diesen Abschied mit dem, als er das erste Mal eingezogen wurde, zur Westfront. Da war der Abschied unendlich viel schwerer. Schicksalsträchtiger. Jetzt war das nicht der Fall. Die Russen waren geschlagen. Der Krieg im Osten war siegreich beendet, wenn man auch noch nicht wußte, was die neue russische Regierung der Bolschewisten daraus machen würde. Mein Vater meinte, daß sie es nicht bis zu einem geordneten Staatswesen bringen könnten, weil alles zu chaotisch wäre. Baumann-Cronblum allerdings meinte, daß das schon werden könnte, wenn die Weißen, wie man die Antibolschewisten nannte, nicht nur die Reaktion im Kopf hätten, denn die sei zu sehr belastet; überhaupt hätte die zaristische Gesellschaft verspielt. Vater konnte nun auf dieser Reise oder Dienstfahrt selbst in Augenschein nehmen, was er und seine Kameraden auf dem Eisenbahnvormarsch geschafft hatten. War der Erfolg, den sie errungen hatten, wirklich die Voraussetzung für eine Wende des Krieges? War es nun tatsächlich möglich, die Lebensmittelreserven aus dem Osten für die schon vielfach darbende Heimat zu mobilisieren? Hielt die Ukraine das, was man sich von ihr versprach? Wenn man im Westen durchhielt, dann konnte aus der neuen Republik Ukraine ein treuer Bundesgenosse werden. Wenn früh die Zeitung kam, quälte ich Mutter, mir vorzulesen, denn soweit waren meine Kenntnisse beim Leseunterricht, den Hedwig mir erteilte, noch nicht gediehen, daß ich selbst flüssig lesen konnte. Hedwig hatte aber wenigstens die Geduld, mir beim mühsamen Buchstabieren zu helfen. Mutter brachte diese Geduld nicht auf. Sie war zu sehr an den Nachrichten interessiert, daß sie immer weiterlas, ohne im Augenblick an mich zu denken. War sie fertig, hatte sie oft das dringende Bedürfnis, die Neuigkeiten mit Frau Metz oder wenigstens mit Frau Kubiak zu besprechen, und eilte auf einen kleinen Plausch aus der Wohnung, dann war ich wieder allein auf Hedwig angewiesen. Denn Schemko hatte keinen Nerv für den Eisenbahnvormarsch. Je größer die Erfolge der raumfressenden Offensive waren, desto zurückhaltender war das Benehmen der Drigas-Sippe.

In den Monaten Februar, März, April, als die gepanzerten deutschen Züge nach Osten rollten und jeder Tag neue Erfolge brachte, konnten wir Jungs nicht so viel im Freien spielen. Wenn wir nicht zum Spielen uns gegenseitig besuchten, waren wir viel in der Fabrik im Hinterhof. Pan Drigas hatte nichts dagegen, ermahnte uns nur, die Leute nicht bei der Arbeit zu behindern. Für mich hatte die Fabrik vielerlei Anziehungspunkte. Da waren vor allem die Holzabfälle. Ich wies damals jedes Geschenk von fertigen Baukästen aus dem Spielzugladen weit und mit Verachtung von mir. Klötzchen, kleine Brettchen gab es bei Pan Drigas in Hülle und Fülle. Ja, man konnte sie sich nach dem augenblicklichen Bedarfsfall des Spiels aussuchen. Was ich in dieser Zeit baute, waren Eisenbahnzüge jeder Art. Abschnitte von furniertem Holz, die glänzten, waren das bevorzugte Material für Panzerplatten. Die Hobelspäne ergaben die wunderlichsten Waldlandschaften, die Bretter und Lattenabschnitte wurden unter unseren Händen zu Gebirgslandschaften, wobei es unserer schaffenden Phantasie nichts ausmachte, ob unsere Panzerzüge in Wirklichkeit durch die flachen Landschaften der Ukraine donnerten oder ob sie gar schon in den Vorgebirgen des Kaukasus angelangt waren.

Wenn ich von den Erfolgen der deutschen Truppen berichtete, sagte Schemko, wie gut es wäre, daß wir das Gebiet wieder hätten, denn es wäre ja alles altes polnisches Reichsgebiet bis hin nach Kiew, was auch einmal polnisch gewesen wäre. »Noch vor zweihundert Jahren ist Polen größer als Deutschland gewesen«, sagte er. »Und als die Türken vor Wien erschienen, wer hat da Deutschland gerettet? Als euer Kaiser nicht ein noch aus wußte? Der polnische König Johann Sobieski. Der hat Deutschland gerettet. Und zum Dank habt ihr euch mit den Russen zusammengetan und Polen geteilt. Wenn auch die Russen die schlimmsten sind, ihr hättet ihnen nicht helfen sollen. Wenn ihr unseren Pilsudski aus der Festung entlaßt und er die polnische Legion weiterbringt und sie größer wird als jetzt, dann sollt ihr mal sehen. Aber erst die Russen.« Mir war längst klar, daß das immer von der Drigas-Sippe kam, besonders, wenn der Verlobte seiner Tante auf Urlaub kam, und kurze Zeit danach. Dann schwoll Polen in Schemkos Reden zu ungeahnter Größe und Pracht. Die Namen der alten Könige regneten auf mich herab wie Kirschblüten im Frühling, und einer war immer bedeutender als der andere. Das wurde etwas besser, als Vater seine Fahrt nach Kiew antrat. Wir waren gerade dabei, in der Fabrik die Brücken über den Dnjepr mit Holzabschnitten nachzubauen, weil ich Schemko erzählt hatte, wieviel Sorgen sie meinem Vater bereitet hätten. Während der Nacht hatte er immer Papierblock und Bleistift auf seinem Nachttisch liegen, und mehr als einmal zündete er die

Kerze an, um sich die Lösung für ein Problem aufzuschreiben oder aufzuzeichnen. Am Morgen mußte dann Hedwig schnell eine Droschke holen, damit Vater ganz schnell in die Direktion kam, um dort die Gedanken und möglichen Lösungen mit seinen Kollegen zu besprechen oder seinem Vorgesetzten vorzutragen.

Nun fragte Schemko, was wir von Vater gehört hätten. Natürlich gar nichts. Er war erst viel zu kurze Zeit weg. Aber wann er wiederkommen würde, ob ich da etwas wüßte. Die Fragen wiederholten sich Tag für Tag. Pan Drigas kam, um meiner Mutter seine Aufwartung zu machen und um zu fragen, ob sie irgendwelche Anstände mit der Wohnung hätte. Mutter war in solchen Sachen nicht auf den Kopf gefallen. Sie hatte von ihren jüdischen Freundinnen gelernt: Wenn man dir gibt, so nimm, wenn man dir nimmt, so schrei. In jeder Wohnung gibt und gab es besonders im Krieg eine Menge kleine Reparaturen, die immer aufgeschoben wurden, besonders von Pan Drigas. Jetzt erlebten wir und die anderen Mieter, daß Pan Drigas sein Wort hielt. Unsere Nachbarn Radschiowski glaubten ihren Ohren nicht zu trauen, als sie erfuhren, was Pan Drigas alles für unsere Wohnung tat. Dabei scharwenzelte er bei allen Reparaturen immer um meine Mutter herum. Ob es auch recht so wäre, ob Madam noch gern dies oder jenes hätte, eine schöne Kante oder ein Brettchen als Abschluß. Der Höhepunkt war, daß Pan Drigas meiner Mutter Blumen brachte. »Du hast doch nicht Geburtstag?« fragte ich. Auch Hedwig war ganz verdutzt. Es war an demselben Tag, als Mutter von einem Direktionsboten den ersten Brief von Vater bekam. Mein Vater hatte die Fahrt als eine Reise durch das Chaos, durch das Inferno geschildert, wo als einziges Festes die Stränge der Eisenbahn und die deutschen Besatzungstruppen da waren. Im übrigen schrieb er: »Gott gnade uns, wenn bei uns einmal der Bolschewismus ans Ruder kommen sollte. Wir müßten mit unseren Sozialdemokraten zufrieden sein und alles tun, daß sie nicht in den Bolschewismus oder Kommunismus abkippen.« Ich weiß nicht, was Pan Drigas an seine Hintermänner weitergegeben hat, aber der Erfolg war nicht zu verkennen. Schemko war wie ausgewechselt. Große Übereinstimmung, daß es wohl das Schlimmste wäre, wenn die Bolschewisten hierher kommen würden. Aber das wird Pilsudski verhindern. Der haßt die Russen, nachdem er von denen zum Tode verurteilt worden ist. Nachdem man ihm seinen ganzen Besitz genommen hat. Er war der erste, der die Russen mit seinen Freischaren angegriffen hat, schon zu Kriegsbeginn. Wenn er nichts ausgerichtet hat, so lag das an den Österreichern. Wenn Deutsche an seiner Seite gewesen wären, dann hätte er die Russen aber gejagt. Wenn nur nicht dieser Dmowski wäre.

»Wer ist denn das nun wieder?« fragte ich. »Das ist der Gegner von Pilsudski. Der will, daß das neue Polen sich nach Westen wendet. Er ist ein ebenso großer Deutschenhasser wie Pilsudski ein Russenfeind ist. Er hat den Westmarkenverein gegründet. Der will die an euch verlorenen Gebiete im Westen wieder holen.« »Was denn da?« fragte ich. »Na, Polen und Schlesien. Aber wir stehen auf Pilsudski, der will das nicht. Der will es den Russen heimzahlen und die Gebiete im Osten wiederholen. Da können wir gut mit euch zusammengehen.«

Und dann war plötzlich der Vater wieder da. Er kam, wie er gegangen war, nur etwas voller sah er mir aus. Das sagte auch Mutter. Mein Vater war etwas peinlich berührt: »Ja, ich habe, glaube ich, etwas zugenommen.« Dann stellte der Kutscher außer seinem Offizierskoffer einen großen Korb nieder. Mein Vater sah betreten auf dieses neue Gepäckstück und sagte zu meiner Mutter: »Ich kann keine gebratenen Gänse mehr sehen.« In den Körben waren drei gebratene Gänse. Braun, backofengebraten. Daneben ein großes Tongefäß, ein Bunzeltopf, wie man in Schlesien sagte, mit Gänsefett. »Gebratene Gänse sind die augenblickliche Naturalwährung an der Eisenbahnstrecke. Es ist das, was die Juden den nach Westen fahrenden Soldaten anbieten. Das Stück für eine Mark. Die werden nicht so leicht schlecht. Sie verderben nur, wenn man sie direkt der Sonne aussetzt. Dafür ist es aber noch nicht warm genug. Die Juden sind ganz wild auf deutsches Geld. Kein Wunder. Die Zarenrubel sind passé. Polnisches Geld, sie werden Zloty haben, gibt es noch nicht, also ist die Mark die gängige Währung. Ganz knapp ist Salz. Kauf soviel du kannst.« Jetzt fing auch mein Vater mit dem ›Vorrat Vorrat‹ an.

»Wenn die Juden nicht wären«, sagte mein Vater, »die die Wirtschaft so einigermaßen durch ihre Emsigkeit im Schachern in Gang hielten, ginge überhaupt nichts.« Meine Mutter fragte: »Wie leben denn nun die Menschen?« Mein Vater: »Das Land ist reich. Die haben alle Vorräte. Es dauert, ehe die aufgebraucht sind. Die Leute in den Städten sind schlechter dran. Ehe die Landleute etwas rausrücken, wollen die was sehen. Die haben auch ihre Bedürfnisse, die sie zur Zeit nicht befriedigen können. Da fehlt eine Sichel, ein Messer, aber vor allem fehlt Salz, es wird mit jedem Tag weniger. Der Mensch wird krank, wenn er nicht jeden Tag sein Quäntchen Salz hat.« Und meiner Mutter noch mal ins Ohr: »Kauf Salz, soviel du bekommen kannst.« Das tat sie denn auch mit dem Erfolg, daß Frau Kubiak einen enormen Salzumsatz zu vermelden hatte.

Meine Mutter konnte sich nun für die kleinen Freundlichkeiten von Pan Drigas revanchieren. Mutter schrieb ein artiges Kärtchen und schickte Hedwig mit einer der gebratenen Gänse zu Drigas. Das sollte in der Folgezeit gute Wirkung zeigen. Die andere Gans bekamen Metz, unsere deutschen Freunde. Das Gänseschmalz nahm Mutter in die Reserve. Vorrat, Vorrat. Das war auch ganz im Sinne meines Vaters, der unsere Kohlevorräte besichtigte und schleunigst bei der Eisenbahndirektion Kohlen bestellte. Die Eisenbahn ließ sich für ihre Bediensteten Kohle direkt aus Oberschlesien kommen, sie hatten da große Rabatte und bekamen, soviel sie nur Lagermöglichkeiten hatten.

Die polnische Legion

Das gute Klima und das schöne Wetter, das sich seit dem Eisenbahnvormarsch zwischen uns und unserer polnischen Umgebung angebahnt hatte, blieb den Sommer über bestehen, obwohl Pilsudski auf der Festung Magdeburg in Ehrenhaft interniert war. Die polnische Legion blieb in der Masse in ihren Standorten im österreichischen Galizien. Polen blieb das vorrangige Streit- und Gesprächsthema zwischen Deutschland und Österreich. Die Diplomatie der befreundeten Mächte dachte noch immer dynastisch. Daß es einmal andere Staatsformen als die der Monarchie geben könnte, war noch nicht in die Bewußtseinsbereiche dieser Kreise gedrungen. In den Wiener Salons wurden die hohen Ämter des neuen Königreichs Polen lebhaft gehandelt. Der polnische Hochadel, der sich am Wiener Hof immer schon seit den Zeiten von Maria Theresia einer bevorzugten Stellung erfreute, mischte kräftig mit, wie zu den Zeiten der großen Adelskonföderation des 18. Jahrhunderts. Österreicher polnischer Volkszugehörigkeit genossen in Staat und Verwaltung eine Vorzugsstellung wie sonst nur die Ungarn. Die Polen waren neben den Deutschen und Ungarn zur dritten Reichsnation aufgerückt. In Österreich wurde das neue Polen geboren und seine staatliche Wiedergeburt vorbereitet.

Auch das Deutsche Reich hatte mit der Werbung für eine polnische Legion begonnen. Es waren zwar nicht mehr als viertausend Mann zusammengekommen, aber für die

Polen in unserem Herzogtum Posen war es eine Quelle der Genugtuung, daß es nicht mehr geworden waren. Die Wünsche und Hoffnungen, die die oberste deutsche Heeresleitung mit dem Aufstellen der polnischen Legion verbunden hatte, waren nicht in Erfüllung gegangen. Desto mehr spielte die polnische Legion in allen Erwägungen und Spekulationen der interessierten Posener Kreise eine Rolle, sowohl in den deutschen wie natürlich in den polnischen Zirkeln. Für meinen persönlichen Umkreis, die Drigas-Sippe, meine Spielgefährten wie Schemko, Staschu und Irenka wie für Frau Kubiak mit ihrem Anhang war die polnische Legion längst zum Spezialthema geworden. Wir Kinder spielten schon polnische Legion, obwohl wir noch nichts davon gesehen hatten. Wo blieb sie denn nur? In Schemkos Auslassungen waren die polnischen Legionäre längst zu Heldenfiguren hochstilisiert worden, bestimmt, alle Feinde Polens mit Stumpf und Stiel zu vernichten. Aber man sah nichts von ihr.

Da, ich spielte gerade in meinem Zimmer, ein kaum wahrnehmbares Geräusch, ein ganz fernes, ganz leises, feines Trappeln. Mich durchzuckte es. Die Legion. Das konnten doch nur Reiter sein, Reiter in großen Mengen. Aber es hieß doch, sie hätten gar nicht so viele. Wie auch immer, ich zog mir schnell die Straßenschuhe an, rief zu Hedwig und Mutter in die Küche rein: »Ich muß mal nachsehen, was da trappelt.« Vielleicht hatten sie es gar nicht verstanden, und dann runter den Herrschaftsaufgang, der in die große Toreinfahrt mündete, und auf die Straße. Auf der Straße war nichts zu sehen. Das große rote Gebäude uns gegenüber lag da wie ein Gebirge, still, tot. Die Straße herunter, sie machte hinter dem roten Lazarettgebäude eine leichte Biegung. Nichts! Der Morgen war dunstig, halb neblig. Vielleicht sah man deshalb nicht so weit oder gar nichts. Aber da war es wieder, das Getrappel, weit weg noch, leise, aber deutlich zu hören. Und nun sah man, daß der Dunst an der Biegung eine andere Farbe annahm. Da kam jetzt, schon besser auszumachen, eine wurmartige Masse auf mich zu. Es sah jetzt aus wie ein riesiger Lindwurm aus den Märchenbüchern mit einem hohen Kamm auf dem Rücken. Jetzt waren schon die ersten Reiter undeutlich zu erkennen. Das Klappern wurde deutlicher.

Auf einmal stand Schemko neben mir. Er sagte nur: »Die Legion.« Darauf hatte er die ganze Zeit gewartet, wenn ich von den ungeheuren Taten der deutschen Truppen beim Eisenbahnvormarsch prahlte. Was hatte ich nicht alles ins Feld geführt: »Eisenbahnen haben andere Völker auch. Eisenbahnen haben auch die Russen, die Franzosen, Engländer.« Ich zählte die ganze Entente auf. »Eisenbahnzüge, damit Tante Anna Tante Matilde besuchen kann, das gibt es jetzt schon in der ganzen Welt. Sogar in Afrika, in unseren Kolonien. Da haben sie eine Eisenbahn gebaut, um Güter aus dem Inneren an die Küste zu schaffen. Aber Eisenbahnen zu panzern wie Kriegsschiffe, Panzerzüge zu bauen und sie als feuerspeiende Ungetüme gegen die Russen einzusetzen, das ist nur unseren Leuten eingefallen.« Und alles immer mit dem ungesagten Unterton, dem unausgesprochenen Triumph: »Mein Vater ist dabei. Der organisiert das alles, daß die Züge fahren können, daß sie immer zur rechten Stunde die nötigen Kohlen haben und die Munition für die Panzergeschütze, für die Panzerkanonen.« So hatte ich geprahlt, und das versank jetzt alles in diesem Dunst, der die Reiter ausspuckte, der die Reiter mit ihren Lanzen mehr und mehr freigab, deutlicher werden ließ. Die polnische Legion.

Und Vaters Lokomotiven, wo blieben die? Die Reiter kamen immer näher. Man konnte erkennen, daß es Ulanen waren, die alte polnische Traditionstruppe. Polnische Ulanen hatten an der Seite Napoleons in ganz Europa gekämpft. Mit ihnen führte sich die Lanze wieder in die

Bewaffnung der europäischen Armeen ein. Jetzt standen sie riesengroß vor mir. Ich war ganz klein geworden. Ich war kleiner als die kleinsten Zwerge aus Mutters Märchen, kleiner als die Wichtelmänner. Der ganze Eisenbahnvormarsch, die ganzen Panzerlokomotiven waren verschwunden wie ein Spuk im Nebel. Das war die Wirklichkeit, diese riesengroßen Pferde und Reiter mit ihren Lanzen, mit den Fähnchen dran und den Säbeln und Gewehren. Ich hatte Angst. Ich fürchtete mich, und gleichzeitig schämte ich mich. Ich fühlte, mir liefen die Tränen über die Wangen. Dann rückte die Kolonne der Reiter an. Vor unserer Hauseinfahrt entstand eine Lücke. Von hinten kam jetzt ein Offizier, er trug schon die Konföderatka mit silbernem Rangabzeichen. Hinter ihm ein Soldat. »Der Vater, Vater«, schrie Schemko und rannte durch die Gasse der Reiter auf den Offizier zu. Ich wäre am liebsten in die Erde versunken, statt dessen mußte ich grüßen. Einen Diener machen, wie Schemko das tat, und mit der Hand winken.

Da legte sich eine Hand auf meine Schulter. Ich sah Cronblum. Er sagte: »Nu flenn nich, Jingele. Komm in den Laden von der Frau Kubiak, da stehen wir höher und können alles besser sehen.« Er zog mich mit sich. Es war eine Erlösung. Schemko vermißte mich in diesem Augenblick bestimmt nicht. Der war ganz und gar mit seinem Vater beschäftigt. Im Laden von Frau Kubiak, zu dem einige Stufen hinaufführten, konnte man alles tatsächlich besser übersehen. Da waren die Reiter auch nicht mehr so riesengroß. Herr Cronblum sagte zu Frau Kubiak: »Hier dem Kleinen sind die Legionäre auf die Seele gefallen. Oder was hast du?« Unter Schluchzen versuchte ich zu erklären, daß ich ja nie so viele Reiter und noch dazu polnische Legionäre gesehen hätte. Und wie ich immer dem Schemko gegenüber mit dem Eisenbahnvormarsch geprahlt hätte, und nun käme sein Vater mit dem ganzen Heer mit Pferden und Lanzen und Gewehren. Herr Cronblum hatte ein probates Mittel: »Nu, sieh sie dir jetzt an. Wie du siehst, haben nur die ersten Reihen Lanzen. Und sieh dir mal die Fähnchen an. Das sind nicht die Fähnchen, wie sie die deutsche oder österreichische Armee an den Lanzen hat. Das sind selbstgebastelte, selbstgestrickte. Von den katholischen Frauenvereinen beim Kaffee handgearbeitet. Sieh, wie sie läppisch und lasch an den Stangen hängen. Und die Bewaffnung. Soviel Krieger, soviel Säbel. Jeder anders. Da sind noch die alten Klingen Napoleons mit dabei. Gut, daß die Klingen in den Scheiden stecken, da sieht man den Rost nicht so. Und die Uniformen. Das ist das letzte, was in den Kammern der deutschen und österreichischen Armee aufzutreiben war.« Tatsächlich hatten nur die ersten Reihen deutsche Ulanen-Uniformen an. Und auch nur die äußeren Reihen trugen die deutschen Uniformen. Sie waren nicht einmal alle feldgrau. Es waren eine Menge russische, braune Kleidungsstücke dabei. Vielfach sah ich auch das Hechtblau der österreichischen Uniformen mit den charakteristischen Taschen und dem unterschiedlichen Schnitt. »No, man könnte sagen, das fängt eben erst an, und wichtiger als der Anzug, die Uniform, sind die Waffen. Aber sieh dir die mal an. Da gibt es nur ganz wenige Militärkarabiner aus der deutschen Armee. Dei meisten haben, wie du siehst, russische Beutegewehre. Munition werden sie auch nicht haben, bis auf fünf Schuß. Vielleicht, denn die russischen Munitionsfabriken werden nicht an ihre Feinde liefern. Aber, nu paß auf, Jingele, das Wichtigste bei einer berittenen Truppe sind die Pferde. Sieh dir diese Pferde an. Du mußt wissen, daß ich beim deutschen Train gedient habe. Eine berittene und bespannte Truppe, da verstand man etwas von Pferden. Du mußt weiter wissen, daß in meiner Familie drei, nein vier Verwandte sind Pferdehändler. Ich weiß, man spricht schlecht von Pferdehändlern, aber ob sie gute Leute sind, das steht hier nicht zur Überlegung, sondern daß man versteht etwas von Pferden. Nu sieh dir die Pferde an. Es ist ein Wunder, daß sie die Tiere überhaupt bis hierher bekommen haben, daß sie ihnen nicht zusammengebrochen sind unterwegs. Das sind armselige Kreaturen. Für die sollte sich der Tierschutzverein interessieren, so etwas soll es ja in Deutschland geben, oder der Pferdeschlächter, nein, auch dafür taugen sie nichts. Schlecht gefüttert, schlecht gepflegt. Die sind in den letzten Monaten weder gestriegelt, noch sind ihnen die Hufe nachgesehen worden. Du siehst auch die unterschiedlichen Arten. Da sind die deutschen Kavalleriepferde. Die großen, die auch stärker sind und etwas tragen können, wenn man sie entsprechend füttert, und da sind die kleinen russischen Steppenpferdchen. Sehr genügsam, ausdauernd, aber die sind keine Leistungstiere. Bestenfalls kannst du sie zur Bespannung von leichten Fouragewagen nehmen, aber nicht als Reitpferde. Gott sei davor, daß diese Legion in diesem Zustand einmal Krieg führen sollte.«

Ich konnte mich wieder fassen. Aus seinen Erklärungen schälte sich der Kern, die Realität heraus: Es handelte sich um eine Truppe, die erst im Aufbau war. Die erst eine Truppe werden sollte. Eine Ausnahme bildete nur der Vater von Schemko. Er sah fabelhaft aus. Zur deutschen Ulanenuniform in Feldgrau trug er schon die Konföderatka. Man konnte sehen, wie elegant dieses Kleidungsstück war. Das beste aber waren die Stiefel. Wie armselig wirkten dagegen die Ledergamaschen, die mein Vater zur Uniform trug, aber der hatte eine ganz andere Ausrüstung, der hatte Kanonen und Panzerzüge.

Schemkos Vater war mit seinem Sohn zu Drigas hinaufgegangen. Der ganze Zug hielt derweil vor unserem Haus. Der berittene Soldat war nach hinten geritten. Jetzt kam Schemkos Vater in seiner schicken Leutnantsuniform wieder herunter, mit ihm alle Drigasschen Damen und Pan Drigas selber. Als Schemkos Vater aus dem Haus trat, schrie irgendeiner der Soldaten etwas, worauf ein mäßiger Ruck durch die Reihen der Pferde ging. Schemkos Vater schwang sich auf sein Pferd, das war aber nicht so eine Schindmähre wie die Rösser der Ulanen, sondern eher mit den Pferden zu vergleichen, die wir im Frühjahr bei der Fronleichnamsprozession gesehen hatten. Dann hob Schemkos Vater die Hand, und die Pferde setzten sich mit ihren Reitern in Bewegung. Von hinten nahte ein Fouragewagen, der sicherlich das Gepäck von Schemkos Vater ins Haus bringen sollte.

Das Gepäck von Schemkos Vater blieb nicht das einzige von der polnischen Legion in unserem Haus. Mit den Koffern und Kisten, den Körben und Decken, Mänteln und Uniformstücken hielten auch zwei Offiziersdiener in der Mansarde Einzug. Der eine, der Pferdebursche, war wenig zu Haus. Der andere, der eigentliche Offiziersdiener, wirkte von da an als männliche Magd im Haushalt von Pan Drigas. Er war Mädchen für alles. Das einzige, was wir zunächst merkten, waren die schweren Reitstiefel auf der Hintertreppe, an der unsere Küche lag. Am Abend kam der Pferdebursche gewöhnlich schon leicht angetrunken vom Dienst und schlich sich ganz leise in die Burschenkammer, denn er wußte, wenn Schemkos Mutter seiner habhaft wurde, da war es aus mit dem gemütlichen Feierabend. Sie spannte ihn unverzüglich zu irgendwelchen Dienstleistungen ein, denen er sich nicht entziehen konnte, denn Offizierspferdepfleger war ein ungleich privilegierteres Dasein als Stallbursche in der Kaserne. Wenn dann auch der eigentliche Offiziersdiener, über den ausschließlich Schemkos Mutter verfügte, nach oben entlassen worden war, zog in die Mansarde das Leben in voller Stärke ein. Dann vollzog sich ein Bolschoi prasnik im kleinen. Es war uns immer ein Rätsel, woher die Burschen den Schnaps hatten, ob Wodka oder Wuttki, sie hatten ihn. Gleich am zweiten Tag hatten sie die Tür zu ihrer Kammer aufgelassen, und als unsere Hedwig zum Schlafengehen erschien, kamen sie aus ihrer Kammer auf den Gang. Hedwig sah die beiden und kam wie ein Wiesel nach unten. Sie hatte Angst. Mutter gab ihr recht und ging mit ihr nach oben. Die beiden Legionäre mußten wohl gemerkt haben, daß zwei Personen kamen, und enthielten sich aller Lebensäußerungen.

Hedwig berichtete, daß sie in der Nacht mehrmals vernommen hatte, wie an ihrer Tür gerüttelt worden war, aber der Riegel hatte gehalten. Schlösser an den Kammern anzubringen, hatte Pan Drigas als unverantwortlichen Leichtsinn angesehen. Aber daß meine Mutter Hedwig immer zum Schlafen nach oben begleiten sollte, war auf die Dauer keine Lösung. Wir sagten uns auch, daß die Legionäre, wenn sie einmal mehr Wuttki hatten, auch meine Mutter recht hübsch gefunden hätten, obwohl das unwahrscheinlich war, daß sie einer Dame, einer Pani, zu nahe getreten wären. Also setzte sich meine Mutter erst einmal mit Frau Schlossek, der Mutter von Irenka, in Verbindung. Die hatte von den beiden mehr gehört als meine Mutter. Sie sagte, bis jetzt hätten die beiden Legionäre noch nicht soviel Wodka gehabt, daß sie hätten gefährlich werden können, aber das könne jeden Tag eintreten. Mit leicht Angetrunkenen könnte sie schon allein fertig werden, da hätte sie von ihrem seligen Mann her genügend Erfahrung, aber der Hedwig könne man das nicht zutrauen, die sei viel zu jung für so was. Wenn die Burschen volltrunken wären, dann würden auch die Riegel nichts helfen. Das gab den Ausschlag. Mutter sprach mit Vater. Er solle mit Pan Drigas sprechen. Mein Vater hatte da einen anderen Plan: »Warum sollte denn Hedwig nicht in der Wohnung schlafen?« In meinem Zimmer war noch Platz, aber davon sagte er nichts. Er hielt es für besser, wenn Mutter darauf gekommen wäre. Dafür machte er meiner Mutter klar, wieso ein Mann wie Pan Drigas einen solchen Sicherheitswall um sich aufgebaut hatte: »Sieh mal, für die Polen ist dieser Staat, dieses Deutschland-Preußen nicht ihr Staat. Den eigenen Staat haben sie vor zweihundert Jahren verloren. Wir sagen, durch ihre eigene Schuld. Sie fühlen sich schuldlos. Auf alle Fälle konnten sie nicht so ohne weiteres auf die Hilfe und Unterstützung des Staates rechnen, wie unsere Vorfahren auf den ihren. So mußten sie sich immer zur Rundumverteidigung einrichten. Sie konnten auf diese Weise nie ein Verhältnis zu den anderen gewinnen, weil sie sich immer persönlich bedroht fühlten. Sie wurden so in einen Egoismus hineingetrieben, der kein Gemeinschaftsgefühl aufkommen ließ. Pan Drigas ist das beste Beispiel dafür.«

Ein kleines Ereignis jedoch veranlaßte meine Mutter, dennoch einzugreifen. Hedwig war gerade dabei, den Teppich zum Klopfen auf den Hof zu schaffen, als meine Mutter ihr Schreien von der Treppe her hörte. Mutter stürzte heraus und sah, wie der Legionär die Wehrlosigkeit Hedwigs, sie brauchte die Arme und Hände zum Teppichhalten, ausgenützt hatte, Hedwig zu küssen und auch sonst heftig abzutasten. Als meine Mutter dazu kam, ließ er nur ungern von seinem Vorhaben ab. Mutter eilte zu Pan Drigas und berichtete ihm von dieser Untat des Soldaten. Mutter war über die Reaktion von Pan Drigas noch immer fassungslos, als am Nachmittag Vater aus der Direktion kam und sie ihm von dem Vorfall berichtete. Drigas hatte dafür nur ein Schmunzeln übrig, ein schmutziges, wie Mutter berichtete. Er hatte gesagt: »Aber Madam, nu lassen Sie doch den Leuten ihr bißchen Vergnügen. Was haben sie schon vom Leben? Oder ist Ihre Hedwig die Tochter eines Grafen? Gerade unsere beiden Legionäre, die sich mein Schwiegersohn ausgesucht hat, sind aus guter Familie, verarmter Landadel, Slachtzizen. Wenn sie reich heiraten könnten, brauchten sie sich nur beim Heroldsamt ihren Adel entsprechend bestätigen zu lassen.« Nun hatte mein Vater mit seinem Plan leichtes Spiel. Hedwig sollte in Zukunft mit in meinem Zimmer schlafen. Mutter meinte, mir das schonend beibringen zu müssen, wie wenn ich dies als Einschränkung meines Besitztums angesehen hätte. Sie wußte nicht, ein wie großes Geschenk sie mir damit machte.

Während das Herunterschaffen der Bettstelle und der wenigen Habseligkeiten von Hedwig seinen Lauf nahm, hatte Mutter noch Irenka Schlossek darauf vorbereitet, was auf ihre Mutter zukommen sollte. Mutter hatte gerade die für die Schlosseks so wichtige Nachricht aus Festenburg erhalten, daß die alte Frau Bergende aus einer unserer Häuslerfamilien gestorben war und nun die Wohnung frei geworden sei. Mutter wollte sie Frau Schlossek und ihren Kindern anbieten, zumal mein Vater gerade eine Möglichkeit ausgemacht hatte, wie Frau Schlossek erst einmal ins Reich kommen könnte. Es ginge auf dem Kohlenweg. An jedem Kohlenzug, der aus Oberschlesien die lebenswichtige Kohle brachte, war ein Gepäckwagen angehängt, der als Schlafstätte dem Zugbegleitpersonal zur Verfügung stand. Da könnte Frau Schlossek mit ihrem Gepäck und den Kindern ohne Geld mitfahren, wenn es ihr nicht zu schmutzig wäre. Es war nicht. Schon in der nächsten Woche sollte es losgehen.

Inzwischen wurde mein Zimmer für Hedwig hergerichtet. Ich mußte meinen Spielzeugschrank opfern. Mutter wunderte sich, daß ich das so sang- und klanglos tat. Dann kam die Aufstellung des Bettes. Ich hatte mir gewünscht, daß Hedwig und ich nebeneinander schlafen sollten. Mutter tat das aber mit einer Handbewegung ab. Es hätte auch, das mußte ich zugeben, nicht gut ausgesehen, weil die Betten nicht zueinander paßten. Von da ab konnte ich mich vor Ungeduld kaum fassen. Daß es nicht eher dunkel wurde. Dabei hatten wir doch schon Herbst, bald Winter. Und das Abendbrot wollte und wollte kein Ende nehmen.

Gerade eines meiner Lieblingsessen, Kartoffelpuffer, die der Vater salzig und mit Rote-Rüben-Salat und Salzgurken aß, die ich aber – und das war ein Privileg – süß und mit Kompott essen durfte. Das interessierte mich aber nicht an diesem Abend. Was sie wohl machen würde, wenn ich im Nachthemd so neben ihr läge? Denn es war für mich eine ausgemachte Sache, daß ich in ihr Bett kommen würde, sobald die Eltern schliefen.

Endlich wurde ich ins Bett geschickt. Mutter wunderte sich, daß ich nicht wie sonst um einen Aufschub bat. Daß ich nicht irgend etwas unbedingt noch für das Spiel von morgen vorbereiten wollte. Ich ging wortlos, kaum daß ich mich von Mutter und Vater verabschiedete. Vater merkte das nicht, aber Mutter. »Hast du was?« fragte sie. Und ob ich was hatte, vorhatte. Aber der Vater würde jetzt noch im Herrenzimmer sitzen und rauchen und lesen, und Mutter würde mit Hedwig nach dem kleinen Abwasch noch für morgen etwas vorbereiten, und dann würde sie Hedwig schlafen schicken. Aber während die noch im Badezimmer mit sich beschäftigt war, würde meine Mutter nach mir sehen, und wenn ich noch nicht schlafen würde, dann würde ich noch einen Betthupfer bekommen und Mutter mit mir beten, dann nochmals Zähneputzen, und dann, und dann. Das dauerte doch Ewigkeiten, ehe alles ruhig war. Aber dann war es soweit. Ich hörte noch, wie Vater und Mutter vom Herrenzimmer ins Schlafzimmer gingen. Ich wartete einen Moment, dann fragte ich leise: »Darf ich zu dir kommen?« Und achtete nicht mehr auf ein Wort der Zustimmung oder der Erlaubnis, sondern huschte zu ihr und lag auch schon neben ihr. Ich brachte kein Wort heraus. Ich konnte auch nichts unternehmen. Ich war wie gelähmt. Erst langsam, als ich ihre Wärme spürte, kuschelte ich mich an sie.

Ich genoß ihren Körpergeruch, der so ganz Hedwig war, so ohne Beimischung. Nicht wie Mutter, die nach allem

Möglichen roch, immer gut, aber auch immer wieder anders. Die Gerüche standen bei ihr in einem dauernden Widerstreit. Mal roch das Parfüm sehr stark, das sie hinter die Ohren schmierte, dann wieder war es die Seife, die alle anderen Gerüche überdeckte, dann, besonders wenn sie vom Frisör kam, war es das Haar, das den beherrschenden Duft ausströmte. Das war alles vorbei. Jetzt roch es nur nach Hedwig. Ich wagte jetzt die ersten tastenden Versuche. Es waren kleine Einzelaktionen, kleine Expeditionen in ganz fremde Länder, Landschaften, Regionen. Als ich ihre Glieder zu streicheln begann, spürte ich keine Abwehr. Es war sehr schön, sie zu streicheln. Sie hatte ein ganz dünnes Nachthemd an, durch das man ihre Haut fühlte, ihre ganz warme, weiche Haut. Bis sich meine Rechte ihrem Schoß näherte, blieb alles ganz ruhig. Sie wehrte sich nicht. Sie schien mein Streicheln gern zu haben. Aber nun, als ich mich dieser für mich völlig neuen Zone näherte, wurde sie abweisend. Sie schob meine Entdeckerhand sanft beiseite. Ich ergriff die Gelegenheit und führte ihre abwehrende Hand an meinen Schenkel. Ich lud sie damit ein, doch das Gleiche zu tun, was ihr offensichtlich gut getan hätte. Sie tat es auch und streichelte ganz sanft meine Schenkel. Aber auch bei mir hielt sie einen bestimmten Abstand zu einer Zone, die sie als Sperrzone deklariert hatte. Ich hatte zumindest in dieser ersten Lektion gelernt, daß da Unterschiede waren. Von einer bestimmten Linie an war das offensichtlich alles ganz anders als bei mir oder bei anderen Jungen.

Jetzt begann ein Wispern und Tuscheln, denn meine Wißbegier war da, und ich lechzte nach neuen Entdeckerfreuden. Sie stellte Gegenfragen, ob ich das nicht wisse, daß Frauen und Männer, Knaben und Mädchen ganz anders gebaut seien. »Aber das wollen wir ein anderes Mal besprechen, dazu ist es heute zu spät.« Ich machte noch einen kleinen Ausflug in die oberen Regionen. Auch da waren Verschiedenheiten, aber die kannte ich schon. Die konnte man überall sehen in der warmen Jahreszeit, wenn die Polinnen am Rande des Marktes ihren Säuglingen die Brust gaben. Meine Mutter hatte mir das als eine der großartigsten Einrichtungen der Schöpfungsgeschichte gepriesen. Wie sollten die Bauersfrauen, die von weit her kommen, das Fläschchen für die Kleinen warmhalten? Die Brust haben sie immer bei sich, und es gibt nichts Besseres als Muttermilch, wobei sie stolz berichtete, daß sie mich auch gestillt hätte. Im Kriege sei das immer richtig. Und jetzt ertastete ich mir eine solche Brust oder eine, die einmal eine solche werden wollte. Es war eine ganz mählich ansteigende sachte Wölbung mit einem Zäpfchen in der Mitte. Wie mich das Zäpfchen freute, als ob man auf der Suche nach etwas ganz Banalem ein wunderhübsches Blümchen findet. Es war wie ein freundlicher Gruß an einen unermüdlichen Wanderer, einen unermüdlichen Forscher.

Als ich mich wohl zu intensiv mit dem Zäpfchen beschäftigte, kam auch da eine zarte Abwehrbewegung, ein sanftes Abschieben ihrerseits, das ein mähliches Abgleiten meinerseits wurde. Dabei sagte sie wispernd: »Nu ist aber genug. Du mußt jetzt schlafen. Und ich auch.« Dabei schob sie meinen Körper an den Rand des Bettes, alles ohne Kraftaufwand, alles mit einer Art gutem Zureden der Glieder. Sie hatte Macht über mich, wie ich fühlte. Dabei wollte ich noch so vieles fragen, und das tat ich jetzt wenigstens zum Teil. Ob und wie das gewesen sei, als der Legionär sie geküßt. »Das hat er gar nicht«, kam es wispernd zurück. Ob sie den leiden könne, fragte ich. »Was, den Widerling, der nach Schnaps gerochen hat? Wahrscheinlich war der überhaupt betrunken. Sonst hätte er sich das gar nicht erlaubt. – Aber jetzt in dein Bett. Sonst schläfst du überhaupt nicht mehr aus, und die Mutti wundert sich morgen, warum ihr Kronensohn tagsüber so müde ist.«

Irenkas Abschied

Es war keine ungetrübte Freude, die wir hatten. Hedwig nutzte unsere nächtlichen Schmusestunden, um mich an die Leine zu nehmen. Ich durfte nicht zu ihr, wenn ich nicht ›lieb‹ zu ihr war. Dieses ›lieb‹ war dehnbar wie Gummiband und von einer Auslegungsfähigkeit, die einen alten Rabbiner in Erstaunen gesetzt hätte. Jede kleinste Frechheit wurde geahndet. Immer hatte Hedwig nun den drohenden Zeigefinger erhoben mit »Du weißt schon«. Es gab dann meistens noch eine kleine Rangelei, denn ich versuchte trotzdem, zu ihr zu gelangen und unter die Decke zu schlüpfen, aber meist war das ein Pyrrhussieg, denn wenn sie nicht wollte, half alles nichts, ich mußte zurück in mein Bett.

Eines hatten diese verlorenen Spiele aber doch im Gefolge. Wir waren wegen der Eltern immer sehr hellhörig, sehr wach. So entdeckten wir bald, daß nach dem großen Sokol-Turntag im August, von dem mir Schemko so begeistert erzählt hatte, auf unserem Fabrikhof, sobald der Abend nahte, das Leben wieder zu erwachen begann. Wenn das große Tor sich hinter den letzten Arbeitern geschlossen hatte und nur noch das Pförtchen, die kleine Fußgängerpassage, offen gehalten wurde, blieben ein oder zwei Arbeiter zurück. Sie saßen dann auf den Treppenstufen, die zu unserer Wohnung heraufführte. Wir merkten es an dem Zigarettenrauch, der durch die Ritzen der Wohnungstür in unseren Korridor drang. Aber das war noch nicht alles.

Je mehr sich die Jahreszeit in den Herbst zog, und das fiel eben Hedwig und mir auf, desto reger wurde der Nachfeierabendverkehr. Jeden Abend kamen mehr Männer durch das kleine Pförtchen und gingen dann in die Fabrik. Obwohl die Fabrik nicht von der Straße aus eingesehen werden konnte, waren die Männer nicht laut. Ein Zeichen, daß kein Schnaps getrunken wurde. Wir trauten uns nicht auf den Hof in der Dunkelheit. Von Hedwig veranlaßt, fragte ich Schemko. Hedwig hatte mir noch geraten, vorsichtig zu sein und vor allem nichts von unseren abendlichen Zweisamkeiten verlauten zu lassen. Ich fragte Schemko also ganz harmlos, ob sie jetzt in der Fabrik auch abends und nachts arbeiteten. »Nein«, bedeutete er mir. Der Großvater, Pan Drigas, hätte auf Bitten seines Vaters, der ein begeisterter Turner wäre, erlaubt, daß der Sokol am Abend seine Turnstunden in den Fabrikräumen abhielt. Die Fabrik stände ja am Abend doch leer, also warum nicht.

Das kam uns nicht geheuer vor. Gerade im August, als Schemko so begeistert vom Sokol berichtete, waren meine Eltern alles andere als froh. Die Nachrichten von den Kampfhandlungen im Westen waren niederschmetternd. Die große Angriffsschlacht an der Marne und in der Champagne verloren die deutschen Truppen, weil alle Einzelheiten des Angriffsplanes dem Feinde lange vorher verraten worden waren. Als dann die Gegenoffensive des französischen Marschalls Foch begann, war es nicht mehr weit bis zu jenem 8. August, der als der schwarze Tag der deutschen Armee bezeichnet wurde. Die deutschen Truppen verzehrten sich in einer Kette von Abwehrschlachten. Mein Vater litt sichtlich unter den bestürzenden Nachrichten. Meine Mutter bangte dem Abend entgegen und wußte nicht mehr, wie sie Vater aufheitern oder ihm eine Freude machen sollte. Er aß kaum etwas, nahm die Zeitungen und ging in sein Zimmer, wo er auf dem großen Tisch eine ganze Menge Karten hatte, in die er tagtäglich mit Fähnchen die Linien an den verschiedenen Punkten der Fronten markierte.

Inzwischen waren die nächtlichen Besuche der stillen Männer in der Fabrik weitergegangen. Ja, wie wir bemerkten, war eine zweite Schicht eingelegt worden; wenn die einen gegen acht Uhr gingen, kamen die zweiten, die bis gegen zehn Uhr blieben. Als in einer dieser Nächte das große Tor noch einmal aufgemacht wurde und ein großer Wagen auf dem Hof einrollte und die Männer große Kisten, die entsprechend schwer zu sein schienen, in die Fabrik trugen, waren mein Wissensdurst und meine Neugier nicht mehr zu bremsen. Da ich mit Schemko nicht weiterkam, probierte ich es mit Irenka, ohne allerdings Hedwig davon etwas zu sagen.

Irenka wollte aber ihre Mutter fragen, ob die wisse, was in den großen Kisten sei, die die Arbeiter in der Nacht gebracht hatten. Außerdem forderte sie mich auf, mit zu ihr zu kommen, am Vormittag, wenn die Offiziersdiener nicht da oder bei Drigas in der Wohnung beschäftigt wären. Auf dem Boden am Ende des langen Ganges, an dem die Mansardenzimmer lagen, zeigte sie mir eine blechbeschlagene Tür, eine Brandtür, durch die man in das Fabrikgelände gelangen konnte. Die Tür war nur durch einen einfachen Riegel zugehalten, auch dafür schien Pan Drigas ein Schloß zu wertvoll. Irenka war auch gleich bereit, am Abend einmal zu horchen, was da alles in der nächtlichen Fabrik vor sich gehe. Das, was sie mir am nächsten Tag erzählte, ließ mein Herz schneller schlagen. Irenka berichtete, daß in den beiden Obergeschossen die Männer in Reihen dagestanden und mit Gewehren hantiert hätten, die man sonst nur bei Soldaten sehe. Einer sei vorn gestanden und hätte von Zeit zu Zeit etwas sehr laut gesagt, wie Kommandos. Die Gewehre hätten sie aus einer Art flachen Kiste genommen, die an der Wand gestanden hätte. Sie hätten aber nicht nur mit den Gewehren hantiert, sondern auch eine Art Freiübung gemacht, gewissermaßen mit den Gewehren geturnt.

Da einer der nächsten Tage ein Sonntag war, konnte ich mit Irenka auf dem Weg über Boden und Brandtür auch die Kisten in Augenschein nehmen. An einer der Kisten waren die Bretter soweit gelöst, daß man hineinlangen konnte. Ich fühlte nur kaltes Eisen. Mehr wagten wir nicht. In der darauffolgenden Woche setzte der nächtliche Verkehr stärker ein, und ich konnte meinem Vater berichten, was Irenka am Abend gesehen hatte. Meinen Vater interessierte vor allem, ob es nur Polen waren oder auch Deutsche. Auch hätte er gern gewußt, was es für Gewehre seien, russische oder deutsche. Nun mußten wir auch Frau Schlossek einweihen. Die wollte nicht so recht, aber da sie noch in derselben Woche nach Festenburg fahren sollte und uns auch einen Gefallen erweisen wollte, versprach sie nachzusehen. Auch von Schemko hatte ich nun etwas in Erfahrung bringen können. Er berichtete mir, daß sein Vater, obwohl er Offizier bei der polnischen Legion war, für die Sokoln abgestellt sei, diesen Unterricht in der Handhabung der Waffen zu geben. Das sei auch nichts Neues oder Ungewöhnliches, denn die Turnvereine seien eben vaterländische Vereine wie in Deutschland auch, und alle hätten in ihren Satzungen stehen, daß sie auch für das Vaterland eintreten müßten. Schließlich, und das wisse ich ja auch, gebe es bald einen polnischen Staat, und wenn sich die Deutschen und die Österreicher nicht einigen könnten, wer nun der neue König von Polen werden sollte, so sei das deren Sache. Das Allerwichtigste für das polnische Staatswesen sei die Niederwerfung Rußlands. Damit hatten die Deutschen Polen einen großen Dienst erwiesen. Man wisse allerdings, daß dies die Deutschen nicht im Hinblick auf Polen getan hätten. Das wichtigste Ziel Pilsudskis war erreicht, aber es gab andere polnische

Politiker, Gegner Pilsudskis, wie Dmowski, Korfanty und andere, die den Hauptfeind eines polnischen Staates in Deutschland sahen. Jetzt, wo es Rußland für sie nicht mehr gab, stellten sie Forderungen auf deutsche Gebiete.

Als in der Nacht wieder einmal ganze Wagenladungen voll Kisten in die Fabrik gebracht wurden und sie sich erst gar nicht mehr bemühten, leise und behutsam die gefährliche Fracht abzuladen, beschloß mein Vater, mit Pan Drigas zu reden. Pan Drigas aber ging sogleich zum Gegenangriff über. Das Bemerkenswerteste war, daß er meinen Vater nicht mehr mit ›Herr Ingenieur‹ anredete. Ein Teil der Bedeutung meines Vaters in seinem Sicherheitsplan schien defekt geworden zu sein. Er sprach sofort von der furchtbaren Bedrohung, in der er, Drigas, und seine Familie sich befänden. Ob mein Vater wisse, daß seine Arbeiter, seine braven Tischlergesellen und Holzarbeiter Nationaldemokraten seien, das wäre dasselbe wie bei den Deutschen die Sozialdemokraten. Und was von denen zu halten sei, das wisse ja mein Vater. In seinem eigenen Betrieb gebe es eine rote Zelle. Er sei nicht mehr Herr seines Betriebes. Ob mein Vater nicht wisse, was in Kongreßpolen, im ehemals zu Rußland gehörenden Teil geschehen sei und noch geschehe. Es sei ja schon soweit, daß seine Roten darauf bestünden, daß Frau Schlossek, eine ganz harmlose arme Frau, nur weil sie eine Deutsche sei und nicht Sozialdemokratin, entlassen werden solle. Er, Drigas, habe sie nie entlassen wollen, aber andererseits brauche er auch die Mansarde, denn es kämen noch mehr Legionäre. Das sei für ihn lebenswichtig. »Sie müssen wissen, Herr Inscheneer« – doch wieder; der Stellenwert meines Vaters stieg mit der eigenen Gefahr und der Erkenntnis, daß allein die Legionäre das Gegengewicht gegen die Roten seien –, »die Roten sind die Schlimmsten. Daneben sind die Sokoln harmlose, brave Leute, die den Sport zu ihrem Lebensinhalt gemacht haben. Ich sage mir,

Herr Inscheneer, die Fabrik steht am Abend leer, was soll'n die Menschen da nicht turnen?« – »Sind denn alle nur Sokoln?« fragte mein Vater. Pan Drigas begann sich zu winden: »Nu, Sie müssen wissen, Herr Inscheneer, es ist heute schwierig zu unterscheiden, ob einer nun begeisterter Turner ist oder begeisterter Pole.« – »Oder begeisterter Roter«, fügte mein Vater schnell hinzu. »Wenn er begeisterter Pole ist, kann er nicht begeisterter Roter sein«, beeilte sich Pan Drigas auszuweichen, obwohl er damit zugab, daß es auch Rote waren, die in seiner Fabrik sich militärisch ausbilden ließen. Oder es waren, wie mein Vater vermutete, deutsche Sozialdemokraten, die hier zur ungeeignetsten Zeit Internationalismus und Völkerverständigung übten. Mein Vater fragte nun, was man dagegen tun könnte. »Vorerst gar nichts. Wir müssen nur sehen, daß keine kriminellen Elemente darunter sind, und wir müssen unsere Sicherheitseinrichtungen überprüfen.«

Er werde selbstverständlich eine feste Tür an den Kellereingang machen, damit nichts gestohlen werden könne. Er empfehle Sicherheitsketten, nicht nur an der Eingangstür, er wisse, daß wir da schon eine haben, sondern auch an der Küchentür. Eine große Sicherheitskampagne begann in unserer Wohnung. Die Rolläden nach der Straße hin wurden mit Sicherheitsstiften versehen, damit man sie nicht von außen hochschieben konnte. An der Küchentür und der Zwischentür zur übrigen Wohnung wurden Türketten angebracht und gut verschraubt. Dabei wurden die letzten Utensilien von Hedwig aus der Mansarde in unsere Wohnung geschafft. Bei dieser Gelegenheit berichtete meine Mutter Frau Schlossek von der Unterredung mit Drigas. Dieser hatte Frau Schlossek bereits die beiden Mansardenzimmer gekündigt und ihr bedeutet, daß sie in der Fabrik ab Ende der Woche keine Arbeit mehr zu verrichten hätte. Sie solle sich unterstehen, irgend jemandem zu sagen, was in der Fabrik gearbeitet oder was gerade zur

Ausbesserung da wäre. Wenn sie in der letzten Zeit auch einmal ein Gewehr gesehen hätte, das seien Waffen, deren Schäfte erneuert werden müßten. Er tue das im Auftrag des Waffenoffiziers der Posener Festungsartillerie. Drigas war nun sicher, daß er mit Frau Schlossek das einzige Sicherheitsrisiko seiner Fabrik zum gegenwärtigen Zeitpunkt beseitigt hatte. Von Irenka hatte er keine Ahnung, vielleicht hatte er sie in seinem allzu tätigen Leben noch nicht einmal bemerkt.

Irenka aber bezog rechtzeitig und still ihren Lauschposten. Wir hatten es so besprochen, daß sie das zweite Obergeschoß abhören und, auch durch die offene Stiege begünstigt, in das ebenerdige Untergeschoß hinein lauschen sollte. Am nächsten Tage berichtete sie meinem Vater direkt. Er hatte sich das erbeten, weil er meinte, durch gezielte Fragen doch mehr Einzelheiten erfahren zu können, als wenn das durch meine Vermittlung gegangen wäre. Es wurde klar, daß im unteren Geschoß tatsächlich die Sokoln Gewehr- und Schießübungen veranstalteten. Frau Schlossek hatte herausgebracht, daß es nur deutsche Gewehre waren – an den eingestanzten Fabrikmarken erkennbar –, mit denen geübt wurde, daß aber insgesamt weniger deutsche Gewehre da waren als russische Modelle, die nicht benutzt, sondern nur gepflegt wurden. Bei dieser Waffenpflege hatte Frau Schlossek auch den Inhalt der großen Kisten ausmachen können. Es waren nach den sachdienlichen Fragen meines Vaters offensichtlich Maschinengewehre. Das war eine besonders wichtige Nachricht. Aber eine noch wichtigere brachte uns Irenka. Tatsächlich war im zweiten Stockwerk etwas ganz anderes im Gange. Ein Deutscher hatte gesprochen, und ein Pole das dann ins Polnische übersetzt. Gesagt hatte er: »Krieg wird es geben, solange das Kapital das Volk beherrscht. Kämpft gegen den Kapitalismus, und ihr kämpft gegen den Krieg. Krieg bedeutet für euch Polen auch Krieg für ein freies, antikapitalistisches Polen. Jetzt ist aber das Wichtigste, an Waffen heranzukommen. Ihr seht es an den Genossen in Rußland, wie schwer sie sich tun in ihrem Kampf gegen Reaktion und Konterrevolution.« Das ging Irenka nicht so glatt von der Zunge. Mein Vater sagte bitter: »Nur die deutschen Sozialisten nehmen alles wörtlich und handeln buchstabengetreu. Den anderen ist die Doktrin nur Mittel zum Zweck, entweder die Macht an sich zu reißen und auszuüben bis zur Weltrevolution, oder um mit Hilfe des Sozialismus nationale Ziele zu erreichen.«

Offensichtlich nahmen die Polen den Sozialismus nicht so sehr ernst. Für sie war es wichtiger, mit den deutschen Sozialdemokraten erst einmal vertraut zu werden, vor allem aber mit den deutschen Sicherheitseinrichtungen, und die unschädlich zu machen, damit die Machtergreifung nicht in einem Blutbad endete. Mit den deutschen Sozialdemokraten würde man schon fertig werden einig im Kampf gegen das preußische Wahlrecht, das die deutsche Beamtenschaft und den deutschen Grundbesitz bevorzugte. Wäre erst einmal das allgemeine Wahlrecht erreicht, dann würde man mit den Deutschen schon fertig werden, denn man könnte sie bald herauswählen aus den entscheidenden Gremien. Nein, Vater war nun, wenn er aus dem Dienst kam, nicht mehr viel zu Hause. Er war in einem Dutzend Kommissionen tätig. Er meinte, am besten ginge es noch bei der Bahn, da man noch vom Eisenbahnvormarsch her über verlässige deutsche Leute verfüge, alle gedient, das heißt, alles alte deutsche Soldaten. Aber die allgemeine Verwaltung? Da sah er recht düster in die Zukunft.

Am Ende dieser Woche war es dann soweit für Irenka, ihren Bruder und Frau Schlossek. Der große Kohlenwagen von der Eisenbahn kam auf den Hof gerollt, lud die Kohlen für uns und Radschiowski ab, und während die Männer die Kohlen in die Keller schaufelten, holten wir die Utensilien der Schlosseks aus der Mansarde. Es war wenig genug. Da waren die großen weidengeflochtenen Reisekörbe mit dem Bettzeug und der Wäsche. Die Bettstellen stammten ohnehin aus Holz von der Werkstatt der Fabrik und konnten gleich weiter benutzt werden für die Legionäre, die in den Betten schlafen sollten. Übrig blieben dann noch ein paar auch aus Weidenruten geflochtene Körbe, die mit alten Säcken bedeckt und mit Bindfaden an die Körbe grob angeheftet waren. Endlich war alles verstaut. Meine Mutter kam heraus mit einem großen Einkaufskorb, den sie Frau Schlossek überreichte. Ich wußte, daß Mutter und Hedwig ganze Stöße von Butterbroten geschmiert hatten und Eier gekocht und Flaschen voll Kaffee abgekocht, genug, daß die Schlosseks ohne Hunger über die Grenze kamen. Sie reichte Frau Schlossek den Reiseproviant auf den Kutschersitz, wo sie sich neben dem Kutscher gerade zurechtsetzte und nach hinten sah, ob ihre Kinder auch bei den Sachen, ihrer geringen Habe waren.

Da kam Irenka angesprungen, auf mich zu, fiel mir um den Hals und gab mir vor allen Leuten einen dicken Kuß auf den Mund. Ich hätte in den Erdboden versinken können. Sie sagte mir dann noch ganz harmlos und ungerührt: »Wir sehen uns ja bald wieder, wenn du zu deiner Großmutter kommst.«

Sitzen auf dem Pulverfaß

Als der Kohlewagen mit dem Weidenkorbgebirge und den Schlosseks abgefahren war und ich noch voller Scham und immer noch rotübergossen dastand, kam meine Mutter zu mir und sagte: »Das war aber ein netter Abschied von Irenka. Ein liebes Mädchen.« Mutter ging ins Haus zurück, aber Hedwig folgte ihr nicht sogleich, sondern blieb bei mir stehen. »Das wußte ich ja gar nicht, daß ihr euch so liebt«, sagte sie mit einer Mischung aus leichtem Gift und Spott. Hedwig war eifersüchtig. »Hast du denn mit ihr auch geschmust?« – »Aber«, sagte ich, »wie soll denn das gegangen sein. Beim Spielen war doch Schemko immer dabei. Und abends hat sie für uns gelauscht.« Das letztere besänftigte Hedwig.

Sie hatte sich schon Gedanken gemacht, wie Irenkas Tätigkeit für uns wenigstens teilweise zu ersetzen sein würde, und war auf folgende Idee gekommen: »Du weißt doch«, sagte sie, »wenn abends die Männer kommen, die Sokoln und die Roten, da hocken immer zwei vor unserer Wohnung im Hausflur auf den Stufen.« Ich sah sie fragend an, ich wußte nicht, wohin sie wollte. »Du weißt, wenn der Zigarettenrauch in die Wohnung zieht und deine Mutter nochmals lüften muß, wenn alle weg sind. Das sind so eine Art Wachen. Wenn die da sitzen, hab' ich gemerkt, daß die dauernd reden. Ich versteh kein Polnisch, aber wenn du zuhören würdest, und ich würde das, was du mir übersetzt, gleich aufschreiben, das könnte doch gehen.« Ich war davon angetan. Eine Möglichkeit, daß wir nicht ganz von den Nachrichten abgeschnitten waren. Es würde ja nicht alles interessant sein, aber das sollte der Vater entscheiden. Vielleicht war in absehbarer Zeit ein Deutscher dabei, das wäre für Vater dann ein Leckerbissen. Ich wollte es gleich ausprobieren. Wir konnten die Tür nicht offen lassen, aber da sah ich den Briefkasten. Der hatte eine ziemlich große Klappe nach draußen. Die konnte man auflassen. Wenn man sie hochstellte und mit einem Hölzchen so feststellte, daß die Klappe nach außen halb oder ganz aufrecht stand, würde das als Stimmenfang wirken. An der Innenseite der Tür war zur Aufnahme der Zeitungen und Briefschaften ein Holzkasten. Wenn man die kleine Innentür dieses Holzkastens aufhielt, mußten die Worte, die vor der Tür gesprochen würden, gut zu verstehen sein. Wir probierten es aus. Erst ging ich vor die Tür, und Hedwig hörte hinten ab. Ich verstellte meine Stimme, so daß sie ganz dunkel klang. Hedwig stellte fest, daß es am kleinen Auffangkasten sehr gut zu verstehen war. Dann ging sie hinaus, und ich hörte ab. Es ging. Wenn sie sich in die andere Ecke der Tür hinsetzte mit einer Kerze, deren Lichtschein man draußen nicht sehen konnte, mußte es funktionieren.

Wir mußten auch meine Mutter einweihen. Vielleicht war es nötig, daß sie sogar mitmachte beim Aufschreiben. Sie hatte in der ganzen Angelegenheit eine schreckliche Angst. Wenn die was merken, werden die uns was antun, wobei »antun« völlig offenließ, was da passieren sollte. Sie war vorher schon immer ängstlich gewesen, was geschehen sollte, wenn Vater von seinen späten Veranstaltungen zurückkam und er mit den Sokoln oder, noch schlimmer, mit den deutschen Roten zusammentreffen würde. Der Vater würde sich nichts gefallen lassen, und gerade davor hatte Mutter Angst. Der erste Abend, an dem wir hinter der Wohnungstür lauschten, verlief nicht so ergiebig, wie Hedwig und ich uns das vorgestellt hatten. Es war zwar schon Herbst, aber noch immer recht warm. Die Männer, polnische Sokoln, saßen diesmal nicht auf den Treppenstufen, sondern redeten, während sie im Hausflur auf und ab gingen. Nur Wortfetzen konnte ich hören und an Mutter und Hedwig weitergeben. Es waren meist Drohungen, die mit erhobener Stimme hervorgestoßen wurden. Sie richteten sich auch nicht nur gegen uns Deutsche, sondern mehr noch gegen andere polnische Parteien und Gruppen. Davon sollten wir am nächsten Tag schon eine weitere Kostprobe von Pan Drigas erhalten. Er kam zu uns, das heißt, um meinen Vater zu fragen, ob wir ihm nicht Kohle beschaffen könnten. Mein Vater war gerne bereit, unserem Hauswirt für seinen persönlichen Bedarf von unserem reichlichen Vorrat abzugeben, aber nicht für die Fabrik. Mein Vater sagte ihm ins Gesicht, daß da in der Fabrik am Feierabend nicht nur harmlose polnische Turner ihre nächtlichen Spiele trieben. Als er neulich am Abend nach Hause gekommen sei, hätte er auch die Stimmen von Deutschen gehört, die ganz unmißverständlich sozialistische Schlagworte gebraucht hätten, wie »Tod den Kapitalisten« und andere derartige rote Kampfparolen.

Pan Drigas war aufs äußerste betroffen. »Herr Inscheneer«, sagte er, »wir sitzen auf einem Pulverfaß, Sie wie ich. Sie sind Beamter, Sie haben das Deutsche Reich hinter sich. Was hab' ich? Es gibt Polen. Aber nicht hier. Hier ist immer noch das Herzogtum Posen, ein Teil Preußens. Der Dmowski, der will ja eine Ausdehnung des neuen Polens bis zu den schlesischen Herzogtümern.« Mein Vater unterbrach ihn: »Die aber niemals polnisch waren. Die gehörten von eh und je zur Krone Böhmens, bis sie nach den schlesischen Kriegen im 18. Jahrhundert zu Preußen kamen.« – »Aber es heißt doch immer, daß sie polnisch waren«, entgegnete Pan Drigas. »Und ob Schlesien polnisch oder tschechisch wird, das wird auch der Präsident der Vereinigten Staaten von Nordamerika, der Herr Wilson, entscheiden. Und bedenken Sie bitte, Herr Inscheneer, Posen ist eine Festung. Eine deutsche Festung. Hier sind viele tausend deutsche Soldaten. Was sollten wir Polen denn machen? Was wird sein, wenn es eine Revolution gibt, dann werden vielleicht, vielleicht, ich weiß das nicht, kein Mensch kann es wissen, dann werden die Roten an die Macht kommen, und das werden wieder Deutsche sein. Was bin ich dann gebessert? Und noch schlimmer, dann sind auch die polnischen Arbeiter inzwischen rot geworden. Ich bleib schon auf dem Pulverfaß. Sie, Herr Inscheneer, haben es gut. Fachleute für Maschinen brauchen alle, ob Kaiserliche oder Königliche oder Rote, ob Polen oder Deutsche. Aber ich mit den roten Arbeitern. Die zünden mir doch die Fabrik an. Und Sie müssen wissen, es gibt für Holzbetriebe keine Feuerversicherungen. Es gibt sie schon, aber das Risiko, das Risiko. Die Prämien sind unerschwinglich.«

Mein Vater tröstete ihn, indem er darauf hinwies, daß die polnischen Arbeiter in erster Linie Polen seien und dann erst rot, aber Pan Drigas blieb dabei, er sitze auf dem Pulverfaß. »Aber nicht allein«, sagte mein Vater, »ich sitze genau neben Ihnen.« Pan Drigas machte eine beschwichtigende Handbewegung. »Und deshalb regen Sie sich nicht auf, wenn zum Feierabend ein paar Leute auf den Hof kommen. Besser hier als woanders. In die Kasernen können wir nicht mit. Wir wissen nicht, was da vorgeht.« Das war auch die heimliche Sorge meines Vaters. Was macht die deutsche Armee? Wird sie ihrem Fahneneid getreu Kaiser und Reich die Treue halten? Oder ist der Sozialismus mit seinen Doktrinen schon in die Kasernen vorgedrungen? Schon der Abend sollte wenigstens zum Teil Aufklärung bringen. Es war fast acht Uhr. Hedwig hatte schon vorher unsere Horchfalle aufgebaut. In den letzten Tagen war nicht viel gewesen. Unsere Einrichtung hatte etwas an Komfort gewonnen, wie alle Gebilde, die die Zeit zum Partner haben. Es waren kleine Hocker dabei, Ritschen nannten wir sie, Fußbänke, die es erlaubten, die Füße höher zu setzen, um sich gegen die Bodenkälte abzuschirmen. Mutter hatte ein Öfchen beigesteuert. Das war eine russische Erfindung. Ein Samowar, der es gestattete, fortlaufend heißes Wasser zu entnehmen, da um das Wasserbassin glühende Holzkohle lagerte, das Ganze in einem Mantel aus Messing oder Kupfer, bei feinen Leuten aus Silber. Wenn man kein Wasser entnahm, verbreitete der Samowar in seiner engsten Umgebung eine wohltuende Wärme. Heute hatten wir Glück. Die Wachen waren gemischtsprachlich, ein Deutscher und ein Pole. Sie ließen sich auf den Stufen zu unserer Wohnung nieder. »Hier zieht es nicht so wie im Torweg«, hörten wir die deutsche Stimme. »Ist auch wärmer hier«, sagte der Pole und fügte hinzu: »Die Kapitalisten haben Kohle noch und noch. Können die schon heizen bis auf Flur! Die Kapitalisten haben die Taschen voller Geld, und was noch besser ist, sie haben alle Verbindungen. Aber das kommt ja alles weg.«

Ich stand auf und schlich zu Vaters Zimmer. »Das mußt du hören«, sagte ich, »ein Deutscher zum erstenmal als Wachposten. Komm schnell.« Vater schlich sich auch im dunklen Flur an die Eingangstür. Ganz deutlich klang die Stimme durch unsere Hörfalle: »Alle müssen weg, Kaiser, Könige, Fürsten, Grafen, Pfaffen.« – »Nu, nu«, unterbrach die polnische Stimme, »die Pfaffen sind gute Leute, die meisten. Die helfen uns. Sind immer mit dem Volk, immer mit uns Polen.« – »Auch das sind Ausbeuter«, sagte die deutsche Stimme. »Das wechselt in den geschichtlichen Perioden. Mal sind es die Könige, dann die Fürsten und Grafen.« – »Wenn ihr was gegen die Geistlichen macht, werdet ihr unsere Frauen aufbringen. Die werden nicht mitmachen, wenn gegen Kirche!« warf die polnische Stimme ein. »Das legt sich alles«, sagte die deutsche Stimme. »Denk an die Genossin Rosa Luxemburg. Auch eine Frau, aber was für eine. Die Frauen, das ist unsere stärkste Reserve. Was denkst du, wo die Revolution bliebe ohne die Arbeiterinnen in den Munitionsfabriken von Berlin?«

Man hörte nun Geräusche, die von der Straße kamen. In Gruppen kamen die Teilnehmer. Man hörte Stimmengewirr, aus dem sich weder deutsche Stimmen noch polnische unterscheiden ließen. Alle hasteten nach der Fabrik. Vater hatte sich von der Fußbank erhoben, auch Mutter ging leise ins Herrenzimmer zu Vater. Ich folgte ihnen. Vater hatte sich an den Schreibtisch gesetzt, um das Gehörte ganz frisch aufzuzeichnen. Dabei murmelte er vor sich hin: »Unglaublich.« Und zu meiner Mutter gewandt: »Das ist ja schon die Revolution.« Er schrieb weiter, immer unter Kopfschütteln und leisen Verwünschungen. Da kam Hedwig leise herein, sie winkte mit dem Zeigefinger und sagte: »Wieder ein Deutscher.« Dabei klang soviel Empörung mit, als ob sie es den Deutschen persönlich übelnähme, Sozialisten zu sein. Wir hörten wieder die deutsche Stimme von vorhin: »Nein, nein. Es kommt darauf an, zuerst die Monarchie zu stürzen.« – »Die polnische?« fragte die polnische Stimme. »Auch polnische Monarchie? Was ist, wenn der Stefan von Österreich wird polnischer König?« – »Als ob das einen Unterschied machte!« sagte die deutsche Stimme. »Ihr würdet doch nur einen Ausbeuter gegen den anderen austauschen. Beide sind Vertreter des Feudalismus. Ob die Österreicher euch auspressen oder die Preußen, das kann euch doch egal sein. Beide müssen sie weg, und zwar so schnell wie möglich. Das Volk hat sie schon viel zu lange geduldet. Aber dazu brauchen wir Waffen.« Polnische Stimme: »Nu war doch schon genug Krieg. Immerfort Krieg und Krieg. Ist genug. Ist schon viel genug.« Die deutsche Stimme: »Es gibt aber auch einen Krieg gegen den Krieg. Auch wir müssen zu den Waffen greifen für das letzte Gefecht. Daß endlich einmal Schluß wird mit der Ausbeutung.« Die Stimme verlor sich im

Schlurfen vieler Füße, im Stimmengewirr. Fürs erste hatten wir alle genug. Wir waren Zeugen einer Verschwörung geworden, die auch uns bedrohte. Hedwig war helle Empörung. »So eine Schlechtigkeit. So eine Sündhaftigkeit«, sagte sie.

Über uns stand ein großes Fragezeichen. Vater tröstete die Mutter, daß wir immer noch die Großeltern in Festenburg hätten, daß man nicht gleich an das Schlimmste denken müsse. Am nächsten Morgen machte sich meine Mutter auf den Weg, das gestern Erlauschte unseren nächsten deutschen Bekannten mitzuteilen. Hedwig und ich aber, wir wollten etwas erleben, also gingen wir in die Stadt. Hedwig sagte so ganz nebenbei: »Ich werde heute mittag Grießbrei mit Himbeersaft machen.« Sie wußte, daß sie mir damit eine Freude machen würde, denn nach Ansichten meiner Eltern war das ein Nachtisch, kein Hauptessen. Grießbrei als Hauptessen ohne Suppe, Gemüse und Kartoffeln und je nach dem Wochentag kleines Fleischgericht, wie Würstchen, Frikadellen oder Fisch oder ein Eiergericht, war eine Schlamperei, eine Art Faulenzerei, einfach unstatthaft. Im Bewußtsein, ein wunderbares Mittagessen vor mir zu haben, zottelte ich neben Hedwig in die Stadt. Zwei Straßenzüge weiter fing es schon an. Eine ganz ungewöhnliche Menge uniformierter Soldaten aller Waffengattungen wälzte sich die Straßen entlang. Scheinbar ziellos, aber mit einem allgemeinen Drang zum Bahnhof hin. Mir fiel auf, daß viele dabei waren, die keine Uniform im eigentlichen Sinne trugen, sondern eine Art Lazarettanzug, weißblau gestreift, und dazu graue Soldatenhosen und ein Koppel mit Brotbeutel und Feldflasche. Dazu ein Krätzchen, eine jener schirmlosen Tellermützen, wie sie noch in der Vorkriegsarmee allgemein üblich waren. Wir waren noch lange nicht am Bahnhof, als Hedwig sagte: »Laß uns umdrehen. Laß uns wieder nach Hause gehen.« Jetzt fiel mir erst auf, daß viele Soldaten

Hedwig so unverwandt und lange ansahen. Viele versuchten, sie anzusprechen. Hedwig zog mich jedesmal schnell weiter, so daß der Soldat gar nicht mehr dazu kam, seine Rede loszuwerden. Ich bedauerte das. Nichts Schöneres, als mit Soldaten zu reden. Zuzuhören, wenn sie von Schlachten erzählten oder noch besser, wenn sie von dem großen Eisenbahnvormarsch berichten konnten, ihn vielleicht gar mitgemacht hatten. Die aufdringlichen Reden der Soldaten wurden aber immer schlimmer. Hedwig meinte, daß gerade die Leichtverwundeten die Allerschlimmsten wären. Ich wollte wissen warum, aber darauf konnte sie keine Antwort geben. Ich wollte wissen, ob sie schlimmer wären als die, die überhaupt nicht verwundet wären. Das bejahte sie. Als uns wieder einer auf polnisch ansprach, sagte ich deutsch: »Dummer Affe.« Der haute mir aber keine runter für die Frechheit, sonder rief: »Deutsch! Mensch, das sind Deutsche.« Dabei strahlte er über das ganze Gesicht und wollte nun so richtig mit Hedwig anfangen, als die mich wegriß und aus Leibeskräften anfing zu laufen, daß ich kaum nachkam. Als wir in unsere Straße einbogen, waren wir beide außer Atem.

Bei Kubiak angekommen, fragte ich Hedwig, ob wir gleich zu Herrn Cronblum wollten oder ob Hedwig lieber erst den Grießbrei machen wollte. Sie war aber auch für Cronblum. Ich dachte, sie wollte das mit den Leichtverwundeten noch mal mit Frau Kubiak besprechen. So gingen wir hinein ins Geschäft. Herr Cronblum schien auf uns gewartet zu haben. Er tat sehr geheimnisvoll, sah noch einmal durch das Schaufenster nach draußen, dann schob er uns in den Vorratsraum hinter den Laden. »Gut, daß ihr kommt, daß man das mit euch bereden kann. Heute nacht oder besser heute abend, sobald es dunkel sein wird, werden sich im Fabrikhof von Drigas eine Menge Leute versammeln. Das kannst du deinen Eltern erzählen. Macht euch klein und sehr unauffällig. Es werden sehr viele Leute sein. Das erste Mal, daß deutsche Sozialdemokraten eine gemeinsame Sache mit polnischen Sokoln machen. Ein Sozialdemokrat, ein Abgeordneter wird sprechen. Eine Veranstaltung, die angemeldet ist. Mich wundert nur, daß der Drigas, der mußte ja die Anmeldung unterschreiben, das genehmigt hat.« – »Nu, was, sie werden ihn gezwungen haben. Was soll er schon machen«, meinte Frau Kubiak dazu, und: »Daß bloß kein Feuer kommt. Bei solchen Gelegenheiten kommt es immer leicht zu Bränden.« – »Ach ja. Da war noch eine Einschränkung«, sagte Cronblum, »der Fackelzug war nur genehmigt für die Straße, nicht für den Fabrikhof.« Ich war ganz weg bei dem Gedanken, daß ein Fackelzug bei uns stattfinden sollte. »Der Drigas hat auf alle Fälle die Feuerwehr bestellt. Ob die kommt, muß man abwarten. Aber«, und dabei wiegte er seinen Kopf überlegend, abwägend hin und her, »sie werden kommen, die Feuerwehrleute. Feuer ist neutral, es ist nicht polnisch, es ist nicht deutsch, es ist nicht kaiserlich, auch nicht königlich. Und der Drigas wird es sich später als Ehre anrechnen lassen, wenn er die deutschen Sozialdemokraten und die polnischen Sokoln zusammengebracht hat. Wer zum Ende siegen wird, weiß man's? Wenn man morgen die Rede hören könnte, würde man mehr wissen.« Mich durchzuckte es, Herrn Cronblum unsere Abhöreinrichtung anzubieten oder ihn überhaupt zu uns zu bitten, aber in dem Augenblick spürte ich Hedwigs Hand in der meinen. Das bedeutete, auch nicht den besten Freunden etwas von unseren Möglichkeiten zu verraten.

In der Höhle des Löwen

Der Tag verging uns fast zu langsam. Wer würde am Abend auf den Fabrikhof kommen, wer würde reden, und was würde der sagen? Trotz unserer Neugier ging der Arbeitstag im Haus weiter. Es gab nicht mehr alles auf dem Markt. Da ich noch ein Kind war, bekamen wir verhältnismäßig viel Vollmilch zugeteilt. Und Großmutter hatte uns reichlich mit Zucker bedacht, weil sie in Festenburg ein Zuckerkontingent aus dem eigenen Zuckerrübenanbau hatte. Zunächst hatte es Mutter mit der Herstellung von Weißkäse versucht. Eine Heidenarbeit. Die ganze Wohnung roch säuerlich wie eine Molkerei. Aber dann kam Frau Kubiak mit einer guten Idee. »Wenn Sie Zucker haben und Milch, können Sie doch wunderbare Bonbons kochen. Sahnebonbons, besser als die gekauften, besonders wenn Sie einen Stich Butter zugeben. Kriegen Sie von mir, ohne Marken, versteht sich.« Mutter kochte also Zucker und Milch und etwas Butter und goß die ganze dicke Masse auf die Kuchenbleche, auf denen sonst der Streuselkuchen oder im Sommer die Obstkuchen gebacken wurden.

Der Duft von Sahnebonbons zog durch das ganze Haus und lockte auch Schemko zu uns. Er fragte, ob der Geruch sich sehr lange halte, weil doch abends die Sokoln kämen, eine besondere Veranstaltung, und dann dieser Sahnegeruch, der sei eigentlich nicht so sehr revolutionär und darum für die Sokoln nicht geeignet, das wäre mehr was für

Frauen. Meine Mutter meinte dazu, daß dann die Sokoln eben in eine Turnhalle gehen müßten. »Die bekommen die doch nicht. Wo denn? Die Deutschen geben keine Halle frei, ausgerechnet für die Sokoln.« Aber das würde ja bald anders werden. Und heute abend komme der Rzepecki. Damit ging er. Wir wußten damit nichts anzufangen. Wohl hatte ich den Namen Rzepecki schon hier und da gehört, aber ihm keine Bedeutung beigemessen. Erst als Vater am Nachmittag kam und wir ihn unterrichteten, wer unserem Hinterhof die Ehre geben würde, wurden wir belehrt. »Rzepecki?« Der Vater pfiff ganz leise, wie man es im Frühling von den Amseln und Staren hört, ein richtiges Flöten. Dann sagte er: »Na, das muß dann aber auch was Besonderes sein.« Wir erfuhren, daß Rzepecki sozusagen der Oberpole von Posen war. Der anerkannte polnische Politiker für das ganze Herzogtum. Mein Vater dachte laut: »Was will der hier? Zu Sokoln kann er auch woanders sprechen, da braucht er nicht in die Fabrik von Drigas zu kommen.«

Wir brauchten nicht lange zu warten. Es wurde zwar schon zeitiger dunkel nun im Oktober, aber es war noch warm. Das erste, was wir bemerkten, war, daß die Putzfrau von Drigas die großen Fenster der Fabrik nach dem Hof öffnete. Dann kam ein Arbeiter aus der Fabrik mit weißroter Kokarde und roter Armbinde, ein anderer fand sich dazu, der nur eine rote Armbinde trug. Beide gingen in die Fabrik und kamen mit Fahnen wieder. Dann öffneten sie die großen Hoftore, die sonst zu Feierabend immer geschlossen wurden, weil sich der Personenverkehr durch das kleine Pförtnertürchen abwickelte. Als ich Schemko die Vordertreppe herunterdonnern hörte, ging ich ebenfalls in den Hausflur, um zu sehen. Schemko sprach mit den Arbeitern, die die roten und die weißroten Fahnen übers Kreuz, je zwei an jeder Seite, an der Hauswand befestigten. Schemko sagte zu mir auf polnisch: »Damit die schon von weitem sehen, wo das Zentrum ist.« – »Was für ein Zentrum?« fragte ich. »Na, heute ist doch die Einweihung des Zentrums der deutsch-polnischen Arbeiterräte.« Jetzt wußten wir, was los sein würde und warum der Oberpole Rzepecki zu uns kam. Ich fragte Schemko polnisch: »Ist deswegen auch Herr Rzepecki angesagt?« – »Ja«, entgegnete Schemko. »Weißt du nicht, daß mein Großvater und er gute Freunde sind?«

Nun kamen schon die ersten Teilnehmer. Ich ging hinein, um Vater zu berichten. »Zentrum« hatte Schemko gesagt. Als ich das Vater sagte, pfiff der wieder leise. Dann sagte er: »Da sind wir ja mitten in der Höhle des Löwen.« Meine Mutter wurde blaß und zog mich an sich, als ob sie mich jetzt schon schützen müßte vor einer Gefahr, die noch nicht existierte. Vater aber sagte: »Das ist gar nicht so schlimm, nein, das ist sogar ganz gut. Man wird sich hüten, gerade hier etwas geschehen zu lassen, was an anderer Stelle viel besser und mit mehr Massenwirkung vor sich gehen könnte. Wir werden gut aufpassen müssen.« Der Hof war indessen immer voller geworden. Es wurden allenthalben Stallaternen aufgehängt. »Aus deutschen Armee-Pferdeställen«, murmelte mein Vater. Zum Teil drängten die Männer jetzt auch schon in die Fabrik. Wir hatten die Fenster in meinem Zimmer, das nach dem Hof lag, weit aufgemacht und standen hinter den Gardinen, ein wenig zurück, alle Lichter gelöscht.

Die Fabrik wurde jetzt randvoll. Wir sahen die Männer auf der Treppe zum ersten Stock sitzen. Auch der Hof war jetzt überfüllt. Durch die Menge ging eine Bewegung. Männer riefen: »Platz für das Komitee, Platz für das Komitee.« Wir konnten nicht sehen, wer sich da nach vorne schob, auf die Fabrik zu. Aber dann schienen sie das Fabrikgebäude erreicht zu haben, und dann hörten wir, worauf wir schon gewartet hatten, die Stimme von Pan Drigas. Er begrüßte erst die deutschen Gäste von der

Sozialdemokratischen Partei und ihren Arbeiterrat, dem er ja durch seine Arbeitskollegen schon lange verbunden sei, und daß er dieses Band nun um die vereinten Gewerkschaften um ein Glied vermehrt sähe, was eine große Freude für ihn sei. Hedwig sagte leise: »Der Lügner! Der Verbrecher!« Mutter trat ihr wohl auf den Fuß, denn sie zog ihn schnell weg, was ich merkte. Pan Drigas begann nun mit der Begrüßung der einzelnen Gäste. Was es ihm für eine Freude und Genugtuung sei, einen solchen Mann wie Rzepecki hier in seinem Haus begrüßen zu können. Durch den Sokol seit vielen Jahren verbunden, sei es ihm eine Ehre, seinen Turnbrüdern und politischen Freunden sein Haus zur Verfügung stellen zu können. So schwadronierte er noch eine Weile, was das Zentrum allen bringen sollte und wie er das Seine dazu beitragen würde, daß alles zum Erfolg führen möchte. Das alles wiederholte er nun in polnischer Sprache, doch da fügte er einige Sachen an, die er in der Ansprache an die deutschen Sozialdemokraten nicht gesagt hatte, wie daß nun bald der Druck des Feindes nachlassen würde, daß sie endlich Herr im eigenen Haus sein wollten. Schluß mit dem preußischen Militarismus, Schluß mit der jahrhundertelangen Unterdrückung. Es lebe die Vereinigung der polnischen und deutschen Arbeiter. Großer Beifall.

Und dann kam Herr Rzepecki. Der hielt sich nicht mit Begrüßung auf, auch nicht mit dem, was die deutschen Arbeiter wollten, sondern ging gleich mit dem ins Gericht, was die deutschen Politiker den Polen angeboten hatten und zum Teil auch schon gewährt hatten. Den Regentschaftsrat tat er als den Versuch ab, das polnische Volk weiter zu betrügen, wie es die Deutschen schon seit Hunderten von Jahren getan hätten. Kein Wort von dem Sieg über die Armeen des Zaren, der ja sonst immer als der allerschlimmste Feind der Polen hingestellt worden war. Kein Wort über den Aufbau einer polnischen Verwaltung in dem früher russischen Teil Polens, dafür aber als wichtigstes Thema der fluchwürdige Versuch der deutschen und österreichischen Regierung, eine polnische Armee aufzustellen. Es sei nichts wie Falschheit und Heuchelei, daß diese Armee die Freiheit Polens zum Ziele habe. Diese halbe Million Polen sollten auf den Schlachtfeldern Europas, in Belgien, Frankreich, Italien, auf dem Balkan dem preußischen Militarismus geopfert werden, damit die Herrschaft des Kaisers und seiner Generale weitergehe. Er sei sich mit seinen Freunden, den deutschen Sozialdemokraten, völlig einig, daß er nichts sehnlicher wünsche, als die Niederlage dieses Systems. Unsere Freunde wie Korfanty, Stychel und andere, die im deutschen Reichstag säßen, könnten ja nicht reden in der Höhle des Löwen. Sie müßten sich noch mehr hüten als ihre Freunde, die deutschen Sozialdemokraten. Es würde keinen Frieden geben, es werde keine Freiheit geben, bis nicht der Kaiser von seinem Thron gefegt sei.

Der Vater konnte sich das nicht mehr länger mit anhören, außerdem begann jetzt der Redner die Kernsätze ins Polnische zu übertragen, wo sie noch viel massiver, viel beleidigender wirkten. Vater war in sein Zimmer gegangen. Noch im Hinausgehen sagte er leise: »Mir war es schon vorher klar, aber jetzt ist es furchtbare Gewißheit, hier wird systematisch an der Niederlage und an der Revolution gegen Deutschland gearbeitet. Der Kaiser ist nur Vorwand. Sie wollen auch unser Posen aus dem deutschen Staatsverband herausreißen.«

Die Mutter war dem Vater gefolgt. Er mußte in solchen Situationen jemanden haben, dem gegenüber er seine ohnmächtige Wut aussprechen konnte. Ich sagte Hedwig, die von den Haßtiraden des Oberpolen nicht viel verstand, daß sie an der Küchentür bei hereingeschobener Sicherheitskette warten solle. Ich wollte mir Herrn Rzepecki einmal von nahem ansehen. Ich hatte mich schnell durch die Menge gedrängt, bis zur Tür, aber da konnte ich nichts sehen, dafür war ich zu klein. Da fiel mir unsere Bude ein, die wir aus den Resten von Lindas Stall gebaut hatten, da konnte ich mich auf die äußersten Balken stellen, um was zu sehen. Ich war gerade dabei, mich hochzuziehen, als sich mir eine Hand entgegenstreckte und mich hochzog: Herr Cronblum.

Ich hätte ihm um den Hals fallen können. Er war der richtige Mann im richtigen Augenblick. Schemko hätte mich jetzt zu sehr belastet. Herr Cronblum flüsterte mir ins Ohr: »Der Rzepecki ist ein mächtiger Mann. Hat Verbindungen über Dänemark, nach Paris, nach London bis nach Amerika.« Ich flüsterte zurück: »Sind die alle gegen uns? Führen die alle Krieg gegen den Kaiser?« Cronblum, noch leiser als vorher: »Paris ist Frankreich, aber mit dem führen wir Krieg, wie du weißt, da können wir nur hin über neutrale Länder, wie Dänemark. Dänemark macht gar nichts, aber es verdient viel Geld an dem Krieg, den ihr führt.«

Rzepecki mußte gerade wieder eine anfeuernde Parole gerufen haben, denn es brach wieder ein Beifallssturm los. Auch die Deutschen machten mit, also mußte er deutsch gesprochen haben. »In Paris, in Frankreich hat der polnische General Haller aus polnischen Überläufern und polnischen Gefangenen eine Armee aufgestellt. Sie nennen sich die ›Blaue Armee‹, die soll für Polen kämpfen«, sagte Cronblum. »Bei den Verlierern«, so weiter Rzepecki, »am Hofe in Wien und in Berlin, in den Salons der Hauptstädte kriechen manche Polen noch um die fremden Thronstufen, aber das Volk hat seine wirklichen Freunde längst erkannt, das sind die deutschen Sozialdemokraten, das sind die Franzosen, die schon immer unsere Freunde waren, es sind die Engländer. Bis ins ferne Amerika wirken unsere Freunde für uns.« Brausender Beifall. »Nein«, fuhr der Redner fort, »heute können uns die Großmächte von damals nicht mehr zermalmen, nicht mehr zerreißen und teilen. Sie haben sich selber gerichtet. Die Preußen haben den Zaren geschlagen, Österreich hat sich selbst aufgegeben, und die Preußen beginnen, sich selbst zu zerfleischen, und dabei werden unsere roten Freunde, hier die Sozialdemokraten, ein gewichtiges Wort mitreden, werden uns helfen, den tönernen Koloß von einem Kaiser von seinem Sockel zu stoßen.« Wieder großer Beifall.

Ich sagte Cronblum, daß ich morgen gegen Mittag zu Frau Kubiak käme. Er gab mir wieder seine Hand, half mir herunter, und ich mußte mich wieder durch die Menge winden, die immer noch Rzepecki lauschte, hingerissen von seinen Tiraden, die ein raffiniertes Gemisch aus Deutschenhaß und goldenen Zukunftsbildern Polens war. »Stürzt den Kaiser!« Darin waren sie sich einig, und »Gebt Polen die Freiheit!« Ich freute mich schon auf morgen, wenn Cronblum dazu seine Meinung sagen würde. Aber erst mußten wir noch den angekündigten Fackelzug sehen. Wir gingen also in das Eßzimmer. Gerade als wir die Sicherungsstifte aus den Rolladen leise herausgezogen hatten und die Lamellen der Läden waagerecht gestellt, kam auch Mutter herein. Sie war sichtlich froh, uns bei sich zu haben. Sie sagte, daß Vater sehr in Sorge sei und morgen mit Drigas sprechen müsse, wovor sie Angst habe.

Es war jetzt draußen ganz dunkel geworden. In der Fabrik schienen sie auch zu Ende gekommen zu sein. Die ersten Männer kamen auf die Straße. Dort stand, was wir seit vielen Wochen nicht mehr gesehen hatten, ein Polizist. Er schien sich einsam zu fühlen, jedenfalls begann er sofort ein Gespräch mit den Männern. Diese machten nun auf dem Straßenpflaster ein kleines Feuer. Sie kamen jeder mit etwas Holz aus der Fabrik nach draußen. Ein oder zwei Stück gaben sie dem Feuer, ein drittes Stück behielten sie in der Hand. Der Polizist ging auf die andere Straßenseite, und die Männer begannen, die Stöcke an das Feuer zu halten. Man sah, daß die Stöcke am oberen Rand mit etwas umwickelt waren. Mutter erklärte, daß es Pech oder Teer sei mit Werg und dann noch in Petroleum gesteckt, damit es schneller anbrenne. Vater war jetzt zu uns getreten. Wir sahen, wie sich die Männer mit den Fackeln aufstellten, bis das ›Komitee‹ aus dem Haustor herauskam. Dann setzte sich der Zug in Bewegung, während wir, vereinzelt noch, aber unüberhörbar, die ersten Regentropfen auf das Fensterblech aufprallen hörten. Es war das erste an diesem Abend, was Vater aufzuheitern schien, der Gedanke, daß vielleicht alles ins Wasser fallen könnte.

Mein Vater zog sich in sein Zimmer zurück. Wir konnten jetzt die Lampen anzünden. Mutter und Hedwig machten sich in der Küche daran, die Sahnebonbonmasse auf den Kuchenblechen in Bonbongröße zu schneiden, dabei mußten sie vorsichtig sein, daß sie die Papierbögen, die unter der gelbbraunen Bonbonmasse lagen, nicht zerschnitten. Die ersten am Rande des Bleches, die nicht so schön quadratisch waren, wurden von Mutter zum Sofortessen freigegeben. Sie selbst ging mit einer Kostprobe zu Vater. Die Damen hatten keinen anderen Gesprächsstoff als die vorangegangene ›Zentrumseinweihung‹. Da sie von den polnischen Redeteilen nicht viel verstanden hatten, meine Mutter gar nichts, prasselten die Fragen auf mich runter: Ob er auch gesagt hätte, was denn werden würde, wenn sie den Kaiser davongejagt hätten. Wer dann regieren würde? Als ich sagte, daß ich das so verstanden hätte, daß dann das Volk die Macht ausüben würde, eben sie, die Arbeiterräte, protestierten die Damen gegen mich, als ob ich das erfunden hätte. Ich wiederholte, was Rzepecki gesagt hatte, und daß das alles nur ein Anfang wäre.

Hedwig besonders regte sich darüber auf. Ihr Groll hielt an, bis wir schlafen gingen. Ich durfte zwar in ihr Bett kommen, aber jede zärtliche Annäherung, ja auch die kleinste, wies sie diesmal schroff zurück. Sie war gar nicht auf Zweisamkeit eingestellt. Trotzdem, sie brauchte mich in ihrer Nähe. Sie brauchte heute den kleinen Gefährten, das winzige Publikum, um frei reden zu können und sich selber Mut zu machen. »Das war alles so schön«, besann sie sich, »wie ich bei eurer Großmutter anfing, gleich nach der Konfirmation. Wie ich bei Tante Martha angelernt wurde, beim Aufräumen, beim Putzen. Wie ich dann ans Bügeln der Feinwäsche durfte. Du, die hat mir nichts durchgehen lassen, auch die kleinste Unachtsamkeit nicht, und so muß das sein, sonst lernt man das nicht. Was wird denn überhaupt aus uns? Was wird denn, wenn es keine Regierung mehr gibt? Und ich, ich habe doch schon so schöne Bettwäsche und andere Aussteuer, die ich von deinen Eltern immer zu Weihnachten und zum Geburtstag bekommen habe. Kannst du dich noch an die Frieda erinnern, die vor mir bei euch war? Die hat nach drei Jahren bei euch geheiratet. Da hatte die alles zusammen. Aber die Roten wollen ja alles teilen. Die wollen den Menschen alles wegnehmen. Das läßt doch der Kaiser nicht zu. Überhaupt den Kaiser wegjagen, als ob das ein Hund wäre, den man so wegjagt. Da sind doch Soldaten da. Tausende, viele Tausende, und die wollen dagegen an? Aber was sollen wir denn machen? Was wird aus deinem Vater?« Nun war ich gefragt. »Damals«, sagte ich, »bei dem Bolschoi prasnik bei Drigas, als die österreichischen Offiziere von der polnischen Legion dabei waren, hat einer gesagt, na, vielleicht bleibt dein Vater hier, Ingenieure und Bahningenieure, die braucht man überall.« – »Aber wohin sollte ich denn? Bei euch habe ich doch alles. Auch dich.« Dabei gab sie mir einen Kuß, etwas ganz Seltenes bei ihr, und schob mich aus ihrem Bett. Ich ging in das meine, konnte aber lange nicht einschlafen.

Das Depot

Schemko spielte sein Ulanenspiel. Dazu hatte er sich in der Fabrik ein Brettchen aus Eichenholz in ungefährer Kopfgröße arbeiten lassen, das er mittels eines Gummibändchens auf dem Kopf festhielt. Das war das Hauptkennzeichen seiner polnischen Nationalität als Ulan. Denn keine andere europäische Armee hatte als Kopfschutz ihrer Streitkräfte Holzbrettchen eingesetzt. Sie hatten an ihren Helmen Spitzen aus Messing, sie hatten an den Kürassierhelmen bei den romanischen Völkern die halbgebogenen Raupen mit Pferdehaarschmuck, wie die alten Griechen, die den Kopf vor allem hinten schützten, und die germanischen Armeen hatten den Metallhelm mit Messingspitze, an der die Säbelhiebe der feindlichen Reiter abgleiten sollten. Die Polen hatten wahrscheinlich in den vielen Revolutionen und Aufständen des 19. Jahrhunderts herausgefunden, daß es ein kräftiges Brettchen aus hartem Holz genauso tat. Es war sehr viel billiger und um vieles origineller als die teuren Helme und Tschakos der Armeen der übrigen europäischen Mächte.

Schemkos Ausrüstung wurde vervollständigt durch einen Säbel, auf den ich nur mit Neid blicken konnte. Das war kein Holzschwert, wie es die anderen Jungen hatten, vom Vater kunstlos aus einem Längsstück und einem kürzeren Querstück zum kreuzförmigen Holzschwert zusammengenagelt. Nein, Schemkos Säbel war aus Eichenholz und zeigte den leichten Säbelschwung, das Ungerade, die leichte Krümmung am unteren Ende, das nicht so sehr zum Zustoßen als vielmehr zum Zuschlagen von oben, vom Pferderücken aus, gedacht war. Dazu hatte er wie die richtigen Säbel eine Art Korb, der die führende Hand schützte. Es war aber nur ein kräftiger Draht, durch das Holz geführt, der den Säbelkorb andeutete. Welch ein Säbel! Den letzten Schliff, die letzte Feinheit ergab die Lackierung. Sie gab dem Säbel einen Anflug von Eleganz, von Einmaligkeit. Im ganzen, es war ein unverwechselbar polnischer Säbel. Und darauf kam es Schemko und dem Tischlergesellen in der Möbelfabrik seines Großvaters an. Mit diesem Säbel und dem Brettchen auf dem Kopf machte Schemko seine Patrouillienritte, indem er mit seinen kräftigen Beinen das Pferdegetrappel nachahmte. Er machte seine Runden um das Viertel, guckte ein wenig in die belebteren Straßen bis zur Hauptstraße und kam wieder zurück mit vielen Neuigkeiten.

Als ich auf den Hof kam, galoppierte er gerade durch das große Tor. Dann rief er: »Eskadron halt! Abgesessen!« Alles in deutscher Sprache. Ich fragte ihn polnisch: »Warum gibst du denn die Kommandos in Deutsch?« Er meinte: »Alles, was Militär ist, hat man deutsch zu sagen. Dagegen die guten Sachen wie Bigos, das ißt du doch auch gern, das sagt man polnisch, genauso wie Krakoviak und wie überhaupt alles, was gut ist!« Ich merkte daraus, daß bei Drigas wieder mal alles Deutsche – und damit auch wir – in Ungnade gefallen war. »Ich hab' da gerade gesehen«, führte er fort, »wie zwei deutsche Soldaten einen von euren Offizieren nicht gegrüßt haben. Der hat sie zur Rede gestellt, und die sind richtig frech geworden. So haben sie gemacht.« Dabei zog er seinen Kopf in die Schultern und diese gleichzeitig in Abwehrstellung hoch, stellte ein Bein vor und blinzelte mich aus den Augenwinkeln an. »So!« Und dann ganz lebhaft: »Und der Offizier, ich sage dir«, dabei plusterte er sich auf, stellte sich auf die Zehenspitzen und begann mit den weit aufgerissenen Augen zu rollen, »wenn der nicht ein so grimmiges Gesicht gemacht hätte, wer weiß, was die beiden mit ihm gemacht hätten, denn er war kleiner als die beiden. Die Leute, die das gesehen haben, waren in ihrer Meinung geteilt. Die, die deutsch sprachen, sagten zu den beiden, sie sollten sich schämen, und die polnisch sprachen, meinten, die Zeiten seien vorbei. Die beiden drehten dem Offizier den Rücken und verschwanden. Der Offizier ging wortlos weg. Ich sage dir, ihr macht nicht mehr lange. Dann ist es aus. Ihr habt ja auch den Zaren besiegt. Was wollt ihr noch?«

Ich war aufs äußerste empört. »Ach«, sagte ich, »den Zaren besiegen, was ihr nie und nimmer geschafft hättet, das durften wir. Aber dann sollen wir uns aus dem Staube machen, was?« Schemko darauf: »Wir haben euch ja gegen die Mongolen geholfen, und unser König Sobieski hat euch vor den Türken gerettet, vor Wien!« – »So ein dämliches Zeug«, sagte ich, »das ist Jahrhunderte her, wir haben euch aber jetzt aus der Patsche geholfen, wir haben jetzt die Russen besiegt. Wo wärt ihr denn ohne uns Deutsche?« »Da hast du was Polnisches!« Dabei schlug er mir seinen Eichensäbel über den Kopf, daß mir Hören und Sehen verging. Er rannte der Fabrik zu. Ich konnte ihm im Augenblick nicht folgen. Er war mir mit seinem Säbel überlegen. »Na warte«, dachte ich, »dich krieg ich noch, wenn du mal ohne Säbel bist, dann bin ich der Stärkere.« Der Hieb gab eine tüchtige Beule, hatte aber sonst keine Folgen.

Mich bei meiner Mutter zu beschweren, hatte ich längst aufgegeben. Sie sagte höchstens: »Geh nicht hin!« Ich zeigte ihr aber die Beule und warum Schemko mir den Holzsäbel über den Kopf geschlagen hatte. Sie sagte nur: »Ist nicht durchgeschlagen und auch nicht blutig.« Dann nahm sie das beste von unseren Küchenmessern, feinster Stahl, noch aus der Ausstattung meiner Großmutter, und drückte die flache Klinge auf die Beule. Dabei murmelte sie einen Segenswunsch. Der Stahl auf meiner Beule kühlte angenehm. Dann bekam ich einen von den selbstgekochten Sahnebonbons. Ich erbat mir sogleich auch eine Kostprobe für Frau Kubiak und bekam ein Tütchen mit, denn Hedwig sollte irgend etwas von Frau Kubiak holen, und ich wollte unbedingt Herrn Cronblum sprechen. So ausgestattet gingen wir zu Frau Kubiak.

Herr Cronblum war schon da. Er berichtete: »Es ist sehr viel Wichtiges passiert. Nicht der gestrige Abend mit dem Rzepecki, das ist ein Politiker zwar von überregionaler Bedeutung, denn er hat Anhänger in der ganzen Provinz, soweit es sich um Polen handelt. Aber er ist doch ein Tagespolitiker, ein Taktiker, gewiß ein geschickter, aber nicht von dem Format eines Dmowski oder gar eines Pilsudski. Man wird sich an die Reichstagsrede des Reichstagsabgeordneten Korfanty in diesen Tagen noch sehr genau erinnern, denn der war es, der die polnischen Forderungen ganz klar präzisiert hat. Polen will vom Deutschen Reich Posen, Pommerellen mit Danzig, die polnisch sprechenden Kreise Ost- und Westpreußens und Ober- und Niederschlesiens. Außerdem wollten von diesem Augenblick an die polnischen Abgeordneten im Reichstag wie in den Landtagen in den deutschen parlamentarischen Körperschaften nicht mehr mitarbeiten, weil sie sich schon als polnische Staatsbürger betrachteten. Das müßt ihr euch einmal vorstellen, während wir hier friedlich sprechen, hat sich die Volksvertretung dieses Teiles des Landes von Deutschland losgesagt, sitzt aber immer noch in Berlin. Wird nicht wegen Hochverrates festgenommen, verhaftet. Da seht ihr, wie schwach Deutschland ist. Seit dem 15. Oktober haben die polnischen Abgeordneten in Krakau die provisorische polnische Regierung für Kleinpolen ausgerufen, tagt die Liquidationskommission, das österreichische Galizien gibt es schon lange nicht mehr.

Aber da besteht wenigstens eine Verwaltung, die haben die Österreicher den Polen gewissermaßen als Morgengabe in den Schoß gelegt. Hier in Preußen besteht die nicht. Ja, in Kongreßpolen, da haben die Preußen, haben die Deutschen unter dem Generalgouverneuer von Beseler eine Verwaltung aufgebaut, aber was ist schon in diesem ehemals russischen Gebiet aufzubauen. Da war nicht viel da. Und der Krieg ist zweimal über das Land gefahren. Aber hier existiert nichts. Man hört nur von den vaterländischen polnischen Komitees eine Menge Sachen, nämlich daß sich die besten aller Polen um die zu vergebenden Beamtenstellen, um die freiwerdenden preußischen Posten schon jetzt bewerben, und ich kann euch Herren nennen, die nichts, aber auch nichts in der Hand haben, aber schon diese Stellen vergeben. Natürlich nicht umsonst.«

Hedwig hatte schon die ganze Zeit unruhig von einem Fuß auf den anderen getreten. Sie stieß mich an. Das hieß, wir müssen doch gehen. Für Cronblum hatte ich eine Entschuldigung. Ich sagte: »Das wird zuviel auf einmal, soviel kann ich mir nicht merken, um das dem Vater zu berichten.« Er erwiderte: »Wenn du nur die Hälfte deinem Vater in der richtigen Weise erzählst, genügt das schon.« Wir gingen. Hedwig legte ein Tempo vor, wie ich es seit dem Stadtgang und dem Ausweichen vor den viel zu zudringlichen und, wie Hedwig meinte, frechen Soldaten, den Leichtverwundeten und Genesenden, nicht mehr erlebt hatte. Hastig stieß sie hervor: »Du weißt doch, deine Mutter geht heute ins Depot.« Das Depot war der Familienausdruck für einen sehr großen, tiefen Schrank aus dunkler Eiche, sogenannter Wassereiche, aus dem Möbelbestand des Hauses meiner Großeltern. Gedacht war er zur mottensicheren Aufbewahrung der Winterpelze und der Wintergarderobe. Da wir aber eine junge und noch dazu kleine Familie waren, kamen in das Depot auch die ausrangierten Sachen aus dem vorigen Jahr, denen vielleicht durch einen kleinen Trick oder Pfiff doch noch modische Aktualität abzugewinnen sein würde. Zu diesem Zweck hatte Mutter sich der Dienste einer Hausschneiderin versichert. Es war Frau Bilski, eine Jüdin, deren Mann schon in den ersten Kriegstagen gefallen war. Frau Bilski hatte der Aussage meiner Mutter zufolge einen exzellenten Geschmack. Sie arbeitete in den allerersten Familien Posens, hatte nur adelige polnische oder deutsche Beamtenkundschaft. Sie konnte auch Stoffreste auftreiben für Pfennige. Das Wichtigste aber war, daß sie die kleinen Zeichnungen meiner Mutter in modische Praxis umzusetzen verstand.

Mit den kleinen Zeichnungen meiner Mutter hatte es folgende Bewandtnis. Mutter ging des öfteren mit einer oder zwei Freundinnen in die Stadt. Nach einem Schaufensterbummel fand man sich dann in einer Konditorei wieder. Aber, wie meine Mutter versicherte, nicht etwa nur, um die feinen Leckereien der berühmten Konditorenkunst, der polnischen Meister, die viel von den Russen und Franzosen gelernt hatten, zu genießen, o nein, das war nur so eine notwendige Nebensache. Die Hauptsache war, die Toiletten der Damen der großen Welt, oder was man in Posen dafür hielt, zu sehen und was einem davon für die eigene Person am kleidsamsten schien, zu kopieren. Eine Andeutung genügte, ein paar Striche in das kleine Büchelchen mit dem noch kleineren Bleistift. Der Ansatz eines Ärmels, eine Rüsche, die Breite eines Stoffgürtels, ein Abnäher, der die Büste noch besser zur Geltung bringen würde. Was dann anhand von Mutters Strichen und ihrem Kommentar unter der kundigen Hand von Frau Bilski zustande kam, war erstaunlich. Jedenfalls fand das meine Mutter, die meinem Vater immer vorrechnete, eine wie elegante Frau er für die paar Pfennige hätte. Außer den paar ›Pfennigen‹ hatten wir nur ein kleines Opfer zu bringen, was meine Mutter aber freiwillig brachte. Frau Bilski war viel zu bescheiden, um so etwas zu fordern: Wir aßen koscher, wenn Frau Bilski im Haus für uns etwas schneiderte. Koscher kochen bedeutete, daß man sich bei der Zubereitung der Speisen nach den jüdischen rituellen Speisevorschriften richtete, die meine Mutter dank der Hilfe von Frau Kubiak und den Kenntnissen von Frau Bilski bald beherrschte. Es gab da einige Gerichte, auf die wir uns geradezu freuten, wie zum Beispiel Scholet, so wurde es jedenfalls gesprochen. Es war Rinderbrust mit weißen Bohnen und schmeckte großartig. Besonders mein Vater schwärmte davon. Mutter war klug genug, das Kochen solcher oder ähnlicher Gerichte von der Anwesenheit von Frau Bilski abhängig zu machen. In diesem Jahr sollte nach Darstellung meiner Mutter die modische Erneuerung der Damenbekleidung besonders wichtig sein, denn es hatte sich, wie meine Mutter sagte, so gut wie alles verändert. Sie könne nichts, aber auch gar nichts mehr aus dem vorigen Jahr anziehen. Mutter wollte nicht zum »Skandal der Menschheit« herumlaufen. Bei Hedwig klang das mehr nach »Schanal, Schantal«, auf alle Fälle wollte sie das auch nicht. Das wiederum hing mit dem Depotschrank zusammen. Aus ihm wurde nämlich auch Hedwig bedient. Es war das niemals endende Thema zwischen Mutter und Hedwig, was wer tragen könne und wie man aus den vorhandenen Reserven oder Vorräten noch dies oder das machen könne. Gerade das war in diesem Jahr 1918 nicht ohne Besonderheiten, denn wenn auch der Weg nach Paris abgeschnitten war durch den Krieg, so drangen durch das neutrale Ausland die Berichte, was die Modeschöpfer von Paris sich hatten einfallen lassen. Ihnen kam zu Hilfe, daß von der bildenden Kunst her Impulse kamen, die auch von der Mode aufgegriffen wurden. Die Impressionisten waren zwar noch nicht anerkannt beim Großteil des Publikums, aber die Stoffdruckereien und die Dessinateure hatten sie beflügelt.

Die Veränderung lag in der Luft. Sie bewirkte nicht nur

die Entstehung der revolutionären Situation in der Gesellschaft, sondern dehnte sich auch auf die Lebensbereiche aus, von denen man nicht annahm, daß sie mit der revolutionären Sicht überhaupt etwas zu tun haben könnten. Es war einfach das Fühlen, daß sich etwas ändern müsse. Bei meiner Mutter, bei Frau Bilski und Hedwig war das eben die Rocklänge. Dazu kam, daß Posen modisch ein Vorort von Berlin war. Es lag näher an der Metropole als etwa Breslau oder gar Königsberg. Hinzu kam die alte Liebe der Polen für Frankreich oder besser für Paris. Paris, das lag für Polen ganz nahe. Paris hatte kürzere Röcke diktiert. Paris hatte neue, leuchtende Farben diktiert, Paris wollte die Figur von den Korsetts befreien. Befreien, das war das Schlagwort, das mit der Aufklärung gekommen war und immer noch neue Anhänger fand, ob bei den Sozialisten oder den Polen, oder bei Frauen in der Mode. Frau Bilski kam gewöhnlich eine Woche vom Montag bis Freitag mittags, denn da begann der Schabbes, ihr Wochenende. Schon vorher war meist an einem Sonntagnachmittag bei einem Spaziergang ein Besuch meiner Mutter in ihrer Wohnung fällig. Mutter zeigte dann Stoffproben vor, ließ auch die eine oder die andere da, wenn Frau Bilski gerade zufällig diese Art von Stoff ganz besonders preiswert besorgen konnte. Oder Frau Bilski hatte da etwas reinbekommen, wer weiß über welche Kanäle und Verbindungen. Dann begann die Vorbereitung in unserer Wohnung. Es war diesmal eine kleine Revolution. Vater legte schon lange vorher auf diese Tage eine Dienstreise, aber ich war völlig allein. Es hatte sich ergeben, daß nur ein Zimmer für die Hausschneiderin frei gemacht werden konnte, nämlich meins. Das war aber durch die Verlegung von Hedwig aus der Mansarde in mein Zimmer schwieriger geworden. Die Frauen hatten Rat gepflogen. Dabei war herausgekommen, daß ich, mir selbst überlassen, im Schneidereizimmer den größten Schaden anrichten könnte, wenn ich die Teile, die gerade zugeschnitten waren, durcheinander brächte oder, was schon einmal geschehen war, aus den der Veränderung harrenden Stoffteilen Beduinenzelte zu bauen versuchte. Als mir das nicht gelang, ging ich mich bei Mutter beschweren, wodurch meine durchaus ernstgemeinten Bemühungen rauskamen. Meine Mutter war für mein Gefühl sehr zu Unrecht aufgebracht. Denn wenn einer mit Recht zornig war, dann war ich es, dem die Stoffe für ein schönes Spiel nicht reichten. Aus diesen Befürchtungen heraus wurde ich in Vaters Arbeitszimmer umquartiert. Da stand das Sofa. Darauf schliefen alle Familienbesuche. Es war das anerkannte Notbett. Darauf sollte ich nun schlafen. Fern ab von Hedwig! Die durfte nun allein in meinem Zimmer übernachten. Daß sie mit den vielen Kleidern, den Stoffresten, Stoffbahnen nächtliche Modeschauen vollführen konnte, daran dachte niemand, und über meine abendlichen Bettbesuche konnte ich ja mit Mutter nicht reden. Hedwig sah, daß ich litt und nicht darüber sprechen konnte. In einem unbeobachteten Augenblick raunte sie mir zu: »Ich komm dich besuchen!« Das fand ich so anerkennenswert, so daß ich mich rein äußerlich zufrieden gab. Viel schwieriger als mir gegenüber hatte es meine Mutter mit meinem Vater. Der wollte unter keinen Umständen dulden, daß sein Kartentisch mit den Karten aller Kriegsschauplätze von Palästina über Syrien, die Dardanellen über die Balkanhalbinsel, Italien, Frankreich bis hin zu den neu erschlossenen Gebieten, in denen wir neue Staaten wie die Kosakenrepublik, die Ukraine, geschaffen hatten, einfach für die Ausbreitung von Schnitten, von Kleiderteilen, aber auch zum Zuschneiden benutzt wurde. Ein Kompromiß wurde gefunden, indem für das Schneidern der Eßzimmertisch benutzt werden sollte. Ohne Vater mußte die Restfamilie eben in der Küche essen; wenn er zurückkam, mußte dann alles soweit fertig sein, daß man mit dem kleinen Tisch in meinem Zimmer auskommen konnte.

Und dann ging die Nähmaschine, Mutter und Hedwig trennten, hefteten, glätteten, stachen sich auch wohl mal in den Finger, aber das alles machte nichts, wenn nur etwas geschafft wurde. Wenn nur etwas ganz wie neu aussah. Wenn nur eine völlig neue Frau herauskam. Ein völlig anders aussehendes Mädchen. Denn so sagte meine Mutter zu Hedwig: »In diesen Zeiten müssen wir uns besonders schick machen, sonst haben die Männer ja gar nichts zu sehen, was sie froh macht.«

Wie sehr Hedwig von diesen Kleiderfragen in Anspruch genommen war, sollte ich noch am gleichen Abend erfahren. Vater rief mich in sein Arbeitszimmer. Er stand mit Mutter am Fenster, das den Blick auf den großen Platz bot. »Was meinst du denn?« fragte meine Mutter mich. »Vater hat vor, auf dem großen Platz Eisenbahnmaterial zu lagern, weil dann eine Wache das Material bewachen muß.« – »Wieviel würde das denn sein«, fragte sie, an meinen Vater gewandt. »Da ist erst mal der große Park von Pferdefuhrwerken, mit denen das Ausbesserungsmaterial verladen wird, wenn kein Eisenbahnwaggon eingesetzt werden kann. Dann sind die in Lasten zerlegten Teile des Großgerätes. Da kommt schon was zusammen.« – »Auch Pferde?« fragte ich. »Nein!« sagte Vater. »Die bestellen wir nur zum An- und Abtransport beim Train-Regiment. Ihr glaubt gar nicht, wie schwer es ist, genügend weite Flächen für das umfangreiche Material und seine Pflege zu bekommen. Mir ist das Wichtigste bei dem ganzen Plan, daß wir hier in unmittelbare Nähe des Hauses eine Wache, das heißt einen Wachzug herbekommen. Das sind etwa dreißig Mann vom Wachbataillon, alles Deutsche, da haben wir doch ein Gegengewicht gegen die Roten und die Polen von Drigas. Dem sind doch im Grund schon seine polnischen Sokoln zuviel. Der will doch nur seine Ruhe haben und

Geld verdienen. Ich bin überzeugt, der Drigas wird das gar nicht so ungern sehen.« – »Und was macht das Wachbataillon? Halten die alle immerfort Wache?« fragte ich. »Nein, nein«, sagte Vater. »Da kommen erst einmal drei bis vier Bauwagen. Die müßt ihr euch wie Zirkuswagen vorstellen. Die ergeben zusammen Unterkunft und Wachlokal für die Wachmannschaften. Da sind Unteroffiziere dabei und ein Wachoffizier, das ist meist ein älterer Feldwebel, der auch die Männer zum Wachdienst einteilt, und dann kann das losgehen.« – »Was?« warf Mutter ein. »Na, die Monteure und Schlosser von den Eisenbahnwerkstätten, die die Montageteile pflegen müssen, entrosten, einfetten, in Sätzen einordnen.« – »Und die bleiben auch während der Nacht hier?« fragte meine Mutter. »Ja, dazu sind ja die Bauwagen da. Das wird das erste Stadtdepot. Man sieht, wenn man die Augen aufmacht, findet man immer noch eine Lösung.«

Ich ging hinaus, um das mit Hedwig zu besprechen, denn Schemko schied für die Erörterung derartiger Vorhaben aus. Das wußte ich auch ohne Vaters Anordnung, daß darüber geschwiegen werden müsse. Außerdem mußte Vater ja Drigas gegenüber das Überraschungsmoment haben. Aber ich konnte immer noch nicht mit Hedwig über dieses Depot von Vater reden, weil sie im Augenblick mit unserem Depot oder besser mit ihrem und Mutters Kleiderdepot beschäftigt war. Dann war schon wieder Zeit zum Essen. Vater war auch beim Essen immer noch bei dem Depot, und was es doch für Vorteile für das ganze Haus haben würde.

Endlich war Schlafenszeit, und ich konnte mich darauf freuen, was der Plan von Vater für uns, für Hedwig und mich an Möglichkeiten bieten würde. Aber als Mutter das Licht gelöscht hatte und ich noch eine kleine Weile abwartete, um dann in Hedwigs Bett zu schlüpfen, fand ich eine gänzlich uninteressierte Hedwig vor. Sie sagte das auch:

»Was soll das schon bringen, wenn hier ein Haufen alter Soldaten in der Nähe ist?« Ich wollte gerade zu einer Gegenrede ansetzen, als sie fortfuhr: »Meinst du, daß Mutter mir auch noch das dunkelrote Kleid gibt? Da würde die Bilski sicher ein wunderschönes Stück draus zaubern. Es müßte natürlich kürzer gemacht werden, und in der Hüfte, da bin ich schlanker als deine Mutter. Da müßten ein paar Abnäher sein, aber vielleicht hat die Bilski noch eine bessere Idee. Die ist ja überhaupt fabelhaft. Ihr größter Wunsch ist es, ein eigenes Atelier zu haben. Ich weiß schon, daß sie das mir nur erzählt hat, damit ich es deiner Mutter weitersage, denn sie braucht dazu ja Protektion.« – »Aber denk doch, Hedwig«, konnte ich ihr endlich ins Wort fallen, »bedenk doch, was das bedeuten würde, das ganze Eisenmaterial. Da könnte man doch für den Notfall eine richtige Festung bauen.« – »Nu ist aber Schluß«, sagte Hedwig. »Jetzt ist Zeit für dein Bett. Hier eine Festung bauen! Das fehlte uns noch.« Und nach einer kleinen Pause des Überlegens fügte sie hinzu: »Vielleicht kommen im Frühjahr ein paar jüngere Soldaten, denen meine Kleider gefallen.« Ich war weg, gänzlich außer Fassung.

Pan Drigas' Vision

Unser Haus glich einem militärischen Taubenschlag. Seitdem der Schwiegersohn von Pan Drigas, Schemkos Vater, nach Kongreßpolen, also in den ehemals russischen Teil Polens gegangen war, trafen von dort Tag für Tag Gäste ein. Manchmal in preußischen Uniformen, manchmal in österreichischen, immer aber ein gutes Polnisch sprechend. Sie donnerten an unserer Küchentür vorbei. Aber Übergriffe, wie sie Hedwig abzuwehren hatte, kamen nicht mehr vor. Die Herren hatten augenscheinlich andere Dinge im Kopf als junge Mädchen.

Pan Drigas hatte diese häufigen Besuche aus Warschau damit erklärt, daß es dort so sehr wenig Polen in der Verwaltung gäbe. Meinem Vater gegenüber hatte er sogar Klage geführt, daß die deutsche Verwaltung in Kongreßpolen zu viele Juden einstelle. »Ich weiß«, sagte er, »in Berlin waren die Juden immer gern gesehen. Die Hohenzollern wußten schon, wem sie die Finanzierung ihrer gewonnenen Kriege zu verdanken hatten. Aber soweit dürfte es nicht gehen, daß die Verwaltung des neuen polnischen Staates, ganz gleich wie er nun im einzelnen aussehen wird, eine jüdische und keine polnische sein wird.« Mein Vater hatte sich zur Wehr gesetzt. Er sagte: »Ich war doch selber dort, Herr Drigas. Da gab es im weiten Umkreis keine Polen. Abgesehen von den polnischen Gutsbesitzern, die von ihren Bauern an den Bäumen aufgehängt worden waren. Die Bauern behaupteten immer, es seien die Roten gewesen. Dabei spreche ich jetzt von den weißrussischen Gebieten, nicht etwa von den rein polnischen um Warschau. Was sollte denn der Stab bei Generalgouverneur von Beseler machen? Der Bildungsstand der bäuerlichen Bevölkerung in Kongreßpolen ist Ihnen hinlänglich bekannt. Da blieben der deutschen Militärverwaltung, die eine polnische Verwaltung aufbauen sollte, doch nur die Juden.«

»Sie werden sehen, eines Tages haben Sie die ganzen Juden, die Sie eingestellt haben, in Berlin. Das ist ja auch das Kreuz in der ganzen Westmarkenideologie von dem Dmowski. Die Verhältnisse haben den Dmowski zwangsläufig nach Westen gedrängt. Dmowski hat doch in Kongreßpolen gelebt in Tuchfühlung mit der zaristischen Geheimpolizei. Öffentlich vertrat er eine Autonomie in Anlehnung an Rußland. Er wollte polnische Kulturautonomie in einem russischen Landesteil. Wenn er aber seine Anhänger bei der Stange halten wollte, da mußte er denen einen Feind präsentieren. Der Feind konnte zwangsläufig nur Deutschland sein. Und das paßt natürlich ganz wunderbar in das Konzept der Franzosen und Engländer. Den Amerikanern wird es noch beigebracht werden. Das Konzept wird geradezu zur Wunderwaffe: Wenn Rußland besiegt ist, von den verhaßten Deutschen besiegt, dann ist die Niederwerfung Deutschlands das Gebot der Stunde. Das fügt sich nahtlos in die Konzeption der Politiker in Frankreich, die eine dauernde Kontrolle Deutschlands in der Hand zu haben glauben. Man braucht diesem neuen Polen nur genügend deutsches Land und deutsche Bevölkerung einzuverleiben, und man hat Konfliktstoff für Generationen im Osten Deutschlands, so daß eine Entlastung Frankreichs auf Generationen gewährleistet scheint. Sie sehen, wie zwangsläufig politische Konzeptionen entstehen, und wie Parteiprogramme geboren werden. Aber der Dmowski ist kleinkariert. Das ist eben keine Konzeption auf lange Sicht. Dmowski hat nichts aus der Geschichte gelernt. Er berücksichtigt nicht die große Geschichte Polens. Er fängt wie die Sozialisten beim Jetzt an, als ob es kein Gestern gegeben hätte. Was vor 1782 war, vor der Teilung, von wo aus die jetzige Lage ihren Ausgang nahm, das geht ihn gar nichts an. Wer die Vergangenheit nicht in die Gegenwart wachsen läßt und von da aus die Zukunft zu ergründen versucht, wird sie nicht meistern.«

Diese Unterhaltung wurde in der großen Toreinfahrt geführt. Ich stand dabei und staunte über die Gedanken von Pan Drigas. So hatte ich den noch nie erlebt. Wie ich so gerade darüber nachdachte, ob ich das nicht auch mit Cronblum bereden sollte, kam eine sehr gut aussehende junge Frau auf uns zu und sprach uns polnisch an, ob hier Herr Drigas wohne. Sie nannte auch den Familiennamen von Schemkos Mutter. Als Pan Drigas sich zu erkennen gab, nannte sie ihren Namen und bezog sich auf Schemkos Vater, der ein Kamerad ihres Mannes sei. Sie hätte einen Brief an Schemkos Mutter, den sie gern persönlich überreichen würde. Drigas beeilte sich, die Dame zu seiner Tochter zu führen. Zu meinem Vater gewandt bemerkte er, daß er sich doch nur einen Augenblick gedulden solle, er komme gleich wieder, denn das Gespräch müsse er zu Ende führen, weil meinem Vater offensichtlich einige Dinge gar nicht bewußt seien. Inzwischen sprach die Dame meinen Vater auch in Deutsch an, so daß im Augenblick die Gefahr bestand, daß eine regelrechte allgemeine deutsche Konversation entstand. Aber das war nicht Pan Drigas Anliegen. Er wandte sich an mich, er müsse doch noch mit meinem Vater sprechen, ob ich nicht die Dame zu Schemkos Mutter führen könnte.

Ich führte also die feine Dame, die überaus stark, aber sehr angenehm und fremdartig duftete, zu Schemkos Mutter. Ich sprach sie polnisch an, was ihr sichtlich angenehm war und ihr die Bemerkung entlockte, daß sie nur Französisch gelernt hätte und Deutsch nur an zweiter Stelle. Das hätte sie nicht sagen sollen, denn damit qualifizierte ich sie sofort als Aufschneiderin ab. Ich gab sie bei Schemkos Mutter ab und raste wieder zu Vater und Pan Drigas runter, denn das war viel interessanter. Ich kam gerade zurecht, wie Pan Drigas meinem Vater nicht etwa seine politischen Ideen über die polnische Tagespolitik und ihre Führer auseinandersetzte, was mich so sehr interessierte, sondern welche verschlungenen Wege polnische Offiziersfrauen oder auch andere Damen von Stand unternehmen mußten, um mit ihren Ehemännern zusammenzukommen. »Daran sehen Sie«, sagte er, »wie schwierig es für unsere Leute ist. Was glauben Sie denn, wie auch unsere Familien zerrissen sind. Hier in Preußen ist es ja noch gold.« Mein Vater unterbrach ihn lächelnd: »Und bei den Österreichern noch goldener.« Pan Drigas nickte zustimmend. »Was wissen wir, wie das überhaupt werden wird. Die Kleinpolen werden sich noch umsehen, wenn die aus der russischen Schule kommenden Beamten sie verwalten werden. Aber glauben sie mir, im Augenblick ist noch das Allerschlimmste, daß die Familien so auseinandergerissen sind. Und das muß ich Ihnen jetzt schon sagen, wir werden unsere Mansarden, gedacht für unsere dienstbaren Geister, die wir kurzfristig den Offiziersburschen unserer Schwiegersöhne überließen, nun den Kameraden meiner Schwiegersöhne, und wenn es sich ergibt, auch das eine oder andere mal ihren Frauen oder beiden«, wobei er anzüglich lächelte, »zur Verfügung stellen müssen. Übrigens ist das mit meinen Schwiegersöhnen ausgemacht, daß nur Offiziersfrauen, die sich bei meiner Tochter vorgestellt haben und die einen entsprechenden Brief einer meiner Schwiegersöhne vorweisen können, Einlaß in unser Haus erhalten. Man wird sehen, wie groß die Sehnsucht ist. Sie kennen die Ausstattung der Mansarden. Das sind einfachste Bettstellen aus Brettern und darauf ein Strohsack. Aber die meisten Damen, und mögen sie noch so elegant sein und noch so perfekt französisch parlieren, haben es zu Hause in ihrem Heim, wenn sie es zur Zeit überhaupt haben, nicht besser. Was denken Sie, wie oft die Leute ihre Wohnung den verschiedensten Einquartierungen zur Verfügung stellen mußten. Sie werden also froh sein, wenn sie hier in unseren Mansarden ein Dach über dem Kopf haben, einen Haken an der Wand und einen Tisch mit Stuhl.«

Ich fühlte, daß das Gespräch abbrechen würde, da mein Vater Anstalten machte, sich zu verabschieden. Pan Drigas wollte aber sein Gespräch unbedingt zu Ende führen, so sagte er sich für den Abend an. Mir war das ganz recht, denn ich konnte auf diese Weise mit Cronblum zusammentreffen, um zu erfragen, was das mit der Damensache von Pan Drigas wäre. Ob wir da vorsichtig sein müßten oder ob das nur so eine Frauensache wäre.

Bei Frau Kubiak störte ich offensichtlich. Sie kam erst in den Laden, nachdem ich die Türglocke hatte zweimal bimmeln lassen, und war dann auch noch nicht fertig angezogen. Sie sagte nur: »Ach, du bist das.« Aber dann kam Herr Cronblum aus dem Hinterzimmer. Er war wie immer freundlich zu mir. Ich berichtete ihm von der Unterredung, die mein Vater mit Pan Drigas geführt hatte. Daß er von den polnischen Politikern um die nationaldemokratische Partei nicht viel hielt, nicht von Dmowski, Korfanty Styller und wie sie alle hießen. Da unterbrach er mich schon: »No«, sagte er, »jetzt, wo der große Tag des ›Komitees der 25‹ vor der Tür steht, ob es stattfindet, weiß man eh nicht, so unwichtig sind die Herren auch nicht.« Ich sagte, daß Drigas sie für kleinkariert hält. Da stimmte er zu: »Es sind nicht Leute von dem Format eines Pilsudski. Das stimmt, aber der sitzt in Magdeburg, in ehrenvoller Festungshaft. Da sitzt er vorläufig gut. Dessen Zeit kommt noch oder steht ganz dicht bevor.« Dann kam das mit den

Mansarden dran. Er lächelte. »De Damen, no, de Damen. Wenn es wirklich Damen sind, müssen wir höllisch aufpassen, daß sie nicht Zuträgerinnen sind von schwerwiegenden politischen und militärischen Nachrichten, daß sie nicht Nachrichtenträgerinnen sind für ihre Ehemänner. Und wenn es keine Damen sind, muß der Drigas aufpassen auf den Ruf seines Hauses, daß es nicht in Verruf kommt.«

Das war wieder eine schwierige Sache für mich. Es gab offensichtlich mehrere Sorten von Damen. Die wirklichen Damen, ja, und was waren dann die unwirklichen? Oder waren Damen in Klassen eingeteilt. Das war etwas, was ich mit Mutter besprechen mußte. Es war ein Frauenthema. Dann berichtete ich Cronblum, daß abends Drigas zu meinem Vater kommen wollte, weil er das Gespräch noch gar nicht als abgeschlossen betrachtete. Ich sagte auch, daß ich da dabei sein könnte, weil ich in Vaters Arbeitszimmer schlafen müßte, weil wir die Hausschneiderin hätten, die Frau Bilski. Cronblum kannte auch Frau Bilski. Er war des Lobes voll, meinte aber, ich sollte mit ihr nicht das besprechen, was wir uns so sagen würden. »Du weißt doch, daß Frau Bilski einen Modesalon aufmachen will. Dazu gehört nicht nur ein erlesener Geschmack für den Einkauf, den hat die Bilski, es gehört weiter ein großer Kreis gutsituierter Frauen dazu, die sind auch da, aber zum Teil untergetaucht. Man wird sehen, was sie noch haben, wenn sie wieder auftauchen. Die Bilski wird gut daran tun, noch ein bißchen zu warten. Für uns ist sie gut, wenn man etwas Bestimmtes wissen will. Man hört hier, und man hört da, man macht sich ein Bild, aber wenn man etwas Spezielles wissen will, da ist die Bilski hervorragend. Präzise ist sie und vorsichtig. Eine sehr gute Frau. Diese unauffällige Eleganz, die sie an sich hat. Meistens dunkel, wenn es geht schwarz, aber wie schwarz! Und die gefillten Fisch von ihr.«

Jetzt wurde es aber Frau Kubiak offensichtlich zuviel.

Ehe sie noch zu einer sicherlich sehr geharnischten Entgegnung ansetzen konnte, machte ich schnell meinen allerschönsten Diener und verschwand. Es war auch bald Zeit für Vater. Ich wollte unter allen Umständen das Gespräch mit Pan Drigas mitbekommen. Vater berichtete von den sich häufenden Insubordinationen. Schon war es vorgekommen, daß man deutschen Offizieren die Schulterstücke abzureißen versucht hatte. Nicht etwa Polen, die hätten es sich noch nicht erlaubt. Deutsche Soldaten waren es, die auf dem Wege nach dem Westen waren. Vater meinte, daß das Auswirkungen des geplanten Munitionsstreiks wären, der überall besprochen wurde.

Dann kam Pan Drigas. Er bestätigte, was Vater schon berichtete. Soldaten aus den Zügen, die nach dem Westen unterwegs waren, hätten eigenmächtig den Zug verlassen und sich streunend umgesehen, wären umhergestöbert ohne Papiere, ohne Erlaubnisscheine. Das sei eine ganz große Gefahr für alle. Es gäbe nichts Schlimmeres als desertierte, marodierende Soldateska. Vater sagte, daß man die Bahn mit Bahnhof, Gleiskörper und Stellwerkapparat noch immer im Griff habe. Da passierte nichts, schon weil die Truppen und mehr noch die Einzelfahrer mit entsprechenden Papieren nichts mehr wünschten, als nach Hause zu kommen. Außerdem hatte die Bahnverwaltung ihr eigenes Feldpolizei-Kontingent. Alles ausgewählte Leute. Drigas bestätigte, daß man von der Bahn nichts gehört habe, aber deshalb sei er ja nicht gekommen. Er wollte vielmehr über den Pilsudski mit meinem Vater reden. »Sehen sie, Herr Inscheneer, der Dmowski hat sich festgelegt auf einen Nationalstaat, wie ihn die anderen Länder in Europa haben, wie Frankreich, England und wie, mit einigem Vorbehalt, auch Deutschland. Aber das Polen, das jetzt unter dem Einfluß des Nationalkomitees, unter der Einflußnahme Dmowskis, im direkten Mitwirken der Alliierten entsteht, wird kein Nationalstaat sein wie die anderen Staaten Europas. In diesem Staat wird jeder dritte Bürger Nichtpole sein, denn in diesem Staat gibt es immer noch Deutsche, Weißruthenen, Ukrainer, Juden, Zigeuner und noch ein paar andere Minderheiten. Diese alle werden von einem Herrschaftsvolk regiert werden, den Polen. Dieser nationale Polenstaat wird ein Nationalitätenstaat sein, an dessen Wiege schon die Auseinandersetzungen der einzelnen Nationen mit dem Herrschaftsvolk vorprogrammiert sind. Das alles sieht Pilsudski kommen. Das große Ereignis, auf das er jahrzehntelang gewartet hat, ist eingetreten. Der Krieg der Großmächte, die 1772 Polen geteilt haben, untereinander, gegeneinander, ist Wahrheit geworden, und, wie von Pilsudski vorausgeahnt, ja vorausgesagt, ist der Hauptfeind Rußland geschlagen. Jetzt ist der Weg frei für die große Konzeption Pilsudskis, die an die Adelsrepublik des 18. Jahrhunderts anknüpft, wo Polen unterging. Daß die Russen gerade jetzt ihre Staatsform ändern, daß da ein Gebilde entsteht, das den Völkerschaften Raum gibt, das ist vielleicht ein großes Glück für die Vorstellungen der großpolnischen Idee.«

»Aber«, unterbrach ihn mein Vater, »was wissen wir denn, was die Bolschewisten aus Rußland machen.« – »Die sind zunächst schwach«, sagte Pan Drigas. »Die Idee Pilsudskis ist so umfassend, ist so großartig, daß auch die Bolschewiken zumindest in der ersten Zeit nichts unternehmen werden. Bis später Großpolen stark genug ist. Außerdem soll es entstehen in Anlehnung an Deutschland. Es wird, das ist selbstverständlich, von vornherein eine Konföderation sein, in der es kein Herrschaftsvolk geben soll. Dieses Großpolen wird noch viel mehr Völker umfassen, wie der Habsburgerstaat sie hatte und an denen er zerbrochen ist, weil die Habsburger es nur verstanden, die einzelnen Staatsvölker gegeneinander auszuspielen. Kluge Leute haben in der letzten Zeit eine neue Idee für einen Völkerstaat diskutiert. Ein Staat, in dem die politischen

Rechte nicht mehr vom Territorium ausgehen, sondern von der Volksgruppe. Volksgruppenwahlen statt Kantonswahlen. Verstehen sie?«

»Nein«, sagte mein Vater. »Volksgruppenrecht ist mir völlig unbekannt. Dergleichen habe ich nie gehört.« – »Das wundert mich nicht«, sagte Pan Drigas. »Wir waren da viel hellhöriger. Pilsudski kann diese Idee vom Volksgruppenrecht aufnehmen, kann sie ausbauen. Das kann das Kernstück seiner Konzeption werden. Nein, nein, die kleinpolnische Lösung des Nationalstaates eines Dmowski ist keine Lösung. Pilsudski hat ein Ziel: Großpolen!«

Mansarden prasnik

Es blieb nicht bei einer Dame für die Mansarden. Es kamen viele, eine immer eleganter als die andere. Eine immer hübscher als die andere. Sie kamen ganz unauffällig, mit Pappkarton und Korbgeflechtschatullen, mit Säcken, Säckchen und Schachteln, aber immer gut angezogen, immer sehr gut riechend und ganz bescheiden. Tagsüber bemerkte man sie nicht, es sei denn bei Drigas, wo sie Wasser holten. Aber wenn es dämmerte, wenn der Tag zur Neige ging, wurde es lebendig in den Mansarden. Wenn die Männer kamen, ging der Krach los. Er steigerte sich bis zur Zeit des Schlafengehens. Erst am Morgen wieder donnerten die Männer die Hintertreppe herunter. Schemko sprach mit mir darüber, was das nur für ein Geräusch sein könnte, so ein dumpfes Stampfen. Er bedauerte es, daß man das nicht einmal sehen könnte. Raufgehen und einfach nachsehen, daß verbot der Anstand. Man konnte diese Gäste im eigenen Haus nicht überwachen, man mußte diskret sein, durfte sich nicht anmerken lassen, daß man sie überhaupt hörte oder sonstwie von ihnen Notiz nahm.

Doch es gab da eine Möglichkeit. Von Irenka hatte ich das Geheimnis der Brandtür erfahren, die von unserem Haus in die Fabrik führte. Offensichtlich kannte Schemko diese Verbindungstür nicht. Ich konnte es so hinstellen, daß ich das von Hedwig erfahren hätte, die ja noch vor kurzem oben in der Mansarde geschlafen hatte. Oder von Frau Schlossek, die bei schlechtem Wetter diesen Weg nahm, wenn sie in die Fabrik zum Arbeiten ging. Die Tür war nur mit einem Riegel verschlossen. Wenn wir in den Vormittagsstunden hinaufgingen, wenn die Herren Offiziere schon zum Dienst waren, dann den Riegel lösten, konnten wir am Abend durch die Fabrik gehen und so in die Mansarde gelangen. War nur die Frage, wie wir am Abend in die Fabrik kamen. Schemko sagte, daß er den Schlüssel, der am Feierabend immer bei Drigas abgegeben werde, nach Abschließen der Fabriktür an sich bringen könnte. Aufschließen und am Ende unserer Lauschoperation ihn wieder anhängen. Gegen Mittag war es ganz ruhig im Haus. Ich ging von der Küche aus in die Mansarde. Die vordere Tür, wo Hedwig geschlafen hatte, war geschlossen. Wenn sie offen war, konnte man nicht vorbei, ohne gesehen zu werden. Die hinteren beiden Türen waren offen. Man sah in ein furchtbares Durcheinander. Auf dem Boden standen die sattsam bekannten Weidengeflechtkörbe. Mal den Deckel offen, mal geschlossen. Pappkartons mit Brot, Tontöpfe mit Schweineschmalz und Butterstücken und Teilen von Rauchfleisch, und Flaschen, Flaschen und noch einmal Flaschen. Die Betten waren nicht gemacht. Das Bettzeug lag in unordentlichem Wirrwarr umher. Mäntel und andere Garderobenstücke hingen an den Nägeln, die schon den Schlosseks als Aufhänger gedient hatten. Die Hälfte waren Zivilkleidungsstücke, das andere Uniformteile, Offiziersröcke der deutschen Armee. Mäntel, pelzgefüttert, und Stiefel. Große schwere Reiterstiefel und auch Schuhe jeder Art und Größe. Offensichtlich waren es mehrere, die hier ihr Gepäck verstaut oder einfach abgestellt hatten. Was mir am meisten in die Augen sprang, war ein Kasten, ein regelrechter Violinkasten mitten in diesem halb militärischen, halb zivilen, aber vor allem männlichen Durcheinander. Leise ging ich an die Feuertür, löste den Riegel und ging ebenso leise wieder zurück, denn durch die Fabrik konnte ich nicht, da noch gearbeitet wurde.

Fast gleichzeitig mit den Arbeitern, die die Fabrik bei Feierabend verließen, kamen die Herren von der Mansarde, einer nach dem anderen. Schon vorher hatten wir Geräusche durch den Treppenaufgang gehört. Das verschlossene Zimmer mußte, als wir oben waren, belegt gewesen sein. Als der letzte Arbeiter den Schlüssel für Drigas bringen wollte, erbot sich Schemko, ihn nach oben mitzunehmen. Wir gingen durch die stille, dunkle Fabrik die Treppen hoch bis zur Brandtür. Schon ehe wir sie geöffnet hatten, hörten wir Stimmengewirr. Wir konnten jetzt um die Ecke sehen. Als erstes bemerken wir eine Frau. Es war eine große, dunkle Erscheinung. Ihre Stimme hatte etwas Verruchtes, oder sie war heiser. Sie hatte offensichtlich etwas Ordnung geschaffen. Die Eßwaren lagen nicht mehr auf der Erde, sondern auf dem Tisch. Außer der Frau waren noch zwei Männer da, ein größerer und ein kleinerer, zierlicher. Sie sprachen ein gutes Polnisch. Das Gespräch war sehr lebhaft. Der Große öffnete eine Weinflasche. »Was sagt ihr dazu? Verbindungen muß man haben. Der Prälat gab sie mir, als er hörte, daß meine Frau zu Besuch ist.« Der Kleinere zog nun eine Flasche aus der Tasche seines Mantels, der am Nagel hing. Er sagte: »Den ganzen Tag bin ich bemüht gewesen, habe nichts bekommen. Zum Schluß treffe ich den Leutnant Paluch, einen der Unsrigen. Ich klage ihm mein Leid, daß wir Gäste haben und nicht einen richtigen Schluck. Da sagte der: Willst du nicht zu dem Eisenbahndepot mitten in der Stadt, bei den Lazaretten für die Leichtverwundeten? Ja, sage ich.« – »Wer ist denn der Paluch?« fragte der Große. »Das ist einer unserer besten Leute. Die Deutschen halten ihn für den Treuesten der Treuen und ahnen nicht, daß er für uns arbeitet. Er hat in aller Stille die wichtigsten Wachen, die ständigen, die Tag und Nacht belegt sind, mit unseren Leuten durchsetzt. Hier der Wachzug beim Eisenbahnerdepot vor uns auf dem großen Platz besteht schon zur

Hälfte aus Sokolnmitgliedern. So ganz still und unauffällig macht er das. Er ist Adjutant des Wachbataillons. Er schreibt die Urlaubsscheine aus. Er schreibt die Abgaben aus, die an die Truppenteile an der Westfront gehen. Er benötigt noch vier Wochen, sagt er, dann hat er Posen in der Hand.« – »Und die Deutschen ahnen das nicht?« fragte wieder der Große. »Wie denn? Wer spricht denn schon von diesen Menschen Polnisch! Polnisch! Das ist doch für die die Sprache der Saisonarbeiter, der letzten Kulis. Die sind doch viel zu fein, als daß sie sich mit so was wie der polnischen Sprache befassen. Der Leutnant Paluch spricht ein völlig einwandfreies Deutsch. Beamtensohn, aber die Mutter ist eine polnische Patriotin. Hier die Wache ist seine ›Schmierstelle‹.« Er lachte laut und fröhlich. »Der hiesige Wachhabende ist ein alter Suffkopp, Deutscher, der alles laufen läßt.« Damit nahm er einen langen Schluck aus der Flasche und gab sie an den Großen weiter. Der nahm nur einen kleinen Schluck und gab die Flasche an die Frau weiter. Er sagte dabei: »Es ist ja nicht so, daß unsere Frauen nicht wüßten, was gut ist. Komm, Jadwiga.« Sie hatte also auch den Namen Hedwig.

Das Gespräch war mehr als interessant, aber auch peinlich, weil ja Schemko mithörte. Er hatte mich schon mehrfach angestoßen. Die Frau hatte bis jetzt Brot geschnitten und bestrichen. Sie nahm die Flasche und trank auch einen großen Schluck, dann schüttelte sie sich. Der Große sagte: »Nicht mehr gewohnt. Wir müssen wieder üben, Jadwiga!« Wie mich der Name irritierte. Jetzt kam ein weiterer mit großem Gepolter die Treppe hoch. Der Kleine reichte dem Neuankömmling die Flasche. Der nahm einen tüchtigen Schluck und brachte ein Paket mit Würsten und einer Flasche zum Vorschein: »Kiolbassa, Wurst, richtige polnische Wurst. Das ist ja das richtige Bolschoi prasnik heute abend.« Dann bediente auch er sich von den belegten Broten. Dazu machte der Wein die Runde.

Die Frau hatte einen dreiarmigen Leuchter aus ihrem Gepäck hervorgezogen und steckte nun die Kerzen an. Vorher im Licht der Stallaternen hatte man nicht allzuviel gesehen. Jetzt im Licht der Kerzen bekam alles einen warmen Schimmer. Man sah, wie schön diese Frau war. Sie hatte eine schlanke, ebenmäßige Figur, die durch einen eng am Körper anliegenden Stoff noch an Eleganz gewann. Sie trug der Zeitmode entsprechend das schwarze Haar in einer aufgetürmten Frisur, die wie eine Krone wirkte. Das Kerzenlicht und die belebende Wirkung des Alkohols machten ihre Bewegungen leichter, flüssiger, anmutiger, als sie jetzt sagte: »Wir haben aber auch Gläser da.« Zwischen zwei Broten ließ sich jetzt der Kleine wieder vernehmen: »Paluch sagte mir, daß die bei der Wache auch andere Sachen haben als Schnaps und Wein. Sie haben auch Eßwaren. Schinken, Wurst, Eier, Brot, viel Brot.« Alle lachten. »Wer ist denn auf die Idee gekommen, hier das Eisenbahndepot her zu verlegen?« fragte der Große. Der Kleine entgegnete: »Soweit Paluch wußte, ein Bekannter von unserem Wirt Drigas. Der hat sich doch hier so ein paar Schutzjuden oder Schutzdeutsche angelacht.« Wieder stieß mich Schemko an. Die Schnapsflasche machte die Runde. Einer rief: »Der Hunger ist es nicht, es ist der Durst.« Wieder lachten alle. »Wenn wir Durst haben, können wir ja runter gehen zum Wachzug, der sitzt wie im Kernwerk einer Festung. Gymnasium und Lazarett, die großen Forts, zugleich geeignet, große Menschenmengen aufzunehmen, und in der Mitte das Eisenbahndepot mit unendlichen Eisenmassen, die vortreffliche Deckungsmöglichkeiten bieten. Das war ein kluger Kopf bei den Deutschen oder den Juden, der sich das hat einfallen lassen. Und wir sitzen mitten drin in dem, was die sich ausgedacht haben, und die wissen das nicht einmal.« Alle lachten, und

Schemko stieß mich wieder heftig an. »Aber wenn der Pilsudski kommt, dann wird das ja sehr schnell anders«, sagte der Hinzugekommene. »Der Pilsudski, hier im preußischen Posen?« fragte der Kleine. »Gegen die Preußen oder besser die Deutschen hat der doch gar nicht soviel. Im Gegenteil. Die sollen doch seine Bundesgenossen werden, wenn er den Osten aufbauen will. Das ist ja sein großer Irrtum. Er glaubt, daß die Deutschen noch in der Lage sein werden, in Polen aufzubauen. Die werden genug zu tun haben, ihre Kriegsschulden zu bezahlen.«

Die Frau kam jetzt aus dem Mansardenzimmer und nahm aber eine scharfe Wendung zu dem Zimmer, in dem Hedwig geschlafen hatte und das scheinbar nun ihr zugeteilt war. Schemko und ich hatten gerade Zeit, den Oberkörper zurückzunehmen. Wir blieben ganz still stehen und hielten den Atem an, so war uns der Schreck in die Glieder gefahren. Die Frau hatte aber offenbar keinen Verdacht geschöpft, denn sie kam gleich wieder aus dem Raum und schien etwas Schweres zu tragen. Im Zimmer bei den Männern rief sie aus: »Und hier etwas, was es selbst in Paris nicht geben wird, um das uns die Pariser beneiden dürften.« Wir sahen jetzt wieder deutlicher, wie sie einen verhältnismäßig großen Topf hochhob. Sie wendete ihn nach allen Seiten, wie ein Priester, der die Monstranz den Gläubigen zeigt. Dabei sagte sie: »Das sind Sledz w Smietana.« Es mußte wirklich etwas ganz Besonderes sein, denn die Männer brachen in Ausrufe der Bewunderung aus. Sie fragten, wie sie denn an diese Kostbarkeit komme? Sie erklärte weiter: »Echte aus der Ostsee, richtige kleine fette Ostseeheringe in saurer Sahne. Und mit all den Zutaten, die notwendig sind, den einmaligen, unseren polnischen Geschmack herauszubekommen. Gewässert, entgrätet, die Marinade mit den Heringsmilchern verrührt, mit Lorbeerblatt, Senfkörnern und so weiter, aber vor allem nicht den Zucker vergessen. Das Ganze mit saurer Sahne verrührt und ziehen lassen. So wie ihr es bei euren Müttern gegessen habt, mit viel Zwiebeln und Schwarzbrot.« Die Männer konnten sich noch immer nicht von ihrem Erstaunen erholen. Ihr Mann sagte: »Jadwiga«, mich durchzuckte es wieder, »Jadwiga, du Teufelsmädchen, wie hast du denn das geschafft? So etwas von Festessen haben wir ja seit Jahren nicht mehr gehabt.« – »Und nun das«, fuhr die Frau fort: »Was unbedingt dazu gehört«, dabei zog sie eine Flasche aus dem Korb. Bei ihrem Anblick brach Stille aus, andächtige ehrfurchtsvolle Stille. Dann murmelten sie: »Zubrocoka, der Büffelgraswodka.«

Der Kleine nahm einen reichlichen Schluck aus der dargereichten Flasche. Der hinzugekommene Große warf nun ein: »Ach, laßt nur erst den Pilsudski kommen, dann wird ein solches Schlemmermahl keine Seltenheit mehr sein.« – »Was soll denn der Litauer bei der ganzen Sache? Den haben doch die Preußen festgesetzt, Gott sei Dank, sonst würde der noch mit seinem Russenhaß alles kaputtmachen. Die russische Karte ist gespielt. Ist aus, vorbei«, entgegnete der Kleine, immer erregter werdend und nun schon fast schreiend. Die Frau wollte beruhigen: »Nun schreit doch nicht so. Wir sind hier Gäste.« – »Ich schreie, so lange es mir paßt und wo immer ich will.« Ein Stuhl war umgefallen. Der Große rief: »Um Gottes willen, ihr werdet euch doch nicht prügeln hier vor meiner Frau.« Der Kleine schnaufte keuchend: »Wir können uns ja auch duellieren. Ja, duellieren. Meinen Säbel, meinen Säbel! Hier gleich auf dem Gang. Ein Säbelduell. Die Distanz ist gegeben. Los, wenn Sie kein Feigling sind.« Die Frau sagte jetzt scharf verweisend: »Ihr seid ja betrunken. Hört auf!« Ihr Mann, nun scharf sarkastisch: »Erstens fehlt der zweite Säbel, zweitens ist auf dem Gang kein Platz für die Sekundanten.« Er lachte und holte die Geige aus dem Kasten, begann aus dem Stehgreif einen Krakoviak zu spielen. Der hinzugekommene Große ergriff die Gelegenheit. »Madam«, sagte er, und nun begann das stampfende Geräusch, was Schemko so rätselhaft erschienen war. Das tanzende Paar hatte in Windeseile die Schuhe abgelegt. Der Mann spielte, und den Kleinen hörte man nur noch lallen: »Ja, wenn man ganze Strümpfe hat, da kann man gut tanzen. Aber unsereiner von der Truppe, wir haben ja nur unsere elenden Fußlappen. Verfluchter Krieg, verfluchte Preußen. Aber wir werden es ihnen geben.« Dazwischen immer das Geigenspiel in dem schwimmenden Kerzenlicht, das durch alle Bewegungen flackerte.

Das Paar kam jetzt auf den Gang getanzt, man sah, wie der Mann die Hand an der Seite der Frau herabgleiten ließ. Das Spiel war von dem Krakoviak in ein wehmütiges Volkslied übergegangen. Der Mann war einen Schritt weiter auf den Gang getreten und küßte die Frau. Sie schlang ihre Arme um seinen Hals und schien die Küsse zu erwidern. Der Mann hatte die Arme, die gerade noch die Frau umschlungen hatten, nach unten genommen, als das Geigenspiel jäh abbrach.

Schemko stieß mich an. Er hatte jetzt erfahren, woher das Stampfen kam. Wir mußten weg, sonst wurden wir noch entdeckt. Eilig und leise begaben wir uns auf den Rückzug. Sobald wir die Feuertür hinter uns hatten und uns auf den Treppenstufen hinsetzen konnten, um zu verschnaufen, begann Schemko: »Das muß unser ganz großes Geheimnis bleiben. Auch alles, was wir gehört haben. Wir dürfen nur sagen, daß wir gehört haben, daß die Wache auch Schnaps verkauft. Aber kein Wort, daß dieser Leutnant Paluch die deutschen Wachmannschaften langsam durch Polen ersetzt, dafür verspreche ich dir, daß euch nichts passieren wird. Hier meine Hand.« Ich war in eine schwierige Situation geraten. Zunächst gab ich Schemko das Versprechen, nichts von der polnischen Unterwanderung meinem Vater zu sagen. Noch viel weniger aber zu meiner Mutter. Die würde sich zu sehr ängstigen. Im Hinabsteigen zur Fabriktür fiel mir die Lösung ein. Mein Vater mußte das selber entdecken, selber herausfinden.

Schemko hatte aber noch etwas anderes auf dem Herzen. Er sagte sehr zurückhaltend und sehr stockend, daß das, was wir gerade erlebt und gehört hatten, eigentlich so gemein sei, daß es ein anderer, ein Deutscher oder ein Russe, gar nicht gehört haben dürfte. Aber ich hätte das ja auch nur gehört und verstanden, weil ich polnisch spreche wie ein Pole. Und deswegen hätte ich auch die Verpflichtung, in dieser Sache wie ein Pole zu handeln. Wenn ich aber wie ein Pole handeln müßte, dann müßte ich auch eingeweiht werden in die anderen Geheimnisse der Polen, zum Beispiel in die der Sokoln. Wenn ich die kennen würde, so wäre das aber auch eine ganz besondere Verpflichtung. Wenn ich diese Geheimnisse verraten würde, wäre das mein Tod. Andererseits, wenn ich mich als Mitwisser der Geheimnisse ausgeben würde, könnte ich auf den unbedingten Schutz aller Sokolbrüder rechnen.

Mir war klar, daß ich zu einem Geheimnisträger besonderer Art geworden war. Ich wollte auch nicht das mir zuteil gewordene Wissen an andere, selbst nicht an meinen Vater weitergeben. Das war mir schon vorher zur Gewißheit geworden. Wenn ich nun dafür noch ein zusätzliches Maß an Schutz und Sicherheit erhalten könnte, so war mir das ganz recht. Schemko zeigte mir zunächst den besonderen Händedruck der Sokoln. Danach mußte man, wenn man einem Fremden die Hand gab, den Zeigefinger der rechten Hand ausstrecken, daß sie fast bis zum Puls des anderen reichte. Würde der andere in derselben Weise die Hand geben, war die erste Probe bestanden. Aber es gab noch andere. Es gab Kennworte, die man ganz zwanglos in die Unterhaltung einstreuen mußte. Derartige Worte waren einmal für jemanden, der Polnisch nach dem zwölften

Lebensjahr gelernt hatte, vielleicht sogar schulmäßig, verhältnismäßig schwer auszusprechen. Es waren zudem Worte, die nicht so ganz alltäglich waren. Schemko sagte mir zu, diese Worte mit mir regelrecht zu üben. Er wollte auch dementsprechend sein Deutsch verbessern, damit, wenn er dabei war und ich im Gespräch mit Polen versehentlich ins Deutsch fiel, er auch gleich deutsch mitreden könnte, um so einen gar nicht schwerwiegenden Sprachunfall vorzutäuschen, wie das bei zweisprachigen Menschen vorkommt, und es gab viele Zweisprachler in Posen.

Beinahe wäre ich zu spät zum Abendessen gekommen. Vater fragte auch gleich, wo ich gewesen wäre. Ich berichtete ihm, daß wir bei Drigas gespielt hätten und daß ich ganz zufällig gehört hätte, die Leute vom Wachzug hätten eine gute Schnapsquelle aufgetan und gäben auch etwas ab. »Das wollen wir uns morgen ansehen. Hier ist es so still und ruhig, daß man vergißt, was um uns herum geschieht. Es häufen sich die Desertionen, die Fahnenflucht. Es sind Gott sei Dank noch Einzelfälle, aber wenn jetzt in den Einheiten nicht auf eiserne Disziplin gesehen wird, kann es zum Schlimmsten kommen.«

Wir gingen zeitig schlafen. Ich konnte es kaum erwarten, Hedwig von dem zu berichten, was wir in der Mansarde erlebt hatten. Natürlich nicht die Sachen mit dem Depot, aber so einiges aus dem Ablauf des Malinki prasnik, des kleinen Festes, das würde Hedwig schon interessieren. So wie bei dem Bolschoi prasnik, wie wir es bei Drigas erlebt hatten. Zunächst war Hedwig ganz weg, als sie hörte, wer da oben in ihrer ehemaligen Schlafkammer nächtigte. »Eine Frau und drei Männer! Das ist doch zuviel, das geht doch gar nicht.«

Ich legte die Arme um sie und streichelte ihre Hüften und Schenkel, um zu demonstrieren, wie das der Große bei der Frau getan hätte. Ich berichtete von dem Violinenspiel und wie das übergewechselt hätte zu etwas Langsamerem, und wie der Mann von der Schwarzen immer weitergespielt hätte, wie der, der mit ihr tanzte, der aber nicht ihr Mann war, sie küßte, wie sie die Küsse erwidert hätte, wobei ich alles, was ich zu berichten hatte, mit ihr tat: das Küssen und das Streicheln. Als ich dabei war, nach unten zu greifen, wie ich es gesehen hatte, wurde sie ein wenig zurückhaltender. Das konnte aber auch daran liegen, weil ich nicht gesehen hatte, was der Mann mit den Händen gemacht hatte. Ich sagte nichts von dem jähen Abbruch des Violinspiels, sondern tat das, von dem ich annahm, daß der Mann es getan hätte, und es schien das Richtige zu sein. Ich war dabei in die Zone geraten, die bisher immer tabu war, aber Hedwig schien das nicht ungern zu haben. Sie atmete etwas schneller und ermunterte mich, indem sie etwas stoßweise sagte: »Ja, erzähl, erzähl weiter, weiter.« Dann drückte sie mich plötzlich an sich, küßte mich und sagte: »Nun ist aber Schluß! Du mußt in dein Bett!« Das war mir nun viel zu schnell, viel zu plötzlich. Ich beschwerte mich, ich sagte zu ihr: »Und ich? Du hast mich nicht ein einziges Mal gestreichelt!« Sie sagte: »Das kommt das nächste Mal.«

Die Festung

In Vorbereitung für die Arbeit mit der Kleiderkünstlerin, Frau Bilski, waren Mutter und Hedwig in der Küche mit Auftrennen und Bügeln beschäftigt. Da der Eisenbolzen für das Bügeleisen immer von neuem in die Kohlenglut geschoben werden mußte, um selbst rotglühend zu werden für das Ausbügeln, mußte die ganze Prozedur in der Küche stattfinden. Mutter hatte Hedwig und mir versprochen, weiter aus dem Zwergenreich zu erzählen. Dazu war auch Schemko gekommen, der seit dem Abend in der Mansarde nicht von meiner Seite wich. Wir hatten auch deshalb Zeit zum Zuhören, weil Vater später mit mir in das Depot gehen wollte, um zu erfahren, ob da wirklich Schnaps zu bekommen war. Ich hatte die Erlaubnis erwirkt, daß Schemko uns begleiten dürfte. Schemko wollte dabei auch seine Deutschkenntnisse verbessern, weil ja meine Mutter deutsch erzählte. Wenn er auf Worte stieß, die er noch nicht kannte oder deren Bedeutung er nicht im Polnischen vorzufinden glaubte, erklärte ich es ihm, so daß ich ihm immer ein klein wenig ins Ohr flüstern mußte. Meine Mutter unterbrach dann einfühlsam ihre Erzählung, was für Schemko und für mich die Sache spannender machte und meiner Mutter kleine Pausen gewährte.

Mutter war gerade dabei, Schemko mit den Gepflogenheiten von Schneewittchens Welt vertraut zu machen, ohne daß der Herr Kaplan, der seiner Tante Brautunterricht gab, allzu ungehalten würde: »Schneewittchen hielt sich da ganz an die Weisungen der Mutter Gottes«, sagte sie. »Es durfte nichts geschehen und nichts an die Menschen gegeben werden, was die Eitelkeit und Hoffart der Menschen noch steigern würde. Ihr müßt auch nicht denken, daß die Herstellung der wunderbaren gottesdienstlichen Geräte, wie Monstranzen, Abendmahlkelche«, und Schemko direkt ansprechend, »Reliquienkästchen oder Reliquienschreine, Bischofsringe und Bischofsstäbe das einzige gewesen wäre, was die Rotmützen und die Gelbmützen unter den Zwergen mit ihren Wichteln herstellten. Da ist doch noch der große Bedarf an Schmuck für die Elfenkönigin mit ihrem Hofstaat. Sie sind ja ganz auf die Zwerge angewiesen, denn mit den Fluß- und Meeresperlen, die die Nixen beisteuern, ist so viel auch nicht zu schaffen. Die Elfen sind auch von dem Streit ›Platin oder Gold‹ gar nicht berührt. Die Elfen tragen nämlich passend zu ihrem Haar nur goldgefaßte Edelsteine und sonstigen Goldschmuck, weil sie ja zu ihrem goldenen Haar den Schmuck ›Ton in Ton‹ tragen wollen.« Hier war so eine Stelle, wo Schemko wissen wollte, was Ton in Ton bedeutete. Er kannte wohl das Wort Ton als Laut, aber Ton in Ton aus dem Gebiet der Kleidung, aus der Schneiderei, das war ihm fremd, mir auch.

»Zu dem gleißenden Mondlicht«, fuhr meine Mutter fort, »in dem die Elfen tanzen, würde sicherlich auch Platin passen, andererseits würde das nicht das Strahlende hervorrufen, was Gold nun einmal an sich hat. Den Glühwürmchen, die zur Beleuchtung viel beitragen, wäre es sowieso gleich gewesen.« – »Wie«, fragte ich, »was haben denn die Glühwürmchen damit zu tun?« – »Nun«, sagte meine Mutter, »die Glühwürmchen brauchen ihre Lichter doch nur für die Zeit, wo sie auf Brautschau gehen, das ist eine sehr kurze Spanne. Die Zeit, die ihnen übrigbleibt, verbringen sie bei den Zwergen. Die Lampen, die die Zwerge und Wichtel an den Mützen tragen, sind auch

Glühwürmchen, die sich zusammentun, wenn mehr Licht erforderlich ist. Wenn mehr Licht an irgendeiner Stelle gebraucht wird, ruft man sie nur herbei. Sie kommen dann in großen Scharen, bilden richtige Klumpen, Lichtklumpen, bis die Helligkeit ausreicht, die man zur Besichtigung eines besonders schönen Stückes braucht, oder wenn man den Schliff eines Edelsteines ganz genau aus der Nähe sehen will. Besondere Lichteffekte erreichen die Zwerge damit, daß sie die Glühwürmchen anweisen, sich auf Bergkristalle und Amethyste zu setzen, weil da das Licht vielfach hin und her gestrahlt wird und ganz bezaubernde Effekte hervorruft. Die Glühwürmchen sind so stolz auf ihre Nützlichkeit, daß sie nichts anderes tun wollen, als Licht geben. Wenn sie sich zu richtigen Lichtklumpen zusammenfinden können, sind sie besonders glücklich. Sie empfinden ihre Tätigkeit eben als Glück und nicht als Arbeit oder Strafe. Wenn sie ein wenig vom Mahl mitbekommen, sind sie restlos zufrieden.«

Hier mußte ich doch gleich, neugierig gemacht, fragen: »Darüber hast du mir ja noch gar nichts erzählt, was die Zwerge und Schneewittchen denn so essen und trinken.« – »Zunächst«, meinte meine Mutter, »muß man sich darüber klar sein, daß die Zwerge sehr viel kleinwüchsiger sind. So wie sie bei den Glühwürmchen sich einen Überfluß in der Natur zu Nutzen gemacht und dazu den Kreaturen eine volle Befriedigung ihres Daseins beschert haben, so haben sie es auch mit der Verpflegung, mit Essen und Trinken gehalten. Gerade darin sind sie uns Menschen überlegen, daß sie das grob Stoffliche weglassen können. So wie sie sich für das Licht die Glühwürmchen engagiert haben, so für Essen und Trinken die Bienen. Die Bienen kommen bei ihrer Nahrungssuche nach Blütennektar und Blütenstaub, den Pollen, weit umher. Der Blütennektar ist der süße Saft, aus dem der Honig bereitet wird. Dieser Nektar ist wie Kohle oder das neuartige Benzin, mit dem die Automobile angetrieben werden, ein richtiger Kraftstoff. Ihr müßt bedenken, daß die Bienen große Leistungen vollbringen, wenn sie den ganzen Tag umherfliegen. Das kommt auch den Zwergen zugute. Der andere lebensspendende Stoff sind die Pollen oder der Blütenstaub. Aber nun kommt das, was wir Menschen von den Zwergen lernen können. Sie steuern nämlich ihre ganze Gesundheit mit der Zusammensetzung der verschiedenen Blütennektare.« »Also Honig«, warf ich ein. »Nein«, sagte Mutter. »Die Vorstufe von Honig, wenn die verschiedensten Nektare noch streng getrennt sind. Denn die Mischung macht es ja. Das will ich euch verdeutlichen. Schneewittchen fragte mich erst, ob ich so ganz zufrieden mit meiner Gesundheit wäre. Ich bejahte dies, meinte aber, daß ich von Zeit zu Zeit, wie eben jetzt gerade, an einer gewissen Appetitlosigkeit litt. Da sagte Schneewittchen dem Wichtel, der die Bestellungen entgegennahm, sie soll Pollenklößchen von weißem Andorn haben mit einer Sauce von Gänsefingerkraut. Vorher eine Kaltschale von weißen Taubennesseln und als Nachtisch ein Stiefmütterchengelee. Das wird ihr guttun. Ihr könnt daran sehen, wie vielseitig man im Zwergenland zu speisen versteht. Es macht auch die Jahreszeit nichts aus, denn die Nektare sind durch ihren hohen Zuckergehalt geeignet, Aromen, Vitamine und andere wertvolle Stoffe sehr lange haltbar zu machen, so daß die Zwerge ein Sommer- und Winterproblem überhaupt nicht kennen. Eine Ausnahme gibt es, wenn gerade einmal ein Gast da ist, dem wird, wenn die Jahreszeit es möglich macht, auch frischer Salat oder wie in unserem Falle ein Stiefmütterchenblütengelee vorgesetzt. Was für Tausendkünstler aber die Bienen im Mischen der verschiedensten Nektare und Pollen sind, das erseht ihr am besten daraus, daß sie eine besondere Speise bereiten, die sie denjenigen Jungen geben, die einmal Königinnen werden sollen. Sie bekommen es fertig, daß nur durch diese besondere Ernährung, den sogenannten Weiselsaft und die größer angelegten Zellen – das Bett der jungen Königin – ein völlig anderes Tier entsteht als die gewöhnlichen Arbeitsbienen. Ein Wesen, das nicht nur größer ist, königlicher an Wuchs, sondern das auch ganz andere Aufgaben hat als alle anderen Bienen im Staat. Es ist die einzige Biene, die die Eier legt, damit sich das Bienenvolk vermehrt. Es ist das einzige Wesen, das durch seine Existenz das ganze Volk zusammenhält. Um das sich das Volk erbittert bekämpft, wenn es nottut. Viele kluge Menschen sind dabei, diesen Weiselsaft zu untersuchen, aber noch ist es nicht gelungen, das Geheimnis der Bienen-Weisel, das heißt Königinnennahrung, ganz zu klären.«

Schemko hörte bei dieser Geschichte besonders gespannt zu. Er wagte jetzt den Einwand: »Was hätte man denn davon, wenn man wüßte, wie diese Nahrung nun wirklich ist? Könnten wir Menschen etwas damit anfangen?« – »O ja«, sagte meine Mutter. »Denk doch nur einmal nach, wie wertvoll der Weiselsaft sein könnte für alte und gebrechliche Leute oder für Menschen, die eine schwere Verwundung hinter sich gebracht haben und eine besondere Kraftnahrung zu sich nehmen müßten, die aber nicht zu schwer sein darf, die nährt, aber nicht beschwert. Vielleicht sind in dem Weiselsaft auch Stoffe oder Stoffzusammensetzungen enthalten, die uns weiterführen in der ganzen Biologie, so nennt man die Lehre vom Leben. Das kann man natürlich nur schaffen, wenn man die Sprache der Bienen kennt. Wir Menschen haben gerade damit angefangen, die Bienensprache zu erforschen. Die Zwerge kennen sie schon seit langer Zeit. Es ist nicht nur der Bienentanz, mit dem sich die Bienen verständigen, wo und was eine große Futtermöglichkeit bietet. Diesem Bienentanz können wir Menschen schon folgen, aber wie der Weiselsaft zusammengesetzt ist und wie er von den Bienen so zusammengemischt wird, daß immer das gleiche Ergebnis herauskommt, das wissen wir noch nicht. Es ist genauso wie mit den Teppichfransen.«

Das hatte sogar ich, dem Mutter doch soviel von der Zwergenwelt erzählt hatte, noch nicht gehört. Jetzt fragte ich: »Was ist mit den Teppichfransen?« Meine Mutter wartete ein wenig, als wollte sie sich noch ein kleines bißchen in der Erwartung ihrer Zuhörer sonnen, zugleich aber nach Hedwig schen, ob die ihre Bügelei richtig und ohne Löcher zu brennen erledigte. In unsere Erwartung hinein sagte sie: »Wir kamen darauf, als wir uns auf unserem fliegenden Teppich, auf dem wir schon in den Vortragssaal gekommen waren, zurechtsetzten und der Rotmützenzwerg an den Teppichfransen zu werkeln begann und sich der Teppich daraufhin in eines der kleinen Wägelchen zu bewegen anfing. Während dies geschah, fuhren aus den Seitenteilen des Wagens Glasflächen mit gebogenen Oberteilen heraus, die sich über uns zu einem Kabinendach zusammenschlossen. Schneewittchen sagte wie zur Entschuldigung, wir werden sehr schnell fahren müssen, deshalb die geschlossene Kabinenvorrichtung. Ich fragte nun, ob das etwas mit dem Ziehen und Übers-Kreuz-Legen der Teppichfransen zu tun hätte. Ja, sagte Schneewittchen. Das sind unsere Signaleinrichtungen. Ihr Menschen denkt immer nur in eurer starren Mechanik an Hebeln und Stangen und Scheiben und Zahnräder. Das haben die Zwerge lange hinter sich. Das, was du Teppichfransen nennst, sind auch keine Wollgespinnste, sondern elektrische Leitungen besonderer Art. Der Teppich, auf dem du sitzt, ist auch nicht aus Wolle, sondern aus einem Glas-Stein-Gemisch, in das die elektrischen Leitungen eingeblasen wurden. – Die Zwerge litten damals übrigens auch sehr unter den kleinen Flugdrachen. Vor langer, langer Zeit waren große Teile der Erde von Drachen bevölkert.« – »O ja«, rief Schemko dazwischen. »Die kenn ich auch, die immer die Königstöchter in ihre Gewalt

brachten und dann von den Rittern getötet wurden, die die Königstöchter erlösten, dafür mußten sie die heiraten.«
»Du weißt Bescheid«, sagte Mutter und fuhr fort: »In unseren Sagen und Märchen ist immer nur von den großen Drachen die Rede. Es gab aber auch kleine Drachen, Flugdrachen, die die Vorgänger von unseren Vögeln waren. Manche sind nicht größer als unsere Spatzen gewesen. Aber auch die mußten ihre Eier der Sonne zum Ausbrüten anvertrauen. Als dann die Sonne eines Tages nicht mehr so warm schien, flüchteten die Flugdrachen in Höhlen und Geklüfte und gerieten mit dem Zwergenvolk zusammen, das die verminderte Sonneneinwirkung schon längst bemerkt hatte und schon viel früher Vorsorge getroffen hatte. Sie bildeten richtige Festungen über und unter der Erde, denn die kleinen Flugdrachen bedrohten sie regelrecht.«

Ohne daß wir es gemerkt hatten, war mein Vater eingetroffen. Er mußte schon eine Weile den Erzählungen meiner Mutter gelauscht haben, jetzt räusperte er sich und sagte: »Das ist ja hochinteressant, was du den Jungs erzählst, aber ich wollte ja mit ihnen in das Eisenbahndepot gehen.« – »Wollen wir ja auch«, sagte ich. »Aber die Sache mit dem Streit der Rotmützen und der Gelbmützen bei den Zwergen, den mußt du uns noch weitererzählen, bitte! Ja?« Meine Mutter sagte uns die Fortsetzung der Geschichte aus dem Zwergenland zu. Wir aber machten uns fertig. Schemko holte sich den Mantel von oben, was Mutter nachdrücklich forderte mit dem Hinweis auf den Unwillen von Schemkos Mutter, wenn dieser mit uns auf den großen Platz gehen würde, ohne auf die Witterung zu achten, denn es war schon bedenklich kühl für die Jahreszeit. Wir brauchten nur über die Straße zu gehen, den Burgersteig zu überqueren, da standen wir an dem Stacheldrahtzaun, der das ganze Depot umgab. Der Haupteingang war nur wenige Schritte entfernt, da, wo der Bürgersteig ohne Bordstein und Pflasterung war. Am Eingang war ein Schilderhaus mit Posten. Der hatte sich den Ausweis meines Vaters angesehen und dann ein Handzeichen nach hinten gegeben. Inzwischen konnten wir uns ein wenig umsehen.

Der Platz, auf dem das Depot angelegt war, stellte sich, nahe besehen, als ein großes Dreieck dar. Die längste Seite machte die hohe rote Ziegelsteinmauer des Gymnasiums aus. Zwischen der Mauer und den Schulgebäuden lag der sandige Schulhof. Da, wo die Mauer an die Straße reichte, begann die Stacheldrahtabsperrung gegen unsere Straße hin, die andere Seite, gegen die Lazarette hin, war ebenfalls mit Stacheldraht abgesperrt. An der ganzen Länge der Schulhofsmauer waren gegen das Depot hin Eisenbahnschwellen gestapelt. Wenn man deutlicher hinsah, entdeckte man, daß es drei Reihen nebeneinander waren, daß sie nur bis zur halben Höhe der Mauer hochreichten, so daß die Mauer eine Brustwehr bildete, wenn jemand über die Schwellen nach oben auf den Stapel kletterte. Im Abstand von zwei Stapeln waren die Trittschwellen ausgelassen und nach vorn durch Schwellen zu einem offenen Viereck abgegrenzt, so daß man wohl die Brustwehr benutzen, aber nur von den beiden Seiten auf sie gelangen konnte. Man konnte also von dem Depot aus den ganzen Schulhof unter Kontrolle halten, wenn das nötig sein würde. An beiden Seiten nach den Straßen hin war Raum gelassen. Inzwischen kam von der Mitte her, wo man die halbrunden Dächer von Bauwagen aufragen sah, der Feldwebel. Er grüßte militärisch, wohl, weil der Dienstgrad meines Vaters auf dem Ausweis vermerkt war, redete meinen Vater aber mit Herrn Ingenieur an. Mein Vater gab Auskunft über seine Person, der Feldwebel über seine zivile Tätigkeit und seinen Truppenwerdegang. Danach war er Maurerpolier und hatte einen großen Bauhof seiner Baufirma zu verwalten. Da die Firma Hoch- und Tiefbau betrieb, war er mit den Teilen, die hier gelagert waren und noch gelagert werden sollten, bis auf die speziellen Eisenteile wohl vertraut. Als wir am Schilderhaus vorbei ins Lager traten und der Feldwebel fragend nach uns sah, sagte mein Vater: »Mein Junge und sein Freund.« Ein kurzer, wohlwollender Blick streifte uns. Der Weg zu den Bauwagen führte in einem Zickzack zur Mitte des Platzes. Hinter dem Schilderhaus begann gleich eine Fertigung von spanischen Reitern, die um und um mit Stacheldraht umwunden waren. Der Stacheldraht war so lose geführt, daß er seine Schnell- und Federkraft nicht eingebüßt hatte. Wenn man ihn mit einer Drahtschere zu zerschneiden versuchen würde, war anzunehmen, daß die Enden elastisch wegspringen würden. Solche spanischen Reiter waren leicht zu transportieren. Man konnte mit ihnen sehr schnell eine Linie bilden und absperren.

Bei den Soldaten, die die spanischen Reiter fertigten, war ein Unteroffizier, den ich dem Gefühl nach für einen Polen hielt. Er schloß sich uns an und ging hinter meinem Vater und dem Feldwebel. Schemko sprach ihn leise polnisch an, so leise, daß man es von weitem als ein Gespräch mit mir ansehen konnte. Der Unteroffizier antwortete ebenso leise, dabei gebrauchte er eines von den Worten, die die Sokoln als Erkennungsworte untereinander gebrauchten. Schemko antwortete in derselben Weise, indem er zwei andere Erkennungsworte einfließen ließ. Dabei deutete er mit dem Kopf auf mich und sagte polnisch: »Er auch.« Dabei wechselte er den Platz mit mir, so daß ich jetzt neben dem Unteroffizier ging. Er erklärte mir die einzelnen Sperren auf dem Weg zu den Bauwagen und flocht leise wieder andere Erkennungsworte in das Gespräch, die ich ebenso in der von Schemko gelernten Art erwiderte. Dabei gab ich ihm auf Sokolart die Hand. Er nickte mir zu. Beim Handgeben hielt ich ihn etwas zurück. Er ging sogleich darauf ein. Ich sagte ihm, daß mein Vater gleich von ihm oder dem Feldwebel erfragen würde, ob sie

Schnaps hätten. Er sollte meinem Vater dann eine Flasche ablassen.

Wir waren jetzt an den Bauwagen angekommen. Ich sah mich um. Dabei entdeckte ich, daß zwei Personen über die Schulmauer lugten. Als sie merkten, daß ich sie fixierte, nahmen sie die Köpfe weg. Ich fragte den Unteroffizier, was das solle, ob er das gemerkt habe. Er bejahte das, meinte aber, das seien Gymnasiasten aus den oberen Klassen, von denen er nicht wisse, ob man sich auf sie verlassen könne. Zwischen dem Feldwebel und meinem Vater hatte sich inzwischen eine Unterhaltung angebahnt, die auch uns drei interessierte. Der Feldwebel fragte, was man im Winter machen solle? Zwar gehörte zur Ausrüstung der Bauwagen je ein kleiner Eisenofen, sogenannte Kanonenöfen, aber ob das genügen würde, möchte er gern wissen. »Darüber kann man reden«, meinte mein Vater. »Ich werde Ihnen hier für die Außenstelle eine Anweisung geben, so lange wir noch die Pferde vom Trainregiment haben.« Man sah es dem Feldwebel an, daß er sich darüber sehr freute. Auch der Unteroffizier nickte uns zustimmend zu. Mein Vater fuhr fort: »Sie müssen aber nun nicht denken, daß mit ein paar Eimern Kohle der richtigen Winterkälte zu begegnen ist. Wenn es sehr kalt wird, haben sie da mal gesehen, was die Bäuerinnen machen? Die stopfen sich Stroh in die Stiefel und versehen die hölzernen Fensterläden mit dicken Strohpolstern. Sie müssen es genauso tun, die Innenwände, die Fußböden und die Decken der Bauwagen völlig mit Stroh auspolstern, allerdings nur bis zwei Schritt an die Tür, da beginnt die Ofenzone.«

Mein Vater fuhr fort: »Eines habe ich noch vergessen, wie steht es denn mit der Verpflegung?« Als wenn der Feldwebel nur darauf gewartet hätte, zu Wort zu kommen, gerade bei einem Thema, das ihm – man sah es seiner Figur an – wohl zu liegen schien: »Wenn ich da etwas sagen darf«, begann er verhalten, »Herr Ingenieur, in diesem Lande hat noch niemals einer gehungert außer der Besatzungsmacht. Bedenken sie, das Land wurde ein paarmal geteilt. In irgendeinem Teil, ob Rußland, Österreich oder Preußen, war immer Aufstand, Revolution und Drunter und Drüber. Wenn die nicht in den Jahrhunderten gelernt hätten, auf Vorrat zu sehen! Wenn die überleben wollten, da mußten die nur immer aufpassen, daß Vorrat für den nächsten Taq da war. Vorrat für Mensch und Tier, denn die wollten ja nicht nicht nur auch leben, die sollten ja fett werden, gut genährt. Die Schweine und die Rinder – und die Pferde für den nächsten Aufstand. Die haben im Grunde nichts anderes gelernt als überleben. Das heißt nichts anderes als Vorräte anschaffen. Herr Ingenieur, glauben sie mir, in diesem Land sind Vorräte, von denen sich unsere Behörden keine Vorstellung machen.«

Der Unteroffizier war schon unruhig geworden. Er hatte sein Gesicht zu einer gräulichen Maske aus Unzufriedenheit, Zweifel, Unmut verzogen, jetzt griff er ein. In einem polnisch gefärbten Deutsch sagte er: »Nicht in Lagern, nicht in Proviantämtern, nein, eine jede Familie für sich. Nur im Kleinen, nicht im Großen.« – »Aber viele Kleine ergeben ein Groß«, unterbrach ihn der Feldwebel und fuhr fort: »Das wäre nicht möglich gewesen ohne diese Frauen. Ich sage immer, die Frauen sind das Beste an diesem Volk.« – »Bravo«, sagte mein Vater ganz spontan. Die Miene des Unteroffiziers hellte sich schlagartig auf. Er strahlte geradezu, als ob es seine Frauen wären, denen man da Lob zollte. »Wirklich, Herr Ingenieur, was sich diese Frauen hier für eine Mühe geben, um Essen heranzuschaffen, aber auch, um Essenwaren haltbar zu machen, davon machen sie sich keine Vorstellung. Denken sie nur an die vielen Wurstsorten. Die Krakauer zum Beispiel. Der Witz an dieser Wurst ist doch, daß sie mit gepökeltem Schweinefleisch und nur einem Teil frischem Fleisch hergestellt wird, eben um das kostbare frische Fleisch zu strecken. Da, wo wir die Semmelwürste beim Schlachtfest anbieten, wo das Blut auch gestreckt wird, aber mit Weizenmehlsemmeln, da nehmen die Polen Grütze, Roggengrütze, und nennen das ganze Grupnioki, sie schmecken großartig. Das wertvollere Weizenmehl wird gestreckt, und die Roggengrütze wird veredelt. Oder denken sie an Flaki, das sind Kutteln, Därme. Die werden nicht weggeworfen oder den Hunden gegeben, wenn die nicht auch schon aufgefuttert sind.« Dabei lachte er, als habe er einen guten Witz gemacht. »Denken sie an die Mühe für die Hausfrau, das Reinigen der Därme ist eine langdauernde Arbeit, die sehr sorgfältig gemacht werden muß, weil sonst das ganze Gericht ungenießbar werden könnte. Die peinlich gesäuberten Kutteln werden dann fünf bis sechs Stunden in Gemüsebrühe gekocht. Dann wird Brot mit Knoblauch in Butter geröstet, in Würfel geschnitten, und die Gemüsebrühe mit den Kutteln darübergegossen. Die Polen sind rein rasig auf solch ein Essen.« Der Unteroffizier hatte die Schilderung mit bejahendem Kopfnicken begleitet und sagte jetzt schmunzelnd: »Nu, muß noch Salz und viel Pfeffer sein. Ist Wintergericht, wo Ofen sowieso brennt, kann auch Flaki mitkochen die ganze Zeit. Je länger, je besser.«

Der Feldwebel nahm seine Lobeshymne der polnischen Frauen wieder auf: »Das dollste Ding, Herr Ingenieur, ist ja der selbstgebrannte Schnaps.« – »Das ist doch verboten«, sagte mein Vater. »Da gibt es doch eine Monopolbehörde und den preußischen Zoll, der die Schwarzbrennerei sehr nachdrücklich verfolgt.« – »Nu«, sagte der Unteroffizier, »wo ist kein Richter, da ist kein Kläger. Und wer soll klagen, wo sie alle mittrinken?« – »Ach«, ließ sich der Feldwebel wieder vernehmen, »das Dollste ist ja, daß, wenn die Frau diese ganz mühselige Arbeit des Maischens, also des Herstellens der Gährungsmasse, aus der dann

Schnaps destilliert werden soll, auf sich genommen hat, wenn sie Tag und Nacht vor dem Brennofen gehockt hat, um die Temperatur der Destillation genau unter Kontrolle zu halten, wenn dann das fertige Destillat da ist, häufig Samochonka genannt, es ist kaum übersetzbar, weil es die Koseform von Selbstgebranntem ist, und der Mann hat den Selbstgebrannten mit viel Genuß probiert, meistens so lange, bis er nicht mehr richtig stehen kann, dann verprügelt er noch seine Frau.« – »Nu, kann vorkommen«, sagte der Unteroffizier, »muß aber nicht! Außerdem ist ja der Schnaps in Polen im Grunde nichts anderes als eben auch Vorratshaltung.« – »Wie meinen sie das?« fragte mein Vater. »Die Maische«, sagte der Feldwebel, »wird ja hierzulande oft aus Kartoffeln hergestellt. Das Korn ist ihnen meistens zu schade, um Schnaps daraus zu brennen. Meist haben sie auch nicht so viel. Und die Kartoffeln halten sich doch nicht so lange wie Korn. Wenn die im Herbst eingelagert sind, dann halten sie sich, wenn sie sehr sorgfältig eingemietet sind, bis zum nächsten Frühjahr. Dann werden sie stockig, fangen an zu keimen und werden nach und nach ungenießbar. Wenn sie aber genau abgeschätzt haben, was sie zur eigenen Ernährung und für das Vieh benötigen, und sie haben noch einen guten Teil übrig, dann lohnt es sich eben, Schnaps daraus zu brennen, der ist unbegrenzt haltbar, ja er wird von Jahr zu Jahr besser durch die Lagerung. Wenn sie mal probieren wollen, Herr Ingenieur? Wir haben gerade einen da. Ein Selbstgebrannter von vorzüglicher Qualität. Kann ich meine Hand für ins Feuer legen. Vielleicht gehen wir mal in den Bauwagen. Hier ist das zu sehr einzusehen.« Der Feldwebel und mein Vater stiegen also in den Bauwagen.

Der Unteroffizier und wir beiden Jungen blieben draußen. Die Tür zum Bauwagen war nicht geschlossen worden. Wir sahen, wie der Feldwebel eine Kiste unter der einen Bettstelle hervorzog, eine Flasche hochhob, einen

Stöpsel entfernte, zwei Gläser von einem Wandbrett langte, Vater und sich eingoß, wobei Vater abwehrte, daß es nicht zuviel im Glas würde, und dann sagten sie dem polnischen Brauch folgend »Nastrowie«. Und tranken die Gläser leer. Vater sah sich nun, da er im Bauwagen war, gleich die Feuerstelle an. Er sagte: »Für die Ofenbleche werde ich ihnen eine Rolle Blech zuweisen. Sie haben ja alles da, um sich die Bleche zurechtzuschneiden. Der Feldwebel beugte sich wieder über den Kasten und holte eine neue Flasche hervor. Er fragte: »Wie hat Ihnen der geschmeckt?« – »Ausgezeichnet«, sagte mein Vater. »Ich darf doch?« sagte der Feldwebel, und reichte mir eine Flasche zum Mitnehmen herunter. Ich nahm sie dankend in Empfang. Wir hatten hier Freunde gewonnen, und mein Vater hatte den Eindruck, daß wir hier Verbündete gewonnen hatten.

Feuer

Vater war ganz früh nach Ostrowo gefahren. Dort sollten mehr Züge eingesetzt werden, um die Ost-Truppen nach dem Reich hin abzutransportieren. Wenig später hatte Frau Bilski ihren Einzug gehalten. Mir war es in unserer Wohnung zu fraulich geworden. Das war ein Getue um die Frau Bilski, als ob sie wer weiß was wäre und nicht nur aus alten Kleidern neue und aus neuen Stoffen komische Kleider machen würde. Es kümmerte sich niemand um mich.

Schemko war mit einer Besorgung in die Stadt geschickt worden, irgend etwas Wichtiges, sonst hätte er wieder Brettel-Ulan gespielt. Es mußte ernster sein. Er würde es mir schon sagen, besonders wenn es wichtig war und der Großvater Geheimhaltung geboten hatte. Ich wollte also erst mal einen Rundgang machen. Es war kalt an diesem Morgen. Ich hatte schon den Wintermantel an und die Pelzmütze aufgesetzt. Als ich über die Straße ging, fielen mir zwei junge Leute auf, die am anderen Straßenrand standen. Die mußte ich schon mal gesehen haben. Ah, da fiel es mir ein. Das waren die Inhaber der beiden Gesichter, die gestern über die Gymnasialhofmauer geschielt hatten und von denen der Unteroffizier gesagt hatte, er wisse nicht, wohin die beiden Burschen zu stecken wären. Den Posten am Schilderhaus erinnerte ich an unseren gestrigen Besuch mit meinem Vater und erfuhr dabei, daß der Unteroffizier Goretzki hieß. Der Posten sprach nur polnisch. Der Zickzack-Weg vom Eingang auf die Bauwagen zu war verstärkt worden. Es waren nicht nur die spanischen Reiter da, sondern hinter ihnen waren große Eisenscheibenräder aufgestellt, hinter denen wohl Schützen Deckung haben sollten. Sie waren in den Boden eingelassen und durch eingeschlagene Holzpfähle zusätzlich abgestützt, damit sie im Boden hielten. Goretzki sah mich kommen. Wir begrüßten uns als alte Freunde. Ich erzählte ihm, daß der Vater nach Ostrowo gefahren wäre. Allen hatte er gesagt, um dort die Vorbereitungen zu treffen, daß von dort aus mehr Truppen nach dem Westen fahren könnten, aber in Wirklichkeit sei er nur weggefahren, um der Hausschneiderin, der Frau Bilski, aus dem Weg zu gehen. Goretzki sagte, daß er wohl bald wiederkommen würde, denn jeden Tag könnte etwas passieren. Die Stimmung bei der Truppe sei schlecht. Es seien Friedensverhandlungen im Gange, aber jeder der Kriegführenden, die Alliierten und die Mittelmächte, versuchten ihre Ausgangspositionen zu stärken. Vom Westmarkenverein der Herren Dmowski und so weiter hielt Goretzki nicht viel: »Das ist doch nur Donner ohne Blitz. Wollen die bis Berlin marschieren, bis nach Mecklenburg und Pommern, weil dort nicht immer Deutsche gesessen haben? Polen waren das aber auch nicht. Wenn das alles Wirklichkeit würde, wie die National-Demokraten es haben wollten, dann würde der Westmarkenstaat genauso ein Vielvölkerstaat wie das, was der Pilsudski im Osten will. Die Polen wären in solchem Staat die Minderheit. Die Deutschen und die Juden würden regieren.« Nein, dafür war er nicht, der Unteroffizier Goretzki, der im Zivilberuf Förster bei einem polnischen Fürsten war. Endlich hatte ich einmal einen Gesprächspartner, der nicht wie mein Vater oder seine Freunde und Bekannte Offiziere waren, sondern eben Unteroffizier und damit mir in gewisser Weise näher. Den konnte ich getrost einmal fragen, ob es nicht

Waffen gab, die nicht so sehr schwer waren wie die anderen, die ich kaum heben konnte ...

Natürlich durfte Goretzki nichts davon ahnen, daß es mein Traumziel war, eine leichte Handfeuerwaffe zu besitzen. Längst hatte ich mitbekommen, daß alles von Waffen abhing. Die Soldaten waren ja nur Soldaten, weil sie Waffen tragen und handhaben konnten. Der einzelne Soldat in grauer Uniform, der war gar nichts, aber mit einem Gewehr und einem Seitengewehr und mit Handgranaten, die ich noch nie gesehen hatte, und solchen Sachen, da war er ein Soldat. Der konnte nicht nur das Vaterland verteidigen, von dem immer soviel die Rede war, sondern zu allererst sich selber. Ich mußte jetzt den Unteroffizier dazu bringen, mir das beizubringen, was man davon wissen mußte. Er trug zum Dienst eine Armeepistole in einer schwarzen Ledertasche. Die sah furchterregend groß aus. Sicher konnte man das Ding wieder nicht heben. Ich fragte ihn ganz geradeaus, ob denn die Soldaten nicht auch kleinere Pistolen hätten als die großen Dinger. »In der Armee wohl nicht«, meinte er, »wenigstens ist mir nichts davon bekannt. Aber selbstverständlich gibt es kleinere handlichere Pistolen und Revolver.« Er wüßte von seinem Bruder, der an der Westfront stehe, daß in Belgien auch kleinere Waffen zum Selbstschutz hergestellt würden. Warum in der Armee so große Pistolen im Gebrauch wären, das liege wohl hauptsächlich daran, daß die Armee eine bestimmte Treffsicherheit haben wolle, die bei den kleinen Pistolen nicht gegeben sei. Man könne so kleine Waffen auch nur auf kurze Entfernung gebrauchen. Auf größere Entfernungen sei die Streuung zu groß. Das gab wieder Fragen. Kurz entschlossen malte Goretzki an die rückwärtige Seite des Bauwagens eine Zielscheibe. Er sagte, solche Zielscheiben seien ohnehin nötig, wenn erst einmal wieder ein richtiger Dienst begänne. Die Schießscheibe bestand aus mit Kreide gezogenen Ringen. In der

Mitte war ein Punkt. In diesen Punkt sollte die Kugel treffen. Vorausgesetzt, man hatte eine Pistole und Munition, und, was Goretzki als Wichtigstes herausstellte, eine Erlaubnis. Dann hatte er plötzlich ein Stück Holz in der Hand, streckte den Arm lang mit dem Holzstück und sagte, ich solle mir vorstellen, das wäre eine Pistole. Dann zeichnete er mir vorn auf das Holzstück einen Punkt und sagte, daß das das Korn sei. Darauf schnitt er mit seinem Taschenmesser eine Kerbe in die hintere Kante des Holzes und taufte diese Kerbe »Kimme«. Und nun befahl er mir, eine Linie zu denken, die von meinem Auge über die Kimme und den Punkt namens Korn in dem dicken Punkt zwischen den Ringen münden sollte, die er Schießscheibe genannt hatte. Das ist, meinte er, schon eigentlich das ganze Schießen. Ich sagte ihm, daß ich schon wisse, daß es knalle, wenn geschossen werde, aber mit der gedachten Linie könne das doch nicht knallen.

Ob es daran lag, daß die ganze Unterredung in Polnisch stattfand? Schemko hatte doch mal gesagt, daß alles, was militärisch sei, gar keine polnischen Namen hätte, sondern deutsche. Inzwischen hatte Goretzki einen kleinen Eisenstift genommen und mit dem Kopf seines Seitengewehrs, das überhaupt nicht zum Schießen war, sondern zum Stechen, was er mir noch ein anderes Mal zeigen wollte, an der Spitze auf der oberen Seite des Holzstückes eingeschlagen. Nun gab er mir das Stück Holz in die Hand und zeigte mir, wie man mit dem Stück Holz die Linie dachte, die in dem Mittelpunkt der Schießscheibe landete. Dann zeigte er mir, wie man mit der Pistole von oben nach unten ins Ziel ging, und wenn man mitten drin sei, »peng« sagte zum Zeichen, daß man abgeschossen habe. Wir wiederholten das einige Male. Der Unteroffizier meinte, daß ich gute Fortschritte mache. Eigentlich war das mit der Kimme und dem Korn und der Schießscheibe fast so wie bei Mutter mit den

Zwergen, nur daß man hier noch hantieren konnte mit dem Holzstück, das Pistole hieß.

Ich mußte das mit Cronblum besprechen, der war auch Soldat gewesen und verstand und sprach Polnisch so gut wie Deutsch. Vielleicht gab das im Deutschen einen besseren Sinn. Unter einem Vorwand verabschiedete ich mich von Unteroffizier Goretzki und ging zu Frau Kubiak, denn es würde bald Mittag sein, um welche Zeit sich Cronblum immer bei Frau Kubiak einstellte. Richtig, er kam mir schon mit den Worten entgegen: »No, waos is, Jingele?« Das war eigentlich mehr Jiddisch als Deutsch, aber es war nett. Ich schilderte ihm die Schwierigkeiten beim Schießen, daß eben diese Schießscheibe beschossen werden sollte und somit eigentlich doch Beschießscheibe heißen müßte. Das Schwert, was die Soldaten an der Seite hatten, hieß Seitengewehr und schoß überhaupt nicht, sondern war nur zum Stechen und vielleicht noch zum Schlagen da. Und dann mein besonderer Kummer, die Sache mit der gedachten Linie. Er fragte mich, wo ich das her hätte. Mir war schon vorher eingefallen, was Pan Drigas Schemko immer gesagt hatte. Man solle Juden nicht allzuviel erzählen, weil sie zu nahe am Markt wohnen. Damit wollte er sagen, daß die Juden alles weitersagen würden. Pan Drigas wollte von den Juden viel wissen, aber ihnen etwas sagen, das wollte er nicht. Woher sollten die dann etwas wissen? Ich sagte also nichts von meiner Bekanntschaft mit dem Unteroffizier Goretzki und dem Besuch mit meinem Vater im Depot, auch nichts von der Flasche Schnaps. Auch von dem Mansarden-prasnik hatte ich ihm nichts erzählt, weil ich doch Schemko das große Ehrenwort gegeben hatte und ich doch jetzt zu den Sokoln zählte. Also sagte ich einfach, weil doch so viele Soldaten da seien und alle und alle vom Schießen sprächen, da wollte ich das nun auch wissen. Er glaubte mir nicht so recht. Ich merkte ihm das an. Er sagte, da müsse man eine Zeichnung machen, wenn ich das alles gut verstehen sollte. Dazu kam es aber nicht, weil Frau Kubiak zum Essen rief, was für mich bedeutete, nach Haus zu gehen.

Als ich in die Toreinfahrt vor unserem Haus einbog, nahm ich schon einen komischen, brandigen Geruch wahr. Ich dachte, es käme von der Fabrik, aber einen Schritt weiter sah ich aus unserer Entree-Tür eine dichte Qualmwolke kommen, die die ganze Wohnungstür ausfüllte. Das war bei uns! Bei uns brannte es! Wie der Wind sauste ich über den Hof und klingelte an unserer Küchentür Sturm. Ich hörte, wie jetzt in der Wohnung geschrien wurde. Die hatten es also auch gemerkt. Ich rannte in die Fabrik Hilfe holen. Denn ich wußte, im Helfen, wenn es brannte oder eine gemeinsame Gefahr zu meistern war, da waren die Polen großartig. Sie ließen alles stehen und liegen und kamen helfen. So auch jetzt. Sie nahmen die nächsten Eimer, die immer wegen der ständig bestehenden Feuergefahr an den Wänden hingen, und kamen mir nachgelaufen an unsere Haustür. Zwei andere, die jetzt erst kamen, winkte ich zu mir an den Kücheneingang. Dort donnerte ich wie verrückt an die Tür.

Endlich kam Hedwig aufmachen. Sie rief mir entgegen: »Es brennt!« Das hatte ich allerdings schon entdeckt. Jetzt sausten wir, die Männer und ich, an den Wasserhahn in der Küche. Dort stand Mutter, ließ Wasser in einen Eimer und weinte und schluchzte: »Die Kleider, die Kleider. Die schönen Kleider.« Hedwig kam mit leeren Eimern zurück und nahm einen der Männer mit in das Badezimmer. Mutters Eimer war voll. Sie hob ihn vom Ausgußbecken herunter, der Mann nahm ihr den Eimer aus der Hand und rannte in den Korridor, von wo noch immer dicke Rauchwolken hervorquollen.

Mutter stand einen Augenblick regungslos da. Sie sah mich an und sah mich doch nicht. Dann durchzuckte es sie: »Junge! Gott sei Dank. Ist dir was passiert?« Sie schlang die Arme um mich und heulte. Ich wollte mich gerade losmachen, da erschien Frau Bilski, hoch aufgerichtet. Sie sagte ruhig und mit einer Würde, die mir im Augenblick imponierte: »Das Schlimmste ist vorbei!« Jetzt kamen die Männer, die von vorn, vom Hausflur her, den Brand bekämpft hatten. Als meine Mutter das polnische Wort für Danke hörte, was Frau Bilski sagte, erwachte sie wieder, war ganz Madam, holte ihr Portemonnaie, um Trinkgelder zu verteilen. Die Männer wollten erst nichts nehmen, aber Mutter hatte eine so überzeugende Art, Trinkgelder zu verteilen, daß die Männer nicht widerstehen konnten. Mutter wandte sich jetzt zu Frau Bilski: »Haben Sie es denn gleich gemerkt?« Frau Bilski hatte es gerochen und dachte, es wäre das Essen angebrannt, hatte aber die Stoffe, besonders die neuen, zusammengeschoben und mit den immer bereitliegenden Schonüberzügen bedeckt, damit sie nichts von dem Geruch annehmen konnten. »Denn nichts ist schlimmer als Essengerüche an einem guten Stück. Man bekommt sie nie richtig raus. Es hilft auch nicht, daß man denken mechte, man kennte Parfum nehmen. Das macht es noch schlimmer. Man muß sie an die frische Luft hängen. Aber dann ist eventuell die Saison vorbei!«

Jetzt gingen wir alle an die Entree-Tür. Die Männer hatten sie aufgerissen. Alle standen da und guckten. Von der anderen Seite kam jetzt Frau Radschiowski aus ihrer Tür und stolperte fast über einen Pappkarton. Wie sich herausstellte, waren noch Reste von Brennmaterial drin. Die Brandstifter mußten überrascht und gestört worden sein. Frau Radschiowski rang die Hände, meine Mutter machte eine ähnliche Geste. Jetzt sah man, wie die Brandstifter den Brand angelegt hatten. Sie hatten erst Baumwollwatte in die Ritzen der Tür gestopft. Darauf hatten sie Hobelspäne und darauf trockenes Holz geschichtet. Die Tür, eine schwere Eichentür, war an mehreren Stellen bereits angekohlt. Es waren offensichtlich keine professionellen Feuerleger. Die hätten die Sache anders angefangen. Das war die allgemeine Ansicht.

Nun kam auch Pan Drigas. Er machte aus dem Feuerchen eine Katastrophe. Er bedauerte meine Mutter und versprach ihr jede Hilfe, vor allem, daß sofort seine Leute aus der Möbelfabrik das Türschloß wieder richteten. Die Tischler waren beim Löschen und Türaufreißen von so ungestümer Kraft gewesen, daß sie die Sicherheitsketten zugleich mit den Schlössern herausgerissen hatten, was Pan Drigas zu einigen Bemerkungen über die Güte des von ihm verwendeten Eichenholzes und die miserable Qualität der Schrauben und Schlösser und der Ketten veranlaßte. Er fragte alle Umstehenden, wo da die Sicherheit bleibe, wenn da beim ersten Prüfungsfall die ganze Sicherheit in Fetzen, in Stücke, in Späne zusammenbreche und herunterfalle. Er werde meiner Mutter Sicherheitsketten besorgen, wie er sie sich denke. Dann kämen aber keine Buben mehr an unsere Wohnungstür.

Daß es seine Leute gewesen sein könnten, wies Pan Drigas weit von sich, obwohl die Brandstiftung während der Mittagspause vorbereitet worden war. »Nu, kennen Sie sich vorstellen, werte Madam, daß einer von meinen Tischlern seine Mittagspause hergibt für so etwas. Nicht einmal für eine patriotische Tat. Nicht einmal für das Vaterland würde er seine Mittagspause hergeben. Und dann für so etwas, was ihm nur Schande bringen kann, entweder, weil es nicht zum Ziel geführt hat, oder, ja, was war denn das Ziel der Brandstifter? Wollte man Sie vernichten? Das wohl nicht, denn es waren doch offensichtlich Schwachköpfe, die da waren am Werk!« Wie ich den Drigas so reden hörte, fielen mir wieder die beiden Gesichter ein, die bei der Depotbesichtigung über die Mauer geschielt hatten und die ich dann auf dem gegenüberliegenden Bürgersteig gesehen hatte. Wer waren die Burschen?

Das mußte ich erst einmal mit Schemko besprechen, vielleicht kam man über die Sokoln-Verbindung besser an die Burschen heran.

Inzwischen hatte Pan Drigas die Türbrandstiftung immer höher geredet. Er war jetzt dabei, daß unverzüglich eine Wache eingerichtet werden müßte. Eine Bürgerwache, die ihren Rückhalt in der militärischen Wache im Depot haben sollte. Das Kennzeichnende war in den Augen von Pan Drigas, daß das Attentat am Tage stattgefunden hatte. Nicht in der Nacht, am hellerlichten Tage hatten die Attentäter ihr Werk begonnen. Darum waren das keine normalen Verbrecher. Was hätten die denn auch schon damit erreichen wollen. »Nein«, sagte Pan Drigas, »dieses Verbrechen hat zweifelsohne einen politischen Hintergrund. Aber daß es stattfindet, gerade an einem Tage, wo der werte Herr Gemahl verreist ist, nach Ostrowo? Was macht er in Ostrowo? Aber konnten die Verbrecher wissen, daß der Herr Ingenieur nach Ostrowo fahren würde? Woher? Sollen wir die Polizei holen?« Das war jetzt die Frage. Meine Mutter wollte es unbedingt. Pan Drigas war eigentlich dagegen. Soll man die Polizei, die in diesen Tagen schon mehr als sonst zu tun hatte, auch noch mit diesem Attentat befassen? Die meisten Erwachsenen entschieden sich für die Polizei. Pan Drigas wollte das übernehmen, weil doch mein Vater nicht da sei und er der Hausbesitzer war. Dabei wollte er gleich ein paar Tischler herschicken, die den gröbsten Schaden beseitigen sollten.

Endlich hatte ich Zeit, mich mit Schemko zu besprechen. Ich erzählte ihm meinen Verdacht, aber Schemko waren die beiden Schielgesichter über der Mauer am Depot nicht aufgefallen. Er hatte die beiden Figuren auch nicht auf der anderen Straßenseite gesehen, aber er wollte für alle Fälle seine großen Freunde im Sokol fragen, ob die eine Ahnung hätten, wer das gewesen sein könnte. Ich beschloß, auch Rudi Metze einzuschalten. Hatten die beiden Verdächtigen nicht über die Schulhofmauer geguckt? Waren es Gymnasiasten? Auch mit Cronblum mußte die Sache besprochen werden. Ich mußte ohnehin zu ihm wegen der Zeichnung, wie das bei dem Schießen vor sich ging. Der Wohnungstürbrand hatte mich in meinem Entschluß, mir eine Handfeuerwaffe zu beschaffen, noch bestärkt. Wenn man so ein Ding nur hatte und die Verbrecher wußten, dort ist eine Kanone in der Wohnung, da hat einer eine Schieße, da würden sie aufpassen. Aber erst mußten die Banditen gefaßt sein.

Ich ging zunächst zu Metze, den Freunden meiner Eltern. Als Rudi die Entree-Tür aufmachte, fühlte ich seine Verlegenheit. Er hatte alles andere vor, nur nicht, sich mit mir abgeben zu müssen. Ich sagte gleich: »Ich komme ja nicht zu dir, sondern ich habe deinen Eltern etwas zu sagen. Du kannst natürlich mithören.« Seine Neugier war geweckt, und so gingen wir zu Frau Metze in das Wohnzimmer. Im Sommer, wenn wir bei Metzes waren, hatten wir immer auf dem großen Balkon gesessen. Man hatte da einen schönen Rundblick, weil die Wohnung von Metzes im obersten Stockwerk lag. Ich begann mit dem Gruß von meiner Mutter und der Entschuldigung, daß sie nicht kommen könne, da sie auf Vater warten müsse wegen des Brandes. Da war es also. Ich erzählte den ganzen Hergang der Brandstiftung. Frau Metze rang ebenso die Hände wie Frau Radschiowski, nur mit dem Zusatz: »Mein Gott, wo sind wir hingekommen?« Dann sagte Frau Metze: »Aber wer kann denn das gewesen sein? Was wollten die damit?« Damit hatte ich den Einstieg, um Freund Rudi ins Gespräch und in die Nachforschungen mit einzubeziehen. Ich erzählte nun Frau Metze und Rudi meine Beobachtungen der beiden vom Depot aus, von dem sie wußten, daß es eine Idee meines Vaters war. Für Rudi gab ich eine Beschreibung der beiden Burschen mit der Zusatzbitte, vorläufig nichts zu sagen, was es mit den beiden auf sich hätte. Für

Rudi war ich plötzlich vom kleineren Jungen in die Rolle eines wesentlich größeren gestiegen, größer als es meine Jahre hergegeben hätten. Er versprach, sich im Gymnasium umzuhören, und machte eine Andeutung, es bestünde die Möglichkeit, daß es zwei gewesen wären, die ihm bekannt wären. Es waren zwei, wie er meinte, die nicht wußten, zu wem sie gehörten, aus Familien, in der die Mutter Polin war und der Vater Deutscher, was man in Posen häufig antraf. Nun, da wir Deutschen den Krieg zu verlieren schienen, entdeckten sie plötzlich ihre polnischen Großeltern, von denen sie lange nichts gewußt haben wollten. »Aha«, sagten wir beide, Frau Metze und ich fast gleichzeitig. Solche Fälle kannten wir, und ich war in meiner Reputation wieder ein Stückchen nach oben gestiegen. Rudi wollte am nächsten Nachmittag zu uns kommen, um Bericht zu erstatten. Frau Metze sagte noch für meine Mutter, daß sie keine neuere Nachricht von ihrem Manne habe, aber wenigstens die Kämpfe dort eingestellt seien, wo er sich gerade befinde.

Nun kamen Frau Kubiak und Herr Cronblum an die Reihe. Die hatten schon davon gehört, aber noch nicht »Gewißt wie«, wie Herr Cronblum zu sagen pflegte. »Erst dachten wir«, sagte Frau Kubiak, »es wäre was gewesen mit dem Essen, weil man sah den Dampf.« – »Aber, aber«, sagte Herr Cronblum beschwichtigend. »Von dem bissel Essen wird sein so ein Dampf bis auf die Straßen? Biste meschugge?« – »Was war denn mit dem Essen?« wollte Frau Kubiak wissen. Herr Cronblum, systematisch vorgehend und besonnen: »Nu, erst mal, was gab es denn zu essen iberhaupt?« Ich konnte weiter berichten: »Es gab zu Ehren von Frau Bilski, die zum Schneidern bei uns ist, gefüllten Fisch.« – »Waaas?« sagte Cronblum, »wegen der Bilski gefillte Fisch? Wegen der Bilski?« – »Aber«, verteidigte ich meine Mutter, »die Frau Bilski macht aus alten Kleidern neue!« – »Alte Kleider bleiben alte Kleider. Und wenn man sie wendet finfmal! Gefillte Fisch? Nu, wie hat denn deine Mutter den gefillten Fisch gemacht? Wegen der Bilski? Wie denn?« »Es war ein schöner großer Hecht, er sollte ja auch noch für Vater sein, der ißt das so gern mit saurer Sahne und Meerrettich zum Abendbrot.« – »Nu, kann ich mir vorstellen«, sagte Cronblum. »Den Hecht schuppen und die Haut so abmachen, daß sie ganz bleibt und nicht einreißt, das macht Hedwig, die hat die besten Augen. Auch das Entgräten, das kann nur Hedwig so gut. Die Mutter hat inzwischen die Füllung gemacht. Das kann sie wieder am besten, mit den vielen Zutaten.« – »Was hat sie genommen für die Füllung?« fragte Cronblum. »Das wird er nicht wissen«, kam mir Frau Kubiak zu Hilfe. »Die Zutaten für gefillte Fisch, das ist eine Sache fir einen ausgefuchsten Kichenmeister oder eine alte erfahrene Hausfrau.« – »Oder für dich, meine Liebe. Du machst doch die besten gefillten Fische, die man sich kann vorstellen in ganz Posen.« Und zu mir gewandt: »Na, und? Was ist geworden aus den gefillten Fisch?« – »Er war schon genäht und in der qroßen Bratenpfanne, als sie das Feuer rochen. Es roch nämlich nicht mehr nach gefülltem Fisch. Es roch nach angebrannter Watte und Lack. Und da ist die Hedwig rausgerannt, zu sehen, und Mutter hat im letzten Augenblick die Pfanne an den Rand des Herdes gezogen. Wir konnten den Fisch noch essen.« – »Und?« fragte Cronblum, »hat sie auch noch die Sauce gemacht, die Mutter?« »Mußte sie doch«, sagte ich. »Wir warteten doch auf Vater.« – »Hat sie die Sauce gemacht mit saurem Schmetten? Saure Sahne sagt ihr, ja?« Das konnte ich bestätigen, und dann waren wir endlich bei dem Brand. Der Reihe nach erzählte ich Frau Kubiak und Herrn Cronblum, wie alles gewesen war, ohne allerdings meine Vermutung hinsichtlich der beiden Galgenvögel, die ich in Verdacht hatte, zu erwähnen. Cronblum sah eine Weile nachdenklich drein, dann sagte er: »Es kann ja möglich sein, daß das Leute von dem Depot waren. Die Tischler aus Drigas' Fabrik scheiden aus, die haben kein so starkes Motiv. Aber die Soldaten im Depot. Wenn dein Vater heute abend nach Hause kommt, wird er keine angenehmen Nachrichten mitbringen. In Kiel haben die Matrosen gemeutert.«

»Was bedeutet das?« fragte ich. »Sie haben den Befehl verweigert«, sagte Cronblum. »Sie haben also nicht das gemacht, was sie machen sollten«, ergänzte ich. »Ja, noch mehr«, ergänzte Cronblum. »Sie haben einen oder mehrere ihrer Offiziere angegriffen und ihnen die Schulterstücke abgerissen. Das ist das Schlimmste, was einem Offizier passieren kann. Wenn es soweit ist, dann ist die Revolution auf dem Marsch. Das ist praktisch schon die Revolution!«

»Aber«, sagte ich, »das mit den Schulterstücken abreißen, das hat mein Vater schon einmal in den letzten Tagen erzählt, da hatte ich aber nicht den Eindruck, daß das etwas sehr Schlimmes wäre.« – »Bei der Marine ist das besonders gefährlich«, sagte Cronblum, »weil es auf den großen Pötten und den Schiffen überhaupt, wo alles auf engstem Raume sich abspielt, ganz besonders auf die Disziplin ankommt, sonst funktioniert ein solches Schiff nicht mehr. Es ist dann nicht mehr einsatzfähig, kann nicht mehr in eine Schlacht geschickt werden, wo es auf jeden einzelnen ankommt. In Rußland hat es auch mit der Flotte angefangen.«

»Ja«, wandte ich ein, »bei uns gibt es die noch nicht.« Cronblum lachte kurz und bissig: »Nicht da sein? Die sind mitten unter uns! Hast du nicht neulich die Versammlung hier auf unserem Hof gesehen. Na, da war nicht viel zu sehen, es war schon dunkel, aber du hast doch auch die Töne gehört von dem Rzepecki und von den deutschen Roten. Die machen doch jetzt gemeinsame Sache. Da sind mehr Bolschewiken darunter als du glaubst. Die sind jetzt noch Sozialdemokraten, denen es vor allem darauf ankommt, das Regime zu stürzen, den Kaiser abzusetzen oder gar zu töten! Den Krieg unter allen Umständen zu beendigen. Wenn erst mal der Damm gebrochen ist, was kommt dann? Die Soldaten im Depot wissen, daß dein Vater dieses Depot eingerichtet hat. Sie sehen in ihm einen Kriegsverlängerer! Das Feuer bei euch ist ein Racheakt!«

Das Schießeisen

Sollte doch Vater entscheiden, welchen Weg die Feststellung der Täter nehmen sollte. Meine Mutter, Hedwig und auch die anderen Damen, die sich über unser Feuer und die Brandstiftung Gedanken gemacht hatten, waren zu eigenen Mutmaßungen gekommen. Sie meinten, daß es die wirklich Roten unter den Tischlern in der Möbelfabrik waren. Besonders Frau Radschiowski vertrat diese Ansicht. Sie meinte, in den letzten Tagen und Wochen habe die Agitation der Lubliner Roten unter den Polen zugenommen. Das war nun die dritte polnische nationale Bewegung. Da waren erstens die Großpolnischen mit Pilsudski an der Spitze, dann waren da, zweitens, die Westmarken-Piasten-Anhänger unter Roman Dmowski, der in Paris saß und von dort her die Eroberung des preußischen Staatsgebietes bis weit in den Westen propagierte, und nun waren drittens diese Leute aus Lublin gekommen, von denen ich nicht wußte, was die eigentlich wollten im Gegensatz zu den anderen. Ich mußte das mit Schemko besprechen.

Es stand ja auch nicht fest, wie die Lubliner zum Sokol standen. Schemko mußte seinen Großvater befragen. Als Vater aber in den späten Nachmittagsstunden kam, war alles ganz anders. Er war schon sehr erstaunt, daß an unserer Entree-Tür Tischler arbeiteten, daß die Tür rauchgeschwärzt war und ein neues Türschloß eingesetzt wurde, daß neue Sicherheitsketten dalagen. Aber da wurde er von Mutter entdeckt, hereingezogen, und dann prasselte die ganze Geschichte von der Brandstiftung auf ihn nieder. »Da hat uns die Revolution schon hier erreicht, dabei sollte sie doch in Berlin anfangen«, sagte mein Vater und fügte hinzu, daß das mit Drigas besprochen werden müsse, denn schließlich sei das Haus und damit die Entree-Tür sein Eigentum. Außerdem könne es ihm nicht gleichgültig sein, was in seinem Haus mit seinen Mietern geschehe. Nun berichtete ich, was ich beobachtet hatte, und daß Rudi Metze uns noch über die Gymnasiasten, wenn das die Burschen waren, Bescheid geben wollte, und das, was Cronblum von der Sache hielt. Vater meinte, daß Cronblum den Dingen zu weit vorausgeeilt sei, wobei er sich wieder einmal über Cronblum wundern müsse. Die Nachricht von der Meuterei der Kieler Matrosen sei nämlich erst kurz vorher über den Bahntelegraf aus Berlin eingetroffen. Ich wurde geschickt, nachzusehen, wo Pan Drigas sich zur Zeit aufhalte. Den Wunsch der Damen, zur Polizei zu gehen, hielt Vater auch wie Drigas für verfehlt.

Pan Drigas kam gleich mit mir herunter mit den Worten: »Was sagen Sie dazu, Herr Inscheneer?« Fast gleichzeitig mit uns kam Rudi Metze. Die Brandstiftung vor unserer Wohnungstür machte demnach schon im ganzen zweisprachigen Gymnasium die Runde. Tatsächlich waren es die beiden Burschen gewesen, die ich vom Depot aus beobachtet hatte und auf der Straße gegenüber unserem Haus. Sie rühmten sich sogar ihrer Tat und gaben allen, die es wollten oder nicht wollten, zu verstehen, das sei ihre neue polnische Taktik des Westmarkenvereins, den Deutschen zu verstehen zu geben, daß sie hier in Posen unerwünscht seien. Anlässe müsse man schaffen, Ereignisse herbeiführen, die deutlicher als Worte oder Schriften, die zur Zeit doch niemand lese, aussagten, ja in die Welt schreien, was die Bevölkerung eigentlich wolle.

Das brachte Pan Drigas fürchterlich auf. Er konnte sich

kaum mehr halten. »Diese Rotzjungen, diese Lausewenzel, noch nicht trocken hinter den Ohren, aber schon wissen, was das Volk will. Hier, wo die Bevölkerung geteilt ist, die Hälfte ist nur polnisch, das andere sind Deutsche und Juden. Aber die werde ich mir kaufen. Bezahlen müssen die Eltern den ganzen Schaden. Eine nagelneue Entree-Tür, das Feinste vom Feinen werden die mir bezahlen, und dem Direktor von dem Gymnasium, dem werde ich was erzählen. Was erzieht er da für Kreaturen? Brandstifter! Verbrecher. Ist das sein Lehrplan? Noch neulich hat er getönt, in so einem Ausschuß, auf was es jetzt ankomme, das man den Schülern beibringt. Toleranz hat er gesagt. Toleranz! Toleranz, wenn seine Schüler anständigen Bürgern die Wohnungen anzünden! Das ist ja erst der Anfang. Wie geht das weiter? Von der Schule müssen die! Weg von der Brandstifterschule!«

Nun unterbrach ihn mein Vater, der sah, daß dem guten Pan Drigas die Luft ausgegangen war, so hatte er sich erregt. »Wir wissen nun, wer es war. Sie, so nehme ich an, werden mit dem Direktor des Gymnasiums reden, weil Sie ihn schon kennen und es ja Ihr Haus ist. Ich denke, das würde erst mal genügen. Oder sollen wir Anzeige erstellen? Hat das einen Sinn? Wir stehen doch wohl am Vorabend großer entscheidender Ereignisse. Wenn nicht gar vor Schlimmerem.« – »Sie haben ganz recht, Herr Inscheneer«, beruhigte Pan Drigas sich etwas. »Eigentlich sollten sie Prigel mit dem Stock, richtige Prigel bekommen. Aber die werden ihnen die verehrten Eltern verabreichen. Wenn sie zahlen missen. Wenn sie zahlen missen, da wird ihnen klar werden, was das Volk will. Aber noch eins, Herr Inscheneer, man muß ja auch wissen, was friher war. Als Preußen noch Preußen war und noch nicht Deutschland, da waren wir Preußen echte Preußen. Der König von Preußen, das war unser König, der hatte noch andere Völker in seinem Königreich. Da waren die Masuren und die Litauer, die Kaschuben und die Balten, die Pruzzen gab es schon lange nicht mehr, aber die Wenden gibt es noch und die Juden und die Deutschen. Die Polen waren ein Volk unter vielen. Nu, da denken Sie doch, wie das gut war für das Hochkommen von einem Menschen. Von Hause sprach er vielleicht Litauisch, aber wenn er vorwärts kommen wollte im Leben, da mußte er doch Polnisch können, und wenn er wollte noch höher hinaus, da mußte er Deutsch können. No, da sehen sie die Juden, die haben schon von Hause aus zwei Sprachen nötig. Die Umweltsprache und Hebräisch wegen der Heiligen Schrift, und wenn sie nicht Hebräisch konnten, wenn sie nicht konnten in der Synagoge die Schrift lesen in Hebräisch, da konnten sie nicht am Gottesdienst der Männer teilnehmen, und heiraten konnten sie auch nicht. Aber mit einer Umweltsprache war es oft nicht getan. Wie die Verhältnisse hier bei uns im Posenschen waren, da mußte er schon außer Jiddisch, was man in der Familie sprach, auch Polnisch können, sonst konnte er keine Geschäfte machen. Und Deutsch mußte er auch können, denn früher oder später hatte er es sowieso mit den Behörden zu tun, da mußte er schon Deutsch können. Und was die besseren Leute waren bei den Polen, die mußten unbedingt Französisch können. Das gehörte sozusagen zur Bildung. Bei manchen Leuten fing da der Mensch überhaupt an!« – »Aber«, so unterbrach mein Vater die lange Rede von Pan Drigas, »wo sind denn die ganzen preußischen Völker geblieben?« – »Die sind alle noch da«, entgegnete Pan Drigas. »Alle sind sie da, aber die Polen sind die Stärksten, sind die Anziehendsten. Das ist mit uns so wie mit den Franzosen im Westen. Sehen Sie die Sache mit der Freiheit, Gleichheit, Brüderlichkeit. No, wo denken Sie denn, daß die Franzosen das in Anspruch nehmen für sich? Doch nicht für sich? Doch bloß für die anderen. Oder fragen Sie die Bretonen, was die von der französischen Gleichheit oder Brüderlichkeit halten.

Oder fragen Sie die Italiener im französischen Nizza, was die von der Freiheit in Frankreich halten. Ganz zu schweigen von den französischen Kolonien. Das sieht von außen immer ganz anders aus.«

Meine Mutter kam jetzt, um Vater daran zu erinnern, daß bald Essenszeit wäre und auf ihn die »gefillten Fisch« warteten. »Was?« entsetzte sich Pan Drigas: »Sie essen gefillte Fisch, das ist ein ausgesprochen jiddisches Essen.« –»Na und«, sagte mein Vater. »Ich war froh, wenn ich auf meinen Dienstreisen in diesen östlichen Nestern, wo es nur jüdische Gastwirtschaften oder Hotels gab, mal nicht Gänsebraten essen mußte, sondern leichteres bekam, eben ›gefillte Fisch‹.« Bei Tisch drehte sich das Gespräch immer noch um die Brandstiftung. Jetzt in der Variante: Was hätte alles passieren können. Vater hörte nicht voll zu. Ich merkte, daß seine Gedanken woanders waren. Die Meuterei der Matrosen und die Folgerungen, die sich daraus ergaben. Im Westen tobte immer noch die Abwehrschlacht. Die deutsche Front mußte immer wieder zurückgenommen werden. Gegen den Riesenmaterialeinsatz der Amerikaner hielt sich die deutsche Abwehr nur mit äußerster Mühe. Noch waren Maubeuge und Sedan, um nur zwei markante Punkte zu nennen, in deutscher Hand. Aber am Ende mußte der deutsche Reichskanzler Prinz Max von Baden auf Verlangen der obersten Heeresleitung um Waffenstillstand nachsuchen.

Das alles beschäftigte Vater viel mehr, als er nach außen hin von sich gab. Mutter sah ihn sich manchmal voller Sorge an, fragte aber nicht, denn sie wußte, daß Vater selbst keine Antwort hatte. Mir war die ganze Sache höchst mulmig. Wenn die Eltern schon nicht wußten, wie es weitergehen sollte, wie sollte ich es wissen. Deshalb klammerte ich mich an den Gedanken des Besitzes eines richtigen echten Schießeisens.

Ich wußte nun, daß es kleinere Dinger gab, nicht nur die

großen, klobigen, schweren, die man als Junge, wie ich es war, kaum heben konnte, geschweige denn frei schwebend in der Luft halten. Morgen wollte mir Cronblum zeigen, wie das mit der gedachten Linie war. Er war der einzige, mit dem ich überhaupt in der Sache der Beschaffung einer Schieße reden konnte. Gerade vorhin das Theater mit Vaters Pistole. Das war seine Reaktion auf die Brandstiftung. Er rief mich und Mutter ins Schlafzimmer, dazu Hedwig. Dann machte er seinen Kleiderschrank auf, wo mit einem weißen Schonbezug versehen seine Uniform hing und darüber am Koppel in der Ledertasche die Pistole. Die Tasche mit Pistole hatte ich schon in der Hand gehabt, sie gehoben und ihr Gewicht geprüft. Jetzt nahm Vater aus der Pistolentasche die Waffe vor unseren Augen heraus, schob einen Riegel Patronen in den Griff und trug die Pistole etwas feierlich, wie es mir vorkam, zum Nachttisch. Dabei sagte er: »Jetzt habe ich die Pistole noch nicht durchgeladen. Das wäre aber, wenn Gefahr im Verzuge wäre, eine Kleinigkeit. Ich lege sie jetzt mit Patronen versehen, aber noch nicht durchgeladen in den Nachttisch. Für euch beide«, damit meinte er Hedwig und mich, »ist die Nachttischschublade Sperrbezirk. Nicht anfassen, nicht nachsehen wollen, und immer ein Stück weg davon!« Nein, mit Vater konnte ich über meine Pläne zur Beschaffung einer Waffe nicht reden. Meine Mutter schied von vornherein aus. Sie würde nicht nur mich, sondern sich höchstpersönlich in unmittelbarer Lebensgefahr sehen. »Der Junge und eine Pistole! Unmöglich!« Und Schemkos Mutter würde ebenso sagen »Unmeglich«. Mit Hedwig konnte ich auch nicht rechnen. Sie hatte bei der Brandstiftung schon zuviel mitbekommen.

Als ich in ihr Bett schlüpfte, fing Hedwig sogleich wieder mit dem Feuer an. Sie hatte noch nicht mitbekommen, daß ich es war, der die Tischler aus der Fabrik herbeigerufen hatte. Sie war der Meinung, sie und Mutter hätten das

Feuer zuerst gerochen, zuerst gemerkt. »Wenn ihr das in der Küche gespürt habt, deswegen kommen doch nicht die Tischler in die Wohnung. Die muß doch jemand gerufen haben.« Da ging ihr erst der Seifensieder auf. Sie setzte ihren Irrtum sogleich in Zärtlichkeit um, indem sie mich streichelte und herzte, aber ich war nicht richtig bei der Sache. Mir ging das Schießeisen nicht aus dem Kopf. Selbst das Kitzelspiel verfing erst wieder nach längerer Einübung. Unser Kitzelspiel war aus dem Zwang geboren, uns so leise wie möglich zu verhalten, denn die Eltern sollten, ja durften nichts davon merken. Es wurde unter der Zudecke gespielt. Die Köpfe unter der Decke, mußte der eine stillhalten, während der andere ihn nach Herzenslust kitzeln konnte. Verloren hatte, wer den ersten Laut von sich gab. Erlaubt war ferner, daß man sich wand und drehte. Das verhaltene Lachen war das beste daran. Uns schien es manchmal, als wollten wir platzen vor Lachen. Es war ein einziges unterdrücktes Nachluftschnappen und Prusten und steigerte sich zur lautlosen Bettenschlacht, gegen die eine öffentliche Kissenschlacht witzlos war. Dabei hatten wir die Lacher, die gerade noch erlaubt waren, weil unter der Bettdecke im Zimmer kaum vernehmbar, eingeteilt in unerlaubte Lachgeräusche, wie lauthals lachen, jubeln, bis zum Gockern, worunter wir ein halbunterdrücktes, stoßweises Lachen verstanden, und die erlaubten Lacher wie Prusten, Lachschnaufer, Lachpiepen und Lachglucksen. Hedwig war eine Meisterin der Kitzelüberfälle. Sie fing ganz unversehens an den Fußsohlen an, um dann plötzlich an der rechten Hüfte das Spiel fortzuführen, aber sie brauchte lang, um mich abzulenken. Sie war der Meinung, daß mich das Feuer an der Entree-Tür so beeindruckt hätte. Sie ahnte nicht, daß es das Schießeisen war, mit dem ich die Gesamtsituation für mich erträglich und überschaubar machen wollte.

Der Vater hatte seine Pistole, um Mutter zu verteidigen,

also mußte ich eine Waffe haben, um Hedwig zu schützen. Das war die Ausgangslage. Dazu kamen jetzt die Gefahren, die sich aus den Meutereien ergaben. Mir erschien es so, als ob das Meutern im wesentlichen auf die Wassersoldaten beschränkt war. In Rußland hatten die Matrosen gemeutert, und jetzt die unsrigen in Kiel. Auf der Warthe, unserem Posener Wasser, hatte ich noch keine Matrosen gesehen. Sie waren bei uns so selten, daß man sie sich gegenseitig zeigte. Mutter sagte, ihr würde ganz kalt, wenn sie die armen Jungs so herumlaufen sähe mit der nackten Brust, ohne Schal, ohne Halstuch. Vater hatte dann umständlich erklärt, daß das nicht stimme. Der große Matrosenkragen, der wie bei meinen Kieler Anzügen auf dem Rücken liege, sei genauso wie der Schlips nicht etwa zur Zierde gewesen, sondern zum Schutz gegen den Wind, die kühle Brise, die immer auf See herrsche. Diese Matrosen trugen aber auch keine Waffen. Nicht einmal die Seitenschwerter trugen sie.

Diese Seitenschwerter hatte Schemko zu sammeln begonnen. Heute nahm er mich zum Bahnhof mit. Am Güterbahnhof, wo die Militärtransporte hielten oder umrangiert wurden, konnte man schon so Sachen finden, die einem Soldaten aus der Hand gefallen waren oder die einer weggeworfen hatte, was er eigentlich nicht durfte. Die Juden zahlten schon drei Mark für ein Seitengewehr mit Hülse, die im Militärischen Scheide hieß. Er nahm mich mit wegen seiner mangelnden Deutschkenntnisse. Ein Seitengewehr, wie sich die Schwerter nannten, war aber für meine Begriffe kein Schießgewehr und noch viel weniger eine Handschieße. Der Gedanke an die Pistole aber war mir wie eine Beule, doch nicht außen am Kopf, sondern innen. Es ließ nicht nach, es war immer gegenwärtig, hörte nicht auf, ließ sich nicht verscheuchen. Auch wenn ich an die schönsten Dinge dachte, blieb es. Auch wenn ich an Torte, Grießbrei mit Himbeersaft, wenn ich an Mutters herrliche Sahnebonbons dachte, das Schießeisen, die kleine Pistole blieb dabei, drängte sich vor, nahm von mir ganz und gar Besitz, duldete nichts anderes neben sich. Ich war schon soweit, daß ich mir Situationen ausmalte, wie ich mit der kleinen Pistole die gefährlichsten Soldaten in Schach halten würde, wenn sie Hedwig etwas antun wollten. Die wußten, was man mit so einem, wenn auch kleinen Schießeisen alles fertig bekommen würde. Ich sah das schon im Geiste vor mir, wenn Hedwig die Küchentür aufmachen würde, der Soldat würde den Fuß in die Tür setzen, aber dann war ich da! Ich würde ihm die Pistole vor die Augen halten, würde auf seinen Kopf zielen mit der gedachten Linie und würde sagen: »Herr Soldat, die gedachte Linie zeigt genau auf Ihren Kopf, nehmen Sie den Fuß aus der Tür.« Aber schon wenn er die Pistole sähe, würde er den Fuß zurückziehen und Hedwig aufatmen, mich umarmen und sagen: »Das ist ja ein wunderbares Ding.«

Schemko sagte, die Sokoln könnten alles brauchen. Sein Großvater würde für die Seitengewehre dasselbe zahlen wie die Juden. Und wenn wir ein richtiges Schießgewehr bringen würden, da wäre er mit einer großen Belohnung nicht knausrig. Aber das war nicht möglich. Ein Gewehr war viel zu schwer für uns. Außerdem waren da noch die größeren Jungen. Es kamen viele, die Ausrüstungsstücke sammelten. Vor allem Judenjungs und polnische Jungen. Deutsche sah ich nicht, bisher nicht. Längst hatten sich feste Kurse eingependelt. So war zum Beispiel ein Kochgeschirr teurer als ein Seitengewehr, weil man mit einem Kochgeschirr, als Topf zum Kochen, als Behälter zum Aufbewahren von Flüssigkeiten, zum Transportieren von Schnaps, wenn keine Flaschen zur Hand waren, viel anfangen konnte. Mit einem Seitengewehr konnte man zur Not Holz hacken, doch ein Beil war besser. So war das Seitengewehr als Hausratsgegenstand eben nicht sehr gefragt, aber die Sokoln sammelten es. Schemko sagte, sie brauchten es für ihre Brüder in ehemals von den Russen beherrschten Gebieten, Kongreßpolen, was ja jetzt eine eigene Regierung hätte, und die würden da ja auch eine Armee aufbauen müssen, denn die Russen kämen sicher wieder. Natürlich sah ich mich besonders nach Pistolen um, aber die hatte keiner. Es war auch niemand da, der gewußt hätte, wer eine kleine Schieße jemals gesehen hätte. Als ob der Schutz des persönlichen Lebens von mir und Hedwig nicht wichtig gewesen wäre. Es mußten doch noch andere Menschen da sein, die ihr Leben und das ihrer Angehörigen schützen wollten. Aber was man so hörte aus den Truppentransporten, das war: Schluß mit dem Krieg, Kriegsende! Das waren die Parolen. Bald würde man noch ganz andere Dinge kaufen können als Seitengewehre oder Pistolen.

Am Nachmittag wollte ich Cronblum treffen. Ich war schon gespannt auf dieses Zusammensein. Endlich würde ich erfahren, was das mit der gedachten Linie auf sich hatte, die Unteroffizier Goretzki gemeint hatte. Als ich in den Laden von Frau Kubiak trat, war auf dem Ladentisch ein großer Bogen Papier ausgebreitet, auf dem etwas gezeichnet war. Frau Kubiak sagte: »Um diese Zeit kommen eh keine Leute, und den Bogen kann man noch gebrauchen.« Damit hatten wir Absolution für ein nach ihrer Meinung nach vollkommen abwegiges Unternehmen. Cronblum kam aus dem Hinterzimmer, nahm mich bei den Schultern und führte mich vor die Zeichnung, wie ein Brautvater seine Tochter dem Traualtar zuführt. »No, da sieh mal!« Die Gegenstände waren in natürlicher Größe aufgezeichnet. Da war das Auge, da war die gestrichelte Linie, die deswegen gestrichelt war, weil sie in Wirklichkeit gar nicht existierte, sondern gedacht war. Da war die Kimme, ganz wunderbar gezeichnet, da war die Pistole selber, so natürlich, als ob ich sie hätte anfassen sollen, mit Kolben, mit Lauf, dem Abzugshahn, dem Spannhahn, und dann das Ziel als ovale Scheibe, alles verbunden mit der Strichellinie, der gedachten. Ich war hingerissen. Cronblum nahm den Papierbogen, der von seiner Funktion als Einwickelpapier nichts eingebüßt hatte, in die Senkrechte und hielt das gemalte Auge auf dem Papier an meine rechte Kopfseite. Jetzt konnte ich die gedachte, gestrichelte Linie bis ins Ziel verfolgen, konnte den Worten Cronblums wie dem Geschoß folgen und wußte nun durch ihn, welche Bedeutung die gedachte Linie hatte. Ich ließ den Blick des Auges selber zur gedachten Linie werden, machte eine kleine Rast an der Kimme, ließ dann den Blick weiter wandern zum Korn. Als wenn der Blick nun zum Endspurt ansetzte, ging er dann flugs dem Ziele zu. Das war sozusagen die erste Lektion. Ich wagte noch nicht, irgend etwas von meinen Wünschen nach dem Besitz eines kleinen Schießeisens von mir zu geben, weil mir Cronblum auseinandersetzte, daß man nicht mit der Pistole oder dem Gewehr schießt, sondern mit den jeweiligen Patronen. Daß diese erst zusammen mit der Schieße ein Ganzes ausmachten, womit sich meine Beschaffungssorgen um ein ganzes Bündel vermehrt hatten. Ich mußte in Zukunft, wenn ich mich mit der Pistole befaßte, auch gleichzeitig mit der Munition befassen. Die Schwierigkeiten türmten sich. Ich fragte, ob er wisse, ob nicht noch ein weiteres Ding dazugehöre? Er sagte, daß ich ja die Taschen für die Pistolen und zumindest die Taschen für die Patronen für das Gewehr kennen würde. Er fragte ein wenig verwundert: »Ja, hast du denn nie mit Pfeil und Bogen gespielt? Da ist doch das Zielen im Prinzip dasselbe.« Ich berichtete ihm, daß mich die Sache mit der gedachten Linie so verwirrt hätte. Ich hatte mir da wohl etwas Geheimes vorgestellt, was nur die Eingeweihten wüßten, eben die Soldaten. Außerdem war ich aus den Jahren des Pfeil-und-Bogenschießens längst heraus. Das hatten wir einmal gespielt. Es gab Verspätete, wie Schemko mit seinem

Ulanenspiel, dem Brett auf dem Kopf und dem lackierten Holzsäbel. Aber doch nicht bei mir. Ich wollte auf eine ganz andere Sache los.

Cronblum begann jetzt von der Nützlichkeit einer Spielzeugpistole zu reden. Beinahe hätte ich mich aus beleidigtem Zorn verraten. Spielzeugpistole! Aber ich hielt mich zurück, und das war gut, denn Cronblum wollte mich ja nicht beleidigen, sondern einen guten Ratschlag geben. Er sagte und zeigte mir, wie man mit einer Spielzeugpistole sehr wohl den Anschlag üben könne. Außerdem wäre es möglich, die Spielzeugpistole zu beschweren, indem man Blei in sie eingoß, dann hatte man fast das Gewicht von einer richtigen Pistole, und das wäre zum Üben eine sehr gute Sache. Ich hatte wieder eine Menge hinzugelernt, aber Cronblum ins Vertrauen ziehen, das ging nicht. Ich hätte, wenn ich ihn nach all dem, was er schon für mich getan, ein ungutes Gefühl gehabt, wenn ich ihn auch noch mit der Kleinpistolenbeschaffungssache belastet hätte. Vielleicht brauchte ich das auch nicht, wenn ich meine neuen Bekanntschaften vom Rangierbahnhof mal richtig anging.

Beim ersten Anlauf hatten sie keine Farbe gezeigt, waren uninteressiert. Aber soviel hatte ich schon mitbekommen, daß bei denen alles mit dem Geldverdienen zusammenhing. Ich mußte herausfinden, was die eigentlich interessierte. Am höchsten im Kurs standen zur Zeit Zivilanzüge. Ganz gewöhnliche Männerkleidung. Sie waren um so gefragter, wenn sie deutliche Verfallserscheinungen aufwiesen, wie Löcher oder Flicken. Das war es, was Soldaten brauchten, um sich auf und davon zu machen. Desertieren nannte es mein Vater und betonte immer wieder, daß darauf die Todesstrafe stand. Auch wenn man Beihilfe leistete. So etwas war zum Beispiel, einem Soldaten einen Zivilanzug zu beschaffen, ihn zu verstecken, ihm auf der Flucht behilflich zu sein. Ganz im Inneren hatte ich ein ungutes Gefühl, wenn ich daran dachte. Da war endlich etwas, was ebenso stark war wie der Wille, eine Kleinpistole zu erwerben. Wir hatten Anzüge von meinem Vater zu Hause, aber davon etwas zu nehmen oder gar heimlich wegzuschaffen, davor hatte ich Angst. Schemko und ich waren uns darüber im klaren, daß es leider nicht anders ging, als daß man die lieben Eltern ab und zu beschwindelte. Schemko hatte da noch eine Schwelle eingebaut, die Beichte. Er mußte das dem Herrn Kaplan sagen, und dann durfte er das nie wieder tun. Aber Kleider von Vater zu nehmen, das war doch unzweifelhaft eine ganz andere Sache als eine Schwindelei, warum man zu spät zum Essen kam oder dergleichen. Für den Erwerb der Kleinpistole mit Munition und wenn möglich mit Tasche waren also andere Wege zu beschreiten.

Rüstungsgeschäfte

Wir standen auf dem Rangierbahnhof an unserem Treffpunkt. Es war die anerkannte Jungenbörse. Schemko und ich waren immer etwas später als die anderen, da unser Weg der weiteste war und wir nicht so ohne weiteres von zu Hause los konnten. Die Unterhaltung wurde in drei Sprachen geführt. Jeder der Jungen konnte in jeder der Sprachen zumindest die Zahlworte. Ein ungeschriebenes Gesetz bestand, immer in der Sprache mit dem anderen umzugehen, die der am besten zu sprechen schien. Es war gerade von Schmuck die Rede.

Die Revolution dagegen wurde als eine Sache behandelt, die ganz selbstverständlich stattfinden würde wie Ostern oder Pfingsten. Da fehlte nur das Datum. Es war auch herrschende Meinung, daß die Revolution das Geschäft mächtig anheben würde. Die Waffen würden billiger werden und alle anderen Sachen von Wert teurer. Ich erwog, ob ich Hedwig und Mutter nicht einen hübschen Ring, mit Stempel natürlich, schenken sollte. Dabei hatte ich, ganz in den Gedanken vertieft, einen der Sahnebonbons aus dem Tütchen in meiner Hosentasche geholt und in den Mund gesteckt. Da fuhr mich einer der größeren Jungen an: »Hier wird nicht gefressen! Verstanden! Hier sind welche, die haben heute noch nichts gegessen. Was hast du denn da überhaupt?« Ich war über und über rot geworden, es war mir furchtbar peinlich, und ich hatte Angst, daß ich nun verprügelt würde, und, was noch schlimmer war, ich hatte das Gefühl, daß der größere recht hatte. In solchem Falle gebot es der Ehrenkodex, die Prügel stillschweigend hinzunehmen. Ich sagte wahrheitsgemäß: »Einen Sahnebonbon von meiner Mutter.« – »Und woher hat die ihn?« fragte der Größere. Das war für mich nun fast unverständlich. Ich kannte nicht die Mentalität dieser Jungen, die ganz und gar auf Handel eingestellt waren. Für sie konnte nur etwas gekauft oder gestohlen sein, das letztere häufiger. »Die macht meine Mutter selber oder hat sie gemacht, jetzt haben wir keine Milch mehr!« Es war vollkommen still geworden hinter dem kleinen dunklen Schuppen, in dem die Eisenbahner ihre Lampen und die großen Eisenschlüssel aufbewahrten. »Da seid ihr ja Produzenten? Habt ihr eine Bonbonfabrik?« fragte er. »Nein«, sagte ich, »die machen wir, weil wir die Milch nicht verderben lassen wollten und sich die Bonbons so gut halten, besser als Milch«, sagte ich mit einem um Verzeihung bittenden Lächeln. »Hat jemand ein sauberes Taschenmesser?« fragte der große Junge. Alle beeilten sich, ihre Taschenmesser hervorzuklauben und ihm hinzureichen. Mir kam die ganze Sache höchst unheimlich vor. Es hätte aber keinen Zweck gehabt, davonzulaufen, weil sie mich schnell eingeholt hätten. Der Große hatte sich jetzt das sauberste ausgesucht und sagte zu mir: »Hast du noch so einen Bonbon da?« Ich bejahte und zog einen aus der Hosentasche. Er nahm ihn und schnitt ihn in vier Teile. »Wo ist der Konditor«, fragte er dann. Von hinten schob sich ein Junge vor, der mehr als die Lumpen auf dem Leibe hatte, die die anderen trugen. Auch Schemko und ich hatten da eine Ausnahmestellung, obwohl wir zu den Ausflügen zum Rangierbahnhof die allerältesten Sachen anzogen, vor unseren Eltern das mit der Tatsache entschuldigend, daß wir in der Fabrik spielen würden, wo immer ein mächtiger Staub wäre und wir uns nicht am immer heiß und flüssig gehaltenen Leim noch schmutziger machen wollten, als wir ohnehin schon waren. Ich setzte dafür auch niemals meine Ledermütze mit Pelzbesatz auf, die wäre wohl eine zu große Verlockung gewesen, nicht um sie selber zu tragen, das wäre den Jungen nicht in den Sinn gekommen, sondern um sie mir wegzunehmen und sie dann weiterzuverschachern. Nein, zum Rangierbahnhof zogen wir unsere alten Pudel an. Das waren handgestrickte Mützen in der zweiten oder dritten Generation, die Farben verwaschen, etwas verfilzt, aber warm. Der sich da vorschob, sprach ein besseres Polnisch, als es hier allgemein gesprochen wurde, ohne Anklänge an Jiddisch oder Deutsch. »Probier mal!« sagte der Größere. Der Konditor nahm ein Viertel in den Mund, rollte es genießerisch hin und her und begann dann vorsichtig zu beißen und dann unter stetigem Kopfnicken regelrecht zu kauen. »Erstklassige Ware«, sagte er. »Beste Zutaten. Alles echt. Eine Idee von Vanille könnte sein, aber wo soll man jetzt Vanille herhaben.« Der Größere griff sofort wieder das Gespräch auf: »Was willst du dafür haben?« Er sah meine Ratlosigkeit, sah wohl, daß er im Augenblick keine Antwort erhalten würde, und fragte noch einmal den, den sie den Konditor genannt hatten: »Das schmeckt gut. Aber kann man da noch was anderes draus machen? Die haben sich doch auch sicher was dabei gedacht.« Er spielte da auf die immer vorhandene Grundfrage der Polen an: Wie dient das der Vorratshaltung? Die Vorstellung, daß man etwas Gutes nur herstellen könnte, weil es eben gut schmeckte, das konnte nicht alles sein. Sauerkraut frisch aus der Tonne schmeckte gut, auch roh, aber das war doch nicht alles am Sauerkraut. Das war nur der Anfang des neuen Lebens, das das Kraut nahm, wenn es aus der Tonne kam, um zu herrlichen Piroggen, zu Kohlrouladen in den miteingelegten großen Krautblättern zu werden und zu den ungezählten Gemüsebeilagen mit den vielfältigen Würzungen und Zubereitungsarten. Für ihn waren diese Sahnebonbons lediglich eine Naturkonserve, mit deren Hilfe es gelang, Milch vor dem Verderben zu bewahren. Der Konditor zögerte etwas, dann sagte er: »Man kann die wieder auflösen, im warmen Wasser, und dann hat man die Grundmasse für Cremes, und daraus kann man wieder, wenn man griffiges Mehl hat, Torten machen.« Da war es. Das oder so etwas hatte sich der Größere gedacht.

Er hatte natürlich längst gemerkt, daß ich Deutscher war. Nach allgemeiner östlicher Ansicht haben die Deutschen den Affen erfunden, also mußte auch an den Sahnebonbons etwas mehr sein, als es nach außen hin den Anschein hatte. Der Größere hörte nicht auf zu fragen, bohrend zu fragen: »Was willst du dafür?« Denn hier war er seines Erachtens auf die erste Spur einer Goldmine gestoßen. Wenn die hielt, was er sich davon versprach, wenn sie regelmäßig und stetig floß, hatte er ausgesorgt. Hatte er endlich die Monopolstellung unter den Jungen, die er mindestens ebenso sehr anstrebte wie ich meine Pistole.

Ich wollte aber nicht sofort und nicht vor allen meinen so sehr geheimen Wunsch offenbaren. Ich sagte daher: »Ich muß erst mal sehen, was wir haben.« Der Größere bemerkte mein Zögern sofort und griff ein: »Das kannst du mir ja das nächste Mal sagen. Wir können uns aber auch in der Stadt treffen, hinter der Franziskanerkirche, wenn es dir paßt.« Mir ging das alles viel zu schnell. Ich mußte mir wirklich erst Gewißheit verschaffen, was wir überhaupt an Bonbons hatten. Das konnte ich nur von Hedwig erfahren. Sie wußte, wo sie waren und wieviel wir davon hatten. Außerdem hatte mich der Konditor auf eine Idee gebracht, die, soviel ich wußte, meine Mutter oder Hedwig gar nicht kannten. Die Sache mit dem Auflösen der Bonbons und Creme daraus machen. Wieviel das sein konnte, wußte ich auch nicht. Vorerst sagte ich dem großen Jungen, daß ich morgen wiederkommen würde, daß ich ihn aber allein sprechen möchte. Das war ganz nach seinem Sinne, denn er wollte so wenig wie möglich Mitwisser haben. »Wir können ja von hier aus woanders hingehen.« – »Ihr habt da von Schmuck gesprochen«, wagte ich noch zu sagen, »vielleicht ist das ein Vorwand.« – »Du kannst von uns bekommen, was immer du willst. Preußische Gewehre und Handgranaten, fette Hunde. Von den albernen Seitengewehren will ich gar nicht reden. Aber auch getragene Sachen, Männeranzüge, Hüte, Hosen, Mäntel!« Ich wehrte ab. Er sagte etwas höhnisch, verächtlich: »Hab' ich mir gedacht, du bist ein Deutscher. Das macht vorläufig nichts aus. Wir wollen hier Geschäfte machen, wie die Erwachsenen. Die machen auch nichts anderes. Du darfst nur nicht plaudern. Das Maul halten gehört zu unseren strengsten Geschäftsprinzipien. Man kann jetzt ein Vermögen machen, wenn man schweigt. Eure Soldaten verscherbeln das, weil sie glauben, hier in Posen sind sie in Deutschland, und der Krieg ist aus. Die werden sich noch wundern. Vielleicht fängt der ganze Rummel erst an. Wir dachten auch, alles wäre aus, da fingen die Deutschen das mit den Panzerzügen an!« – »Ah«, sagte ich, »du meinst den Eisenbahnvormarsch?« – »Vielleicht«, sagte er, aber so gedehnt, daß ich mir dachte, das hätte ich nicht sagen sollen. »Hier weiß man nicht, wer zu wem gehört«, sprach er weiter. »Man muß auch manchmal manches vergessen, zum Beispiel ob man noch Russe ist oder schon wieder Pole sein soll oder ganz was anderes. Ganz fest steht das nur bei den Juden. Die haben nicht nur eine Muttersprache, sondern auch eine Vatersprache und noch Verwandtensprachen, und bei denen ist die Sprache nicht das einzige. Sie haben noch die Religion, und beschnitten sind sie auch, was sie nicht wegkriegen können.« Also Jude war der nicht.

Schemko und ich machten uns auf den Heimweg. Schemko war die ganze Zeit schon sehr zapplig gewesen. Jetzt brach es aus ihm heraus: »Wie konntest du dem großen Jungen nur die guten Bonbons versprechen?« schimpfte er los. »Was könnten wir alles damit machen? Jetzt bekommt man Seitengewehre schon für zwei Mark! Da hätten wir für eure Bonbons ein ganzes Regiment Sokoln ausrüsten können. Weißt du eigentlich, daß in Warschau bei den Neuaufstellungen der polnischen Regimenter derjenige, der die Ausrüstung mitbringt, auch Chef des Regimentes wird? Ja, da staunst du! Natürlich müßten wir noch andere Sachen haben wie Gewehre, Pferdewagen. Die Wagen könnten wir doch von dem Eisenbahndepot nehmen! Da ist doch überhaupt soviel!«

Jetzt wurde mir das aber zuviel. Ich sagte aufgebracht: »Denkst du denn, ich gebe die Sahnebonbons, die meine Mutter und Hedwig gekocht haben, für Seitengewehre ab? Ich weiß nicht einmal, wie viele noch da sind und wo sie sie versteckt haben. Du weißt ganz genau, daß es zur Zeit keine Milch gibt, nur noch für Säuglinge. Wir bekommen schon lange keine mehr, und ihr auch nicht. Jetzt kommt die Zeit, wo die Vorräte angezapft werden müssen, und da sollen wir ausgerechnet für die Sokoln, in Warschau auch noch, die Ausrüstung zusammenschachern mit unseren Bonbons? Damit du in dem Wahn baden kannst, einmal irgend etwas zu werden?« Schon während Schemko die ersten Worte von sich gab, war mir klar geworden, daß ich diesen Wirrkopf in das Bonbon-Pistolen-Geschäft auf keinen Fall einweihen konnte. Er hielt nicht dicht. Wenn er eine Gelegenheit zum Prahlen hatte, tat er dies ohne Rücksicht auf die Folgen. Von meiner Entgegnung war Schemko ganz betroffen. Er konnte sich im Augenblick nicht vorstellen, wie ein anderer von seinem Plan nicht begeistert sein konnte.

Als wir am nächsten Morgen zum Rangierbahnhof kamen, sahen wir schon von weitem die Jungs. Da waren die Gebrüder Piontek. Der kleine mit dem Hund und der große, der so gewaltig aussah und es auch war. Der Hund nahm gewissermaßen eine Zwischenstellung ein. Der Kleine liebte den Hund und verteidigte ihn gegen den Großen mit Ausdauer und immer neuen Argumenten, die den Verkauf des Tieres an die Hundefleischliebhaber verzögerte. »Die Leute haben nichts davon«, sagte er. »Er ist noch zu jung, er hat noch nicht das richtige Schlachtgewicht. Es gibt da Feinschmecker, die wollen die Hunde etwas fett, weil das ist so sehr gesund für die Lunge, und das Pferdefleisch war ihnen schon lange zu trocken. Auf der anderen Seite haben wir nicht das Futter, um ihn fett zu machen. Die Tante, nu wenn es nach der ginge, wäre er schon längst verkauft und in Wodka umgesetzt. Da wäre sie ein paar Tage besoffen gewesen, hätte die letzten Teller und Töpfe zerschlagen, und wir hätten auch dieses wertvolle Stück nicht mehr. Er ist doch das einzige Wertbeständige, was wir haben. Und wir brauchen es nicht einmal aufzubewahren. Es geht mit mir, wohin ich will. Mit den wertvollen Sachen, die man aufheben muß, hat man doch sonst seine Schwierigkeiten.«

Ich wußte, daß die Jungen ihr Geld in den Ballonmützen versteckten. Das waren Sportmützen, deren Vorderteil vor vielen, vielen Jahren, als sie noch neu waren, was ihnen keiner mehr ansah, nach vorn gezogen war. Dieser vordere Teil war mittels Druckknopf am Mützenschirm festgehalten. Nun nach den Jahren war der Druckknopf der Zeit gewichen, der vordere Teil nach hinten gezogen und hing nun als Ballon in den Nacken. In diesem Nackenballon bewahrten die Piontekjungen wie viele andere Altersgenossen ihre Geldscheinbündel zusammengerollt auf. »Wenn die Tante«, begann der kleine Piontek wieder, »ihren Wodka hat, ist sie ganz gut zu uns und ist auch gut zu leiden. Man muß ja irgendwo wohnen. Wenn wir ihr Holz besorgen und was zum Kochen, dann ist es bei ihr auszuhalten.«

Der kleine Piontek war ein Junge von Charakter. Einmal

hatte er mir eine Botschaft vom großen Ruthenen auszurichten. Er kam zu uns nach Hause zum Hintereingang. Als ihm Hedwig aufmachte, sagte er, er könne nicht reinkommen, denn er habe Läuse. Hedwig war zurückgefahren, hatte mich gerufen, voller Entsetzen. Ich machte sie darauf aufmerksam, daß er deutsch gesprochen habe, eine Aufmerksamkeit gegen Hedwig. Und daß er nicht versucht habe, ihr die Hand zu geben, weil er die Krätze hatte. Ein feiner Kerl. Wir Jungen, besonders ich, mußten in der ersten Zeit höllisch aufpassen, daß wir nicht die Hand vorstreckten, wie wir das von Haus aus gewöhnt waren. Erst der große Ruthene sagte mir, warum das völlig abwegig sei, sich die Hand zu geben, weil man doch auch gar nicht wisse, wem der Handgebende gerade die Hand gegeben habe. Bei Damen sei das was anderes, die haben ganz selten die Krätze, warum man ihnen ja auch die Hand küsse. Jetzt wußte ich auch den wahren Grund der polnischen Sitte, den Damen die Hand zu küssen, und warum die Damen eine so ganz andere Stellung einnahmen als die Herren.

An diesem Tage ging es um ein ganz großes Geschäft, an dem ich einen unmittelbaren Anteil hatte. Der polnische Volksrat, die oberste Instanz der von den Deutschen errichteten polnischen Selbstverwaltung, wollte möglichst schnell vollendete Tatsachen schaffen, weil ein Gerücht aufgekommen war, Pilsudski würde ganz schnell und überraschend aus der Festung Magdeburg nach Polen zurückkehren. Alle Welt wußte, daß Pilsudski der Ansicht war, die Eigenstaatlichkeit von Polen sei nur mit Waffengewalt wirklich zu erreichen. So wollte man ihm sozusagen als Morgengabe vollausgerüstete Regimenter zur Verfügung stellen. Die Hauptsache war dabei, daß diese Regimenter oder sonst selbständige Truppenteile Maschinengewehre haben sollten, die nicht wie in der zaristischen Armee als eigene Kompanien dem Regiment unterstellt, von diesem eingesetzt würden, sondern auf die Kompanien verteilt die Flachfeuerwaffen der Kompanien bleiben sollten, was eine größere Anzahl solcher Waffen notwendig machte. Außerdem waren die russischen Maschinengewehre viel zu schwer, viel zu unhandlich, weshalb sie auch auf eigenen Lafetten montiert waren. Die neuen polnischen Truppen sollten daher deutsche Maschinengewehre haben.

Es kam ein Weiteres hinzu, weswegen äußerste Eile geboten schien. Es war aufgefallen, daß zwar viele Eisenbahnzüge aus Kongreßpolen nach Posen kamen, aber wenige, die in Richtung Warschau zurückfuhren. Die Jungen hatten die Aufgabe, herauszufinden, warum das so war und ob das eine beabsichtigte Maßnahme der deutschen Verwaltung sei. Ich fragte meinen Vater ganz offen, und er sagte: »Es ist kein Geheimnis, daß wir Wagenmaterial an der Westfront benötigen, denn die Waffenstillstandsverhandlungen sind aufgenommen worden, und die Eisenbahn muß ihren Fuhrpark dorthin dirigieren, wo er am dringendsten gebraucht wird.«

Deutsche Maschinengewehre hatte man in beschränkter Anzahl. Was man nicht hatte, waren deutsche MG-Gurte, die die Patronen aufnahmen. Ohne diese Gurte hatten die Maschinengewehre nicht viel Zweck. Ich hatte also meinen Geschäftsfreunden eine wichtige Nachricht gebracht. Sie würde honoriert werden. Außerdem hatte Vater noch gesagt, es würden aber trotz dieser Tatsachen in den nächsten Tagen und Wochen noch genügend Züge nach Warschau gehen, nur nicht über Posen. Das war die weitere wichtige Nachricht.

Der große Ruthene hielt mit seiner Anerkennung nicht zurück, weshalb ich dachte, es wäre an der Zeit, ihm meinen Herzenswunsch mit aller Zurückhaltung, so ganz nebenbei, als eine an sich unwichtige Sache vorzutragen. Er kannte sich aus. Zunächst sagte er, es sei gut, das nicht zum Beispiel dem großen Piontek zu sagen. Der hätte mich damit glatt erpreßt. Bei ihm sei die Sache in besseren Händen. Ich sollte am Nachmittag an die Franziskanerkirche kommen. Mutter sagte ich, es handle sich um ein Geburtstagsgeschenk für Hedwig und die Festenburger. Da durfte ich weg, weil das auch eine plausible Entschuldigung Vater gegenüber war. An der Franziskanerkirche war ich schneller als gedacht. Das Franziskanerkloster war bei meinen Freunden in bestem Leumund, weil die Suppe der Franziskanerbrüder als die zur Zeit beste in der ganzen Stadt galt.

Der große Ruthene war auch da, und was hatte er in der weiten Jacke? Ich konnte mich kaum beherrschen, als er mich in eine der wuchtigen Nischen zog, die von Turm und Kirchenmauer gebildet wurden. »Hier«, sagte er und packte ein ehemals weißes Tuch aus. Da lag sie. Ein dreiteiliger silberner Körper mit drei Spann- und Abzugshähnen! Mein Traum! Schöner, als ich sie mir vorgestellt hatte. »Eine Terzerol«, sagte der große Ruthene. Und mit einem etwas bedrückten Gesicht und einiger Verlegenheit: »Aber ich konnte keine Patronen auftreiben. Doch das kriegen wir noch.« Er war richtig verlegen, der große Ruthene. Das mußte ich nutzen, sonst dachte er noch, ich wäre völlig zufrieden. Ich mußte ihm klarmachen, daß das nicht alles sein konnte, sonst kam der mir wieder mit den Bonbons, und ich hatte noch keinen Plan, wie ich das mit den Bonbons überhaupt anstellen sollte. So sagte ich dem großen Ruthenen: »Keine Patronen? Dann ist das nur ein Stück glänzendes Eisen!« Denn das hatte ich von Cronblum gelernt, daß die Patronen das Wichtigste waren beim Schießen. »Nimm es nur erst mal so«, wand sich mein Gegenüber. »Heutzutage sind Patronen für ein solch kleines Kaliber sehr schwierig zu beschaffen. Deswegen hab' ich die Terzerol auch so schnell bekommen.« Das hätte er nicht sagen sollen, denn nun wußte ich, daß er meine

Schieße für einen Apfel und ein Ei, wie man so sagte, erworben hatte. Damit war auch meine Verpflichtung weit weniger groß, als ich mir das vorgestellt hatte.

Ich konnte ihm noch berichten, daß die Züge nach Warschau nach Möglichkeit über die Nordstrecken geleitet würden, um sie möglichst lange auf deutschem Gebiet zu haben. Auf einmal sagte der große Ruthene: »Du hattest doch was von Schmuck gesagt. Ich kann dir schöne Sachen beschaffen, wenn du mir solche Sahnebonbons bringst. Der Konditor hat getratscht, und jetzt laufen sie mir die Bude ein.« Um abzulenken, ging ich sogleich darauf ein, nur um eine Gegenfrage zu stellen, um ihn von den Bonbons wegzukriegen. »Wo ist denn deine Bude?« fragte ich und setzte hinzu, daß er ja auch vom kleinen Piontek wisse, wo ich wohne. Er bejahte das und fügte hinzu: »Ihr habt euch da ja ein besonderes Viertel ausgesucht. Da kann überhaupt nichts passieren. Am Depot von der Eisenbahn mit Wache davor, und noch im Sammellager von den Sokoln mit Sokolnwache.« Da war ich hellhörig: »Wie meinst du das mit den Sokoln?« fragte ich. Seine Antwort: »Ihr seid doch gegen alles gesichert. Gegen die Polen habt ihr die Sokoln auf eurer Seite und gegen die Roten auch, denn die Sokoln werden zumindest vorläufig nichts gegen die Roten unternehmen. Außerdem habt ihr noch die Eisenbahnwache vor dem Haus. Da müßt ihr bloß vorsichtig sein. Die Eisenbahnwache ist nicht so astrein, wie ihr glaubt. Stellt euch mal gut mit denen. Wenn es mulmig wird und die mir in meiner Bude, du fragst doch wo sie wäre, gleich hinter der Franziskanerkirche, zu viel Kokolores machen, da komm' ich zu euch. Nicht zu euch direkt, aber in die Fabrik zu dem alten Drigas.« Was war das nun wieder für eine Querverbindung?

Revolution

Als ich nach Hause kam, vom rückwärtigen Eingang her, machte mir Hedwig schon ein Zeichen, indem sie mit dem Zeigefinger die Lippen berührte: das alte Gebot zu schweigen. Da mußte etwas in der Luft liegen. Hedwig raunte es mir ins Ohr. Schon im Niederbeugen sagte sie: »Es muß was mit dem Kaiser sein!«

»Ist er tot?« fragte ich sie, um, wie ich dachte, das Schlimmste vorwegzunehmen, etwas Schlimmeres konnte es ja nicht geben, wenn Hedwig und Mutter, die gerade weinend herbeigekommen war, so traurig waren. Mutter sagte jetzt unter Tränen: »Es gibt noch etwas Schlimmeres! Wenn er gefallen wäre wie die vielen Soldaten, wie Onkel Rudolf, das wäre nicht so furchtbar wie dies. Er ist abgetreten, hat abgedankt, sagt man. Es ist furchtbar!«

Zunächst war ich verdutzt. Das war ja das, was meine Freunde dauernd sagten und erwarteten. Was die Roten hier in der Fabrik und die Sokoln schon verlangt hatten. Vater hatte immer gesagt, das wäre das Ziel der Roten. Hatten die also gesiegt? Aber da mußten die Leute, die zum Kaiser hielten, wie wir, doch auf die Straße gehen, mußten einen Umzug machen, wie die Roten das machten. Mußten zeigen, daß sie zum Kaiser hielten. Ich fragte Mutter: »Und warum zieht Vater nicht seine Uniform an, geht auf die Straße, schnappt sich Soldaten, und andere machen das auch, und dann marschieren sie nach Berlin. Oder sie machen wieder einen Eisenbahnvormarsch, aber nicht nach Rußland, sondern nach Deutschland, nach Berlin.«

»Der Vater sagt, daß sie in Berlin die Republik ausgerufen haben«, wollte mich meine Mutter beschwichtigen. »Was heißt denn Republik, was ist denn das? Was wollen denn die? Ist das das Gegenteil vom Kaiser? Sind das seine Feinde? Wozu hat er denn seine Soldaten? Unser Vater würde ihm doch helfen? Ja?« Meine Mutter sagte: »Der Kaiser hat das getan, um weiteres Blutvergießen zu vermeiden. Denn gleichzeitig ist die Revolution ausgebrochen.« Also doch die Roten, wie bei der Einweihung des deutsch-polnischen Arbeiterzentrums mit dem Rzepecki auf dem Fabrikhof. Schon vor Wochen und Monaten wollten sie die Revolution, und den Krieg wollten sie auch abschaffen. Da hatten sie es also geschafft. Alles auf einmal. Der Kaiser fort, da mußte ja auch der Krieg zu Ende sein. Denn das hatten sie gesagt, wenn der Kaiser abgeschafft ist, dann ist Friede! Aber wie konnte der Kaiser denn abdanken? Durfte er das überhaupt? Da war doch noch der liebe Gott. Von dem kam doch alles, hatte die Mutter mir immer gesagt. Und im Kindergottesdienst war das auch so. Was sagte der Pfarrer denn dazu?

Aber die Roten wollten den lieben Gott ja auch abschaffen. Das war das einzige, wo die Polen nicht mitzogen mit den Roten. Als wir sie belauscht hatten, hatte das der Pole klar gesagt, wenn ihr an die Kirche geht, werdet ihr es mit unseren Frauen zu tun bekommen. Und die Kirche, das war doch die Sache vom lieben Gott. Was sagte denn die Kirche? Ich überschüttete nun meine Mutter mit Fragen, bis sie sagte: »Ich kann dir das alles nicht so erklären, das ist Vaters Sache.« Damit nahm sie mich an der Hand und führte mich in Vaters Arbeitszimmer.

Der Vater saß an seinem Schreibtisch und sah auf die Straße. Aber er sah sie nicht, genausowenig, wie er meine Mutter und mich sah. Dann blickte er auf. Zum erstenmal in meinem Leben sah ich Tränen in den Augen meines Vaters. Auch als ihn meine Mutter ansprach, konnte er nichts sagen. Nur ein tränenersticktes »Später« kam heraus. Ich war starr. Meine Mutter führte mich an der Hand heraus.

Das mußte meinen Vater furchtbar getroffen haben. Wie war denn das alles so schnell gekommen? Schemko hatte schon im Sommer gesagt: »Ihr werdet den Krieg verlieren.« Er hatte das gesagt, als unsere Panzerzüge noch weit in Rußland standen. Ich mußte das erst mal mit Cronblum besprechen. Vater hatte nichts gegessen, schon immer ein ganz schlechtes Zeichen, wenn Vater keinen Appetit hatte. Drei fürchterliche Sachen: Kaiser weg! Revolution! Krieg verloren! Das war jedes für sich schon schlimm genug, aber alles auf einmal. Wie das unsere Familie mitgenommen hatte, konnte man schon daraus ersehen, daß keiner an den ersten Grünkohl, den Mutter als etwas ganz Besonderes angepriesen hatte, ran mochte. Sie blieb auf ihrem Grünkohl sitzen.

Vater saß in seinem Arbeitszimmer, aß nichts, trank nichts. Mutter, Hedwig und ich saßen um den Grünkohl, den keiner mochte. Krieg verloren, Kaiser weg, Revolution. Wie ging das weiter? Ich fragte in die Stille: »Und unser Vater? Kann der auch abdanken? Kann der auch weggehen? Der kommt doch für uns gleich hinter dem Kaiser?« Die Mutter durchfuhr es wie ein Blitz. »Das ist ja so furchtbar, der Gedanke. Das ist so furchtbar, das darfst du nicht einmal denken.« – »Aber du siehst doch«, entgegnete ich, »du siehst doch, die gehen alle. Wie der Kaiser. Und die Generäle sagen auch noch, das ist gut so, weil noch mehr Blut geflossen wäre. Muß man denn einen Grund haben zu gehen? Ist das so wie nicht mehr mitspielen? Und du, Mutti? Dankst du auch ab? Gehst du auch? Du sagst doch manchmal, es ist dir alles zuviel. Gehst du auch?« »Aber«, sagte Mutter unter Tränen, »ich hab' dich doch lieb!« – »Der kleine Piontek hat seinen Hund auch lieb, und trotzdem wird er geschlachtet, wenn er fett genug ist.« Meine Mutter mußte unter Tränen lächeln. »Das ist doch ein Tier«, sagte sie, »wenn auch kein Schlachttier in unserem Sinne. Aber den Leuten ist das dauernde Pferdefleisch zu trocken, zu strohig.« – »Was ist das eigentlich, strohig bei Pferdefleisch? Meine Freunde vom Rangierbahnhof mögen alle Hundefleisch lieber als Pferdefleisch, außer Schemko. Die Drigas essen auch kein Hundefleisch.«

Nun griff Mutter aber zu. Endlich hatte sie ein Thema, das sie von der Auseinandersetzung um einen möglichen Familienzerfall, vom Beispiel des abgedankten Kaisers ablenken konnte. »Der Vater ist nur sehr traurig.« – »Das müßte der liebe Gott erst recht sein, wo ihn die Roten abschaffen wollen«, entgegnete ich. Mutter sagte: »Der liebe Gott wird eher zornig werden, wie wir das aus dem Alten Testament wissen.« Hier rührte sich Hedwig. Sie sagte: »Das wollten die Roten schon lange. Bei dem großen Umzug in Festenburg, wo der Nitzborn hinter der roten Fahne herlief, haben sie das schon gewollt, aber geschafft haben sie es in Festenburg nicht. Und das werden sie in Festenburg auch nicht. Und wenn der Kaiser auch gegangen ist oder abgedankt hat. Das ist weit weg in Berlin. Da hat man schon immer schlimme Sachen gehört. Da gibt es schon das Lied ›Du bist verrückt mein Kind. Du bist aus Berlin.‹ Bei uns wird das alles nicht so schlimm sein.«

Cronblum war ganz ernst, als ich zu Frau Kubiak kam. Er empfing mich mit den Worten: »Ist es nicht furchtbar? Die Roten haben ihn übertölpelt, sie haben die ganze oberste Heeresleitung reingelegt. Bei der hat der Kaiser einen Halt gesucht. Von denen, mußt du wissen, hat er immer geglaubt, daß die ihn nicht verraten.« Ich fragte ganz verdutzt: »Ja, haben ihn denn die Generäle verraten?« – »Nein, das haben die nicht getan. Es war denen aber schon klar, als die Amerikaner an der Westfront erschienen, daß man gegen die nicht aufkommen würde. Die haben derartig viel Material, daß sie allein den Krieg entschieden haben. Mit den anderen, mit den Engländern und den Franzosen, wären wir schon längst fertig geworden. Aber eins hat eben nicht geklappt, und das andere auch nicht. Siehst du, die Aufstellung zum Beispiel einer großen polnischen Armee ist an dem Streit der beiden Herrscherhäuser gescheitert. Die Habsburger waren noch immer auf das Haus Preußen eifersüchtig und wollten ihren Erzherzog Stefan auf den polnischen Thron haben. Die Hohenzollern wollten das nicht. Als die sich endlich einig waren, war die Zeit, die dafür noch günstig gewesen wäre, vorbei. Die haben das auch ganz falsch angefangen. Die Preußen durften auf die Österreicher keinerlei Rücksicht nehmen. Schon daß sie an der Seite Österreichs in den Krieg eingetreten sind, war falsch.«

Ich unterbrach ihn, denn ich wollte ja eine Erklärung für das augenblickliche Geschehen. Ich fragte: »Wie ist denn das so auf einmal gekommen?« – »Die Regierung hat ja schon seit dem Frühjahr Fühler wegen des Friedens ausgestreckt«, führte Cronblum fort. »Wenn das gelungen wäre, hätten die Roten ihren Einfluß auf die Massen verloren, also mußten sie den drohenden Streik in den Munitionsfabriken zum Generalstreik ausweiten. Die oberste Heeresleitung wußte genau, wenn wir keine Munition mehr haben, kann die Front nicht mehr gehalten werden. Also müssen wir um Waffenstillstand bitten, also haben wir den Krieg verloren. Die Roten wußten, nur wenn der Krieg verloren wird, kriegen wir den Kaiser weg. Ist der Kaiser weg, können wir alle unsere Pläne verwirklichen. Glaubten sie, glauben sie.« – »Ja, werden sie das denn nicht können?« fragte ich. »Das muß man erst sehen.«

Das beruhigte mich. Die Sache war noch nicht ganz entschieden. Nun trug ich Cronblum eine Frage vor, die mir meine Mutter nicht beantworten konnte und mein

Vater noch nicht: »Wenn der liebe Gott über dem Kaiser steht, konnte der doch gar nicht so einfach weggehen.« Cronblum antwortete: »Wenn in der Bibel steht, daß die Juden sind abgefallen von Gott, haben sie immer per saldo draufgezahlt. Er läßt nicht mit sich spaßen.« Ich fragte: »Wann kommt das?« – »Zwar hat sich der Abfall von Gott, so wie die Roten das wollen, noch nie ausgezahlt, aber Tag oder Stunde, das hat sich Gott immer vorbehalten. Irgendwo ist bei der Revolution noch ein schmutziger Trick dabei. Ich bin noch nicht dahintergekommen, wo und wie. Aber die Generäle verbreiten, daß sie deshalb dem Kaiser geraten haben abzudanken, weil, wenn er geblieben wäre, wenn er es hätte darauf ankommen lassen, unendlich viel Blut geflossen wäre. Vor allem haben die Alliierten den Kaiser gefangennehmen wollen. Sie verlangten die Auslieferung, um ihn vor Gericht zu stellen, weil er den Krieg angefangen hat.« Das hatte ich zum erstenmal gehört. »Die Russen waren doch in Deutschland eingefallen und sind von uns besiegt worden. Und im Westen haben wir die Front zurückgenommen, weil wir keine Munition mehr hatten und auch keine Soldaten. Aber das ist doch nicht so schlimm, daß man jetzt den Kaiser vor ein Gericht stellen will«, sagte ich aufgebracht. »Auch die ganze Generalität soll mit vor die Gerichte der Sieger«, erzählte Cronblum. »Aber das waren die Gazetten. Die englischen und die französischen Zeitungen. No, die müssen den amerikanischen Sieg überschreien. Das ist noch unsere Chance. Die vierzehn Punkte von dem amerikanischen Präsidenten Wilson. Da soll das Selbstbestimmungsrecht der Völker eingebaut sein. Wenn sich die Sieger danach richten würden, könnte noch was Vernünftiges rauskommen. Aber bei unseren Verhältnissen hier? Wie soll'n sie da die Völker überhaupt auseinanderhalten, wo die selber nicht wissen, was sie eigentlich sind. Wenn du hier in Posen einen fragst, zu welchem Volk er gehört, wird er sagen, er ist katholisch.

Und wenn du ihn fragst, welche Sprache seine Muttersprache ist, wird er sagen, je nachdem, mit wem er spricht. Mit der Mutter Polnisch, mit dem Vater vielleicht Deutsch. Und ein paar Meilen weiter im Osten geht das mit Polnisch und Ruthenisch weiter. Die Herren Sieger kennen die Geographie von Europa nur bis zum Rhein. Dann hört die Bildung auf. Aber es ist nicht aller Tage Abend. Man muß erst sehen, was die Roten mit der Macht anfangen. Du mußt wissen, wenn man zu den Massen spricht, muß man alles sehr einfach sagen, weil die Menschen einfach sind. Wenn du ihnen es sagen würdest, wie es wirklich ist, da würden die das gar nicht verstehen. Nach diesem Rezept haben die Roten immer gehandelt. Haben nur einen verteufelt, der an allem Schuld sein sollte, den Kaiser. Nun denken sie, er ist weg, und jetzt geht alles besser und einfacher. Nun werden sie sehen, daß das nicht geht. Daß nichts ist mit ›besser‹ und ›einfacher‹. Das, was ihnen am meisten im Wege war und ist, das ist die Armee. Die Armee wäre das einzige gewesen, was die Revolution hätte verhindern können, deshalb haben die Roten auch die verteufelt und mit dem Kaiser gleichgesetzt. Jetzt werden die erst sehen müssen, wie das weitergeht. Wenn sie klug sind, wenn ihre Führer klug sind, werden sie übernehmen, was da ist, damit kein Tohuwabohu, kein Durcheinander wird, wo zum Schluß jeder jeden umbringt. Wo der Kampf aller gegen alle ausbricht. Die Polen kennen das. Die erste Teilung und noch die beiden weiteren sind nämlich gewesen eine Folge von solchem Durcheinander, von einem Zuviel an Freiheit, wo nur noch Freiheit war, sonst nichts. Wo dann jeder seinen privaten Krieg führte, bis es den damaligen Großmächten zuviel wurde. Man kann auch in einer Republik leben, wenn die Sieger uns leben lassen. Man muß sehen, muß abwarten.«

Als ich nach Hause kam, hörte ich schon an der hinteren Tür Mutter und Hedwig Kirchenlieder singen, zweistimmig, Lehrer Müssigs Spätlese: »Jesus meine Zuversicht« und »Ach bleib mit deiner Gnade«. Die hatten wir ja nun wirklich nötig. Jetzt war es Zeit, mit Vater zu sprechen, dem zu berichten, was Cronblum gesagt hatte. Aber wenn ich mir das so überlege, hatte Cronblum gar nicht soviel gesagt, nur daß es den Roten nicht bekommen würde, dieser erste Sieg. Daß man abwarten müsse und daß die Roten gut daran täten, das Vorhandene nicht kaputtzumachen.

Als ich Vater die Ansichten von Cronblum berichtete, merkte ich, wie er leise aufatmete. Er sagte immer noch sehr ernst und verhalten: »Der Cronblum ist ein kluger Mann, mit dem Abwarten wird er recht haben. Wir hatten hier zunächst die Ostfront auf dem Hals mit ihren dauernden Anforderungen, und nun, nachdem die Armeen des Zaren geschlagen sind, die Polen. Das Verhältnis der Polen zu den Roten, darauf kommt es an. Morgen werden wir weitersehen.« – »Werden wir für den Kaiser marschieren?« fragte ich. »Das weiß ich nicht«, sagte Vater. »Einer allein kann es nicht. Auf alle Fälle brauchen alle die Eisenbahn.« Damit war ich verabschiedet. Ich ging in die Küche.

Jetzt, in der kalten Jahreszeit, wo die Kohlen auch bei uns gestreckt werden mußten, denn wir gaben der Mutter von Schemko immer Kohlen ab, wofür wir aus der Fabrik Aufzündholz bekamen, schliefen wir im Kinderzimmer und im Schlafzimmer der Eltern kalt. Geheizt wurde nur Vaters Arbeitszimmer, womit auch das Eßzimmer überschlagen war, so daß es zum Essen reichte. Am wärmsten war es in der Küche, wo die Frauen mehr zu tun hatten als sonst. Mutter backte jetzt immer das Brot allein, weil das von den Bäckern nicht mehr zu essen war, wie sie behauptete. Die Bäcker sagten, sie könnten aus dem Mehl, was sie erhielten, kein besseres Brot backen. Gottlob hatten wir von Großmutter aus Festenburg genügend Mehl. Mutter sagte, ihr Brot schmecke so gut, daß man darauf keine Butter brauche. Das sagte sie aber nur, weil ihr das Bratenfett auf einem Brot nicht schmeckte, denn frische Butter bekamen wir schon lange nicht mehr. Und von Großmutter waren die letzten Pakete nicht angekommen. Mir schmeckte das Fett aus dem Bratentopf sehr gut. Hedwig auch. Sie sagte immer: »Es ist das beste, was man haben kann zum Braten, diese Mischung aus Butterschmelze, Rindertalg und Schweinefett. Warum soll es nicht auch aufs Brot gut schmecken?« Sie verstand nicht, warum das der Frau nicht schmeckte. Wenn Hedwig von Mutter in deren Abwesenheit sprach, nannte sie sie immer nur »die Frau«. Heute abend hatte es Bratkartoffeln mit Zwiebeln gegeben und nachher ein Brot mit dünn Schweineschmalz und darauf, noch dünner, geriebenen Kräuterkäse. Dazu Lindenblütentee, aber den mit Zucker.

Als ich in Hedwigs Bett schlüpfte, empfing sie mich mit einem »Nee, nee, wo doch alles so traurig ist«. Mich hatte aber die Nachricht von der Abdankung des Kaisers nicht traurig gemacht, im Gegenteil, ich war angriffslustig, ich war das, was man bei Jungen aufmüpfig nennt. Ich hatte zwar auch einen Dämpfer bekommen, einen Schlag, wenn man so will. Ich hatte nämlich einsehen müssen, daß ich, obwohl ich nun die fabelhafte Terzerol, die wunderschöne Pistole hatte, keinen Schritt weitergekommen war in meiner Selbstverteidigung. Was nützte mir die eigene Waffe, wenn ich keine Munition hatte. So lange hatte ich an die kleine Pistole denken müssen, und jetzt hatte ich sie. Aber ich hatte sie auch nicht, weil die Munition fehlte. So mußte das meinem Vater mit dem Kaiser gehen. Er kam nicht darüber weg. Er saß in seinem Zimmer und rührte sich nicht von der Stelle. Wenn er glaubte, es gäbe eine Lösung, schob sich etwas dazwischen, und die Lage war wieder ganz anders.

Hedwig war aber in ihren Gedanken auch nicht müßig gewesen. Sie hatte der vorgeschrittenen Jahreszeit entsprechend eine Verschärfung unserer Bedingungen für das Kitzelspiel vorgeschlagen. Sie bestand darauf, daß man sich nicht aufstrampeln durfte. Bisher war ja das Wenden, das Drehen, das blitzschnell auf die Seite Legen durchaus erlaubt gewesen, wenn man nur nicht lachte unter den Kitzelattacken. Aber nun kam hinzu, daß man sich nicht aufdecken durfte. Das Kürzel für die Verschärfung hieß »Fleisch verstecken«. Immer schön unter der Zudecke bleiben. Ein ganzes Bein rausstrecken war ein genauso schwerer Verstoß wie ein Glückser oder ein Lachpuster. Das Kitzelspiel hatte an Qualität gewonnen. Hedwig war mir im Fleischverstecken weit überlegen, obwohl sie doch viel mehr zu verstecken hatte als ich. Aber im Finden neuer Kitzelstellen, die schnell und überfallartig angegangen werden konnten, war ich ihr überlegen. Ich war gerade dabei, ihre rechte Seite oberhalb der Hüfte zu bekitzeln, um dann schlagartig auf die andere Seite zu gehen, also einen unerwarteten Flankenwechsel vorzunehmen, als ich durch das Prusten von Hedwig die Stimme meiner Mutter hörte: »Was soll denn das? Sofort gehst du in dein Bett!« Und zu Hedwig: »Da dacht' ich immer, ich hab' eine Stütze an dir, dabei bist du noch kindischer als der Junge!«

Das brachte mich nun aber doch gewaltig auf. Was, nicht mehr Kitzelspiel? Und Hedwig zu schelten, obwohl Hedwig überhaupt nichts dafür konnte. Das sagte ich nun auch meiner Mutter: »Ich bin in Hedwigs Bett gehopst, weil mir kalt war. Also hat nicht sie, sondern ich angefangen. Und dann macht das Kitzelspiel warm! Und wenn wir nicht das Kinderzimmer heizen wollen, da muß man sich eben so warm machen. Die Hedwig hat für das Warmwerden einen ganz neuen Vorschlag gemacht, das Fleischverstecken, und das macht noch mehr warm als das Kitzelspiel so schon.« Dann erklärte ich Mutter das Kitzelspiel mit Fleischverstecken ganz genau und fügte hinzu: »Das darf ich ja nicht in deinem Bett!«

Das gab meiner Mutter den Rest. Sie war offensichtlich betroffen. Hielt mit ihren Vorwürfen Hedwig gegenüber ein und trat den Rückzug an. Wir hatten gesiegt. Nächsten Morgen schickte mich Mutter nach Milch. Das war immer der Beginn meiner Tagesbeschäftigung, denn die Milch kam ganz unterschiedlich in die Geschäfte. Selten noch boten die Bäuerinnen auch die Milch auf der Straße an. Sie kostete dann einen oder zwei Pfennige mehr, aber man hatte sie. Bei Frau Kubiak gab es keine. Auch mein Augenzwinkern wirkte nicht. Sie schien wirklich keine bekommen zu haben. Sie meinte: »Die Bauern werden heute nach dem Sturz des Kaisers nicht in die Stadt kommen. Sie werden erst sehen wollen, was wird. So was wie Revolution verträgt die Milch am allerwenigsten.« Aber vielleicht hatte sich die eine oder die andere Bauersfrau doch in die Stadt getraut. Wenn ich sie kannte, und man kannte seine Milchfrauen, dann würde ich eben unterwegs kaufen, ob nun der Krieg verloren war oder nicht. Mir schien, als ob die Straßen ein anderes Bild boten als noch vorgestern, es war immer in der letzten Zeit ein armseliger Eindruck gewesen, der das Straßenbild geprägt hatte. Heute kam es mir vor, als ob zu der Armseligkeit auch noch die Unordentlichkeit dazugekommen wäre. Man sah keine Straßenkehrer, die sonst das Bild der Straßen um diese Tageszeit beherrschten. Schmutzig gewordene Flugblätter lagen umher und all jene Abfälle, die am Abend und über Nacht dazugekommen waren und in der Frühe von den Straßenkehrern beseitigt wurden. Jetzt lagen die leeren Wodkaflaschen zerbrochen im Rinnstein. An der Ecke an der Mauer vom Gymnasium lag sogar eine Schnapsleiche, ein dreckiges Lumpenbündel in seinem eigenen Schmutz.

Je weiter ich in den Straßen umherschweifte, je klarer wurde mein Eindruck von der Revolution. Viel Schnaps und viel Dreck! Gearbeitet wurde auch nicht. Neu war nur der Anblick der verschiedenen Wachposten. Die sahen lottriger aus. Sie hatten meist den Kragen offen, das Gewehr nicht geschultert, wie man sie sonst sah, sondern umgehangen. Meistens rauchten sie. Als wollten sie dartun, daß sie das alles nicht interessierte. Und dann natürlich die roten Armbinden. Das gehörte scheinbar auch zur Revolution, Armbinden! Die Polen hatten sich ebenfalls der Armbinden bedient. Da waren sie weißrot, in den polnischen Nationalfarben, aber nun waren sie nur noch rot und wurden von Deutschen getragen.

Ich traf den großen Piontek. Der Hund war immer noch nicht verkauft, was er jetzt lobte, weil die Zeit doch noch unsicherer geworden war. Die Geschäfte ließen sich nicht so an, wie man erwartet hatte. Ursprünglich war man davon ausgegangen, daß die Waffen mit der Revolution extrem billig werden würden, aber es war ganz anders gekommen in den letzten Tagen. Die Waffen waren noch teurer geworden. Es konnte aber auch sein, daß sie zurückgehalten wurden. Hätte man gewußt von wem, hätte man ein Angebot machen können, freibleibend versteht sich, aber so?

Mit einem Mal fiel mir auf, daß der große Piontek mit mir die gleiche Richtung nahm. Wollte er zu mir? »Hast du eine Botschaft für mich?« fragte ich ihn. »Nein«, sagte er, er müsse aber in das Eisenbahndepot. Das sei jetzt der einzige Platz in Posen, wo man noch einwandfreien Wodka bekomme, natürlich zu schwindelnden Preisen. So ging ich mit ihm ins Depot, immer noch die Milchkanne ohne Milch mit mir rumschleppend. Der Posten am Schilderhaus sah etwas besser aus als die Soldaten in der Stadt. Auch er trug die rote Armbinde. Er fragte, ob wir den Vorsitzenden des Soldatenrates sprechen wollten. Das war neu. Ich fragte nach dem gemütlichen Feldwebel. Nein, hieß es, der Genosse Feldwebel sei auf Urlaub. Als ich den Namen von Unteroffizier Goretzki nannte, hellte sich der Gesichtsausdruck des Postens auf. Genosse Goretzki sei gleich da, dabei zeigte er auf die Vierecke an der Gymnasiumsmauer mit den Eisenbahnschwellen. Als wir näher kamen, merkten wir, daß dort geschäftiges Leben herrschte. Die Abgrenzungsgevierte nach dem Schwellenstoß hin waren erhöht. Schon von weitem hörte man das freundliche Grunzen von Schweinevieh. Auch eine Kuh oder mehrere verrieten sich jetzt durch lautes Muhen.

Mitten in einer Gruppe von Zivilisten und Soldaten stand Unteroffizier Goretzki, oder wie er jetzt genannt werden mußte, Genosse Goretzki. Er kam freundlich auf mich zu und sagte, auf meine Milchkanne deutend: »Du wirst heute in der Stadt keine Milch bekommen, außer bei uns. Wir geben dir welche.« Dann rief er einen Soldaten, gab ihm ohne viele Worte meine Milchkanne. Der ging weg, und Goretzki fragte nach meinem Vater. Er setzte hinzu: »Die Herren Offiziere hat das mit dem Kaiser ja besonders getroffen. Wenn dein Vater etwas hat für uns, wenn er meint, er könnte uns gebrauchen, oder wir könnten ihm helfen? Wir sind immer für ihn da. Wir haben seine Ratschläge nicht vergessen und seine Hilfe mit den Ofenblechen auch nicht. Sie kommen uns erst jetzt so richtig zugute.«

Piontek hatte, ein paar Schritte Distanz haltend, dagestanden und bekam den Mund nicht zu vor Staunen. Er hatte seinen Wodka eingehandelt und sagte: »Das hätte ich nicht gedacht, daß du dich hier so auskennst. Du bist doch ein Deutscher, oder etwa nicht?« Derweil war der Mann mit der Milchkanne voll mit Milch gekommen, und wir hätten gehen können, aber mich interessierte, was die noch so hatten. Hinter den Bauwagen, die fast überbelegt schienen, waren einige merkwürdige mit Zeltplanen zugedeckte Maschinen oder Waffen, wenn Waffen, dann schwere, aufgebaut. Der große Piontek erkannte sie sogleich: »Das sind ja Mörser oder Minenwerfer«, sagte er, die deutschen Worte dafür gebrauchend. Da kam aber schon ein Soldat mit der bekannten Armbinde und sagte in dem gebrochenen Deutsch, wie es die Polen sprechen, wenn sie es erst als Erwachsene gelernt haben: »Das verboten! Geht weg!« Wir leisteten dem sogleich Folge und gingen zu den Stallungen. Da trafen wir den Goretzki wieder, der immer noch mit den Zivilisten verhandelte. Ich schnappte gerade soviel auf, daß es sich um einen Aufmarsch zu handeln schien, ob für Mensch oder Vieh, war nicht zu hören. Wir wandten uns nun zum Gehen, verabschiedeten uns winkend. Der große Piontek war noch immer beeindruckt. Er fragte jetzt: »Weiß das noch jemand von den Jungen vom Rangierbahnhof, daß du so gute Beziehungen zum Depot hast? Das darfst du niemandem sagen, auch meinem kleinen Bruder nicht, sonst zieht das die ganze Bande hierher. Das muß unser Geheimnis bleiben. Ich sag' es niemandem.«

Hoffnung?

Auf der Hintertreppe traf ich Pan Drigas. Er fragte mich im Vorübergehen, ob der Vater zu Hause sei. Ganz eilig sagte er das und gab sich selber die Antwort: »Er wird zu Hause sein, es ist ja Generalstreik! Ich komm' gleich zu euch.« Damit rannte er auf die Fabrik zu. Vater war zwar auf der Eisenbahndirektion gewesen, aber wieder zurückgekommen, weil nicht gearbeitet werden durfte wegen des Generalstreiks. Die Bahntelegrafen tickerten dennoch und spuckten Nachrichten aus von Berlin und vom Stand der Revolution. Der Mutter, der ich berichtete, daß Pan Drigas den Vater sprechen möchte, gab mein Vater eine kurze Einleitung, denn sie sollte an dem Gespräch mit Drigas teilnehmen. Vater wußte nur nicht recht, ob sie über die Vorgeschichte im Bilde war. Er sagte jetzt: »Aus den verschiedensten Anfängen einer polnischen Staats- und Regierungsbildung hat sich bisher folgendes herausgebildet. Da gibt es den unter deutschem Protektorat in Warschau gebildeten Regentschaftsrat, in dessen Namen die vorläufige polnische Regierung ihren Anfang genommen hat. Drigas hat sich noch aufgeregt, daß die Warschauer Regierung zu viele Juden einstellte. Er schob das der deutschen Verwaltung in die Schuhe, denn noch immer war ja der Generalgouverneur General von Beseler, und Drigas meinte, daß das an den Preußen liege, die immer die Juden bevorzugt haben. – Weißt du nicht?« Meine Mutter erinnerte sich.

»Schon im Oktober hatte dieser Regentschaftsrat Aufrufe an das polnische Volk gerichtet und das ›Vereinigte unabhängige Polen‹ ausgerufen. Noch Ende Oktober übernahm der Regentschaftsrat den Oberbefehl über die polnische Armee, von denen wir schon Teile erlebt haben, denkt dabei an den Schwiegersohn von Drigas und seine Ulanen. Es ist auch schon ein Generalstabschef für die polnische Armee berufen worden, der österreichische Feldmarschallleutnant Tadeusz Rozwadowski. Ebenfalls schon im Oktober machte sich der Regentschaftsrat an die Regierungsbildung. Dabei waren eigene Ministerien für Posen, das noch immer deutsches Reichsgebiet ist, und für Galizien, wo sich eine eigene Regierung in Gestalt der Liquiditionskommission gebildet hat, geplant.«

Mutter sagte: »Es gibt also schon Polen? Mit Regierung, mit Armee und allem, was dazugehört?« – »Ja«, sagte Vater, »wenn auch nur in dem Teil des alten Polen, das vor dem Krieg zu Rußland gehörte und das wir vom zaristischen Rußland befreit haben. – Außerdem haben wir gerade vor ein paar Stunden Nachrichten über den Eisenbahntelegrafen aus Berlin bekommen. Wenn mich nicht alles täuscht, wird der gute Drigas aus irgendeiner Quelle was gehört haben und will sich nun Gewißheit verschaffen. Daß etwas in der Luft liegt, außer der Abdankung des Kaisers und der Revolution in Berlin einschließlich des Generalstreiks, ist mir heute morgen wieder sehr deutlich vor Augen geführt worden. In der Eisenbahndirektion sah ich, wie schon in den letzten Wochen, lauter neue Gesichter, Kollegen, die aus dem Reich, aus dem Westen kommen, aus Gelsenkirchen und Bochum, und hier ihren Urlaub verbringen bei Verwandten auf dem Lande, wegen der ganz miserablen Lebensmittellage im Westen. Die melden sich ganz vorschriftsmäßig auf der Direktion und warten, ob für sie Nachrichten aus dem Westen vorlägen, was natürlich nur ein Vorwand ist. Die wollen sich umsehen, ob in der neuen Eisenbahnverwaltung in den Gebieten des Generalgouverneurs nicht viel bessere Positionen frei würden. Wir haben diese Leute ja glänzend ausgebildet.«

»Und was ist das, was in der Luft liegt?« fragte Mutter. Dabei stand sie auf, um für die Herren den unvermeidlichen Wodka und Gläser zu holen, denn ein Männergespräch ohne einen Wodka und für die Damen einen Likör gab es auch in der ärgsten Not nicht. Besonders wenn Pan Drigas ins Haus stand, wußte Mutter, was wir unserem Wirt schuldig waren. Das war so ein Überbleibsel aus uralten Zeiten, als man den Grundeigentümer einen besonderen Zins entrichtete in Gestalt einer Wegzehrung, wenn er am jeweiligen Domizil der Lehnsleute vorüberkam. Außerdem wußten wir, daß Pan Drigas die heimlichen Quellen unserer Vorräte kannte. Er wußte sehr genau, wo Festenburg lag, und von den Großmutter-Paketen, die von dorther kamen. Die Salami und Cervelatwurst, die harte, glasige und die weiche und doch schnittfeste, hatten es ihm angetan. Das ergab die vorzüglichsten Kanapki, die kleinen belegten Brotschnittchen. Wenn wir auch im Augenblick keine Butter hatten, so waren die Kanapki doch hervorragend, und ich durfte mitessen. Obwohl der Wodka für mich tabu war, bei den Kanapki konnte ich mich beteiligen. Mir schmeckten die genausogut wie Pan Drigas.

Er kam herein, als hätte er ein Königreich zu verschenken. Nach einem artigen Diener vor meiner Mutter, verbunden mit dem Schwenken des Armes, als wolle er einen imaginären großen Hut ziehen, wie das wohl in dem 18. Jahrhundert allgemeiner Brauch war, verschluckte er das Wort »Madam« halb, um sich gleich dem Vater zuzuwenden: »No, was sagen Sie nu? Haben Sie gehört? Aber Sie werden ja durch Ihren Bahntelegraf besser Bescheid wissen als ich. Haben Sie gehört von Pilsudski? Er ist frei. Die letzte große Tat der kaiserlichen Regierung, die letzte große politische Geste des Reichskanzlers Prinz Max von Baden. Endlich, endlich haben die Deutschen begriffen, worauf es ankommt! Aber wer ist dieser Graf Harry Kessler? Was macht dieser Graf Kessler in Warschau? Haben sie das auch aus Berlin telegrafiert bekommen?«

Der Vater nickte und sagte: »Der Reichskanzler hat die Freilassung Pilsudskis aus der Internierungshaft in der Festung Magdeburg angeordnet, hat für Pilsudski einen Sonderzug zur Verfügung gestellt und den Grafen Kessler als ersten Gesandten der Reichsregierung ausersehen, da der Graf schon lange auf eine Freilassung von Pilsudski einzuwirken bestrebt war. Er hat sofort den zukünftigen Gesandten des Reiches in Warschau in Marsch gesetzt. Damit hat er die Regierung des Regentschaftsrates in Warschau anerkannt und ihr ihren Kriegsminister gleich frei Haus geliefert.«

Pan Drigas atmete auf, seine Gestalt schien sich zu strecken. Seine Vision des größeren, des historischen Polens hatte vielleicht in diesen Stunden begonnen, Gestalt anzunehmen. »Und wann hat der Prinz von Baden das getan?« – »Soviel ich weiß«, antwortete mein Vater, »hat der Kanzler das einen Tag vor der Verkündigung der Abdankung des Kaisers, einen Tag vor der Ausrufung der Republik getan.« – »Das ist gut, das ist gut«, sagte Pan Drigas, »da ist die Kontinuität der Monarchie gesichert.« – »Wie meinen Sie das?« fragte mein Vater. »Nu, werde ich Ihnen sagen! Der Kaiser hat abgedankt, ja, für Deutschland, und er hat abgedankt auch für seinen Sohn, auch für Deutschland, aber was hindert den Kronprinzen, König von Polen zu werden? Des großen Polens? Wenn ich denke, der Kronprinz an der Spitze der Schwarzen Husaren in Danzig! Der blonde Kronprinz in der schwarzen Uniform auf dem Rappen. Das war ein Bild. Was meinen Sie, wenn er so einziehen mechte in Warschau an der Spitze seines Leibregimentes? Ganz Polen mechte ihm zujubeln.

Das wäre wieder Zukunft, das wäre wieder das alte Großpolen! Da bräuchte Europa nicht mehr zittern vor den Bolschewiken, vor den Moskowitern. Da würde Polen wieder sein, was es immer war und was seine historische Größe, Aufgabe und Mission war und was diesem Polen das Gewicht im Konzert der Mächte gab. Retter des Abendlandes. Bollwerk gegen die Brandung aus dem Osten. Darauf müssen wir einen trinken!« Er hob sein Glas und trank es in einem Zuge aus. Er war in dieser Minute so unwiderstehlich, daß Vater und Mutter mithielten.

»Ah«, sagte Pan Drigas, »das schmeckt. Die gute Nachricht ist die beste Würze.« Damit hielt er meinem Vater sein Glas zum Nachgießen hin, während er mit der anderen Hand ein Cervelatwurstschnittchen von Mutters Platte nahm. »Ich sehe schon wieder bei Ihnen, daß die Deutschen nicht mit Wodka umgehen können. Es ist grundverkehrt, den Wodka ohne Essen zu trinken. Man trinkt den Wodka im Grunde nur, damit das Essen bekömmlicher wird. Und bei dieser hervorragenden Cervelatwurst, da wäre es eine Schande, eine Sünde wider den guten Geschmack, wenn man nicht ein Wässerchen dazu trinken würde.« Damit trank er das Glas aus und ließ sich von Vater nachschenken. Dann nahm er abermals ein Cervelatwurstschnittchen und sagte: »Man darf überhaupt nur an Essen denken, wenn das Glas voll ist. Dann macht man so.« Damit nahm er sein Glas und trank etwa die Hälfte aus, atmete hörbar aus und schob das Schnittchen nach, nahm das Glas zum Munde und trank den Rest seines Wodkas. »Warum man so macht, werd' ich sagen. Durch das Ausatmen nach dem ersten Schluck, da wird der Mund, der durch den Wodka ganz klar geworden ist, von allen Beigeschmäckern befreit. Jetzt ist er bereit für den neuen guten Geschmack.« Damit nahm er ein weiteres Schnittchen und begann gleich sichtlich zu kauen. Demonstrativ rollte er dabei mit den Augen und strich sich über seinen kleinen Bauch. »So trinken, damit macht man seinem Gastgeber Ehre. Und Essen ist auch wichtig für den Geschmack. Bedenken Sie, Madam, wenn wir noch die guten, kleinen, fetten Ostseeheringe hätten, ich weiß nicht, wo sie bleiben. Die russische Flotte, die die Fischer könnte hindern beim Fang, ist niedergekämpft. Sie können wieder fischen. Aber wo bleiben die Fänge? Ein Geschäftsfreund in Danzig, den ich besuchte, sagte mir, sie salzen die Heringe gar nicht mehr, sondern sie essen sie frisch als grüne Heringe gebraten, und ich habe da mitgegessen. Wunderbar! Ich glaub' das denen. Aber wenn man hätte, was es bei mir im Frieden immer gab, zu den Kanapki Hering nach polnischer Art, da brauchten Sie den Wodka, damit der Geschmack, damit Ihre Zunge wird wieder klar.«

Meine Mutter hatte längst auf Schnittchen mit gesäuerten Pilzen mit Reizkern und Speck aufmerksam gemacht, und nachdem Pan Drigas den Wodka ausgetrunken und das Reizkernschnittchen mit neuem Wodka begossen hatte, ging es weiter. Bei den Schnittchen hielt ich wacker mit, auch ohne Wodka. »Was denken Sie«, begann Pan Drigas wieder von neuem, »was für eine Wirtschaftskraft in einem solchen Gebiet liegen würde, das von Reval am Finnischen Meerbusen bis nach Cherson am Schwarzen Meer reichen würde? Denken Sie nur an die Konflikte, die durch eine solche Konföderation aufgehoben würden. Die vielen Staaten, die jetzt entstehen, da kommen doch mit jedem neuen Staat, mit jeder neuen Grenze auch neue Konflikte. Aber wenn die Esten, die Letten, die Litauer, die Weißruthenen, die Ukrainer, die Polen, die Deutschen, aber nicht die im Reich, sondern die, die jetzt schon unter den östlichen Völkern wohnen, wie die Juden, wenn die alle in einem Zusammenschluß leben würden ohne Herrschaftsvolk, gleichberechtigt unter einem Volksgruppenrecht, das nicht mehr an den Boden, sondern an die Person gebunden ist, das wäre das große Glück für die Völker. Von der Ostsee bis zum Schwarzen Meer.«

Jetzt konnte mein Vater die Schwärmerei nicht mehr aushalten. Er fragte: »Und wir hier in Posen? Was wird in Ihrem Wunschbild aus uns?« – »Nu, Posen«, sagte Pan Drigas, »die Provinz Posen und die Stadt Posen sind doch schon ein Beispiel eines solchen Zusammenlebens. Hier leben wir doch, Sie als Deutsche, die in einem Haus leben, das einem Polen gehört, mit Ihrem Nachbarn, den Radschiowkis, die Juden sind, in bester Eintracht zusammen. Ihr Junge hier«, damit sah er mich voll an, »der spricht so gut polnisch wie deutsch.« – »Und was meinen Sie, werden die Franzosen dazu sagen?« fragte mein Vater. »Meinen Sie, daß die Alliierten das gestatten werden?« – »Sie halten Ihrer Nation immer und immer wieder die polnischen Teilungen vor. Auch wir Deutschen haben geschichtliche Erinnerungen. Wenn tatsächlich ein Hohenzoller, der Kronprinz von Preußen, König von Polen werden wollte? Was da die Franzosen und auch die Engländer alles anstellen würden, um das zu verhindern. Sie haben jetzt Jahre und Jahre den Kaiser verteufelt, sie haben einen Haß unter den Völkern gegen diese Herrscherfamilie ausgesät, der in keinem Verhältnis zu den tatsächlichen Machtbefugnissen der Herrscher stand. Die machen sich doch vor ihren Völkern unglaubwürdig, sie wollen doch nur die nächsten Wahlen gewinnen. Davon leben sie in den Augen ihrer großen Verbündeten, der Amerikaner. Denken Sie an die französischen Politiker, an Poincaré, Clemenceau, denken Sie auch an den Engländer Lloyd George, die würden doch keinen Augenblick zögern, jetzt, da Deutschland besiegt ist, ihre Armeen wieder in Marsch zu setzen. Die würden sich doch nicht schämen, einen 30jährigen Krieg auf deutschem Boden zu führen. Das haben wir alles gehabt. Wir kennen unsere

Nachbarn. Nur die Engländer kannten wir noch nicht. Das sollte diesem Krieg vorbehalten bleiben.«

Aber das schien Pan Drigas nicht mehr allzusehr zu interessieren, dennoch pflichtete er bei: »Ja, bei diesen Kleinstadtadvokaten aus der französischen Provinz ist nichts als Haß, Neid und Angst zu finden, furchtbare Angst. Das ist es. Das macht sie so engstirnig, so kleinkariert. Da haben Sie recht.«

Mein Vater nahm wieder das Wort: »Vergessen Sie doch nicht, Herr Drigas, daß in Paris die andere Hälfte der Warschauer Regierung sitzt, man kann sagen ihr ganzer außenpolitischer Teil. Die inzwischen eingerichteten Gesandtschaften bei den alliierten Staaten, das große polnische Nationalkomitee unter Leitung oder doch beherrschendem Einfluß ihres politischen Gegners Dmowski. Meinen Sie denn, der würde ruhig zusehen, wie Pilsudski der alten polnischen Idee zum Siege verhilft? Da würde er ja mit seiner Westmarkenkonzeption erledigt sein, mit seinen Ansprüchen auf die alten schlesischen Piastenherzogtümer, die, wenn schon historische Ansprüche angemeldet werden, höchstens von den Tschechen in Anspruch genommen werden könnten. Und dann vergessen Sie nicht ihre Blaue Armee in Paris, vergessen Sie nicht General Haller. Der wird auch mitreden wollen, weil er doch mit gesiegt haben will. Glauben Sie mir, als Deutscher bin ich auf Ihrer, auf Pilsudskis Seite zu finden. Auch ich sehe, daß solch ein Staat auf die Dauer den gesicherteren Frieden bringen würde. Auch wenn er von uns Opfer verlangen würde, wäre es die bessere Lösung. Aber denken Sie an die Franzosen. Die denken doch nicht an Polen. Für die ist Polen gerade gut genug, einen immerwährenden Kriegsgrund gegen Deutschland abzugeben, einen fortlaufenden Interventionsgrund für den Einmarsch französischer Truppen ins Reichsgebiet«, sagte mein Vater erregt.

Während dieser ganzen Unterhaltung waren unentwegt

Schnittchen gegessen und Wodka getrunken worden. Gerade hatte mich Mutter wieder mit einer Platte in die Küche geschickt, wo Hedwig pausenlos das gute selbstgebackene Brot in dünne Scheiben schnitt und die Teilchen belegte. »Das ging aber schnell mit dieser Platte«, sagte sie. Ich machte darauf aufmerksam, daß Pan Drigas bei Pilsudski angelangt sei.

In diesem Moment klopfte es an der Hintertür, so wie es nur Schemko konnte. Als ich ihm aufmachte, platzte er bei uns herein mit dem Ruf: »Ist der Großvater bei euch? Es ist ein Kurier aus Warschau angekommen.« Das hätte er nicht so laut und schon gar nicht vor Deutschen sagen dürfen, aber Hedwig verstand ihn nicht, dafür schob sie ihm ein Schnittchen in den Mund. Schemko nickte nur, ohne sie anzusehen. Er war solche Ovationen gewöhnt. Er fragte: »Säuft der Großvater heute bei euch?« Ich schilderte ihm, wie Pan Drigas ganz begeistert über die Freilassung von Pilsudski zu meinem Vater gekommen sei, um die Lage zu besprechen, da Vater ja den Bahntelegraf im Rücken habe, der trotz des Generalstreiks arbeite. Schemko sagte, das sei genauso bei ihnen. Die Kuriere, die würden auch gehen und laufen, ob Generalstreik oder nicht. »Im übrigen sagt mein Vater«, erwiderte ich, »mit dem Pilsudski, da spinnt der Großvater. Das hätte viel früher passieren müssen, oder die Zeit ist noch nicht reif dafür.« – »Geh!« sagte Schemko zu mir, »hol den Großvater.«

Ich ging, Schemko würde nur im äußersten Notfall zu meinen Eltern ins Herrenzimmer gehen. Als ich zu den Erwachsenen zurückkam, war Pan Drigas schon sehr entrückt. Als ich ihm sagte, er habe wichtigen Besuch bei sich, war er ganz eilig, wegzukommen. Er sagte: »Bis morgen, wenn Sie wieder haben das Neueste, was Bahntelegraf zu bieten hat.« Dann stürmte er durch den Korridor die Vorderstiege hinauf in seine Wohnung. Schemko war in der Küche bei Hedwig geblieben, das schien ihm der für den Augenblick sicherste und angenehmste Aufenthalt. Während des Kauens kamen so Bruchstücke der Nachrichten, wie er sie aufgeschnappt hatte, zum Vorschein: »In Warschau, da haben die Deutschen auch schon einen Arbeiter- und Soldatenrat gebildet. Der Pilsudski wird mit dem verhandeln.« Wenn der Pilsudski auch mit den Deutschen Roten zusammenhielte, dann würde wohl mit dem Kronprinzen und den Schwarzen Husaren in Warschau nicht viel werden. Damit steckte ich mir eine Scheibe Cervelatwurst in den Mund und ging zu den Eltern ins Herrenzimmer.

Als ich Vater von den aufgeschnappten Kuriernachrichten berichtete, schlug der sich auf den Schenkel und rief aus: »Da sind sie aber reingefallen, die alten Großpolen. Und was bei uns noch als großes Geheimnis gehandelt wird, das erzählen sich die Jungs auf der Straße. So mußte das kommen bei dem Durcheinander in Berlin. Aber gerade das, was du da von deinem Freund gehört hast, ist zu wichtig, als daß wir es für uns behalten dürften. Ich gehe noch mal schnell zur Direktion. Du kannst mitkommen.« Darauf war ich mächtig stolz. Durch mein Zutun hatte Vater etwas in Erfahrung gebracht, was für uns alle von großer Bedeutung sein konnte. Ich zog den guten Mantel und die pelzbesetzte Kappe mit dem weichen Leder an, und wir gingen zur Eisenbahndirektion. Der Vater hatte längst einen Weg durch die Nebenstraßen als sicherste Verbindung ausgemacht. So waren wir schnell da. Schon lange vorher fing das mit den Sperren an. Sperren und Kontrollen, die aber meinen Vater kannten, der noch im Arbeiter- und Soldatenrat, in der Eisenbahnkommission seinen Platz hatte. Die Eisenbahndirektion war einer der modernsten Großbauten, die die preußische Verwaltung repräsentierte. Alles war groß und weit und beeindruckend. Ich kam mir nirgends so klein vor wie in der Eisenbahndirektion. Wer hier arbeitete, der kam jeden Tag aufs neue gestärkt aus diesen gewaltigen Mauern. Der nahm auch etwas von der Größe aus diesem Arbeitstag mit in seine private Sphäre. Schon beim Eintritt machte mich Vater darauf aufmerksam, daß der oberste Dienstherr, wie das hieß, nicht mehr die Königlich-preußische Eisenbahnverwaltung war, sondern der Arbeiter- und Soldatenrat, in dessen Namen alles geschah. Trotz des Generalstreiks und der Ruhe auf den Straßen herrschte im Direktionsgebäude eine beängstigende Unruhe und Hektik. Auf meine Fragen, warum die alle so aufgeregt seien, sagte Vater: »Die sind alle so neu, daß sie immer drei- bis viermal fragen müssen, ehe sie raus haben, um was es geht. Sind alle sehr emsig, mühsam und eifrig. Aber das Eigentliche, worauf es jetzt ankommt, das machen natürlich die alten Beamten.« Dann mußte ich mich auf eine Bank niedersetzen. Vater ging durch eine Tür, die aber offen blieb. Ich steckte mir einen der guten Sahnebonbons in den Mund, mit denen konnte man alles überdauern.

Durcheinander

Ich konnte den großen Raum durch die offene Tür gut übersehen, soweit das überhaupt möglich war, denn er quoll fast über von Männern, die alle rauchten. Rauchen, das schien auch so ein Zeichen der Revolution zu sein. Auch so viele Herren in einem Raum hatte ich nie gesehen. Jetzt erschien ein Herr in der Tür, der meinen Vater am Rockaufschlag hinter sich herzog: »Kommen Sie hier auf den Flur. Hier kann man wenigstens reden und den anderen verstehen. Da drinnen hört ja einer den anderen nicht mehr. Also, was ist los?« – »Hier, mein Sohn«, sagte mein Vater. Ich stand auf und machte meinen Diener, war Zeuge, wie eine Kuriernachricht aus Warschau in der hiesigen Sokolzentrale überbracht wurde. Der Inhalt war der, daß der gerade aus Magdeburg eingetroffene Pilsudski mit dem in Warschau gebildeten Deutschen Arbeiter- und Soldatenrat verhandele. Der Herr wandte sich an mich: »Du sprichst polnisch?« fragte er. »Ja«, sagte ich. »Schade, daß wir nicht das Ergebnis der Verhandlungen erfahren. Tatsache ist, daß Pilsudski in Warschau den Oberbefehl über die polnischen Truppen übernommen hat. Der Generalgouverneur von Beseler ist am 9. zurückgetreten und jetzt ohne Befehlsgewalt. Aber gut gemacht, mein Junge, wenn du wieder was hörst, gleich deinem Vater sagen. Das ist wichtig für uns. Möchte bloß die Nachrichtenverbindungen von den Sokoln kennen.« Und zu meinem Vater gewandt: »Kommen Sie, ich zeige Ihnen die Lage nach dem neuesten Stand.« Vater gab mir einen Wink. Ich setzte mich wieder auf die Bank. Vater würde mich schon holen.

Aus der Zigarettenrauchwolke lösten sich die Konturen von zwei gewichtigen Herren. »Und ich sage Ihnen« – ich spitzte meine Ohren und dachte, jetzt kommt sicher eine Sache, die toll ist – »so was von vorzüglicher Verpflegung wie in der Oberpostdirektion, das können Sie sich nicht vorstellen, Herr Kollege!« Ich war sprachlos. Gab es nichts Wichtigeres? »So was haben wir einfach nicht.« Damit gingen sie denselben Weg, den Vater mit dem anderen Herrn gegangen war. Wieder war die Tür offen geblieben. Jetzt hörte ich von drinnen: »Das müssen wir sofort einzeichnen. Truppen der westukrainischen Volksrepublik kämpfen gegen die polnischen Streitkräfte!« Damit gingen sie, ein Knäuel von wenigstens vier Männern, drei davon in den grauen Uniformen mit den roten Armbinden. Sie folgten den übrigen Herren in Richtung des Kartenzimmers.

Das war ja eine Bombennachricht. Aber wo kämpften die denn? Das mußte ich Vater fragen. Das war die Revanche für Schemko, dem ich die Nachricht über Pilsudski verdankte. Auf jeden Fall hatte ich mir einen neuen Sahnebonbon verdient, den ich auch gleich aus dem Tütchen fischte und im Mund verschwinden ließ. Es passierte nichts Aufregendes mehr, und mein Vater kam auch bald. Ich fragte ihn nach den Truppen, den ukrainischen, die gegen die Polen kämpften. »Wo hast du denn das wieder her?« fragte mein Vater. »Von den Leuten in den Uniformen mit den roten Binden, die gerade rausgekommen sind«, antwortete ich. Vater sagte, was mich stolz machte: »Du bist ja der reinste Doppelagent. Müssen wir nur sehr vorsichtig sein mit deinem Freund Schemko. Die Kämpfe finden zur Zeit im östlichen Galizien statt.« Ich gab mich damit zufrieden, mußte das tun, weil ich merkte,

Vater wollte im Augenblick nicht mehr sagen. Er meinte jetzt nur noch im Herausgehen aus der Direktion: »Wir werden erst morgen mehr erfahren, vor allem, was sich in Warschau tun wird.«

Es begann dunkel zu werden. Wir beeilten uns, nach Hause zu kommen, denn es war mit dem Generalstreik ein Ausgehverbot verhängt worden. Wenn Vater auch immer einen plausiblen Grund hatte, noch später auf der Straße gesehen zu werden, war es doch besser, zu Hause zu sein. Die Straßen waren außerdem so dunkel, weil kein Gas da war, und sie waren schmutzig. Zu Hause war Mutter beim Kochen. So wie auf der Straße, hatten wir auch zu Hause kein Gas. Wir hatten eine einzige Petroleumlampe, aber nur noch eine Flasche Petroleum. Die mußte aufgehoben werden für dringende Fälle, wenn Vater in der Nacht weg mußte oder wenn jemand krank werden sollte. Wenn Mutter beim letzten Tageslicht das Essen ankochte, war das Herdfeuer noch das hellste. Sobald sie das Essen in den Kochtöpfen in die Kochkiste eingestellt hatte, war die Zeit gekommen für unsere Beleuchtungserfindung. Sie basierte auf den Dachlattenabschnitten aus Drigas Möbelfabrik. Jeden Morgen brachte uns Schemko einen guten Arm voll der willkommenen Dachlattenabschnitte, wofür er im Gegenzug einen oder zwei Eimer Kohle mit nach oben nahm, je nachdem, wie kalt es war. Jetzt nahm Mutter zwei bis drei Herdringe heraus, stellte den Lattenhalter in den Herd, in die Glut, und die Dachlattenstreifen hinein. Der Dachlattenhalter war eine Konstruktion meines Vaters. Aus dickem Eisendraht hatte er einen Ring gebogen, dessen eines Ende senkrecht hochlief und am Ende in einen teiloffenen Halbkreis auslief. Der untere Kreis wurde in die Ofenglut gestellt, und durch den oberen Halbkreis wurden die Pappstreifen in die Glut gesteckt, die aufrecht stehend langsam abbrannten, fürchterlich rauchten und rußten, aber ein wenig Licht abgaben, gerade soviel, daß wir essen konnten, wenn die Garzeit in den Kochkisten abgelaufen war. Mutter schimpfte immer über die Beleuchtung, aber pries Vater, daß er überhaupt etwas Derartiges zustande gebracht hatte, denn für Petroleum konnten wir nicht einmal Festenburg mobil machen. Ich fand, daß die Abschnitte genauso wie die Pappstreifen wunderbar brannten, ein schönes helles Licht abgaben. Mutter war die erste, die dagegen protestierte mit dem Hinweis auf ihr und Hedwigs Haar, das einen intensiven Geruch annahm, der mit den Kriegswaschmitteln nur schwer zu beseitigen war. Nur im Bett, wenn ich mich so richtig bei Hedwig einkuschelte, dann roch ich das, und ich muß sagen, es gab schönere Gerüche.

Meine Mutter rechnete vor, was das ausmachte, wenn man die Erbsen oder Bohnen am Tage zuvor über Nacht einweichte, dann ankochte und anschließend in der Kochkiste weich werden ließ. Sie meinte, daß durch diese Behandlung auch der Wohlgeschmack erheblich zunehme, wobei ihr mein Vater zustimmte und behauptete, daß es fast so gut wie aus der Feldküche der Soldaten schmecke. Nur ich mochte Erbsen und Bohnen nicht so gern. Linsen hatten wir schon lange nicht mehr. Hedwig erging es genauso. Aber wir sahen ein, daß es uns noch viel, viel besser ging als den vielen Deutschen, die keine Verbindung zum Land hatten.

Als am nächsten Morgen Schemko mit den Dachlattenabschnitten kam und die für die Drigas bestimmten Kohleeimer abholen wollte, richtete ich es so ein, daß ich ihm den einen Eimer abnahm, um ihm von den Kämpfen in Galizien zu berichten und daß die ukrainischen Truppen schöne Erfolge zu verzeichnen hätten. Wir beschlossen, anschließend auf den Rangierbahnhof zu gehen, um bei unseren Geschäftsfreunden zu horchen, wie sich dort die Lage darstellte.

Wir zogen unsere Rangierbahnhofssachen an, diesmal

obendrein mit einem dicken Schal, der auch eigentlich viel zu gut war, aber die Mütter wollten es so. Wir taten ihnen auch den Gefallen, wieder ein anderes Stadtviertel zu besehen, ehe wir zum Rangierbahnhof einbogen. Das hatte sich schon lange eingependelt, daß wir jeweils einen anderen Straßenzug oder ein anderes Stadtviertel besuchten. Es hatte sich erwiesen, daß die Metzger in einem Viertel gerade Wurst und Fleisch hatten, während es in dem anderen nichts gab und die Schaufenster leer waren. In solchem Fall blieb der eine von uns stehen oder stellte sich in die Reihe der Schlange, während der andere so schnell er konnte im Dauerlauf nach Haus rannte, um die Mütter zu mobilisieren. Die kamen nach einer Weile auch angetrabt, in dem ihnen eigenen Schnellgang. Meistens rannte ich nach Hause. Nur wenn es ein deutsches Geschäft war, dann blieb ich, und Schemko holte die Verstärkung. Wir hatten das von den Jungs am Rangierbahnhof übernommen. Wenn ein Zug einfuhr, der zu filzen war, dann rannten höchstens zwei von uns den Zug entlang und meldeten dann dem großen Ruthenen, ob es sich lohnte oder ob es überhaupt ein Leerzug war. Schon als wir uns zu Hause umzogen, machte Hedwig ganz abwegige Bemerkungen: »Die jungen Herren gehen in die Stadt, Einkäufe zu erledigen?« fragte sie in einem ganz spitzen, affektierten Tonfall. Denn sie wäre gar zu gerne mitgegangen, um dem häuslichen Einerlei zu entfliehen. Aber die Mutter wußte genau, warum sie lieber uns gehen ließ. Es waren zu viele Soldaten in der Stadt. Die Straßen waren feldgrau.

Und im übrigen ersparten wir unseren Müttern viel Zeit durch unsere Methode, denn wir waren ja zweispurig. Es war nun mal so, daß die deutschen Fleischer lieber Deutsche bedienten als Polen und umgekehrt, und an den Gemüseständen war es genauso. Eine Bäuerin aus den deutschen Dörfern bediente eben erst die deutsche Kundschaft. Gerade in den letzten Tagen hatten wir das verstärkt beobachten können. Mit der Revolution, mit der Abdankung des Kaisers hatte auch eine Distanz zwischen Deutschen und Polen eingesetzt. Es war, als hätte die polnische Landbevölkerung den achtungsvollen Respekt den Deutschen gegenüber abgelegt. Es machte sich eher ein Gefühl von leiser Verachtung breit. So wie: »Die haben ihren Kaiser verraten.«

An unserem Treffpunkt auf dem Rangierbahnhof hatten wir zum erstenmal, seit wir uns mit unseren Geschäftsfreunden trafen, Besuch. Es waren die ersten jüdischen Händler, die uns die Ehre gaben. Wir wußten, daß die etwas älteren Burschen wie der große Piontek oder der große Ruthene jüdische Hintermänner hatten, denen sie Nachrichten, aber mehr noch die eine oder andere Ware anboten und auch vielfach Abnehmer fanden. Aber noch nie waren jüdische Geschäftsleute bei uns gewesen. Das lag natürlich daran, daß wir zu klein waren und zu unbedeutend, aber wohl auch daran, daß eine neue Art, eine ganz neue Garnitur von Handelsleuten aufgetaucht war, nicht nur am Bahnhof, sondern überall in der Stadt. Die Juden suchten das Geschäft um jeden Preis. Sie mußten, denn es gab ihrer zu viele. Sie sprachen fast nur jiddisch, radebrechten etwas deutsch und russisch, aber wenig polnisch. Es waren aber nicht nur die Juden, die unser Treffen so anders werden ließen, als es sonst war. Es war nicht zuletzt die veränderte politische Lage, von der auch unsere kleinen Geschäfte abhängig waren. In Warschau herrschte Pilsudski. Vom Generalgouverneur von Beseler, der am 12. des Monats unbehelligt Warschau verlassen hatte, sprach niemand mehr. Pilsudski verhandelte im Auftrag des obersten polnischen Volksrates mit dem Deutschen Arbeiter- und Soldatenrat, der die Befehlsgewalt über die deutschen Streitkräfte im ehemaligen Kongreßpolen ausübte. Die Juden hatten die Nachricht mitgebracht, daß ganz Kongreßpolen binnen kurzer Zeit von allen deutschen Soldaten geräumt werden sollte.

Das für Polen und uns Wichtigste aber war, daß alles Gerät, alle Waffen, Gewehre und Kanonen und was sonst alles zur Ausrüstung einer Armee gehört, den Polen überlassen werden sollte. Wenn das zutraf, dann war das Bahnhofsgeschäft mit dem Ankauf von Seitengewehren und sonstigen Waffen für die Sokoln vorbei. Was wir Jungs hier eins nach dem anderen im Kleinschacher von deutschen Soldaten, die auf dem Rücktransport von der Front in die Heimat waren, zusammenbrachten, das gab es ja von nun an in Hülle und Fülle, ohne daß Polen auch nur das Geringste dafür getan hätte, in Warschau und im ganzen Kongreßpolen. Ich sah Schemko an. Der wußte, was das bedeutete. Ich sagte: »Nun haben wir Deutsche das ganze Kongreßpolen für euch freigekämpft von den überlegenen zaristischen Armeen, und nun bekommt ihr für eure Armee die gesamte Ausrüstung von uns Deutschen.« Die Polen hatten unser Erbe schon angetreten, obwohl wir noch gar nicht weg waren. Das Geschäft würde jetzt in ganz anderen Dimensionen verlaufen, für die wir noch zu klein waren, noch zu wenig Eigengewicht hatten. Für unsere Freunde war das vielleicht nicht das Schlechteste. Die Juden brauchten Helfer. Sie kannten sich noch nicht aus in Posen. Woher sie eigentlich gekommen waren, darüber hatten sie sich ausgeschwiegen. Das alles war so wichtig für unsere Eltern, Väter und Großväter, daß wir schleunigst nach Hause mußten, um Bericht zu erstatten. Unterwegs entschlüpfte es Schemko: »Kann ja sein, daß wir hier auch noch Krieg hinbekommen. Bedenke, Posen mit Gnesen ist das älteste polnische Staatsgebiet. Der Dmowski, den ja mein Großvater und ihr Deutschen erst recht nicht mögt, der ist doch schon lange scharf auf Posen. Das wäre noch mal ein Waffengeschäft direkt vor der Haustür.«

Ich war starr. Wenn Schemko das dachte, dann dachten

es die Juden am Rangierbahnhof ebenso, und nicht nur die, sondern auch die Rzepecki, Adamski, Korfanty und wie sie alle hießen. Das war so umwerfend, diese Gedanken, daß ich Schemko, der von meiner Verwirrung nichts mitbekommen hatte, weil er in seinen eigenen Gedanken gefangen war und vielleicht schon wieder von imaginären Ulanenregimentern träumte, einen Umweg vorschlug, um zu sehen, was wir noch an Einkaufsmöglichkeiten finden könnten. Schemko war gleich damit einverstanden. Wir brauchten gar nicht weit zu gehen, da trafen wir auch schon einen Bauern mit Panjewagen, wie wir diese Art von Gefährten nannten, der dringend Zwiebeln und Kohl verkaufen wollte. Er war Pole, und so konnte Schemko ihn beschwatzen, mit seinem ganzen Pferdefuhrwerk mit uns zu fahren, um alles in Bausch und Bogen an uns zu verkaufen. Er glaubte uns erst nicht recht, daß zwei Jungs wie wir überhaupt soviel, seiner Meinung nach viel zu viel, abnehmen könnten. Als aber Schemko von der Fabrik seines Großvaters zu erzählen begann und ich das Depot nachschob, hatten wir ihn soweit. So fuhren wir diesmal bei unseren Müttern mit Pferd und Wagen vor.

Meine Mutter war ehrlich entsetzt. »Was sollen wir denn mit dem vielen Kohl? Wer soll denn die Zwiebeln essen? Bist du verrückt?« Ich sah meine Mutter voll an und sagte kein Wort. Dann: »Mutter, was ich heute vom Bahnhof mitbringe, sind Nachrichten, die sind so furchtbar, daß du in ein paar Wochen, ach, vielleicht in ein paar Tagen liebend gern den letzten Krautstrunk kaufen möchtest. Und die Mutter von Schemko genauso!« Und Hedwig war womöglich noch mehr entsetzt als meine Mutter, denn sie hatte ja die Hauptlast mit dem Hereintragen der Kohlmengen und den Zwiebeln, für die keine Säcke da waren.

Mein Vater erschien, und fast gleichzeitig Schemkos Mutter. Die war aber ihrem Sohne gegenüber hart geblieben, weil sie ganz andere Verbindungen zum Land hatte. Als schon eine Auseinandersetzung drohte, erledigte mein Vater das in der gewohnten großzügigen Weise, und ich war zunächst froh, nun meine Begründung loswerden zu können. Ich tat es im Telegrammstil: »Ganz Kongreßpolen soll in kürzester Zeit von allen deutschen Truppen geräumt werden. Alle Waffen und Geräte bleiben den Polen. Beseler ist schon nach Berlin zurück. Den Oberbefehl über alle deutschen Truppen hat der Arbeiter- und Soldatenrat.« Mein Vater war zunächst sprachlos. Dann sagte er. »Das ist ja ungeheuerlich. Das wäre ja ein Meisterstück von Pilsudski und glatter Vaterlandsverrat der Arbeiter- und Soldatenräte. Aber vielleicht ist das Ganze nicht so schlimm. Übrigens, wenn es wahr ist, dann war das sehr richtig, diesen Kohl und die Zwiebeln zu kaufen, denn dann stehen uns noch fürchterliche Zeiten bevor.« Mutter forderte uns zum Essen auf, aber Vater sagte: »Da muß ich schnell noch mal zurück. Eßt ihr schon mal.« Damit war er auch schon verschwunden. Mutter meinte, das müsse sie augenblicklich den Metzes mitteilen, die ja auch von diesen Sachen so sehr betroffen seien. Und Vater Metze habe nicht mehr die Verbindungen wie vor dem Kriege und während des Krieges, und jetzt sei Generalstreik. Mir fiel ein, daß ich das unbedingt und genauso schnell, wie Mutter es Metzes mitteilte, Herrn Cronblum und Frau Kubiak sagen müßte. Das Essen fiel aus. Hedwig stand ganz belämmert da, als die Familie davonrannte.

Was die Ostjuden schon auf dem Rangierbahnhof als Tatsache gebracht hatten, wurde nun vom Vater aus der Direktion bestätigt. Alles Gebiet, was in Kongreßpolen von deutschen Truppen besetzt war, außer einem kleinen Streifen im Norden, dem sogenannten Suwalki-Gebiet, sollte bis zum 19. November geräumt werden. Waffen und Gerät sollten den polnischen Verbänden übergeben werden. Ich hatte das wieder mal als erster mitgebracht, aber wohl zum letztenmal. Die Geschäftsverbindungen meiner Freunde vom Rangierbahnhof suchten andere Wege. Aber ich wußte, daß sie für mich da sein würden, wenn ich sie nötig brauchte. Das kleine Guthaben, das ich bei dem großen Ruthenen hatte, konnte ich getrost stehenlassen. Auch das Bonbongeschäft mußte vorerst ruhen. Sie wußten, wo der Lieferant saß, wenn sie erst den richtigen Kunden hatten. Es wäre mir auch gar nicht möglich gewesen, so lange und so oft zum Bahnhof zu gehen, denn ich wurde gebraucht. Mutter oder Hedwig trauten sich nicht mehr allein in die Stadt. So blieb mir im Augenblick nach dem Holz-Kohle-Tausch mit Drigas, wobei ich die neuesten Nachrichten mit Schemko austauschen konnte, nur die Unterredung mit Cronblum bei Frau Kubiak, wenn ich zu ihr wegen der Milch fragen ging und dann oft von ihr auf Mittag beschieden wurde, wo dann auch regelmäßig Cronblum da war. Ich hatte ihn rechtzeitig von den großen Veränderungen unterrichtet. Die Überlassung aller Waffen und Geräte an die polnische Armee interessierte Cronblum ganz besonders. Er konnte sich nicht genug tun vor Verwunderung. Er sagte: »No, Jingele, verzähl das noch emol!« Nachdem ich dies getan hatte, wiederholte er immer wieder: »Alle Waffen und alle Munition und alle Kanonen und das ganze Gerät? Weißt du, was das heißt, weißt du, was das bedeutet? Das ist soviel, daß man es sich gar nicht auf einem Haufen vorstellen kann, so groß mecht der sein! Wenn das so ist, da mecht ich mich fragen, ob es nicht doch richtig wäre, man mechte wieder ein Handel anfangen. Vergiß nicht, Jingele, die Cronblums waren die greeßten Pferdehändler von Galizien!«

Drohung

Mutter hatte mich mit in die Stadt genommen. Erstens sollten Frauen nicht mehr in die Stadt gehen ohne polnisch sprechende Begleitung, zweitens wollte sie meinen Rat, wenn sie etwas für Hedwig für Weihnachten erwischen könnte, und sie wußte, daß ich auch von meinen Streifzügen mit Schemko her etwas von Geschäften kannte, die ihr nicht geläufig waren. Die Straßen sahen traurig aus, feldgrau, wie gestern und vorgestern. Die Soldaten hatten einen müden, schleppenden Gang. Wenn sie Mutter sahen, sah man oft, wie es sie durchzuckte. Eine Frau, sauber, gepflegt, das hatten sie Wochen, ja vielleicht Monate lang nicht mehr gesehen. Sie starrten Mutter für Sekunden an, dann wandten sie den Kopf zur Seite. Sie sahen hungrig aus, durstig, müde und dreckig. Die Uniformen hingen verschmutzt und abgewetzt an ihren knochigen, ausgemergelten Figuren.

Mutter sagte: »Du hättest sie sehen sollen, wie sie ins Feld zogen, begeistert, jung, voller Energie und Tatendrang. Weißt du ein Geschäft, wo man Knöpfe bekommt? Im Deutschen nennt man so was Kurzwarengeschäft. Sie handeln mit Garnen und Zwirn, mit Nadeln und solchen Sachen.« Ich kannte eines, wo die polnischen Hausschneiderinnen einkauften. Ein altes renommiertes Geschäft, die immer noch etwas hatten. Meine Mutter erzählte auf dem Wege dahin von der Wichtigkeit von Knopfgarnituren. Sie meinte, daß man ein nicht mehr neues Kleid mit Hilfe von neuen Knöpfen sehr viel ansehnlicher machen könne, je nach dem Stoff und der Machart, dem Schnitt. Mich interessierte das nur insofern, als das ein neues Kleid für Hedwig abgeben könnte, war aber nicht so ganz aufmerksam und achtete um so mehr auf unsere Umgebung.

Mir fiel jetzt auf, daß schon das zweite Geschäft, wieder ein Metzgerladen, eingeschlagene Scheiben aufwies. Dann war noch etwas in weißer Schrift aufgeschrieben mit ganz großen Buchstaben, die ich aber noch nicht lesen konnte. Ich fragte Mutter, ob sie das lesen könne. Sie buchstabierte: »NIEMIEC«. – »Ach«, unterbrach ich sie, »das heißt Niemiec, das bedeutet ›Deutscher‹. Das war auch auf dem Geschäft da hinten, an dem wir gerade vorbeigekommen sind, aufgemalt. Niemiec, so nennen uns doch die Polen.« »Und da drüben wieder. Auch die Scheiben eingeschlagen. Auch da steht Niemiec dran«, sagte meine Mutter. »Das sieht ja wie eine geplante Aktion aus«, fuhr sie fort. »Alles deutsche oder jüdische Namen.« Wir kamen jetzt wieder an ein Geschäft mit eingeschlagenen Fensterscheiben, wo der Inhaber, offensichtlich ein Jude, dabei war, die Öffnung mit Brettstücken zu vernageln. Meine Mutter sprach den Mann an: »Sagen Sie«, in deutscher Sprache, »was ist denn hier los?« Der Mann sah überrascht auf: »Was? Ich denk, mich trifft der Schlag, es spricht jemand deutsch mit mir? Sie sind eine Deutsche und trauen sich in die Stadt? Ich bin ein deutscher Jude, aber so was hab' ich noch nicht erlebt, in all den Jahren, ich dacht' immer, das gibt es nur in Kongreßpolen, wo eingeschlagen und geplündert wird. Jetzt fängt das hier auch an.« Meine Mutter fragte: »Was sagt denn die Polizei dazu?« – »No, Madam, die ist, wie Sie wissen, entwaffnet. Das machen jetzt die Arbeiter- und Soldatenräte. Und die sehen das ganz anders. Die sehen das als revolutionäre Tat gegen den Klassenfeind, gegen die Kapitalisten, wie mein eigener Sohn sagt. Ich, Samuel Podozki, seit zwanzig Jahren Geschäftsmann, feine Tuche en gros und en detail, in Posen soll ein Klassenfeind, ein Kapitalist sein? Aber der Kaiser ist ja nicht mehr da. Wenn die Katze weg ist, haben die Mäuse frei tanzen. So ist das, Madam.« Dann wandte er sich wieder dem Verschlagen seines Schaufensters zu. »Ich wollte ein paar Knöpfe besorgen, Weihnachten steht ja vor der Tür. Wissen Sie vielleicht...«. »Ach, meine Dame. Weihnachten, was hatten wir für ein Weihnachtsgeschäft all die Jahre. Sie können sich das nicht vorstellen. Knöpfe, Knöpfe, wissen Sie, Madam, Sie sind die erste Kundin nach dieser furchtbaren Nacht, die wieder spricht vom Geschäft. Kommen Sie, ich werde nachsehen.«

Wir folgten Herrn Podozki in den Laden, der böse aussah. Die Regale waren umgestürzt und zusammengeworfen. Podozki sagte: »Nur gut, daß wir nicht soviel Waren da hatten. Das, was war, ist zu verschmerzen, aber die Einrichtung, die Schaufenster. Wo soll man herbekommen Glas in diesen Zeiten?« Damit war er im Dunkeln der hinteren Räume verschwunden. Nach ganz kurzer Zeit kam er wieder und brachte eine flache Schachtel mit Knopfgarnituren. Ein Blick von Mutter genügte. Nein, es war nichts für Hedwigs Kleid dabei. Mutter bedankte sich bei Herrn Podozki für seine Bereitwilligkeit. Dann gingen wir hinaus. Mir war bei der ganzen Unterredung eingefallen, daß auch ich für Hedwig ein Geschenk haben wollte. Einen Ring, den ich bei meinen Geschäftsfreunden erschachern wollte. Wenn Mutter genügend Sahnebonbons hatte, traute ich mich, einen Ring aufzutreiben. Mit Sahnebonbons ging alles. Nur nicht auf dieser Straße. So hatte ich Straßen noch nie gesehen. Die Glasscheiben der eingeschlagenen Schaufenster waren nur die oberste Schicht, darunter Zigarettenreste, Kippen, Teile der aus den Schaufenstern gerissenen Warenteile, Papierfetzen, schmutzige Textilien, zerbrochene Wodkaflaschen. Dazwischen die mit langsamen, gemächlichen Schritten patroullierenden Streifen der Soldatenräte mit ihren roten Armbinden, den offenen Rockkragen, aus denen die Halsbinden heraushingen. Die Gewehre lässig umgehangen, wie die Herrenjäger ihre Waffen bei den Treibjagden trugen.

Nun kamen immer mehr Ladenbesitzer zum Vorschein. Schimpfende Männer, weinende Frauen, die auffegten, zusammenkehrten. Gerade hörten wir einen Mann, der die rote Streife ansprach: »No, und wo wart ihr heut' nacht?« Der Soldat entgegnete: »Das schadet euch nichts. Ihr habt genug verdient am Krieg. Habt die Polen lange genug ausgebeutet.« – »Was«, rief der Mann den Streifensoldaten nach: »Die Polen ausgebeutet. Das war wohl eher umgekehrt.« Und an meine Mutter gewandt: »Was haben wir für diese Leute getan? Und jetzt kommen die eigenen Landsleute und werfen uns Ausbeutung vor.« Mutter zog mich weg, denn es war abzusehen, daß bald wieder eine Zusammenrottung stattfinden würde, die dann sicherlich in einer Prügelei enden würde. Ich konnte nicht ausmachen, was da der Gegensatz zwischen Polen und Deutschen oder zwischen denen, die die Roten Kapitalisten nannten, und den übrigen Leuten war. Da die meisten Geschäftsleute hier Juden waren, konnte man sehen, daß die immer mitten drin steckten. Für die Roten waren sie Kapitalisten, und für die Polen waren sie Deutsche.

Jetzt konnte ich Mutter endlich meine Idee vortragen, für Hedwig zu Weihnachten nicht ein Kleid, sondern einen Ring zu erstehen. »Aber Junge«, sagte sie, »wo sollten wir denn jetzt einen Ring herkriegen? Du siehst doch, wie das hier aussieht. Laß uns besser gleich nach Hause gehen.« Nun erzählte ich meiner Mutter von den Sahnebonbons, die so großen Anklang bei meinen Freunden vom Rangierbahnhof gefunden hatten. Ich hütete mich aber, von der Möglichkeit der Wiederauflösung der Bonbons zu reden, sonst wäre mein Plan womöglich noch ins Wasser gefallen.

Erst als ich ihr erklärte, daß sie gar nicht mitkommen müßte zu diesem Kauf, daß ich nur die Sahnebonbons von ihr brauchte, war sie etwas geneigter. Sie sagte: »Das wäre aber dein Geschenk.« Die Knöpfe waren vorerst geplatzt.

Zu Hause angelangt, kam uns schon Hedwig mit den Worten entgegen: »Sofort zu Metzes gehen, Frau Metze braucht Sie, und der Junge soll übersetzen!« Wir sofort hin. Nach dem, was wir in der Stadt gesehen und gehört hatten, waren wir schon auf neuerliches Unheil vorbereitet. Im zweiten Stock bei Metzes angekommen, fanden wir Frau Metze hoch aufgerichtet, aufgebracht und wütend. Vor ihr eine nicht mehr ganz junge Frau mit erwachsenen Töchtern, die polnisch auf ihre Mutter einredeten und gleichzeitig Frau Metze mit Drohungen zu beeindrucken versuchten. Wir hörten gerade die eine sehr Schicke, so wie nur junge Polinnen schick sein können, sagen: »No, wir werden ja sehen. Dann werden wir die Wohnung eben räumen lassen. Das wird gehen sehr schnell.« Und ihre Schwester, weniger gut deutsch: »Der Vater ist ja schon auf Arbeitstisch von Mann Ihrigen. Was wollen?«

Mutter machte sich jetzt bekannt mit den Damen, und ich fragte die schlechter Deutsch sprechende auf Polnisch: »Was wollen Sie eigentlich? Herr Metze ist noch gar nicht wieder zurück aus dem Krieg.« Die Frau, glücklich, daß da jemand war, mit dem sie polnisch sprechen konnte, aber gleich aggressiv: »Der wird gar nicht nach Hause kommen. Mein Mann sitzt ja schon auf seinem Posten. Er ist der Nachfolger. Wir haben in Berlin unsere Wohnung aufgegeben, wir müssen hier rein! Wenn diese Frau«, gemeint war Frau Metze, »Schwierigkeiten macht, werden wir den Arbeiter- und Soldatenrat von der Finanzdirektion, in der Herr Metze vor dem Kriege war, veranlassen, die Wohnung zu räumen.«

Inzwischen war mein großer Freund Rudi Metze dazugekommen und ziemlich sprachlos. Da die Frauen und

Mädchen pausenlos gegeneinander sprachen, ohne aufeinander zu hören, war es für Rudi nicht einfach, überhaupt zu verstehen, um was es ging. So nahm mich Rudi beiseite und fragte mich, was los wäre. Ich unterrichtete ihn, daß das die Angehörigen des offensichtlich polnischen Nachfolgers von seinem Vater seien, die aus Berlin gekommen wären, um in die Wohnung seiner Eltern einzuziehen. Rudi sagte polnisch zu den Damen: »Wenn Sie hier einziehen wollen, müssen sie mit uns zusammen wohnen. Wenn wir hier ausziehen, würden die Roten die Wohnung sofort beschlagnahmen, aber nicht für Sie!« – »Das werden wir sehen!« sagte die eine der jungen Damen jetzt in Deutsch. »Wir werden mit meinem Vater wiederkommen!« Rudi wurde jetzt frech, er sagte: »Da muß aber Ihr Vater den Wodka mitbringen.« Das war für polnische Verhältnisse und die herrschenden Sitten der Gastfreundschaft eine Beleidigung. Die Damen warfen die Köpfe in den Nacken und gingen.

Auf dem Treppenabsatz hatten sich inzwischen die Bewohner des ganzen Hauses versammelt. Sie fielen jetzt über Rudi her. »Das war ja allerhand. Das hätten Sie nicht tun dürfen.« Es zeigte sich, daß die Spannungen bis in die Wohngemeinschaften gingen. Meine Mutter hatte die Arme um Frau Metze gelegt, die jetzt, wo die Erregung nachließ, in Tränen ausgebrochen war. Die Nachbarn verliefen sich. Zwei hatten polnisch gesprochen. Rudi Metze versicherte mir, daß die sonst immer versucht hätten, deutsch zu sprechen. Ich fragte ihn, was daraus nun werden könnte. Er meinte, daß im Augenblick nichts ohne die städtischen ›A.U.S.-Räte‹ ginge, die in Mode gekommene Abkürzung von Arbeiter- und Soldatenräte. Dazu habe er über die Sokoln und die Schülerverbindungen des Gymnasiums ganz gute Beziehungen. Er glaube nicht, daß das allzuviel geben würde. Ich sagte noch meiner Mutter Bescheid und ging zu Frau Kubiak, um das

Ganze mit Cronblum zu besprechen. Er meinte: »Nu, es ist alles in Bewegung geraten. Alles kommt in Posen zusammen. Die Juden kommen aus dem Osten, die sind anders als wir hiesigen Juden. Wir mögen sie nicht, aber das ist Unrecht, einmal sind wir alle so angekommen, hungrig, wach, auf dem Sprung, das Glück zu machen. Aber das kommt dann doch ganz anders. Und gleichzeitig kommen die Polen aus dem Westen zurück, wie sie sagen, in ihr Vaterland, auch um ihr Glück zu machen. Sie kommen aus den Verwaltungen aus ganz Deutschland. Wenn ist einer gewesen, der bei die Preußen kapituliert hat und hat ein gutes Zeugnis für die zivile Beamtenlaufbahn, jetzt ist seine Stunde. Jetzt kommt er nach Posen. Von hier aus ist nicht weit nach Berlin, wenn es nicht klappt. Aber es ist ganz nahe nach Warschau.«

Ein kleines Mädchen kam in den Laden mit einer Milchkanne. Nachdem ich schon vormittags wegen Milch bei Frau Kubiak vorgesprochen hatte, sagte ich dem Mädchen in Polnisch: »Da wirst du kein Glück haben mit Milch.« Sie ging aber unbeirrt in das mir so wohlbekannte hintere Gemach, das eigentliche Verkaufslokal. Sie kam gleich wieder ohne Kanne. Das fiel mir auf. Gab's da noch was, wozu man keine Tüte brauchte? Heringslake, Krautwasser, Sirup? Ich sprach die Kleine wieder an: »Na«, sagte ich, ohne im Augenblick auf Cronblum zu achten, »kriegst du doch was?« Die Kleine sah mich an und sagte: »Ich spiel' nicht mit deutschen Kindern, und du bist ein deutscher Junge!« In dem Moment kam Frau Kubiak mit der Kanne mit Milch zurück, gab sie dem Mädchen in die Hand und verschwand wieder. Das Milchmädchen verließ ohne Gruß und Wort den Laden. Cronblum sagte: »Haste nötig gehabt?« – in Deutsch, und fuhr fort: »Was denkst du denn, wie das überhaupt jetzt ist mit den Wohnungen hier. Die Leute, wo ich dir gesagt habe, die kommen aus Ost und West nach Posen, die wollen alle irgendwo schlafen. Und meist haben sie einen entfernten Verwandten, einen Vetter, eine Cousine fünften bis zehnten Grades, und da ist immer noch irgendwo ein Plätzchen, ein Kanapee, eine Chaiselongue, ein altes Sofa, zusammengeschobene Sessel, getrennt durch ein Paravant. Was glaubst du, was alles noch sucht ein Quartier vor dem Winter, denn der Winter ist lang. Ich denke, daß sind leicht zehntausend Menschen mehr in Posen als vor dem Krieg.«

Ich ging nach Hause und berichtete, was ich gerade bei der Frau Kubiak erlebt hatte. Mutter hatte inzwischen Hedwig alles erzählt, was wir in der Stadt und bei Frau Metze gesehen hatten. Hedwig hatte gekocht. Die Speckschwarte vom letzten Stück Speck war draufgegangen. Jetzt würde es für viele Tage diese Brühe geben, als Schinkenbrühe zu den letzten Erbsen. Mutter sagte dazu »Schlachtfest«.

Schemko war die ganzen Tage vorher schon nicht mehr ansprechbar gewesen. Vom 3. bis 5. Dezember sollte in Posen der Teilgebietslandtag sein. Wie Schemko versicherte, war das der Auftakt für das ›Polnischwerden‹ von Posen. Schemko, der immer viel Wert auf meine Teilnahme bei allen Veranstaltungen des Sokol gelegt hatte, war diesmal nicht für eine helfende Bereitschaft meinerseits. Er wollte die Werbezettel für die einzelnen Veranstaltungen aus Anlaß des Gebietslandtages unbedingt selber austragen. Er nahm mich auch nicht mehr zu den Instruktionsstunden für die Jungsokoln mit. Ich sagte ihm das auch direkt ins Gesicht: »Du tust ja so, als ob ich den Aussatz hätte, als ob meine Haut grün wäre. Dabei hast du selber gesagt, daß ich auch ein Sokol sein würde, wenn ich größer werde, denn ich spräche doch schon polnisch. Hast du doch gesagt? Oder nicht?« Schemko wand sich. »Es ist eben nicht nur die Sprache«, sagte er. »Du bist eben doch kein Pole! Du hast doch kein polnisches Blut. Du weißt ja nicht, wie es einem ist, wenn man Pole ist. Das ist etwas ganz Besonderes. Das mußt du fühlen. Das ist, als ob du Flügel hättest.« – »Ach, du hast welche und kannst deswegen besser die Wahlzettel verteilen, was?« Das einzige, wo er sich zugänglich zeigte, war den neuen Mansardenbewohnern gegenüber. Da waren die Offiziere mit ihren Damen ganz verschwunden. Schemko sagte, sie seien in ihre Garnisonen gereist, die sie im größeren Teil Polens, wie er plötzlich Kongreßpolen nannte, zugewiesen erhalten hätten.

Die neuen Mansardenbewohner waren von ganz anderer Art, und ich mußte an die Worte Cronblums denken, wenn er von den neuen Glücksrittern in Posen sprach. Es waren sehr gut angezogene Zivilisten, beinahe elegant, mit feinen neuen Koffern und Taschen. Da gab es nicht mehr die Körbe aus Weidengeflecht, mit Strippen verschnürt und von Pferdegeschirriemen zusammengehalten. Wir machten für diese Herren, denen auch bald die entsprechenden Damen folgten, kleine Gefälligkeiten. Etwas von Frau Kubiak mitbringen oder aus der Stadt, wenn jemand von uns hinging. Das merkwürdige bei Frau Kubiak war, daß sie nie nach diesen Leuten fragte, wo sie doch sonst so neugierig war.

Was Schemko mir dann doch erlaubte, obwohl er es gar nicht zu erlauben hatte, war die Besichtigung der Auffahrt der Abgeordneten des Teilgebietslandtages. Es waren noch mehr, die sich dafür interessierten, vor allem Frauen und Geistliche. Schemko nannte mir die einzelnen Würdenträger. Da waren der Prälat Adamski, ein hoher Kirchenfürst, und der Prälat Styller, der Reichstagsabgeordnete Korfanty, wohl der aktivste unter ihnen. Ganz vorn sah ich einen, der sich sehr um die Abgeordneten bemühte und der mir bekannt vorkam. Es war, wie mir einfiel, einer aus unseren Mansarden. Da hatte ich schon die Nase voll und sagte das auch Schemko, der mir wunder was anzutun glaubte, wenn ich diese Oberpolen auch nur zu sehen bekäme. Mir gefiel das alles nicht. Ich wußte nun von Schemko, daß ich nicht Pole werden konnte ohne unausdenkbare Gehirnverdrehungen, also ließ ich es und beschloß zur Franziskanerkirche zu gehen, um mit meinen alten Geschäftsfreunden den Kontakt aufrechtzuerhalten und mich nach einem Ring für Hedwig umzusehen.

Richtig stieß ich auf den kleinen Piontek ohne Hund. Wir freuten uns, einander zu sehen. Die Hände tief in den Taschen, um nicht in Gefahr zu geraten, sich die Hand zu schütteln wegen der Krätze, gingen wir gleich aufeinander zu. »Wo hast du deinen Hund?« fragte ich ihn sofort, und er antwortete: »Du kannst dir nicht vorstellen, wie gut er war. Die Tante und mein Bruder waren auch so begeistert über den guten Geschmack. Das Fleisch feiner als Kalbsfleisch, was sage ich Kalbsfleisch, um vieles besser. Auch mein Bruder mußte zugeben, daß ein Hund, wenn ich ihn führe, das feinste Fleisch bekommt. Weil ich aufpasse, daß er nichts Falsches frißt. Nur das Feinste aus den Abfallhaufen. Der Hund kann das ja nicht ausmachen, aber ich. Mein Bruder ist schon darauf aus, einen neuen Hund zu besorgen, nicht allzu klein. Er darf nicht zu niedlich sein, nicht zu verspielt, das ist nichts zum Fettwerden. Die Tante und der Bruder gaben mir zum Schluß recht. Viel zu schade zum Verkaufen.« Ich fragte ihn, ob er wisse, wie man an einen Ring kommen könnte, nicht zu wertvoll, aber Gold mit Stein und gestempelt. Hätte er einen ganzen Haufen, meinte er. Ich wollte einen mit einem blauen Stein, weil Hedwig blond war. Das hatte Mutter gesagt. Sie hatte mir einige Tips gegeben. Nicht zuviel Gold. Das wirke unecht. Der Reif müsse in einem bestimmten Verhältnis zum Stein stehen. Aber kein Silber. Gold müsse es schon sein. Als ich ihm sagte, daß er Sahnebonbons dafür haben könne, war er Feuer und Flamme. Schon für morgen stellte er mir eine ganze Kollektion in Aussicht: »Wir müssen sie nur immer einzeln ansehen, weil sich so was sonst zu schnell rumspricht, und dann steigen die Preise.«

Der kleine Piontek führte mich in manchen Keller und in viele Hinterhäuser, und immer sprach er zunächst Jungs an, die daraufhin verschwanden, um uns dann über Treppen und Winkel in die Löcher zu führen, wo es was zu handeln gab. Der direkte Tausch brachte nichts, da waren die Forderungen viel zu hoch. Wir mußten erst die Sahnebonbons verkaufen und einen Teil zurückhalten, um sie als Draufgabe, als Abschlußbelohnung bereitzuhalten. Zunächst war das beste ein Leuchter mit einem halbrunden Stück Blech. Das sollte den Schein einer Kerze, wenn man eine hatte, zurückwerfen und so mehr Licht geben. Der Junge, der das Angebot machte, sagte, mit Kerze wäre es ein teures Stück. Er hatte auch nur die Kerze verkaufen können. Hier hakten wir ein. Der kleine Piontek war ganz groß im Schachern. Er sagte: »No, was nutzt das Ding ohne Kerze, es ist dir nichts wert, aber dieser, er weiß, wo er eine Kerze herkriegen könnte, dem würde es schon mehr nützen, obwohl, wie du weißt, man eine Kerze auch ohne Halter brauchen kann. Man tropft ein, zwei Tropfen auf den Tisch, da steht sie schon.«

Wir bekamen den fleckigen Leuchter mit dem halbrunden Blech, von dem ich annahm, daß es das beste an dem ganzen Leuchter war, für fünf Sahnebonbons, und der kleine Piontek versicherte dem Vorbesitzer, daß er ein großartiges Geschäft gemacht habe, das Ding loszuwerden und noch etwas dafür zu bekommen. Er meinte das ganz ehrlich, denn er riet mir, das dämliche Blech doch zu Hause abzuschneiden. Als wir den Hinterhof durchschritten hatten, kam uns der Leuchterjunge nachgerannt und fragte, ob wir noch solche Bonbons hätten. Er hätte einen gegessen, und fünf seien sicherlich zu wenig. Der kleine Piontek sagte jetzt sehr energisch, daß der Handel abgeschlossen sei. Aber vielleicht sei da noch was anderes zu machen, wenn da zum Beispiel ein Ring wäre, ein kleiner goldner Ring, wie ihn die Mädchen tragen. Nicht für uns direkt, und deshalb müßten wir noch extra etwas verdienen. Aber ein Ring? Er hatte das Wort noch nicht zu Ende ausgesprochen, da war der Junge schon wie ein Wiesel verschwunden und kam, wir hatten uns noch nicht umgedreht, wieder mit einem größeren Jungen. Der wollte erst von dem Sahnebonbon kosten. Der kleine Piontek hielt geradezu eine Rede über die Unmoral und das ganz und gar Verwerfliche, eine Kostprobe zu verlangen bei den Zeiten. Er bekam ein Viertel Sahnebonbon, der Leuchter-Junge ein Viertel und der kleine Piontek ein Viertel. Das vierte Viertel sollte der Ringbesitzer bekommen, wenn der Handel abgeschlossen war. Wir wurden uns nach sehr langer Zeit einig. Für etwas Geld und gute Worte und zehn Sahnebonbons hatte ich Hedwigs Ring.

Der Aufstand

Den Ring übergab ich zu Haus meiner Mutter. Sie qualifizierte den Stein als Aquamarin, einen Halbedelstein. Sie bearbeitete den Stein mit Spiritus, so daß er wieder ein schönes hellblaues Leuchten zeigte. Das Gold putzte sie mit dem Rest der Silberwatte, die ihr noch geblieben war, so daß das Schmuckstück wieder unter die Rubrik Juwelen eingereiht werden konnte. Ein kleines Kästchen, ein Ringetui, fand sie auch in ihrem Kramkasten. Sie versicherte, daß sich Hedwig darüber wirklich sehr freuen könne. Alle die Handreichungen waren mit Anspielungen auf die Geschenke gewürzt, was ich wohl bekommen würde, und ob ich überhaupt etwas für sie hätte. Obwohl sie sich nicht wundern würde, wenn es bei den Zeiten überhaupt nichts gäbe. Gleichzeitig zeigte sie mir die Wollsocken für Vater, die sie schon im Sommer, als er auf Dienstreisen war, gestrickt hatte, und den reinseidenen Binder, den sie über die Bilski erstanden hätte. Natürlich fehlte das Kleid für Hedwig nicht, zu dem sie die Knopfgarnitur doch noch bekommen hatte.

Den Leuchter mit dem halbrunden Stück Blech übergab ich Hedwig, die ihn mit Salmiakgeist bearbeitete, was gräßlich in die Nase kroch und dort zwickte. Als ich den Leuchter, nun sauber, aber noch verbeult Vater zeigte, war er mehr als erstaunt. Er sagte: »Das ist ja ein wertvolles Empirestück aus der Zeit Kaiser Napoleons, vielleicht etwas später, aber noch vor 1850.« Hedwig wußte, wo noch ein Stück rote Kerze war. So sollte ich es Mutter übergeben. Wegen Vater hatte ich lange mit Mutter geredet. Das beste war, wenn ich versuchte, im Depot eine gute Flasche Zubrowka, diesen ganz guten Wodka mit den Büffelgrashalmen, zu bekommen, den Pan Drigas immer so sehr begrüßte.

Pan Drigas war seit dem Teilgebietslandtag wie verwandelt. Er war scheu geworden uns gegenüber. Er wich uns aus, so als ob es ihm persönlich peinlich sei, daß der Kirchenfürst Adamski, aber auch die anderen Redner wie Rzepecki zum Beispiel, keine Zweifel daran gelassen hatten, daß Posen zu Warschau gehöre und daß nach Ansicht der Posener Polen ganz Posen zu dem neuen polnischen Staat kommen müsse. Es sei nur noch eine Frage der Zeit. Damit war von hoher polnischer Seite bestätigt worden, was er, Drigas, befürchtet hatte. Nicht Großpolen, nein, alles klein, klein! Er sagte: »Es wird nicht werden unser Großpolen vom Finnischen Meerbusen bis zum Schwarzen Meer. Die Neuen verstehen nichts von der Wirtschaft. Das einzige, was sie mit euren Roten gemeinsam haben. Da treffen sie sich. Also werden sie alle nach Beamtenposten gieren. Die Konkurrenzkämpfe der Wirtschaft werden in den Kanzleien und Büros unter den Beamten ausgetragen werden.«

Eine heftige Kälte hatte eingesetzt. Es stürmte und schneite. Als ich rüber ins Depot ging, traf ich Pan Drigas. Wir wollten beide dasselbe, Wodka. Ich sagte ihm, daß es ein Weihnachtsgeschenk für meinen Vater sein sollte. »Nu, da weiß ich ja, wo ich hingehen muß, wenn ich die Weihnachtsgeschenke meiner Damen vergessen will, wenn ich nicht mehr aus den Augen gucken kann vor wollenen Socken, Pullovern und Sofakissen.« Das Depot war vom Lager für Eisenbahngüter zum Truppenplatz geworden. Ich sagte zu Pan Drigas: »Das ist aber mehr geworden als der Wachzug, für den es einmal gedacht war.« Er sah über das graue Gewimmel, die übenden Soldaten und meinte: »Das ist mir schon eine Beruhigung, daß die hier sind. Den Leutnant Paluch, der das erste Wachbataillon führt, kenne ich sehr gut. Der wird aufpassen, daß hier nichts passiert. Sehen muß man das, wie jung und frisch die Leute aussehen.« Ich dachte an den Anblick der deutschen Soldaten, die dem Bahnhof entgegenschlurften. Pan Drigas fuhr fort: »Denen verdanke ich es, daß wir wieder ein wenig Holz bekommen haben. Ich werde den Schemko zu euch schicken.«

Dann fragte ich nach dem Unteroffizier Goretzki. Der war längst Feldwebel geworden, und zwar Kompaniefeldwebel. Sein Bauwagen war zur Schreibstube ausgebaut und war jetzt eine Verwaltungsstelle. Er sagte: »Ich werde für euch gleich die Passierscheine fertig machen, denn es kann jeden Tag dazu kommen, daß ihr als Deutsche, die ihr hier wohnt und mit denen wir uns immer gut vertragen haben, Passierscheine braucht, wenn ihr hier weiter wohnen wollt.« Ich ging mit zu dem Bauwagen. Zu meiner Verwunderung hatte der Feldwebel auf einer Liste schon alle unsere Namen. Er verglich jetzt nur, ob die Namen von mir bestätigt wurden. Dann nahm ich meine Flasche Zubrowka und die jetzt vielleicht ganz wichtigen Passierscheine und ging nach Hause. Wir waren mehr geworden: anerkannte Deutsche, als Deutsche und Schnapsverbraucher.

Schemko kam tatsächlich mit einem Arm voll Holz. Bei der augenblicklichen Kälte war es selbstverständlich, daß wir uns mit einem Eimer Kohle revanchierten. Wir konnten das, denn wir verbrauchten dadurch, daß es kein Leuchtgas gab und wir zeitig schlafen gehen mußten, weniger Kohle. Schemko kam nicht ohne Nachrichten. »No, wißt ihr schon? Euer deutscher Graf, der in Warschau um gutes Wetter für euch bitten sollte, der hat schon wieder den Laufpaß bekommen. Die Franzosen denken nicht daran, euch zu erlauben, daß ihr wie die anderen einen Gesandten in Warschau haben dürft. Das läßt auch der Dmowski in Paris nicht zu. Der Großvater ist wütend auf die Nationaldemokraten, aber die sitzen am längeren Hebel in Paris, als der Pilsudski mit dem Grafen Kessler in Warschau.« Nahm die Kohle und überließ uns das Raten, wie es weitergehen würde. Als wir das alles Vater berichteten, meinte er traurig: »Wir haben die Waffen gestreckt, haben uns auf Gnade und Ungnade den Siegern ergeben. Die wirklichen Sieger, die Amerikaner, sind auch noch einigermaßen großzügig, aber die Franzosen und Engländer begehen jetzt im Schlepptau des Siegers eine kleinliche Schikane nach der anderen. Und wir haben eben keine Waffen mehr.«

Seit dem Teilgebietslandtag Anfang Dezember, seit den Reden der katholischen Kirchenführer und der Polen, die als Politiker in Posen eine Rolle spielten, wie Rzepecki, den wir schon im Oktober auf unserem Fabrikhof erlebt hatten, war keine Ruhe mehr eingetreten. Wir hörten nicht nur von eingeschlagenen Fensterscheiben, sondern auch von sinnlosen Verwüstungen in einzelnen Geschäften, wenn erst mal die Fenster entzwei waren und sich Plünderungswütige in das Innere stürzen konnten. In unserem Freundeskreis mußten wir erleben, daß Metzes doch aus ihrer Wohnung heraus mußten. Der polnische Nachfolger im Amt war der stärkere geblieben. Frau Metze mit meinem Freund Rudi packten ihre Koffer und fuhren ihrem Vater nach Deutschland nach. Ihre gesamten Möbel wurden beschlagnahmt. Gerade, daß sie noch ein Verzeichnis anfertigen konnten. Vater meinte, das sei alles furchtbar, aber uns könne nichts passieren, denn die Polen müßten eine Eisenbahn haben, und so viele Eisenbahner polnischer Herkunft gäbe es eben nicht, womit er sein Glas Wodka austrank.

Daß wir trotz allem einen so schönen Heiligen Abend

hatten, war dem Umstand zu verdanken, daß sich alle so große Mühe gaben, diese ersten Nichtkriegs-Weihnachten so schön wie möglich zu verbringen. Wie die Mutter zu dem Weihnachtsbaum gekommen war, blieb ihr Geheimnis. Kerzen hatte sie noch vom vorigen Jahr aufgespart, wenn es manchmal auch nur Stümpfe waren, aber wie sie es fertig brachte, zum Heiligen Abend nach dem Besuch des Weihnachtsgottesdienstes unsere Schlesische Weihnachtswurst mit polnischer Biersauce auf den Tisch zu bringen, das war eine Meisterleistung hausfraulicher Tauschfreudigkeit. Sie hatte es geschafft, die schwierige Sauce mit den 17 Zutaten, und es fehlte nicht der Pfefferkuchen, der die Sache sämig machte, und nicht das dunkle Bier, das die Sauce würzig machte, und nicht die Petersilienwurzel, die Mohrrüben, alles war drin mit Ausnahme des Blutes der frisch geschlachteten Karpfen. Dieses Manko wiederholte sie fortgesetzt, um immer wieder zu hören, daß es trotzdem vorzüglich schmecke. Sie vergaß dabei nicht, Hedwigs Anteil zu rühmen, die ja wie am Sonntag und an allen Festtagen bei uns im Eßzimmer aß. Und dann kam die Bescherung.

Nachdem wir gegessen hatten, zündete Mutter den Christbaum an. Nach den Wochen, in denen wir nur die Spanbeleuchtung in der Küche hatten, beeindruckend! Dann mein Hauptgeschenk: die große dreiteilige Zwergenhöhle. Sie bestand aus zwei Holzkisten, einer größeren und einer kleineren, die durch einen anstellbaren Gang verbunden werden konnten. Nach vorn waren alle drei zum Spielen offen. Die große Kiste war etwa so groß wie ein großer gekaufter Kaufmannsladen, den ich an einem der letzten Weihnachten geschenkt bekommen hatte. Mutter hatte die Höhlen verschwenderisch ausgestattet. Das glitzerte und glänzte und spiegelte und leuchtete, daß man fast geblendet war. Ich hörte, wie sie das gemacht hatte. Die Kisten hatte sie mit der Genehmigung von Drigas von den

Tischlergesellen aus der Fabrik, von denen der eine ganz gut Deutsch konnte, bauen lassen, ganz nach ihren Angaben. Aber dann die ›Innenarchitektur‹. Mutter hatte außer den Farben, wie man sie in der Drogerie bekam, vor allem tief in die Behältnisse von Frau Bilski gelangt und von da Pailletten, wie sie für die große Abendgarderoben gebraucht werden, damit sie in farbigem Glanz erstrahlen, aber auch Straßsteinchen, wie man sie für die großen Theaterroben benötigt, hervorgeholt. Damit hatte sie die Edelsteine an den Wänden, die Bergkristalle, von denen sie erzählt hatte, so trefflich nachgestaltet, daß die Illusion fast vollkommen war.

Natürlich hatte sie keine Glühwürmchen, von denen sie in ihren Erzählungen gesprochen, dafür aber einen Wachsstock. Es war Bienenwachs um einen Baumwolldocht gegeben und aufgerollt. Er mochte eine Stärke von einem Zentimeter nicht viel übersteigen. Das gab eine Vielzahl von Lichtchen. Von der Kistendecke schwebten an dünnen Zwirnfäden viereckige Waschlappenstückchen, die die fliegenden Teppiche darstellten. Zum Schneewittchen hatte Mutter eine kleine Heiligenfigur umfunktioniert und durch Übermalen als Schneewittchen kenntlich gemacht. Dann aber kamen die Zwerge. Die hatte sie nicht auftreiben können, und da war Hedwig eingesprungen. Hedwig hatte aus Wollresten und Zwirn kleine Zwergenmännchen hergestellt, die rührten ans Herz. Da fehlten nicht die roten Mützchen und die gelben, die weißen Bärte und die blauen Kittelchen. Sie waren auf doppelbödigen Pappschildchen aufgeklebt, damit sie den richtigen Stand hatten beim Spielen. Sogar an die Wichtel hatte Hedwig gedacht. Sie waren um die Hälfte kleiner als die Zwerge und nur in Konturen an diese erinnernd, natürlich ohne Bart, aber mit den entsprechenden Mützen. Für die Loren oder die unterirdische Eisenbahn hatte Mutter Teile der mir vor zwei Jahren geschenkten Spielzeugeisenbahn genommen.

Ich wollte mich sogleich in das nun mögliche Spiel stürzen, um alles nachzuspielen, was Mutter erzählt hatte, und um neue Spiele zu erfinden. Aber Mutter erinnerte mich daran, daß ich ja auch etwas zu verschenken hatte.

Ich begann bei Vater, das war am einfachsten. Die Flasche nahm er mit Dank und der lobenden Erwähnung, daß es ein Zubrowka sei, in Empfang. Die Mutter rannte mit ihrem Scheinwerferleuchter und der entzündeten roten Halbkerze sofort vor ihren Toilettentisch und war beglückt, ihre winzigen Hautunebenheiten im warmen Kerzenlicht aufdecken und besser durch die das Kerzenlicht verstärkende Messingblende beobachten zu können. Sie rief ganz begeistert: »Ja, wie hast du denn das aufgetrieben und wo?« Am größten war aber der Jubel bei Hedwig. So etwas von Freude kann kaum geschildert werden. Noch nie hatte sie in ihrem Leben ein Schmuckstück erhalten. Und nun das erste aus Gold und einem Edelstein. Ich mußte ihr den Ring anstecken, darauf bestand sie, und ich hatte einen kleinen Schweißausbruch, da ich an die Stärke ihrer Finger nicht gedacht hatte, aber er saß.

Es war ein wahrer Segen, daß wir wegen der knappen Christbaumkerzen den Baum sehr zeitig ausmachen mußten, sonst hätte ich die ganze Nacht durchgespielt. Das geschah am ersten Weihnachtsfeiertag. Die Eisenbahn der Zwerge führte von der großen Höhle durch den Gang in die kleine Höhle. Ich spielte gerade die große Edelstein-Verladung mit den Wichteln. Als die Mutter zum Essen rief, wollte ich gar nicht, aber um die Schimpferei nicht erst aufkommen zu lassen, ging ich doch. Das Eßzimmer war zum Fest geheizt. Hedwig brachte das Essen herein. Auch das ausgesucht oder vielmehr aufgehoben. Gänse, die der Vater im Sommer von seinen Dienstreisen mitgebracht hatte und von denen wir, wie sich jetzt herausstellte, aus gutem Grund den Drigas abgegeben hatten, kamen jetzt auf den Tisch. Unter der Anleitung von Schemkos Mutter waren die Brüste und die Keulen der Gänse gepökelt und dann geräuchert worden. So hatten sie sich bis Weihnachten gut gehalten. Nach altem polnischen Rezept waren sie erst in einer bestimmten Beize eingeweicht und dann gesotten worden. Sie schmeckten vorzüglich, und besonders mein Vater war davon angetan. Dazu hatte meine Mutter Hirseklößchen gefertigt. Auch die fand Vater gut, ich nicht. Ich hatte dauernd das Gefühl, ich müßte jedes Körnchen einzeln kauen. Die Dinger bekam ich nicht runter. Vater runzelte schon die Stirn. Mutter erkannte meine Not und nahm mir in einer Blitzaktion zwei der drei Klößchen vom Teller. Nur die Aussicht auf den zweiten Feiertag, wo es wieder gepökelte, geräucherte Gans geben sollte, aber dann mit Großmutters selbstgemachten Nudeln, verschönte mir das Fest. Auch der Gedanke, daß Drigas genau dasselbe essen würde wie wir, vergrößerte in Gedanken die Festtafel.

Nach dem Essen kam Schemko herunter und fragte mich, ob ich nicht mit zum Bahnhof kommen wollte, weil doch Padarewski und die englische Kommission am Bahnhof ankommen sollten. Da unser Verhältnis mit den Drigas im Moment so gut war, riet mir Mutter, mitzugehen. Wir könnten ja immer noch lange genug spielen in den kommenden Tagen. Also gingen Schemko und ich zum Bahnhof. Da war ein großer Menschenauflauf. Ich war besonders neugierig auf die englischen Uniformen. Die sah ich aber nur flüchtig, weil die Engländer sich im Fond des Wagens hinsetzten, während Padarewski davor im Wagen stand. Das war kein Mann, der einem kleinen Jungen imponieren konnte. Aber es ging ja das Gerücht, daß er so ungeheure Erfolge bei den amerikanischen Damen haben sollte. Darüber redeten die Menschen um mich her, und zwar laut, eigentlich überlaut, bewußt provozierend, würde man heute sagen. Daneben gab es ebenso viele ganz stille Menschen, das waren die Deutschen. Da hörte man nur: »So was, also der hat die Amerikaner auf die Seite der Engländer und der Franzosen gebracht«, sagte da ein Mann. Und eine Frau meinte: »Der soll so ein gerissener Diplomat sein.« Oder in Polnisch: »Sieh ihn dir an! Das ist der Mann, dem Polen seine endgültige Freiheit verdankt. Ein ganz großer Politiker!« Eine andere Frau: »Aber nein, er ist ein ganz großer Musiker!« Ein anderer Mann: »Was, ein Musiker ist er? Ich denke, er hilft uns bei den Amerikanern?« – »Ja, aber auf besondere Art, eben als Musiker, und daher auch seine Erfolge bei den Frauen!« Und ein Mann darauf: »Hauptsache, er hilft uns. Den Krieg hat er schon mit zu Ende gebracht, nun soll er uns auch die Deutschen vom Halse schaffen.«

Die Menge vor dem Bahnhof verlief sich jetzt. Man würde morgen sehen. Wir gingen nach Hause, um über das Gesehene zu berichten und um morgen auf alle Fälle vor dem Rathaus zu sein, wo Padarewski eine Rede halten sollte. Ich machte Schemko den Vorschlag, doch Hedwig mitzunehmen. Die hatte so was noch nicht gesehen und sollte das auch mal erleben, wenn die Leute so durcheinander sprachen. Außerdem sollte die mal sehen, ob dieser Padarewski wirklich so einen Eindruck auf Mädchen machen würde. Auf unsere Mütter, nein, auf die würde er gar nicht wirken, denn die waren ja verheiratet.

Am nächsten Morgen, am zweiten Weihnachtstag, gingen wir los. Hedwig machte noch neckische Bemerkungen über die zwei Kavaliere, mit denen sie heute ausging. Hoch und heilig versprachen wir Mutter, zum Essen wieder zurück zu sein. Schemko hatte die Erlaubnis leicht bekommen, war doch in Hedwig eine Aufsichtsperson gegeben. Auf dem Platz vor dem Rathaus trafen wir schon auf eine dichte Menschenmenge, so daß man vom Brunnen und vom Pranger überhaupt nichts sehen konnte. Als wir kamen, war die Menge schon in einer gewissen Erregung. »Die müssen weg, die müssen runter!« hörten wir in deutscher Sprache. »Das sind Fahnen von unseren alliierten Freunden, die hängen zu Ehren von Padarewski und den Engländern!« In polnischer Sprache: »Die bleiben!« Wir waren mitten in die immer drohender werdenden Gegensätze geraten. Hedwig bekam schon Angst. »Laßt uns lieber nach Hause gehen, ehe was passiert!« Ein Mann sagte: »Dafür haben wir doch nicht an der Front gekämpft, daß in der Heimat die Fahnen unserer Gegner hängen.« So gingen die Reden und Gegenreden, und dann geschah es. Wir sahen, wie die englischen und die französischen und polnischen Fahnen heruntergeholt, ja gerissen wurden. Ein einziger Aufschrei ging über den Platz. »Deutsche raus! Raus mit den deutschen Schweinen!« – »Die verfluchten Polaken. Dieses feige Gesindel«, schrien jetzt die deutschen Stimmen, aber man konnte schon nicht mehr die einzelnen Worte unterscheiden, alles ging unter in einem einzigen Wutschrei: »Auf sie!«

»Weg hier!« rief Hedwig, nahm mich bei der Hand und zerrte mich nach rückwärts. Aber der Drang, die Bewegung der Menge ging nach vorwärts, wir konnten nicht mehr zurück. Da fielen Schüsse. Noch mehr Schüsse. Ein weiterer Aufschrei der Menge: »Die Deutschen schießen! Die Deutschen schießen!« – »Auf die Deutschen!« – »Die Polaken, die Verräter schießen, schießen. Weg mit dem Padarewski, weg mit den Engländern!« – »Schützt unsere Freunde, hoch lebe Padarewski!« Wieder Schüsse, wieder Aufschreie!

Hedwig hatte mich endlich nach hinten gezerrt, aber Schemko in dem Augenblick verloren. Sie schrie nach Schemko, doch ihr Rufen ging unter in einem einzigen Aufschrei. Da fielen wieder Schüsse, aber diesmal, so schien es mir, von rückwärts. Die Menschenmasse brach jetzt auseinander, strebte weg von dem Platz. Auf einmal spürte ich die Hand von Hedwig nicht mehr. Ein furchtbarer Schrecken durchzuckte mich. Ich wollte mich umdrehen, es ging nicht. Ich war eingekeilt zwischen Menschen, die wie Türme aufragten. Ich begann um mich zu boxen. Das half nichts, die Menschen spürten das nicht, die waren mit ihrer Wut beschäftigt. Hedwig! Wo war Hedwig? Jetzt hörte ich wieder Schießen. Aufschrei! Nicht zu unterscheiden, ob Polen oder Deutsche. Ich schob wieder. Der Druck der Menge wich jetzt. Da setzte er in eine andere Richtung ein. Bloß jetzt nicht hinfallen. Da schob sich von der Seite ein großes Hinterteil einer Frau vor mich. Ich bekam etwas mehr Luft. Das Hinterteil bewegte sich in die gleiche Richtung, in die ich wollte. Jetzt verstärkte sich der Druck von der Seite. Ich klammerte mich an das große Hinterteil. Das gab nach. Das war kein großer Po. Das war so ein Unterlageteil, wie es Tante Marta trug in Festenburg. Jetzt drehte sich das große Hinterteil. Sprach deutsch, aber was? Schon wieder ein einziger großer Schrei. Trappen jetzt, wie von Soldatenstiefeln, Schreien. Auf einmal war das große Hinterteil weg. Ich stand sozusagen im Freien.

Hedwig? Wo war Hedwig? Jetzt konnte ich vorwärts laufen. Ich lief, ich sah mich um. Menschen, Menschen, aber keine Hedwig. Aber jetzt sah ich den Himmel wieder. Und da ein Stück von dem Brunnen. Nein, nichts vom Brunnen, aber etwas freier, ich rannte los. Hedwig ist sicher auch auf das freie Stück zugelaufen. Anders konnte sie nicht gerannt sein, weil alles vollgestopft voller Menschen war. Ich wandt mich durch die Menge, die immer noch auf den Teil des Platzes zustrebte, wo die Fahnen geweht hatten. Ich strebte nach der entgegengesetzten Richtung. Hedwig? Beim Laufen und Ausweichen sah ich mich um. Da, ein solcher brauner Mantel, war das Hedwig? Nein! Weiter, wieder hörte man Schüsse, diesmal weiter entfernt. Wenn ich hier weiterlief, mußte ich auf Hedwig stoßen. Ich lief, lief, es wurde immer freier um mich. Ich rannte, rannte. Es wurden immer weniger Menschen. Die Straße wurde immer leerer. Und da vorne, da gingen jetzt die Häuser aufeinander zu. Die Straße wurde immer enger da vorne. Da kam ich am Ende gar nicht mehr durch. Und die Häuser jetzt. Die kamen auch auf mich runter. Hedwig, wo war Hedwig? Ich konnte doch ohne Hedwig gar nicht nach Hause. Es war geschossen worden. Vielleicht war sie tot? Ich konnte nicht mehr laufen. Ich hatte Seitenstiche, als wollte mir die Brust zersprengen. Ich mußte langsamer gehen. Kam an eine Seitenstraße. Ein Soldat sprach deutsch: »Kleener, buck dich, die schießen!« Da hörte ich auch schon Gewehrschüsse. Umdrehen! Weiter! »Halt!« sagte der Soldat deutsch. »Da läufst du ja direkt ins Feuer! Da ist alles voll Polaken, die haben doch dieselben Uniformen wie wir. Die machen alles kalt! Geh da rum!«

Die Seitenstraße, in die ich jetzt eingebogen war, kam mir bekannt vor. Aber Hedwig! Die Straße wirkte wie ausgestorben. Wenn man schärfer hinsah, bemerkte man, wie die Gardinenschals an den Seiten der Fenster ganz vorsichtig einen Spalt zur Seite geschoben wurden, um dann schnell wieder in die alte Lage gezogen zu werden. Angst! Am liebsten hätte ich mich hinfallen lassen, aber Hedwig? Wo mochte sie jetzt sein? Vielleicht suchte sie mich so wie ich sie. Ich begann wieder zu laufen, Dauerlauf. Die Gegend wurde mir immer vertrauter. Die nächste Straße links einbiegen und dann immer geradeaus, dann kam gleich die Straße, wo wir wohnten. Ich war wieder in Schritt gefallen, aber wenn ich im Schritt ging, kamen so viele Gedanken. Da kamen um die Ecke, wo unsere Straße begann, Soldaten mit weißroten Armbinden. Die kamen aus dem Depot. Das waren die, die uns bewachen sollten, über die Pan Drigas froh war, daß sie da waren. Für die Vater die Bauwagen und die Ofenbleche besorgt hatte. Das waren jetzt diejenigen, die auf uns schießen würden.

Jetzt kam ich an die Straßenecke. Sie war gesperrt. Spanische Reiter, wie sie im Depot hergestellt werden, was ich noch gesehen hatte, waren über die Straße gezogen. Und jetzt wußte ich auch, warum uns Goretzki die Ausweispapiere ausgestellt hatte. Wo war denn meiner? Hatte ich ihn gar nicht eingesteckt? Wieder so ein Schreckstoß mit nachfolgendem Schwitzen. Aber da, in der Jackentasche, war der Ausweis. Mutter hatte ihn dahin gesteckt. Die Soldaten mit den weißroten Armbinden und den geschulterten Gewehren waren vorüber. Ein Posten kam, ich streckte ihm den Ausweis entgegen. Er winkte ab. In Polnisch jetzt: »Dich kenn' ich. Du bist doch aus dem Drigashaus.« Da hatte ich es! Aus dem Drigashaus. Das war die weit und breit bekannte Zentrale der berühmten ›Deutsch-Polnischen Arbeiter-Zentrale‹, und wir Deutschen waren diejenigen, um deretwillen das alles vorbereitet worden war von langer Hand. Das Wild, das gejagt werden sollte, und ich hatte mitgespielt! Zu dem Schmerz um Hedwig kam nun auch noch diese Schuld. Aber jetzt war ich zu Hause. Ich wollte durch den Hof zum rückwärtigen Wohnungseingang gehen, doch der Hof war ein einziges Heerlager. Es war voller Soldaten mit den weißroten Armbinden.

Vater

Ich wand mich durch die polnischen Soldaten und stolperte mehr als ich ging die Treppe zu unserem rückwärtigen Wohnungseingang hoch. Ich drehte an der Klingel. Hedwig vor mir! Sie fing mich auf! Ohne ihre liebevolle Umarmung wäre ich umgefallen. Sie bedeckte mein schweißiges Gesicht mit Küssen. Dann kam Mutter. Umarmungen, an sich drücken, hineinziehen in den Flur. Zu Hedwig: »Mach das Essen warm.« Dann zog mich Mutter aus. Ich war vollkommen schweißnaß. Neue Wäsche, was ich sonst gar nicht so gern hatte, heute war sie mir angenehm. Dann zum Tisch zu Vater. »Was war los? Hedwig hat schon etwas erzählt, was hast du noch erlebt?« Ich konnte nicht. Mutter zog mich jetzt an den Eßtisch. Großmutters Nudeln, selbstgemacht, ich schlang. Mutter zu Vater: »Laß ihn nur mal essen.« Und dann, es würgte mich, ich konnte nur noch aufstehen, die Hand vor den Mund halten und auf den Lokus schwanken. Dort mußte ich mich fürchterlich erbrechen. Mutter sagte halb bedauernd: »Die guten Nudeln!« Wobei ich nicht wußte, ob das Bedauern den Nudeln galt oder mir. Ins Bett! Kamillentee!

Wie lange ich geschlafen hatte, wußte ich nicht. Als ich erwachte, hörte ich Vaters Stimme, die Tür zum Korridor war offen. »Ich kann meine Kameraden nicht verlassen. Das ist ein richtiger Aufstand, das ist Hochverrat. Das geht gegen das Vaterland, das geht gegen Deutschland. Wir haben hier Leistungen erbracht, die alle kaputtgehen, wenn die Polen das an sich reißen. Glaub mir, die Posener Polen werden das auch einsehen. Du kennst ja die Ansichten von Drigas. Du hast doch von Hedwig gehört, wieviel fremdes Gesindel jetzt hier ist, wie viele Abenteurer. Die haben nichts zu verlieren, aber viel zu gewinnen, wenn die Ordnungsmacht weg ist. Das muß verhindert werden. Da muß ich mithelfen, kann nicht hier zu Haus herumsitzen.« Dann die Stimme meiner Mutter: »Du kannst ja nicht einmal zur Direktion. Die Straßen sind abgesperrt. Du hast es doch heute früh versucht.«

Jetzt erinnerte sich Mutter wohl an mich. Sie kam, um nach mir zu sehen. Kaum vom Vater weg, war sie ganz liebevolle, zärtliche Mutter. Streichelte mich und sagte, aber ganz milde, ganz vorsichtig: »Die Tür war offen, da hast du sicher gehört, was ich zu Vater gesagt habe. Er will immerfort kämpfen, aufhalten, was wir von hier aus nicht aufhalten können. Ich muß ihn zurückhalten. Er macht noch was. Er zappelt! Wenn die Posten ihn nur nicht durchlassen. Ich muß wieder zu ihm. Die Hedwig kommt gleich, sie war statt deiner bei der Frau Kubiak.«

Mutter ging, Hedwig kam. Frau Kubiak hatte alles dicht. Alles fest verschlossen. Immer wenn Hedwig ins Zimmer kam, hörte ich von draußen, wie die Eltern stritten. Jetzt wieder die Mutter: »Du bist deinem Eid treu geblieben. Der Kaiser hat dich und uns alle verlassen, nicht du ihn. Beruhige dich!« Hedwig meinte, es sei sehr schlimm mit den Eltern. Sie hätte sie noch nie so erlebt. »Und das Schlimmste ist«, sagte sie, »sie haben beide recht.«

Ich hatte völlig die Zeit vergessen. Hedwig pflegte mich hingebend. Es gab immerzu Großmutters Nudelgerichte, meistens süß. Armer Vater, der mochte süße Sachen als Hauptgericht nicht sehr, nur Karfreitag. Dann gab es die Großmutternudeln auch noch mit dem Eingeweckten oder mit Backobst. Immer mit einem Löffel extra Zucker für mich. Vater hatte auch keine Gesprächspartner außer Mutter. Zu Drigas mochte er nicht. Und heute ganz früh waren zwei polnische Soldaten bei unseren Nachbarn gewesen und hatten Herrn Radschiowski mitgenommen. Jetzt war der Vater ganz aus dem Häuschen. Und dann klingelte es, und wer kam zu uns? Herr Radschiowski, der liebe! Als erstes zu uns, um Mutter und Vater zu beruhigen. Sie hatten ihn rufen lassen, weil Verbindung mit Berlin hergestellt werden mußte, weil die Engländer keine andere Möglichkeit hatten, als über den Bahntelegrafen mit Berlin und der Welt zu reden. Er sagte Vater, es sei noch nicht alles verloren. Er bestätigte, daß ohne die englische Kommission, in deren Begleitung Padarewski gekommen war, der Aufstand niemals zustande gekommen wäre. Aber natürlich auch nicht ohne die roten Arbeiter- und Soldatenräte, in denen inzwischen kaum noch ein Deutscher saß. Stillschweigend und mit Vergünstigungen aller Art waren die deutschen Sozialdemokraten durch die polnischen Nationaldemokraten ersetzt worden.

Als Vater fragte, wie er es anstellen könnte, zur Direktion zu kommen, winkte Radschiowski ab. Soweit sei man noch nicht. Die Sperren sind so dicht und die Posten so sehr von ihrer eigenen Wichtigkeit überzeugt, daß man nur etwas falsch machen könne. Außerdem seien die Polen am Siegen. Jede von unseren Truppen geräumte Kaserne werde als enormer Sieg ausgegeben. Als dann unser Nachbar berichtete, daß polnische, also bis jetzt deutsche Offiziere, aber polnischer Nationalität wie Leutnant Hulewicz oder Rybka, von Truppenteil zu Truppenteil liefen und von den gräßlichen Blutbädern berichteten, die die Polen in ihrer Wut an deutschen Soldaten verübt hätten, da war die Begeisterung der Truppenkommandeure, ihre Soldaten gegen diese entmenschten Zivilisten zu führen, sehr gering. Sie ergaben sich, wenn ihnen der Leutnant Rybka gefälschte Resolutionen übergab, in denen der polnische Stadtkommandant, den es noch nicht gab, ehrenvollen, freien Abzug für ihr Truppenteil anbot. Gleichzeitig wurden andauernd falsche Nachrichten in Umlauf gesetzt, die die deutschen Truppenkommandeure nicht mehr nachprüfen konnten. Dadurch war ein Chaos entstanden, in dem niemand mehr wußte, wo Freund oder Feind war. Radschiowski ging.

Endlich hatte Vater einen Grund, mit Drigas zu sprechen. Der Vater kam etwas beruhigt von Drigas wieder. Als Mutter noch mal nach mir gesehen hatte, war mir so, daß ich noch ein wenig zu Hedwig ins Bett schlüpfte. Nach wenigen Minuten sagte sie: »Du bist gesund, ganz schön gesund! Morgen kannst du aufstehen. Wenn auch nicht den ganzen Tag.« Aber es kam noch nicht zu einem unserer beliebten Kitzelspiele. Dazu waren wir beide nicht aufgelegt, dazu waren die Umstände zu traurig. Aber in Erinnerung an den furchtbaren Tag genoß ich die Wärme ihres Körpers doppelt, kuschelte mich ein und freute mich auf den warmen Sahnebonbontrunk am Morgen.

Ich wachte auf von einem Kuß meiner Mutter und ihren Tränen. »In aller Frühe haben sie Vater abgeholt.« Ich konnte gar nichts sagen. Aber ich dachte daran, daß sie unseren Nachbarn auch abgeholt hatten. So sagte ich: »Der Radschiowski ist auch wiedergekommen.« – »Ich war schon bei Radschiowski, sie haben mir geraten, daß Vater warme Sachen mitnimmt. Radschiowski hat mit den Soldaten gesprochen, da haben sie das erlaubt.« – »Hast du ihm Sahnebonbons mitgegeben?« fragte ich. »Mein Gott, das hab' ich vergessen. Hätt' ich dich doch geweckt! Du hättest mich daran erinnert, aber der Vater wollte es nicht. Radschiowski meinte, wir sollen versuchen, auf die Direktion zu gehen. Vielleicht hilft es. Die, die jetzt was zu sagen haben, können auch alle Deutsch. Aber wir wollen noch etwas warten, du bist ja noch nicht soweit, daß du überhaupt aufstehen kannst.« Dann brachte sie mir das Frühstück ans Bett.

Da klingelte es an der vorderen Tür. Das war die offizielle, deshalb immer etwas bedrohlich. Mutter ging sehen, aber da kam schon Frau Radschiowski in mein Kinderzimmer. Sie war mir nie so groß und stark vorgekommen. Sie hatte wie fast alle Frauen hier, außer Mutter, noch ihren Morgenmantel an. Sie sprach ein fast jiddisches Deutsch, aber ich konnte ihr gut folgen. Nur Mutter fragte das eine oder andere Mal nach einem Wort, dann bemühten sich beide, aber jetzt war ich auch dabei. Sie hatten gerade Herrn Radschiowski wieder abgeholt. Das letzte, was er gesagt hatte, war: »Die Frau und das Jingele sollen so in zwei Stunden versuchen, nachzukommen. Sie sollen das Papier von den Depotsoldaten vorzeigen.«

Die Möglichkeit, Vater zu helfen und etwas Neues zu erleben, aus dem Bett herauszukommen, das mich trotz Hedwigs Fürsorge zu langweilen begann, ließen mich sehr geschwind werden. Mutter kam mir ganz fremd vor. Sie hatte sich dunkel angezogen und den Beerdigungsmantel dazu an. Ich war auch warm verpackt. Es war ausgemacht, daß bei allen Posten ich die Papiere vom Depot vorzeigen sollte. So überwanden wir Sperre auf Sperre. Ich sagte immer dasselbe Sprüchel: »Wir sind aus dem Drigashaus, wir wollen zu unserem Vater, der auf der Eisenbahndirektion arbeitet.« Kein Wort von seiner Verhaftung. Mutter hatte ich gebeten, mit dem Weinen erst in der Direktion anzufangen. So kamen wir gut durch die Depotsperren. Beim ersten Direktionsabsperrungsposten waren die Posten gerade mit sich beschäftigt. Der eine warf seine Zigarettenkippe weg, der andere kaute an einem Brotrest. Ich hatte mir genug Sahnebonbons von Hedwig mitgeben lassen. Ich wußte ja, wie so was läuft. Jetzt zog ich schnell einen Bonbon aus meinem Zeitungstütchen aus der Tasche. »Nehmen Sie das, das schmeckt besser als die

Zigarette!« Und dazu das freundlichste Lächeln, dessen ich fähig war, und zu dem anderen: »Sie haben ja keinen Nachtisch.« Das verstand der nicht, aber den Sahnebonbon nahm er doch. Mutter hatte die Ausweispapiere vom Depot schon hervorgeholt und auch meines mit vorgezeigt, denn ich war ja mit dem Bonbonverteilen beschäftigt.

Der schwierigste Posten, den es zu überwinden galt, war der vor der Direktion. Da konnten wir nichts mit Sahnebonbons wagen. Da halfen nur meine polnischen Sprachkenntnisse. Mit denen mußte ich auch noch das Schweigen meiner Mutter überspielen, die zur rechten Zeit einen enormen Hustenanfall bekam und durch das Husten die paar polnischen Brocken abwechselnd mit halben Erstickungsanfällen herauspreßte. Es wirkte außerordentlich echt. Den Ausschlag gab dann mein Hinweis auf Onkel Radschiowski, den sie vor gar nicht langer Zeit hatten passieren lassen. Er galt wohl ohnehin als unverdächtig. Im Inneren des Direktionsgebäudes sah es noch schlimmer aus, als ich es von meinem letzten Besuch mit Vater in Erinnerung hatte. Noch mehr Zigarettenreste, noch mehr zertretenes schmuddeliges Papier, noch mehr Stimmengewirr, nicht mehr in Deutsch, sondern in Polnisch. Herr Radschiowski schien den Pförtner verständigt zu haben, denn dieser ließ uns passieren. Er sagte uns in Deutsch die Zimmernummer an, wo wir den Gesuchten finden würden. Beim Gang durch die Korridore fiel mir aber noch was auf, wenn ich die in den Fensternischen Versammelten sah. Sie rauchten alle, aber Zigaretten mit einem Pappmundstück, die sie während des Sprechens nicht aus dem Mund nahmen. Dadurch wippten die Glimmstengel auf und nieder, was ich bis jetzt noch nie gesehen hatte. Ich fand auch heraus, daß die mit den Pappmundstückzigaretten offensichtlich Polen waren. Die Pappmundstückzigaretten waren wohl soviel wie ein geheimes Vereinsabzeichen, eines dieser Geheimzeichen, denen sich die Sokoln bedient hatten.

Endlich waren wir vor dem Zimmer, das der Portier uns angegeben hatte. Wir klopften, und dann schob mich Mutter in den Rauch. Von Radschiowski war nichts zu sehen. Wir standen vor einem großen vierschrötigen Mann in einer offenen Militärjacke österreichischen Schnitts. Er sah fragend auf. Ich sagte: »Wir wollen zu unserem Vater.« Auf Polnisch. Jetzt hörte ich durch den Rauch die Stimme von Radschiowski, auch polnisch: »Das sind die Leute von dem Mann von dem Eisenbahnvormarsch!« – »Ah, ich weiß«, sagte der Vierschrötige. Zu meiner Mutter in Deutsch: »Ihr Mann ist deutscher Offizier.« Meine Mutter schon zitternd: »Dafür kann er doch nichts. Das ist doch eine Sache der Intelligenz.« Das hätte sie nicht sagen dürfen. Der Vierschrötige antwortete jetzt ganz barsch: »Das ist ein Irrtum! Dies ist nicht eine Sache der Intelligenz, sondern der Klassenzugehörigkeit.« Da fiel ihm eine Stimme aus dem hinteren Rauch ins Wort, polnisch: »Da möchte ich ihnen aber sehr energisch widersprechen!« Meine Mutter hatte sich auf großes Weinen mit Schluchzen eingestellt, und ich stellte in dem weiter in Polnisch geführten Gespräch fest, was mir Cronblum schon immer gesagt hatte: Die Polen sind zuerst Polen, dann sind sie katholisch. Aus! Es gibt noch ein paar, die sind aus der Art geschlagen, die sind auch noch rot. Und zwar nicht von der Sorte der preußischen Roten, die sind vielleicht noch zu ertragen, aber wenn sie von der österreichischen Sorte der Roten sind, dann sind sie ganz unerträglich, denn dann sind sie auch noch Antisemiten. Was überhaupt nicht zueinander paßt. Es ist völlig unlogisch. Vielleicht war der Vierschrötige einer von diesen österreichischen polnischen Roten, dann sah das für uns nicht gut aus. Aber da sagte es wieder hinten im Rauch polnisch: »Wenn der Mann da was von versteht, ist das doch im Augenblick schissko jedno.«

Ihm fiel wohl ein, daß das auf eine deutsche Dame nicht sehr fein wirken würde, und verbesserte sich in: »Tout egal.« Der Vierschrötige unterbrach jetzt die Diskussion, deren Stoff Mutter und ich war, mit den Worten, nun wieder in Deutsch: »Das kann Radschiowski weiter erledigen.« Er gab Radschiowski einen Wink, der kam auf uns zu und geleitete uns auf den Korridor.

»Es steht nicht schlecht um Ihren Mann«, sagte er zu Mutter. »Gerade heute vormittag ist eine Kommission aus Berlin angekommen. Die Polen in Warschau sehen das besser als die Polen hier, die noch ganz benommen sind vom Erfolg ihrer Revolution. Die Warschauer haben Berlin um Hilfe gebeten, damit nicht alles drüber und drunter geht, und da brauchen sie gerade Leute wie Ihren Mann, der sich auch persönlich in den Gebieten wie Tarnopol oder Rowno, die er durch den Eisenbahnvormarsch kennengelernt hat, auskennt. Auch mit Gleiskörpern und so. Wir müssen jetzt nur noch zum Personalbüro.«

Wieder wanderten wir durch Korridore, lange, dreckige, mit Zigarettenstummeln bedeckte Korridore. Vorbei an Gruppen junger Leute, die hier flanierten wie auf einer Kurpromenade, mit den Pappmundstückzigaretten zwischen den Lippen, dabei lebhaft auch mit den Händen gestikulierend und sprechend. Aber sie sprachen nicht von Sachen, die die Eisenbahn betrafen. Ich konnte das gut hören, weil sie laut polnisch sprachen und nicht zu ihren Gesprächspartnern allein, sondern offenbar zu einer größeren Menge von nicht vorhandenen Zuhörern. Sie gaben dabei Berichte von ihren Heldentaten während der Revolte. Wenn man das alles zusammenzählte an getöteten deutschen Soldaten, was wir allein in den zwei Stockwerken hörten, dann war das sicher mehr, als deutsches Militär überhaupt in Posen hätte sein können. Dabei mußte ich auch auf Mutter achten. Sie sagte immer vor sich hin: »Es ist noch nicht soweit, es ist noch nicht soweit.«

Dabei liefen wir ziemlich schnell hinter Herrn Radschiowski her. Endlich waren wir vor der Tür des Personalbüros. Hier war es nicht voll rauchender Männer. Dafür war eine Dame da, eine sehr elegante Polin, nicht mehr jung, die abschätzig meine Mutter ansah. Radschiowski gab uns ein Zeichen zu warten und ging durch die nächste Tür. Die Dame fragte polnisch: »Gehören Sie zu Herrn Radschiowski?« Obwohl sie doch gesehen hatte, daß wir mit ihm gekommen waren. Ich hatte plötzlich das Gefühl, daß man sich mit der Dame gut stellen müßte. Ohne auf Mutter zu sehen oder zu fragen, holte ich einen meiner Sahnebonbons aus dem Zeitungspapiertütchen und gab ihn der Dame. Die war ganz überrascht und fragte: »Was ist das?« – »Sahnebonbon«, sagte ich in Deutsch. »Selber gemacht?« fragte sie nun auch in Deutsch. Ich nickte. Sie schob den Bonbon vorsichtig in den Mund, dann verklärten sich ihre Züge, und sie meinte: »Oh!« Nichts sonst. Und jetzt fragte sie, weshalb wir hier wären. Nun war das Eis gebrochen. Meine Mutter konnte ihre ganze angestaute Redseligkeit auf einmal, sozusagen in einem Schwall, loswerden. Die Dame kannte auch meinen Vater, er war ihr ein ganz vertrauter Begriff. Sie lobte ihn und seine Tüchtigkeit und sagte: »Da dürfen Sie sich nicht wundern, wenn man so einen festnimmt. Aber den holen sie wieder.« Damit schob sie den Bonbon in die andere Mundseite.

Radschiowski kam heraus. Er lächelte sehr geheimnisvoll und fragte die Dame: »Nun, haben sie sich bekannt gemacht?« Er fragte deutsch, und sie sagte: »Wir sind schon die dicksten Freunde«, was mir so schien, als wollte sie noch einen Bonbon haben. Ich tat es sogleich, und dann trabten wir hinter unserem Beschützer her. Dieser hatte die Sache mit dem Bonbon natürlich beobachtet. Er sagte: »Das war aber eine gute Sache mit dem Bonbon für die Marowska. Die Dame verfügt über einen größeren Einfluß, als Sie glauben«, das zu meiner Mutter. »Es steht übrigens weit besser, als ich anzunehmen wagte. Wenn einer wieder in Dienst gestellt wird und aus Szczypiorno entlassen wird, dann ihr Mann. Hab' ich gerade herausgebracht, wo er ist. Vielleicht, wenn es länger dauert, kann man eine Verbindung knüpfen nach Szczypiorno.« Das war Wasser auf Mutters Mühle. Das war ein Hoffnungsschimmer. Aber wann würde er in Erfüllung gehen? Ich mußte Mutter ablenken. »Der Vater wird ganz verhungert sein, wenn er zurückkommt. Was haben wir denn noch für ihn?« Damit hatte ich ins Schwarze getroffen. Mutter konnte gar nicht schnell genug nach Hause kommen, um ihre Vorräte zu untersuchen. »Du weißt doch, wie gern er Hammelfleisch ißt, so mit Sahnesauce und Sauerkraut und Klößen. Das mag Vater noch viel lieber als die Gänse, die gepökelten, die immer so scharf sind.« – »Hab' ich ja auch nicht mehr«, sagte Mutter.

So stampften wir durch den Schnee, an einer Sperre nach der anderen vorbei, bis wir zu Hause waren. Die günstige Nachricht mußte ich sofort Frau Kubiak für Cronblum mitteilen. Vielleicht, daß sie noch was hatte, was die Revolution überdauert hatte. Während Mutter und Hedwig zu Hause das Unterste nach oben kehrten, um noch etwas zusammenzukratzen, was Vater Freude machen würde, machte ich mich auf den Weg, als ich den Ruf vernahm: »Wir haben doch noch die getrockneten Pilze.« Dann ging ich zu Frau Kubiak, wo ich auf Cronblum stieß. Cronblum rang die Hände. »Die blutrünstigen Strolche. Die Fremden aus Warschau und Berlin, die ernten wollen, wo sie nicht gesät haben. No, das wird werden ein Touhuwabou. Ein schrecklicher. Und du warst dabei. Erzähle!« Ich mußte nun von der Revolte berichten, wie sie angefangen hatte und was alles danach gekommen war. Daß sie den Radschiowski abgeholt hatten, aber dann wieder hatten laufen lassen, und wie sie ihn auch wieder geholt hatten, und daß sie Vater geholt hatten und wie wir in der

Direktion waren. Cronblum unterbrach meine Darstellungen mit Verwünschungen gegen alles, was mit der Revolte zusammenhing. Als ich ihm von der Kommission aus Berlin berichtete, wurde er ganz hellhörig. Er sagte. »No, das ist das erste vernünftige Wort, das ich höre in der ganzen Angelegenheit. Wenn sie bloß nicht schicken möchten in Berlin solche von den roten Revoluzzern. Sie sollten schicken erfahrene Beamte und nicht solche Leute, die beglücken möchten die ganze Welt und dabei sich das Genick verkerzen, weil sie über die eigenen Schuhe fallen.« Frau Kubiak hatte mitgehört und brachte jetzt einen von ihren besseren Bonbons. »Und was wird die Mutter machen, wenn er jetzt zurückkommt, der Vater?« – »Hammelfleisch«, sagte ich. »Aber wir haben keins.« – »Nu, es wird immer noch geschlachtet, mal hier, mal da, man muß hören. Sich umhören. Man wird sehen.« Ich bekam Milch mit dem Hinweis, mindestens einen reichlichen Viertelliter sollte die Mutter zurückstellen, daß sie sauer wird für die Sahnesauce. »An den Herdrand stellen soll sie die Milch, und wenn sie noch nicht ganz sauer ist, dann einen Kaffeelöffel Essig, aber vorsichtig, und dann vor dem Zugeben an den Sud das Mehl ganz vorsichtig rein.«

Wir mußten weiter auf Vater warten. Für Mutter war es genauso entnervend wie vorher das Warten von Vater, ehe er in das Internierungslager gebracht wurde. Sie rannte von Zimmer und Zimmer und durchsuchte immer von neuem ihre Vorräte. Den guten Honigschnaps nach dem Rezept von Frau Kubiak hatte sie gefunden, und noch Haferflocken. Von einem Teil backte sie sofort Haferflockenplätzchen, weil doch Milch im Hause war. Als Drigas von Schemko gehört hatte, daß ich verlorengegangen war inmitten der Revolte, kam Frau Drigas zu uns und brachte ein Tröpfchen Taubenbrühe mit zur Kräftigung für mich, wo das doch der alte Drigas viel nötiger gebraucht hätte. Während die Frauen in der Küche ihre Erfahrungen mit der Revolution in den verschiedensten Spielarten austauschten, war Schemko bei mir. Er erzählte Einzelheiten, wie ein öffentliches Gebäude nach dem anderen von den Aufständischen gestürmt wurde, um dann darauf die Fahne, die weißrote Fahne, zu hissen. Mich begann das aufzuregen. »Wurden die Gebäude nicht verteidigt?« fragte ich. »Nein, zum großen Teil waren sie unbesetzt. Aber wir haben sie erobert. Das 5. Festungs-Artillerieregiment verließ freiwillig seine Kaserne und ist freiwillig abgezogen. Das 6. Grenadierregiment ist im Polizeipräsidium besiegt und aufgerieben worden, weil die Leute davonliefen. Alle Deutschen haben Angst, wir Polen würden sie einzeln umbringen. Die von dem Berliner Ministerium raten den deutschen Soldaten auch nicht, gegen uns zu kämpfen, und da ergeben sie sich.« Ich konnte mir das nicht länger mit anhören. Ich mußte immer noch nachmittags ins Bett wegen der Erkältung, und Schemko hatte mich gerade noch im Bett erwischt. Ich konnte ihn jetzt nicht verhauen, das wußte er und erzählte immer mehr von den feigen deutschen Soldaten. »Nur die 6. Grenadiere haben mit ihren Waffen zum Bahnhof marschieren dürfen.« Da war es aus. Ich konnte mich nicht mehr halten, ich mußte weinen. Schemko war das unheimlich. Er lief in die Küche und sagte, daß es keine Prügelei gegeben hätte, trotzdem würde ich heulen. Als er zurückkam, mußte ich weinen. Unter Schluchzen hielt ich Schemko vor, was das für eine Gemeinheit sei, erst haben wir die Russen besiegt, die schon immer der schlimmste Feind Polens gewesen seien, damit überhaupt wieder ein richtiges Polen entstehen kann. Dann haben wir euch die ganzen Waffen gegeben. Du hast selber gehört, wie dein Großvater sich mit meinem Vater unterhalten hat, daß wir euch eine ganze Regierung hingestellt haben, daß ihr nur so weiter fortfahren konntet, das war alles angeleiert. Und dann nehmt ihr uns Posen weg, gerade wo wir keinen Kaiser mehr haben, wo nur noch die Roten zum Regieren da sind. Wo unsere Soldaten müde sind von dem ganzen Krieg und den Frieden haben wollen! Du warst doch selber dabei, was das für Leute waren vor dem Rathaus! Das waren doch keine Posener Polen! Das war doch zugereistes Volk, solche Leute, wie sie in den Mansarden oben wohnen! Und das andere waren Deutsche, Posener Deutsche!«

»So wie die Zugereisten Polen waren, egal woher!« unterbrach mich Schemko.

»Und was habt ihr, nein, was hast du mit mir gemacht? Erst hast du mich bei den Sokoln mitmachen lassen, damit ich Stillschweigen bewahre, hast mir hoch und heilig versprochen, uns wird nichts passieren! Dann brennt unsere Wohnung fast ab! Und zum Schluß klaut ihr mir den Vater! Das ist wohl nichts, was? Und wenn wir den Vater wiederbekommen, dann bloß, weil ihr ihn braucht!«

Ich hatte mich so in meine Wut hineingesteigert, daß ich das Bett zurückschlug und nun auf der Bettkante saß und mit einer lebhaften Gebärdesprache, mit Armen und Beinen, meine Worte unterstrich.

Schemko wagte den zagen Einwand: »Er wird gut bezahlt werden. Er soll ja das nicht umsonst machen, was wir von ihm verlangen!« – »Was habt ihr denn schon zu verlangen? Doch nur das, was vorher schon da war! Woher kommt denn das, was vorher schon da war? Das ist doch alles aus Deutschland gekommen! Und jetzt kommt ihr und mit Hilfe unserer Feinde, die nicht genug tun können, um uns noch mehr zu schlagen, als sie uns schon geschlagen haben, bringt ihr unser Land, unsere Städte an euch und meint, wenn ihr unsere kriegsmüden Leute, wie, das haben wir selber in der Mansarde gehört, beschwindelt und belügt, das wäre eine große Heldentat!«

Und dann stand plötzlich der Vater vor uns. Ohne seinen warmen Mantel. Mutter umarmte ihn. »Gott sei Dank«, sagte sie. »Aber wo ist dein Mantel und dein

Koffer?« – »Alles dort gelassen. Was denkst du denn, wie die Kameraden frieren.«

Vater sah schlecht aus. Die Tage im Internierungslager waren ihm nicht bekommen. Er sah richtig hohlwangig aus! Er war unrasiert. Etwas, was ich an Vater nicht kannte. Die Mutter war hinausgegangen, um den Badeofen anzuheizen, was sie sonst immer Hedwig überließ, heute für Vater tat sie es selbst. »Das Schlimmste war die Ungewißheit über unser Schicksal«, sagte er. »Das war schlimmer als der Verlust des dicken Wintermantels. Ich hab' ja noch den alten Wintermantel. Gib den mal!« Und schon hatte Vater den alten Windermantel an und einen alten, uralten Hut auf, und weg war er zur Direktion, vergaß das Bad. Er rief noch: »Ich bin zum Essen wieder da.« Mutter rannte zu Frau Kubiak. »Er ist wieder da, er ist wieder da!« Frau Kubiak erzählte ihrerseits: »Sie müssen wissen, er ist wieder da. Wo ich Ihnen verzählt habe von dem Mann, wo ist auf der Bahn, wo sie verschleppt hatten. Aber die können nicht ohne ihn.«

Vater kam tatsächlich zum Essen. Er sagte: »Das riecht ja wunderbar!« Mutter wollte gerade zu einer längeren Rede ansetzen über die Schwierigkeiten, mitten in der Revolte Hammelfleisch aufzutreiben, als er ihr das Wort abschnitt und sehr energisch sagte: »Du bringst noch heute nacht den Jungen zur Mutter nach Festenburg. Um zehn Uhr geht ein Kohlezug vom Rangierbahnhof ab, ein Kohlezug, der auf Umwegen nach Schlesien fährt, über Ostrowo. Der hat einen geheizten Personenwagen mit, nur für Bahnbedienstete. Das sind alles Kollegenfrauen und noch ein paar Leute, die dringend nach Deutschland müssen. Du kannst den großen Reisekorb fertig machen. Es kommen dann Leute mit Fuhrwerk, die holen dich und mich und den Jungen. Die Papiere hab' ich.« Dabei zog er eine Flasche Wodka aus der Tasche und nahm einen Schluck.

Mutter sagte: »Ich kann nicht mehr!« und nahm, was ich noch nie an ihr gesehen hatte, dem Vater die Wodkaflasche aus der Hand und nahm auch einen tüchtigen Schluck. Dann: »Nun wollen wir aber erst mal essen.« Es war ein Festmahl in der Küche. Die Hammelkeule hatte Zeit genug gehabt. Sie war warm, und Vater hielt darauf, daß auch ich und Mutter tüchtig aßen. Nicht wie sonst, daß noch für die nächsten Tage vorgedacht werden mußte. Dann ging's ans Packen. Alle halfen mit, bis Mutter sagte: »So geht das nicht, ich weiß ja nicht mehr, was schon alles drin ist.« Wir bremsten uns.

Ich hatte meine liebe Not mit den Spielsachen. Am schwersten hatte ich es mit der Taschenterzerol. Die mußte ich retten. Vielleicht gab es in Deutschland Munition. Ich hatte sie schon in der Manteltasche, da sagte meine Mutter: »Was zieht denn da so die Manteltasche herunter?« Sie griff zu und hatte meine Schieße, meine Taschenterzerol, in der Hand. Rief den Vater. Der fragte: »Wo hast du denn die Damenpistole her?« Und zu meiner Mutter: »Das ist kein Spielzeug!« Mutter war blaß geworden. »Wie bist du denn daran gekommen?« Und Vater sagte: »Jetzt siehst du es wohl ein, daß der Junge zu deiner Mutter kommen muß!« Vater kassierte meine Schieße und legte sie zu seiner Waffe, was ein Trost für mich war.

Endlich war es soweit. Das Fuhrwerk kam, und ich erinnerte mich plötzlich der Abfahrt von Irenka und ihrer Mutter mit dem Korbgepäck. Ich sagte: »Das geht ja wie bei den Schlosseks.« – »Ja«, sagte Mutter. »Du wirst wieder mit Irenka zusammenkommen.«

In der Dämmerung der Winternacht fuhren wir zum Rangierbahnhof. Es war der Weg, den ich so oft zu meinen Geschäftsfreunden mit Schemko gegangen war. Ich saß zwischen den Eltern. Ich merkte nichts von der Kälte.

Der Wagen rumpelte jetzt über Geleise. Wir wurden durchgeschüttelt. Dadurch kam ich in eine andere Lage, konnte besser sehen und bemerkte Jungens, die sich in respektvoller Entfernung von dem Wagen hielten. Wenn mich nicht alles täuschte, waren Freunde von mir dabei. Und da war plötzlich Schemko zwischen ihnen.

Ich hatte ihn bei der Abfahrt kurz beim großen Tor auftauchen sehen, hatte dem aber keine Beachtung geschenkt, denn wir waren ja böse miteinander. Mir stieg jetzt noch das Blut in den Kopf, wenn ich an seine höhnischen Reden dachte, wie er mir von der Eroberung Posens durch die polnischen Insurgenten berichtet hatte! Aber was wollte er hier? Was wollte er hier mit den Geschäftsfreunden zusammen?

Und jetzt erkannte ich ganz klar den kleinen Piontek mit einem neuen Hund an der Schnur. Ein noch kleines, junges Tier. Ich merkte, daß er mich zwischen den Erwachsenen entdeckt hatte, und machte ihm ein Zeichen wegen des Hundes, daß der doch noch sehr winzig sei! Er hatte sogleich begriffen und erklärte mir mit den Händen, daß der Hund noch wachsen würde. Die Jungs trotteten ganz zwanglos um uns und um unseren Wagen.

Die Mutter hatte jetzt wohl auch Schemko erkannt. Sie sagte: »Da ist ja Schemko! Was macht denn der hier?« Der Kutscher brummte: »Da ist schon gut, daß Sie erkennen die kleinen Strolche! Sind woll Freunde Ihres Sohnes?« Dann hielt er den Wagen an, der als erster, wie ein Postwagen, vor der langen Reihe von Kohlenwagen stand. Mein Vater und der Kutscher stiegen ab. Vater holte mich jetzt aus meinen Decken heraus, und ich war wieder auf der Erde.

Da stand Schemko vor mir. Er druckste deutsch, was dazu diente, seine Verlegenheit zu bemänteln: »Weil du doch nach Deutschland fahren wirst, wo sehr gefährlich ist, hab' ich dir meinen Säbel mitgebracht! Dazu die Tschappka!« Dabei holte er unter seinem Mantel seinen Holzsäbel mit der leichten Krümmung hervor und das viereckige

Eichenbrettchen mit dem Gummiband! Seine Ausrüstung als polnischer Ulan, mit der er seine Erkundungsritte gemacht hatte. »Nu, nimm schon!« sagte er polnisch, als ob es ihm schon fast leid getan hätte. Ich war überwältigt. Daß Schemko sich von seinem geschwungenen Säbel trennen würde, damit wir wieder Freunde werden könnten, hätte ich nie zu denken gewagt. Er sagte jetzt, um alle Dankesbeteuerungen zu umgehen: »Ist noch nicht alles! Die Freunde haben gesammelt, schon von wegen der Sahnebonbons; das ist von allen!«

Dabei reichte ihm der große Piontek eine Stielhandgranate zu! »Wenn man sie scharf machen will, muß man die Kappe abschrauben und die Schnur abziehen, und dann aber sehr schnell auf das Ziel werfen! Mein Vater sagt, daß das eine ungeheure moralische Wirkung hat!« Er badete sich geradezu in dem Wort ›moralisch‹, was im Polnischen einen ganz anderen Ton und Klang hat. Jetzt trat der kleine Piontek vor, er sagte polnisch: »Wenn man die Reißschnur nicht abzieht, ist die Handgranate ganz ungefährlich! Man kann damit auch Nägel in die Wand einschlagen!«

Jetzt kam mein Vater zu unserer Gruppe. Ich berichtete, was ich für hübsche Abschiedsgeschenke von meinen Freunden erhalten hatte. Als er die Handgranate sah, schienen sich seine Haare zu sträuben. Er faßte sich schnell, bewunderte den geschwungenen Holzsäbel, forderte Schemko auf, sich bei der Rückfahrt zu ihm auf den Kutschbock zu setzen, und rief einen Bahnbeamten herbei. Er sagte: »Das ist hier ein alter Feldwebel, der weiß am besten mit Handgranaten umzugehen, im Zug wird er dir das noch genau zeigen.« Noch während Vater das sagte, hatte ich aus dem kleinen Tütchen von Hedwig an die nächststehenden Freunde Sahnebonbons verteilt, die blitzschnell in ihren Taschen verschwanden. Zu essen vor den erwachsenen Deutschen, mit Bahnbeamten noch dazu, das hätten sie sich nicht getraut.

Die Verabschiedung von Vater ging schnell, weil die Erwachsenen mit der Verstauung des Gepäcks zu tun hatten. Dann saßen wir im Eisenbahnabteil. Mutter winkte dem Vater, und ich auch. Ich setzte mich auf meinen Platz neben die Mutter. Sie legte noch eine Decke um mich. Wann ich aufwachte, weiß ich nicht. Die Menschen im Zugabteil schliefen. Ich fragte die Mutter: »Sind das alles Deutsche?« — »Ja«, sagte sie. »Sind wir schon in Deutschland?« fragte ich. »Ja«, sagte Mutter und zerdrückte eine Träne. Ich schlief wieder ein.

Als ich erwachte, war es helle Dämmerung. Die Helligkeit schien von den Schneeflocken auszugehen, die am Fenster vorbeitanzten, huschten, durcheinanderschwirrten. Durch die Stille glaubte ich vielfältiges Stimmengeflüster zu hören, als ob die Schneeflocken ein andauerndes zwitscherndes Singen von sich geben würden. Ich mußte weiter in das weiße Wirbeln sehen. Der Zug fuhr mitten hindurch. Aber er konnte die einzelnen Flocken nicht treffen. Die Schneeflocken waren schneller als der Zug. Viel schneller!

Manchmal sausten sie in Zugrichtung, dann wieder schienen sie auf der Stelle zu schweben. Dann wurden sie wie von einer unsichtbaren Kraft hochgerissen. In ganzen Schwärmen wie tausend winzige Vögel ging es dann in die Höhe. Ich war richtig froh, daß die anderen Menschen, auch die Mutter, alle schliefen. Da hatte ich dieses wunderbare schwingende Tanzen ganz für mich allein! Die Schneeflocken hatten überhaupt keine Regel, keine Ordnung. Darin war es ganz anders als bei den Zwergen, wo alles und jedes seinen vorgeschriebenen Lauf hatte. Bei den Schneeflocken ging alles durcheinander, ineinander, kreuz und quer, rauf, runter, vor, zurück!

Dann wurde der Wirbel langsamer. Es war, wie wenn die große Masse vorübergetanzt sei. Durch die immer weniger werdenden Flocken sah man jetzt unsicher, verschwommen, wie durch einen Schleier die Umrisse von Bäumen. Tannenbäume, wie wir gerade einen zu Weihnachten gehabt hatten. Aber die Tannenbäume waren mit Schnee geschmückt. Die vielen, vielen Flocken hatten sich auf den Tannenbäumen niedergelassen, als wenn sie sich ausruhen müßten von dem rasenden Wirbel, den sie gerade noch vollführt hatten. Die Tannenbäume sahen wie geschmückt aus, als wollten sie schon für das nächste Weihnachten proben. Was jetzt Schnee war, würde dann das silbrige Engelshaar sein, das wir auf dem Weihnachtsbaum hatten. Ob sie sich wohl darauf freuten?

Inzwischen war es heller geworden. Der Schnee wurde immer weißer. Die Flocken hatten das Stieben eingestellt. Es war Ruhe im Wald. Da kam ganz langsam eine neue Farbe an. Sie war noch nicht zu sehen, aber zu fühlen. Sie drang ganz behutsam in das Weiß des Schnees ein. Sie schob sich wohl zwischen die einzelnen Flocken, füllte mit ihrem Ton die Zwischenräume aus, so daß der Schnee auf den Tannen bald dasselbe Licht hatte, das jetzt auch der Himmel einnahm. Der ganze Himmel überzog sich mit einem vorsichtigen Rot. Es war ein ganz anderes Rot als es die polnischen Fahnen zeigten. Ein ganz anderes Rot als auf den Armbinden der Soldatenräte! Es war nicht grell, nicht laut, nicht scharf. Es war ruhig, besänftigend und doch mächtig. Es wurde immer mächtiger.

Ich konnte die Sonne nicht sehen, aber ich wußte, daß sie kam. Daß sie hinter uns aufging und den ganzen Wald mit diesem schönen rosa Licht erfüllte. Wie eine Empfangsbeleuchtung, wie ein Lichtfest. So mußte es drunten in den Höhlen der Zwerge sein, wenn die Rubine zu leuchten begannen, von den Glühwürmchen angestrahlt! Wenn das Schneewittchen kam oder die ganz seltenen Gäste wie meine Mutter. Jetzt wußte ich auch, warum die Sonne den Wald und den Schnee so wunderbar anstrahlte, warum der Schnee so herrlich leuchtete! Das war für uns! Das war für Mutter und für mich! Weil wir doch den Kummer mit dem Vater gehabt hatten! Das war jetzt die Belohnung.